M. R. Heinze

Eine Frau wie Dy[illegible]it und Samt

M. R. Heinze

Eine Frau wie Dynamit und Samt

und zwei weitere Romane

Lizenzausgabe mit Genehmigung des Rechteinhabers
für die
Naumann & Göbel Verlagsgesellschaft mbH
Emil-Hoffmann-Straße 1
D-50996 Köln

Gesamtherstellung: Naumann & Göbel
Verlagsgesellschaft mbH, Köln

ISBN 978-3-625-50059-9
www.naumann-goebel.de

Inhalt

Eine Frau wie Dynamit und Samt

1

Ron Dayton lief zwischen zwei gelben Taxis über die Straße, wich einem Boten auf einem Fahrrad aus und erreichte den Bürgersteig der 44th Straße West direkt vor dem alten Brownstone-Gebäude, dem man die unmittelbare Nähe zum Broadway an den Schildern neben dem Eingang ansah. Agenturen, zwei Besetzungsbüros, eine Schauspielschule und das Büro von Lou Jackson, dem Produzenten.

Ich bin nicht nervös, ich bin nicht aufgeregt, redete Ron Dayton sich ein, während ihn ein alter klappernder und wackelnder Aufzug nach oben beförderte. Er zwang ein möglichst selbstsicheres Lächeln auf sein Gesicht, das nicht die Monate bangen Wartens verriet, und betrat den Olymp für Theaterschaffende. Doch auch der Olymp besaß ein Vorzimmer mit einer Sekretärin, an der Rons Lächeln erst einmal abprallte.

»Ich bin Ron Dayton. Ich habe einen Termin bei Mr. Jackson. Er hat mich zu sich bestellt, und ich ...«

»Mr. Dayton, ja.« Die Sekretärin verlor nach einem Blick auf den Terminkalender auf ihrem Schreibtisch ihre abweisende Miene. »Nehmen Sie einen Moment Platz.« Der Blick ihrer knopfartigen Augen blieb auf Ron gerichtet, als könne sie ihm trotz ihrer freundlichen Miene nicht restlos vertrauen, während sie nach dem Telefon griff und eine Taste drückte. »Mr. Dayton ist hier. – Ja, in Ordnung.« Sie legte auf und hob die Hand, als Ron aufstand. »Mr. Jackson hat in ein paar Minuten Zeit für Sie. Behalten Sie Platz.« Sie wählte, und diesmal ließ sie Ron aus den Augen. »Mr. Ross, bitte! – Mr. Ross, Mr. Jackson bedauert. Nein, er kann es nicht brauchen. Nicht im Moment. Gut, ich richte es aus.«

Ron zwang sich dazu, seine Hände stillzuhalten. Dabei wäre er vor Anspannung am liebsten auf und ab gelaufen. Nach seinen vielen vergeblichen Versuchen als junger Theaterautor war Lou Jackson *die* Chance, wenn ...

»... schicken es zurück, tut mir leid. Nein, im Moment nicht, aber ich sage es ihm. Trotzdem, seine Entscheidung steht fest. Er ...«

Die Sekretärin unterbrach sich kurz, als ein Summer ertönte, winkte Ron und deutete auf eine gepolsterte, dunkelgrüne Tür. »Gehen Sie hinein! – Ja, ich höre. Ich habe von Mr. Jackson den Auftrag ...«

Ron stockte kurz vor der Tür, holte tief Luft und betrat den eigentlichen Olymp, vollgestellt mit alten Büromöbeln, vollgehängt mit vergilbten und neueren Fotografien, gerahmt und nicht gerahmt, alle mit Widmung. Und mittendrin hinter seinem Schreibtisch, einen Telefonhörer an Kinn und Wange gepresst, Lou Jackson.

»Ausgeschlossen! Kommt nicht in Frage!« Jacksons dunkle Augen in dem feisten Gesicht blickten auf Ron. Er zeigte mit einer brennenden Zigarette auf den Stuhl vor seinem Schreibtisch.

»Mr. Jackson, ich bin ...«

»Nein, dafür gibt niemand auch nur einen Dollar. Nicht nach den Erfahrungen in Philadelphia.« Jackson nahm einen ungeduldigen Zug aus seiner Zigarette. »Philadelphia ist nicht New York, aber ich richte mich nun mal nach dem Test. Nichts zu machen. Ja, vielleicht ein andermal.«

Ron holte tief Luft. »Mr. Jackson, ich bin Ron ...«

»Ich weiß, wer Sie sind. Hier, ich habe Ihr Stück gelesen. *COCKTAIL UND ...*« Jackson brach ab, tastete über seinen vollgeräumten Schreibtisch.

»*COCKTAIL, CAVIAR & COMPANY*, ein Gesellschaftsstück.«

»Ah, hier.« Jackson hielt das beträchtlich zerfledderte Skript nahe an seine Augen. »*COCKTAIL, CAVIAR & COMPANY*. Gesellschaftsstück.«

»Mit ernsten und komödiantischen Aspekten.« Ron wischte seine Hände an den Hosenbeinen ab. Der Zustand des Einbandes ließ darauf schließen, dass sein Skript oft gelesen worden war.

»Eine gute Mischung.« Lou Jackson drückte seine Zigarette aus und zündete sich eine neue an. »Einen Drink? Nein? Kaffee?«

»Nein, danke ... Oder vielleicht doch einen Whisky ...« Es war elf Uhr vormittags. Ron presste die Zähne zusammen. Jackson sollte nicht glauben, dass er trank. »Normalerweise trinke ich nicht.«

»Ich habe Brandy.« Jackson betrachtete die Flasche, die er aus seinem Schreibtisch geholt hatte, und Ron schüttelte hastig den Kopf.

»Nein, danke, nichts.«

»Komödien haben wir genug am Broadway, Musicals auch.« Jackson stellte die Flasche zurück und glättete die umgeknickten Eselsohren des Skripteinbandes. »Kritische ernste Stücke gehen nicht. Die Leute wollen sich unterhalten. Aber nicht seicht.«

»*COCKTAIL, CAVIAR & COMPANY* ist nicht seicht.«

»Sage ich ja. Unterhaltsam und kritisch. Haben Sie Broadway-Erfahrung, Mr. Dayton?«

Ron dachte an die paar Theaterstücke aus seiner Feder, die off-off-off Broadway aufgeführt und selbst dort nur ein Minimalerfolg geworden waren. »Nein.«

»Ich dachte, Sie hätten vielleicht schon mal unter Pseudonym geschrieben.« Lou Jackson tippte mit dem Zeigefinger auf das Skript und verstreute Asche darüber. »Es ist gut. Es ist wirklich gut. Ich möchte es mit der Carlton aufführen, wenn sie einverstanden ist. Wir haben jetzt September.«

Ron verschlug es den Atem. »Devra Carlton?«, fragte er andächtig.

»Ja, kennen Sie noch eine Carlton am Broadway außer Devra?« Lou Jackson grinste flüchtig. Mehr als eine Devra Carlton hätte nicht einmal der Broadway verkraftet. »Wenn wir voll einsteigen, kriegen wir die Sache bei einem kurzen Probelauf in Philadelphia oder Boston bis zu einer Broadway-Premiere im November, spätestens Anfang Dezember hin. Das trifft sich gut mit der Vorweihnachtszeit.«

Ron hatte das Gefühl, dass jetzt schon Weihnachten war. Broadway-Premiere! Wie das Wort schon klang! Und dann Devra Carlton! »Sie meinen wirklich *die* Devra Carlton, Mr. Jackson?«

»Ja, warum?«

»Für mein Stück?«

Lou Jackson zerknüllte eine leere Zigarettenpackung und holte eine neue aus der Schublade. »Bei einer so kurzen Probenzeit und einer so schnellen Premiere müssten Sie aber ständig zur Verfügung stehen, Mr. Dayton. Sie verstehen schon, für Änderungen, neue Dialoge und so weiter.«

Ron nickte mit verklärter Miene. Für eine Broadway-Premiere wäre er zu allem bereit gewesen. »Ich schwärme für sie, seit ich denken kann.«

»Für wen?« Auf Jacksons glatter Stirn erschien eine Falte, während er seine Streichhölzer suchte und unter dem Skript fand.

»Devra Carlton. Sie ist die Größte.«

»Ja, das ist sie.« Die größte Nervensäge, dachte Jackson.

»Die größte Schauspielerin! Der größte Star!«

»Sagen Sie ihr das. Sie wird es gern hören.« Lou Jackson nahm die Zigarette kurz aus dem Mund und grinste. »Den Titel können wir lassen.«

»Mein Stück handelt von der Cocktail- und Kaviarsociety New Yorks.« Ron beugte sich vor und stützte sich mit einer Hand auf die Schreibtischkante. »*COCKTAIL, CAVIAR & COMPANY*. Ich habe mir den Titel lange überlegt. Ich kann es noch immer nicht glauben. Devra Carlton spielt mein Stück!«

»Sie hat noch nicht zugesagt. Mr. Dayton. Wollen Sie nicht doch einen Drink? Ich glaube, Sie könnten jetzt einen vertragen.«

Ron nickte. Elf Uhr vormittags oder nicht, jetzt brauchte er wirklich einen Drink.

»Brandy?«

Ron nickte, während Lou Jackson ein Glas für ihn auf den Schreibtisch stellte und die Flasche wieder aus dem

Fach holte. »Wenn Devra Carlton spielt, kann gar nichts mehr schiefgehen.«

Daraufhin holte Lou Jackson ein zweites Glas für sich hervor und schenkte großzügig ein. »Auf COMPANY!«

»*COCKTAIL, CAVIAR & COMPANY*!« Ron sprach den ganzen Titel freudestrahlend aus, hob sein Glas und nahm einen Schluck. Er hätte Lou Jackson vor Dankbarkeit die Füße küssen können. »Es ist ein Traum!«

»Ja, sicher.« Lou Jackson nippte an seinem Glas und zündete sich eine neue Zigarette an. »Ein Traum.« Und vielleicht ein Albtraum ... fügte er in Gedanken hinzu.

Ron war zu begeistert, um den leicht skeptischen Unterton aus der Stimme des Produzenten herauszuhören. »Sie können ab sofort und in jeder Hinsicht auf mich zählen, Mr. Jackson. Für dieses Theaterstück tue ich alles.«

»Dann fangen Sie schon mal damit an, etwas zu tun, und unterschreiben Sie die Verträge.« Lou Jackson klingelte nach seiner Sekretärin, und nachdem er zwanzig Minuten später einen glückstaumelnden Ron Dayton verabschiedet hatte, wählte er die Privatnummer von Devra Carlton, und entgegen seinen sonstigen Gewohnheiten schenkte er sich noch einen Brandy ein.

»Hallo!«

Bei dem Klang der Frauenstimme entstand in Lou Jacksons Gedanken das Abbild von etwas Grauem. Potter und Cotter oder so ähnlich. Rundherum eine graue Maus und Devras Sekretärin. »Jackson hier, Lou Jackson. Ich möchte Miss Carlton sprechen.«

»Bedaure, das geht im Moment nicht, Mr. Jackson.«

»Hören Sie, es ist wichtig, sonst würde ich nicht selbst anrufen. Könnte ich nicht ...«

»Bedaure, Miss Carlton ist im Moment beschäftigt.« Jane Cotter streichelte die Telefonschnur und genoss ihre Macht, einen der Mächtigsten des Broadways abweisen zu können wie einen lästigen Telefonwerber. Nur vielleicht etwas höflicher.

»Miss Potter, ich ...«

»Cotter, Mr. Jackson, Cotter.«

»Meinetwegen, Miss Cotter, hören Sie! Ich habe Miss Carlton ein Skript geschickt.« Lou Jackson raschelte mit Papieren. »*COCKTAIL, CAVIAR & COMPANY.*«

»Das hat sie bekommen, allerdings.«

»Hören Sie, Miss Potter ...«

»Cotter!«

»Cotter! Ich müsste mit Miss Carlton über das Skript sprechen, aber nicht zu Weihnachten oder zum vierten Juli, klar?«

»Selbstverständlich, Mr. Jackson, und vielen Dank für Ihren Anruf.« Jane Cotter legte auf und tippte mit ihren extrem kurzen farblosen Fingernägeln auf den Hörer. Was hatte sie doch für einen wundervollen Beruf! Ein Mann wie Lou Jackson hantierte nicht nur mit Millionen und den Karrieren Dutzender von Menschen, er war nicht nur ein Mogul unter den Broadway-Produzenten, sondern hätte altersmäßig auch ihr Vater sein können, und Dr. Edelstein hatte Jane nach endlosen Sitzungen bewusst gemacht, dass sie unter ihrem dominierenden Vater gelitten hatte. Jane Cotter holte den Tee aus der Küche des Stadthauses. Die gute Dr. Edelstein! Vielleicht sollte sie mal wieder zu ihr hingehen, obwohl sie keine Psychiaterin mehr brauchte, seit sie als Devra Carltons Sekretärin Vaterfiguren wie Lou Jackson beherrschte.

»Stellen Sie das Tablett da hin.« Devra machte eine unbestimmte Handbewegung, die den Holzeinlegetisch aus Positano genauso meinen konnte wie das Tischchen mit Steineinlegearbeiten aus Florenz. Dabei blickte sie nicht von dem Skript auf, das sie auf ihrem Schoß hielt.

Jane Cotter entschied sich für den Positano-Tisch, stellte das Teetablett ab und warf ihrer Chefin einen abwartenden Blick zu. Devra Carlton saß hingegossen auf dem Sofa, bequem zurückgelehnt, auf jede Pose verzichtend. Es war ja niemand in der Nähe, für den sich eine Pose lohnte. Jane Cotters Mundwinkel verzogen sich kaum merklich zu einem wissenden Lächeln. »Lou Jackson hat angerufen. Er hat es dringend gemacht.«

»Lou Jackson macht es immer dringend.« Devra blätterte um. »Was wollte er?«

»Er hat wegen des Skripts angerufen und gesagt, dass er mit Ihnen bald sprechen muss. Vor Weihnachten oder dem vierten Juli.«

Devra lachte leise. »Typisch Lou. Hier, das ist eine gute Stelle. Wo diese Society-Lady zu dem Baulöwen sagt ...« Durch eine Bewegung irritiert, blickte Devra von dem Skript auf. Ach so, es war nur Jane, die Briefe schreiben und Anrufe erledigen konnte, aber vom Theater keine Ahnung hatte. »Rufen Sie Jackson an.«

»Ja, Miss Carlton.« Jane Cotter wich einen Schritt auf dem dicken Teppich zurück, der alle Geräusche schluckte. Ihr war nicht entgangen, dass ihre Chefin sie wieder einmal übergangen hatte, wenn es sich um ihre Arbeit handelte. Sie traut mir nichts zu, dachte Jane. Dabei könnte ich selbst ein Broadway-Stück schreiben. Über einen Star. Einen weiblichen Star, vierzig, schulterlange, mittelblonde Haare, graue Augen. Eine Mischung aus Charme und eiskaltem Biest, das genau weiß, was es machen muss, um zu bekommen, was es haben will. Ob die gute Miss Carlton sich in dieser Person wiedererkennen würde? Vor allem in der Art, wie sie mit Menschen umging, sie manipulierte und sie ...

»Schenken Sie doch ein.« Devra legte das Skript aufgeschlagen mit dem Text nach unten auf das Sofa. »Und dann rufen Sie Jackson an und sagen ihm, dass ich morgen in sein Büro komme. Was habe ich heute für Termine?«

»Lunch um eins mit Andrew Webb.« Jane Cotter hielt schon das stets griffbereite Notizbuch in der Hand. »Die Maniküre kommt um vier, der Masseur um fünf. Um sieben holt Mr. Gulbenov Sie ab.«

»Ach ja, der ›Hamlet‹.« Devra nahm einen Schluck Tee, ließ ihren Blick über die Seidentapeten des Salons wandern, über die englischen Möbel und die wertvollen Gemälde. Ihre Sekretärin übersah sie, als wäre sie nicht vorhanden. »Ich wäre eine gute Ophelia. Das wäre vielleicht einmal …« Ihr Blick blieb an Jane Cotter hängen. »Rufen Sie Jackson an und sagen Sie, dass ich morgen Vormittag zu ihm komme.«

»Er wird wissen wollen, wann …«

»Er wird sehen, wann …« Devra griff wieder nach ihrer Tasse, ohne sich weiter um die hinausgehende Sekretärin zu kümmern. Ihr Blick streifte das Skript. Der Autor konnte interessant sein. Ein Mann, der sich in der Society von New York auskannte, vermutlich ein älterer Mann mit viel Erfahrung, routiniert in der Art, wie er Menschen beschrieb und mit wenigen Worten typisierte. Allerdings kein Broadway-Autor, sonst hätte Devra ihn gekannt.

Das Stück selbst war ebenfalls interessant. Ein guter Stoff, gut aufbereitet und ausbaufähig. Das war wichtig. Ausbaufähig musste ein Stück sein, damit man es zu einem wirklichen Devra-Carlton-Stück machen konnte.

Die zierliche goldene Kaminuhr schlug zwölfmal. Höchste Zeit. Devra traf sich mit Andrew Webb im *RUSSIAN TEAROOM*, und Andrew hasste es zu warten. Devra beschloss, nur etwa zwanzig Minuten zu spät zu kommen. Sie wollte den Schriftsteller nicht unnötig quälen, aber er sollte auch nicht glauben, dass sie für ihn eine große Ausnahme machte.

Es klopfte, und Jane Cotter kam wieder herein. »Der Wagen ist dann bereit, Miss Carlton. Ein Uhr im *RUSSIAN* …«

Devra winkte ab.

»Und Mr. Jackson sagte, dass er sich schon sehr auf morgen freut. Er steht Ihnen jederzeit zur Verfügung.«

Er braucht mich! Devra schickte ihre Sekretärin mit einer Handbewegung weg. Der gute alte Lou brauchte sie für sein Stück. Es mochte gut sein, das Stück, aber erst mit einer Devra Carlton als Star bekam er Geldgeber, denen er wieder einen Broadway-Hit garantieren konnte. Einen Devra-Carlton-Hit.

Devra streifte das umgedreht auf dem Sofa liegende Manuskript mit einem letzten Blick. Sicher, ein gutes Stück, aber es bedurfte noch einer Menge Änderungen, damit es ihren Vorstellungen entsprach, doch das alles ließ sich bewerkstelligen. Mit Geduld und einem ansehnlichen Übermaß an Hartnäckigkeit.

Devra sah auf die Uhr. Jetzt kam sie doch mindestens eine halbe Stunde zu spät in den *RUSSIAN TEAROOM*, aber Andrew konnte froh sein, dass sie überhaupt mit ihm ausging. Wie überhaupt jeder froh sein konnte, wenn sie sich mit ihm in der Öffentlichkeit zeigte. Sie sollten überhaupt alle froh sein, die Herren vom Broadway, wenn Devra Carlton mit ihnen in einem Atemzug genannt wurde. Es war eine unbezahlbare Gratisreklame, sogar für Mr. Shakespeare.

Wie recht Devra damit hatte, bewies Lou Jackson, als er ihr am nächsten Vormittag in seinem Büro mit ausgestreckten Armen entgegenkam. »Devra! Sie sehen wunderbar aus!« Sein Blick wanderte in offener Begeisterung über ihren champagnerfarbenen Mohair-Mantel mit dem breiten zobelbesetzten Kragen, den passenden Rock und die Bluse aus Seide von Schiaparelli, dazu kostbare Perlen an Ketten, Broschen, Ohrclipsen und Ringen. »Schöner denn je, aber das habe ich schon gestern Abend im Fernsehen gesehen!«

»Wie reizend von Ihnen, Lou.« Devra betrachtete den Produzenten kritisch. »Ihr letztes Facelifting ist aber fehlgeschlagen. Trotzdem, Sie sehen wie das blühende Leben aus.«

»Sie schmeicheln mir.« Lou Jackson geleitete sie an seiner ehrfürchtig dreinblickenden Sekretärin vorbei in sein Allerheiligstes, und sobald sich die Tür hinter ihnen schloss, war die Ehrfurcht aus dem Gesicht der Sekretärin wieder verschwunden, und sie machte sich nach der routinemäßigen Starbegrüßung an die routinemäßige Büroarbeit.

»Im Fernsehen?« Devra sank auf das Sofa. »Ich habe gar nicht mitbekommen, dass ein TV-Team da war. Bei den vielen Leuten, die mir vor dem Theater zugejubelt haben.«

Du hast genau in die Kamera gewinkt, du publicitygeiles Luder ... Lou hastete an seinen Karteischrank und öffnete die darauf stehende Champagnerflasche. »Wenn Devra Carlton in der Öffentlichkeit erscheint, ist das immer einen Bericht in den News wert.«

Devra wartete, bis er die Flasche geöffnet hatte, ehe sie die Hand hob. »Ich möchte nur einen Tee.«

Lou Jackson ließ die offene Flasche in den Sektkühler zurückklatschen und griff zum Telefon. »Machen Sie uns Tee!« Er legte auf, griff gewohnheitsgemäß nach seinen Zigaretten, zündete sich eine an, stockte, sah Devra an und zerstieß die Zigarette mit reuigem Lächeln im überquellenden Aschenbecher.

»Sie können ruhig rauchen, Lou, es stört mich nicht.« Devra lächelte wie das personifizierte Verständnis für alle Laster.

»Vielen Dank.« Lou griff hastig nach einer neuen Zigarette.

»Sie rauchen zu viel, Lou. Sie müssten mehr auf Ihre Gesundheit achten. Was sollte der Broadway ohne Sie machen? Was sollte ich ohne Sie machen?«

»Sie sind ein Star und bleiben ein Star. Ich bin da ganz unwichtig.«

»Lou, das dürfen Sie nicht sagen. Sie sind *der* Produzent. Nicht umsonst habe ich schon ein paar Mal mit Ihnen zusammengearbeitet.«

»*Umsonst* ganz bestimmt nicht.« Lou grinste. »Aber es hat sich stets für beide gelohnt.« Hustend sackte er auf seinen Schreibtischstuhl. »Und das wird diesmal auch nicht anders sein.«

Devra wartete seinen zweiten Hustenanfall ab und fächelte vor ihrer Nase, als er die nächste Zigarette ansteckte. »Wer denkt schon an Geld, wenn es darum geht, ein neues Kind des Broadway aus der Taufe zu heben? Ach, der Tee.«

»Der Tee.« Die Sekretärin schob sich mit dem Tablett zur Tür herein, ein ehrfürchtiges Lächeln im Gesicht, Bewunderung für die große Carlton in den Augen.

»Stellen Sie es …« Lou Jackson beugte sich vor und fegte einen Stapel Papiere auf seinem Schreibtisch beiseite. »Stellen Sie es hierher. Devra, Sie haben das Skript gelesen?«

»Soll ich einschenken, Miss Carlton? Milch und Zucker?«

»Schwarz.« Devras Blick glitt über das Tablett. »Das heißt, ein paar Tropfen Zitrone wären nicht schlecht.«

Die Sekretärin wurde blass. »Ich … wir haben … keine Zitrone, tut mir leid.«

»Dann laufen Sie und beeilen Sie sich, los!«, fuhr Jackson seine Sekretärin an.

»Aber nein.« Devra hob abwehrend die schlanken, perfekt manikürten Finger. »Bitte, keine Umstände. Außerdem wäre der Tee ja längst kalt, bis eine Zitrone … nein, nicht nötig.«

»Ich könnte aber eben laufen«, bot die Sekretärin schuldbewusst an. »Ich hätte ja an Zitronen denken können, aber … Wir haben an der Ecke einen Laden.«

»Keinerlei Umstände meinetwegen!« Devra nippte bereits an ihrem schwarzen Tee. »Köstlich, einfach köstlich.«

Lou lächelte Devra an, scheuchte seine Sekretärin mit einem Wink hinaus und erinnerte sich, dass er diese Rolle der Anspruchslosen bereits kannte. »Das Stück ist gut.«

»Gut?« Devra hob irritiert die Augenbrauen. »Es ist großartig. Es ist genial. Es ist *das* Stück schlechthin, rundherum perfekt. Typisch Lou, dass Sie dieses fantastische Stück aufgetrieben haben. Mit Kennerblick.«

Lou Jackson lächelte geschmeichelt.

»Auch wenn Ihr Kennerblick Sie bei Ihren letzten beiden Produktionen sträflich im Stich ließ, wenn man den Kritikern glauben darf.« Devra nahm einen Schluck Tee und genoss es, wie Jacksons Katze-schleckt-Milch-Lächeln verrutschte. »Wer ist der Autor? Kennen Sie diesen Ron Dayton näher?«

»Völlig unbekannt, vierunddreißig Jahre alt, braune Haare, braune Augen … sehr gut aussehend …« Lou Jackson verzog den linken Mundwinkel zu einem leicht anzüglichen Lächeln. »… falls Sie das interessiert!«

»Äußerlichkeiten haben mich noch nie interessiert!« Devra betrachtete wohlgefällig ihre endlos langen gestylten Fingernägel. Dieser Beau von einem Autor schien ja noch viel vielversprechender zu sein, als sie vermutet hatte. »Groß? Schlank?«

»Beides!«, versicherte Jackson.

Devra strich ihren Rock glatt, eine Bewegung, bei der ihre schönen Hände besonders gut zur Geltung kamen. Es konnte durchaus nützlich sein, wenn der Autor eines ihrer Stücke optisch gut zu ihrer großen, perfekten, schlanken Figur passte. Der Autor ihres letzten Stückes war zwar dreifacher Tony-Award-Gewinner gewesen, aber klein und kugelig, was zu absurden Karikaturen in der *TIMES* geführt hatte. »Wenn dieser Ron Sowieso in der Lage ist, sich bei notwendigen Änderungen auf die Hauptdarstellerin ein klein wenig einzustellen, werde ich überglücklich sein, mit Ihnen, Lou, wieder etwas künstlerisch Wertvolles für den Broadway zu schaffen.«

»Ron Dayton scheint mir ein klein wenig schüchtern und gewaltig naiv in Bezug auf die ›Heldin‹ …« Lou Jacksons zynischer Unterton verriet nicht nur viel von der intensiven Hassliebe, die er für die Carlton empfand, sondern ließ auch keinen Zweifel daran, dass er mit ›Heldin‹ nicht die Bühnenfigur, sondern die vor ihm sitzende Darstellerin meinte. »Ich sehe keine Schwierigkeiten bei einer Zusammenarbeit … für Sie!« Für mich schon, seufzte Lou, dies aber sicherheitshalber lautlos. »Er verehrt Sie. Seit seiner allerfrühesten Kindheit!«

Devra schluckte die Anspielung tapfer hinunter und brachte ein säuerliches Lächeln zustande, das viel von ihrer intensiven Hassliebe zu Mr. Jackson verriet. »Nett von Ihnen, Lou, mich an den frühen und sehr erfolgreichen Start meiner Karriere zu erinnern.

Damals waren Sie noch Schuhverkäufer bei Saks, wenn ich mich recht erinnere?«

Lou Jackson zerbiss den Filter seiner Zigarette und schnappte nach dieser Biestigkeit wie ein Fisch nach dem Angelhaken. »Ich war damals Zweiter Generalmanager bei Saks, wenn Sie *das* meinen, liebste Devra! Erinnern Sie sich noch an unser allererstes gemeinsames Stück, *PRIVATE AFFAIRS*? War das ein Spiel, als Sie bei dem Vorlauf in Boston fast vom Eisernen Vorhang erschlagen worden wären. Was für eine Freude. Oder genauer, Vorfreude!«

»Ja, das war wahnsinnig lustig!« Devra grub ihre Nägel in ihre Nappalederhandschuhe. »Und erinnern Sie sich daran, wie Sie am Tourneeende unseres letzten gemeinsamen Stückes vergaßen, mir das obligatorische kleine Abschiedsgeschenk zu machen und ich mir dafür meinen wunderschönen schwarzen Rolls-Royce kaufte und Ihnen die Begleichung der Rechnung überließ?«

»Das werde ich bestimmt nie vergessen«, knurrte Lou und gönnte sich einen doppelten Brandy. Zweihundertfünfzigtausend Dollar! Das teuerste Tourneeabschiedsgeschenk seiner Produzentenlaufbahn.

»Wenn Sie ihn sehen wollen, brauchen Sie nur aus dem Fenster zu schauen.« Devra strahlte.

»Wen?«

»Den Rolls-Royce, Ihr Geschenk ... Ihr treues und teures Geschenk!« Devra gab einen beseelten Seufzer von sich. »Ihre Großzügigkeit war immer einer Ihrer hervorstechendsten Vorzüge, Lou, das muss wirklich einmal laut und offen ausgesprochen werden.«

Lou Jackson nickte zustimmend.

»Und das, obwohl Sie ja während unserer Tournee mit *TRUE LOVE* dieses finanzielle Desaster mit *LEAR IN TOWN* in Washington hatten!«

Lou Jackson verspürte einen Stich im Herzen.

»Dabei war *LEAR IN TOWN* ein so wunderbares Stück. Alle Darsteller liebten es!«

Lou leerte mit blutleeren Lippen sein Brandyglas. Die Darsteller waren nur leider die einzigen, die *LEAR IN TOWN* geliebt hatten. Das Publikum hatte man an einer Hand abzählen können, und die Kritiker hatten sich gegenseitig darin überboten, ein verbales Massaker zu veranstalten.

»Ich habe Sie dafür bewundert, wie Sie diesen Verlust weggesteckt haben.« Devra begleitete ihr Messer-in-Wunde-Herumdrehen mit einem Blick voller Herzenswärme.

»Ich konnte es mir leisten dank *GLAMOUR-STAR*, das ich davor mit Ihnen in London herausgebracht hatte. Erinnern Sie sich noch? Sie glaubten nicht so recht an einen Erfolg und verzichteten zugunsten einer etwas höheren Gage auf eine Beteiligung am Einspielergebnis.« Lou streckte sich genüsslich. »Und dann wurde es ein großartiger, geradezu gigantischer Erfolg!«

Und für mich ein finanzieller Verlust allerersten Güte! Devra biss sich auf die Innenseite ihrer rechten Wange. Und dann noch Raoul Winslow, ihr fürchterlicher Partner, der den romantischen Halskuss in der zweiten Szene des dritten Akts allabendlich dazu benutzte, sie wie ein sabbernder Bernhardiner abzuschlecken.

»Ja, ja, Erinnerungen!« Lou Jackson nickte gütig in Devras Richtung und wühlte in seinen Unterlagen herum. »Wir müssen dann nur noch die Verträge unterschreiben.« Endlich fand er das Gesuchte, öffnete die blausamtene Vertragsmappe und schloss sie blitzschnell wieder, als sein Blick auf die horrende Gage der Carlton fiel. Broadway-Stars mit Hollywooderfahrung waren teuer, und wenn sie dann auch noch wie die Carlton alles – sowohl im positiven, wie auch im negativen Sinn – besaßen, was einen Star ausmacht, waren sie geradezu sündhaft teuer. »Ich bin sicher, dass wir nach dem Vorlauf in Philadelphia oder Boston ...«

»Nein!«

Lou Jackson zuckte unter Devras Erwiderung wie unter einem Stromstoß zusammen und blickte irritiert auf. »Was *NEIN*?«

»Kein Vorlauf, weder in Boston, noch in Philadelphia.«

»Wo dann?«

»Nirgendwo!« Devra nahm dem Erstarrten die Vertragsmappe aus der Hand und überflog den Inhalt. »Proben in

New York, und dann eiskalt in die Premiere am Broadway. Alles oder nichts!«

»Aber ... aber ... das geht nicht!« Lou japste.

»Sie haben nicht zugehört, Lou. Ich sagte ›Alles oder nichts‹. Und das bedeutet: Erfüllung meiner Bedingungen – oder keine Devra Carlton!« Devras Blick bohrte sich stahlhart in Lou Jacksons Augen. Dieser Vielfraß war ja nur darauf aus, mit ihr und ihrem Namen Millionen zu scheffeln. Gleich zu Beginn zu zeigen, wer hier das Sagen hatte, ersparte unnötiges Gerangel. »Reichen Sie mir Ihren Füllhalter, Lou?«

Lou Jackson starrte Devra Carlton wie eine Kakerlake an, die es wagte, über seinen Schreibtisch zu stolzieren. Dieses verdammte selbstsüchtige Aas! Lieber würde er seine alte Mutter verkaufen, als mit Devra zusammenzuarbeiten – sofern er noch eine Mutter hätte und diese mehr Geld einbringen würde als die Carlton!

»Danke!« Devra nahm mit einem bezaubernden Lächeln den Füllfederhalter, den Lou Jackson ihr mit zittrigen Fingern reichte, und setzte schwungvoll ihre Unterschrift unter den Vertrag, der schon Jacksons krakelige Signatur aufwies. »Auf eine wunderbare, harmonische Zusammenarbeit!«

»Kann ich noch etwas für Sie tun, liebste Devra?« Lou Jackson riss die für ihn bestimmte Vertragskopie an sich und stopfte sie hastig in eine Schublade seines Schreibtisches.

»Ja, Sie können mir diesen jungen Autor vorbeischicken. Sagen wir morgen. Zum Tee.« Devra erhob sich, streifte ihre Handschuhe über und ging zur Tür.

»Lassen Sie ihn leben!« Lou Jackson blieb sitzen, statt aufzuspringen und Devra hinauszubegleiten. Die Unterschrift unter ihrem Vertrag hatte er, konnte sich demnach Freundlichkeiten sparen. »Wenigstens noch ein Weilchen!«

»Ich werde sehen, was sich machen lässt!« Devra verließ das Büro und ließ die Tür offen. Lou Jackson hasste offene Türen.

2

Devra liebte ihren von Jackson bezahlten schwarzen Rolls-Royce, in den sie sich schwungvoll fallen ließ. *COCKTAIL, CAVIAR & COMPANY* konnte starten. »Sie können fahren«, befahl sie ihrem Chauffeur. »Und halten Sie am *PLAZA*. Ich möchte etwas Gebäck kaufen. Für einen vielversprechenden Autor!«

Der pünktlich am nächsten Tag Schlag sechzehn Uhr, zur Tea-Time, im Salon des eleganten alten Stadthauses Devra Carltons darauf wartete, von dem vergötterten Star seiner Autorenträume empfangen zu werden.

Was Devra Carlton exakt mit zehnminütiger Verspätung aufs Huldvollste tat. »Ron Dayton!« Sie reichte ihm die Hand, und als er diese nicht an seine Lippen führte, beschränkte sie sich darauf, seine Finger zu drücken. »Genau so habe ich Sie mir vorgestellt.«

»Miss Carlton, ich kann gar nicht sagen ...«

Offenbar konnte er wirklich nicht, weil ihm die Stimme versagte. Devra verstärkte den Druck ihrer Finger. »Ich habe mich gefragt, wie kann ein Mann aussehen, der ein so brillantes Stück schreibt.« Ihre Finger glitten an seiner Hand hin und her. »Und die Antwort war klar. Es musste ein ernsthafter, sensibler und sehr einfühlsamer Mann sein.« Sie hob seine Finger an, als wolle sie den Handkuss ausführen, den er unterlassen hatte. »Und hier, diese Hand verrät alles über Sie. Diese schlanke, empfindsame und doch kräftige Hand.« Devra hob den Blick ihrer grauen Augen genau kalkuliert zu seinem vor Begeisterung strahlenden Gesicht. »Aber jetzt wollen wir uns setzen und uns ein wenig kennenlernen.«

»Selbstverständlich, Miss Carlton.« Ron hatte sich vorher hundertmal diese Begegnung ausgemalt, und jedes Mal war ihm in seiner Fantasie irgendein Missgeschick passiert, hatte er etwas umgestoßen oder etwas Dummes von sich gegeben. Er setzte sich, von Devra geleitet, auf das weit ausladende Sofa und stieß prompt mit seinen langen Beinen gegen den zierlichen Tisch.

Devra lächelte in sich hinein. Ein wenig schüchtern, der Knabe. Die dicke Kaulquappe Lou Jackson war ein guter Beobachter. »Sie trinken doch Tee, Mr. Dayton?« Neben seinen langen Beinen wirkte das Teetischchen wie ein Spielzeug.

»Ja, sicher, selbstverständlich.«

»Wie nehmen Sie ihn? Schwarz, Mr. Dayton?« Devras Hände stockten über der Teekanne, und ihr Blick senkte sich in seine braunen Augen. »Ach was, lassen wir doch den *Mister Dayton*. Sie sind mir nach der Lektüre Ihres Stückes so vertraut, als wären wir zusammen aufgewachsen. Ron ... Ich darf doch Ron sagen?«

»Selbstverständlich, Miss Carlton. Milch und Zucker, bitte.«

»Milch und Zucker.« Sie griff nach dem Milchkännchen und beobachtete Ron Dayton aus den Augenwinkeln, wie er fasziniert auf ihre Hände starrte. »Das habe ich von den Engländern gelernt. Immer zuerst die Milch in die Tasse gießen, dann den Tee. Aber fragen Sie mich bitte nicht, wo der Unterschied liegt.«

»Sie haben schon sehr erfolgreich in London Theater gespielt.«

»Ich habe überall sehr erfolgreich Theater gespielt, ja. Auch in London.« Sie legte ihre langen Finger um die Zuckerdose. »Wie viel Stück?«

»Drei ...« Ron beobachtete atemlos – er war atemlos, seit er Devra Carltons Stadthaus betreten hatte – wie sie die Zuckerzange ignorierte und stattdessen die Zuckerstückchen mit ihren sagenhaft langen roten Fingernägeln aus der Dose fischte und in seine Tasse gleiten ließ. »Ich bin Ihr glühendster Verehrer, Miss Carlton.« Ron verlagerte vorsichtig seine langen Beine, um leichter nach seiner Tasse greifen zu können. »Ich verfolge Ihre Karriere schon seit ...«

»Ich weiß!«, fiel sie ihm rasch ins Wort. »Ich habe davon gehört. Aber nennen Sie mich erstens Devra, und sprechen wir zweitens nicht von mir. Sprechen wir von Ihnen, dem Autor des Stückes. Ich werde also die Hauptrolle in Ihrem

Stück spielen, Ron.« Sie beobachtete, wie er seine langen Beine etwas von sich streckte, um das für seine Körpergröße zu niedrige Sofa auszugleichen. Hübsche Beine, die zu einem so hübschen jungen und anbetungsvollen Autor passten. »Aber das hat Mr. Jackson Ihnen sicher schon gesagt.«

»Was hat er mir gesagt?« Ron schrak aus seiner stummen Bewunderung von so viel weiblicher Schönheit und Eleganz auf.

»Dass ich die Hauptrolle in Ihrem Stück übernehmen werde.«

»Selbstverständlich, ja, das hat er. Er hat es sogar von Anfang an zur Bedingung gemacht, dass er mein Stück überhaupt aufführt. Er hält sehr viel von Ihnen, Miss Carlton.«

»Sprechen wir nicht von Lou Jackson, sondern von Ihnen, Ron.« Devra nahm einen Schluck und stellte ihre Tasse ab, lehnte sich elegant zurück und schlug die Beine übereinander. Kein Mann konnte widerstehen, wenn sie ihre Beine übereinanderschlug. Jeder sah genauer hin. Ron Dayton sah natürlich auch genauer hin, und Devra lächelte zufrieden. »Bei unserer intensiven und sicherlich sehr guten Zusammenarbeit werden Sie schnell merken, dass ich ein ganz einfacher, unkomplizierter Mensch bin, Ron.«

Ron hatte Schwierigkeiten, sich auf Ihre Worte zu konzentrieren, während er aus der Nähe diese Beine betrachtete, die er so oft vom Zuschauerraum aus angehimmelt hatte. Deshalb beschränkte er sich auf ein zustimmendes Nicken.

»Ich lebe für meine Kunst und tue alles dafür«, fuhr Devra fort. »Das Gleiche erwarte ich von allen anderen. Wer bereit ist, für die Kunst alles zu geben, findet in mir eine treue Freundin.«

Ron hob seinen strahlenden Blick zu ihrem Gesicht. »Für die Kunst tue ich absolut alles«, beteuerte er und meinte eigentlich, dass er glatt Selbstmord begehen würde, sollte Devra Carlton das von ihm verlangen.

»Ich wusste es.« Sie legte ihre Hand leicht auf seinen Arm, und er verging sichtlich vor Bewunderung und Verehrung. »Ich wusste, dass ich mich auf Sie verlassen kann. Schon in dem Moment, in dem ich Sie zum ersten Mal gesehen habe, wusste ich es. Sie werden mir helfen, mein Ziel zu erreichen? Sie werden mir helfen, die höchste Kunst zu verwirklichen? Mit anderen Worten, Sie werden sich meinen Wünschen fügen?«

»Verfügen Sie über mich, Miss Carlton!«

»Das werde ich, Ron, das werde ich.« Ihr Blick strich über seine dichten braunen Haare und seine Schläfen. Schöne Augen hatte er und entzückend kleine Ohren. Devra liebte kleine Ohren bei Männern. Ein klar geschnittenes Gesicht mit einer festen Kinnpartie und einem sinnlichen Mund. Sie liebte einen sinnlichen Mund bei einem Mann. Sie liebte also bereits eine ganze Menge an diesem jungen Meister des Wortes. Er mochte ein wenig schüchtern sein, aber vielleicht verstärkte gerade das seine erotische Ausstrahlung, die unbewusste Sinnlichkeit seiner sparsamen Bewegungen, die verhaltene Kraft unter der sanften Oberfläche ... Ja, aus der ganzen Sache ließ sich etwas machen. Nicht nur aus dem Stück, sondern auch aus und mit dem Autor ...

»Sie waren einmal in Hollywood, Miss Carlton?«, fragte Ron eine Spur zu schnell, als sein Blick vielleicht etwas zu lange an Devra Carlton gehangen hatte. Es verwirrte ihn zusätzlich, dass er nicht nur seinem angebeteten Idol so nahe war, sondern dass dieses Idol auch noch eine reizvolle Frau aus Fleisch und Blut war und kein ätherisches Wesen, das man nur auf einer Bühne bewundern konnte.

»Hollywood ... Hollywood ...« Devra winkte geringschätzig ab. »Was ist Hollywood? Nur ein Sammelsurium von Klatsch. Wer bekommt welche Rolle? Wer will welche Rolle haben? Wer verdient wie viel? Das läuft unter der Kategorie ›nützliche Gerüchte‹.« Sie beugte sich näher zu ihm. »Und dann gibt es noch die Kategorie ›Bullenscheiße‹.« Sie lächelte über sein Zusammenzucken. »Sex, Sex und noch mehr Sex! Wer macht's mit wem, wo, wie oft, hetero oder homo ... Sie verstehen, was ich meine?«

Bei der letzten Kategorie überzog Rons Gesicht eine leichte Schamröte. »Ich verstehe, Miss Carlton«, murmelte er stockend.

»Nennen Sie mich Devra.« Ihr Lächeln verstärkte sich, als sie sich vorstellte, dass sie im Laufe ihrer Zusammenarbeit diese Röte in seinem Gesicht noch verstärken würde, wenn alles so lief, wie sie es sich vorstellte. Und wann lief es nicht so, wie Devra Carlton es sich vorstellte?

»Nun sehen Sie sich diesen grässlichen Menschen an!« Devra Carlton hakte sich bei Ron Dayton unter und hielt ihn im Foyer zurück, während Lou Jackson kurzatmig schnaufend weiter auf die Türen zustampfte, die in den Zuschauerraum führten. Ihr tadelnder Blick folgte dem beleibten Produzenten. »Da betritt dieser Mann den schönsten Ort der Welt, ein Theater, und stürmt vorwärts, als wäre es ein Hamburger-Restaurant, in dem soeben an der Theke die letzten drei dieser fetttriefenden Dinger ausgegeben werden, von denen er noch eines ergattern will.«

Lou Jackson verdrehte die Augen, stampfte aber weiter und streckte schon die Hand nach einer der Türen aus.

»Nicht nur, dass er vergessen hat, zu Publicityzwecken einen Fotografen herzubestellen ...«

Devras Stimme traf Lou wie ein – noch milder – Peitschenschlag und nagelte ihn Zentimeter von der Tür entfernt fest, weil er tatsächlich den Fotografen vergessen hatte.

»... er hat auch nicht den geringsten Respekt vor dieser besonderen Atmosphäre«, fuhr Devra fort, sog die Luft ein und blickte versonnen in Rons Augen. »Spüren Sie dieses Prickeln, Ron? Riechen Sie diese Anspannung, diese Beziehung zwischen Star und Publikum, diese Verehrung und Bewunderung ...«

»Ich rieche die Millionen Dollar, die ich in die Produktion stecke!« Lou Jackson riss Ron aus seinem andächtigen Nicken. Der Produzent stieß schwungvoll die Tür auf und hielt sie für Devra offen. »Ich rieche, wie Minute um Minute vertickt, und mit jeder Minute rückt die Premiere näher ...

die Sie ja ohne jeden Probelauf in einer anderen Stadt haben müssen«, fügte er mit einem leichten Anflug von Bissigkeit und Panik hinzu. »In zwei Monaten!«

»Sie riechen es doch, Ron, nicht wahr?«, fragte Devra leise, während sie an Rons Arm in den Zuschauerraum schwebte, für diesen Arbeitsbesuch schlicht gekleidet in einen Balenciaga-Seiden-Crêpe-Mantel in Rot, Schultern und Stulpen besetzt mit Rotfuchs, dazu ihren Rubinschmuck. »Sie fühlen diese Magie?«

Rons Blick versank in Devras unergründlichen grauen Augen. »Ich fühle es«, murmelte er.

»Hey, Mann, Vorsicht!«, fauchte eine scharfe Stimme vor ihnen, und Ron wich erschrocken der Putzfrau und ihrem Staubsaugerungetüm aus. Etwas ernüchtert sah er sich um und wurde sich erst jetzt des Chaos bewusst, das nur wenig mit Zauber und Magie zu tun hatte.

Im Zuschauerraum war eine Putzkolonne am Werk, während auf der Bühne Arbeiter eine scheinbar ziemlich unbegründete Hektik entwickelten. Sie liefen hin und her und machten sehr viel Lärm, ohne dass Ron erkennen konnte, was sie eigentlich taten.

»Wie hat mir diese Atmosphäre in den letzten Monaten gefehlt.« Devra ließ Rons Arm nicht mehr los, der sich unter dem Jackett so angenehm hart und männlich anfühlte. Der ganze Mann war angenehm männlich und fühlte sich bestimmt gut an. »Ihnen verdanke ich meine Rückkehr hierher.«

»Ich fühle mich tief geehrt, Miss Carlton«, sagte Ron.

»Nennen Sie mich Devra«, bat Devra.

Sie trägt verdammt dick auf, aber der Junge frisst es, dachte Lou. »Wenn Sie noch lange diese wundervolle Atmosphäre genießen, Devra, geht der Vorhang zur Premiere hoch, bevor Sie auch nur eine Szene geprobt haben.«

»Selbst dann würde ich noch alle anderen an die Wand spielen, die je am Broadway aufgetreten sind!« Devra warf dem dicken Produzenten einen vernichtenden Blick zu, entdeckte seitlich in den Kulissen zwei Beleuchter und die Garderobiere und hob winkend die Hand. »Wie schön, vertraute Gesichter wiederzusehen! Ich bin zurück – wie Dolly Levi, wo ich hingehöre!«

Die Beleuchter winkten pflichtschuldigst zurück und erinnerten sich mit Schaudern an die endlosen Beleuchtungsproben bei der letzten Produktion mit Devra Carlton.

»Ich kündige«, stöhnte die Garderobiere und wandte ihren gehetzten Blick den Beleuchtern zu. »Sie ist tatsächlich wieder da, wo sie *nicht* hingehört!«

Der eine Beleuchter grinste unglücklich. »Devra Carlton gehört ins Theater.«

»Aber nicht in *mein* Theater.« Die Garderobiere schielte auf die Bühne, auf der sich die Carlton, Lou Jackson und ein ihr unbekannter attraktiver junger Mann aufbauten. »Die Zusammenarbeit mit der Carlton ist so, als würde man sich selbst eine Schlinge um den Hals legen, und je mehr die Schlinge zugezogen wird und je weniger Luft man bekommt, desto mehr blüht die Carlton auf.«

»Gut ausgedrückt.« Der zweite Beleuchter nickte. »Sie sollten so was aufschreiben.«

»Ich schreibe Kurzgeschichten in meiner Freizeit«, gestand die Garderobiere und errötete. Laute Stimmen von der Bühne lenkten sie ab.

»Ich habe doch den Bühnenbildner herbestellt!«, schrie Lou Jackson zu niemand Bestimmten, weil sich offenbar niemand zuständig für seine Klage fühlte. Die Putzfrauen putzten, und die Bühnenarbeiter verstärkten höchstens noch ihre Hektik. »Warum ist der Kerl nicht hier?«

Devra, ihre Hand unverändert unter Rons Arm geschoben, schüttelte den Kopf und verdrehte die Augen, als könne sie solchen Mangel an Selbstbeherrschung nicht begreifen. »Was ist denn so schlimm daran, Lou, wenn er uns die Mappe mit seinen Entwürfen hiergelassen hat?«

»Was daran schlimm ist?« Der Produzent riss die auf einem Stuhl liegende Skizzenmappe auf. »Schlimm ist, dass wir die Kulisse in Rekordzeit herstellen müssen. Wir brauchen den Bühnenbildner, um notfalls etwas besprechen zu können!«

Devras Kopfschütteln verstärkte sich, genau wie der Druck ihrer Hand auf Rons Arm. »Für einen Mann mit Ihrer Erfahrung sind Sie manchmal schrecklich kurzsichtig, Lou. Was brauchen wir den Bühnenbildner, wenn wir hier unseren Autor haben, der das Stück am besten kennt, der es aus den tiefsten Gründen seiner Seele geboren hat.«

»Das haben Sie wunderbar gesagt, Miss Carlton«, murmelte Ron leicht errötend. »Das ist mir selbst noch gar nicht so richtig bewusst geworden.«

»Nennen Sie mich doch endlich Devra«, bat sie.

Die Einseiferin schlägt zu, dachte Lou Jackson. Und der Knabe schmilzt wie Butter an der Sonne.

Der Bühnenbildner tauchte endlich doch auf, entschuldigte sich vielmals, wurde von dem Produzenten angeblafft und von einer sehr verständnisvollen Devra Carlton wieder beruhigt.

»Das war es ja dann wohl«, erklärte Lou Jackson, sobald sie alles Nötige besprochen hatten, nickte grüßend und stampfte davon.

Devra hob mit sanftem Tadel die Augenbrauen. »Nun sehen Sie sich das an, Ron. Wie kann jemand, der sich der Kunst verschrieben hat, dermaßen desinteressiert sein? Sie bringen bestimmt mehr Begeisterung für unsere gemeinsame Arbeit auf, nicht wahr?«

»Selbstverständlich, Miss Carl ... Devra.« Rons leuchtende Augen ließen keinen Zweifel daran, dass ein Großteil seiner Begeisterung ihr gehörte.

»Ich wusste, dass ich mich auf Sie verlassen kann. Kommen Sie! Ich habe noch einige wichtige Punkte mit Ihnen zu besprechen.« Ein zufriedenes Lächeln spielte um Devras Lippen. Die Verwendung des Vornamens war noch nicht allzu viel, aber immerhin ein Fortschritt. Ein Fortschritt, auf dem man durchaus aufbauen konnte.

Ron hatte nicht das Gefühl, neben Devra zu gehen. Er schwebte. Es war alles so unwirklich, seit er den Vertrag bei Lou Jackson unterschrieben hatte. Ein Traum wurde wahr, ein Märchen fand in Manhattan statt!

Der schwarze Rolls-Royce beförderte sie das kurze Stück zum *21 CLUB*, und das Märchen ging weiter. Ron fand sich in dem berühmten Lokal an der Seite von Devra Carlton wieder, die von sämtlichen Gästen erkannt, teils durch Kopfnicken, teils durch Applaus begrüßt wurde.

Devra wanderte mit Ron zu einigen Tischen, wechselte ein paar Worte mit den Gästen, stellte Ron vor als »... meine Neuentdeckung, ein sagenhafter Theaterautor und ein göttliches Talent ...«, und saß ihm endlich gegenüber, und ihr Lächeln galt nur ihm allein. »Wieso sehen Sie mich so ungläubig an, Ron?«, fragte sie verhalten. »Sie haben doch keine Zweifel an unserer guten Zusammenarbeit?«

»Nein, wie kommen Sie darauf?«

»Dann ist es ja gut.« Sie warf einen Blick in die Speisekarte und gab ihre Bestellung auf. Ron schloss sich an. Devras Augen richteten sich wieder voll auf ihn. »Wieso haben Sie mich eben so angesehen?«

Seine Finger spielten mit der zusammengerollten Serviette. »Sie lachen mich bestimmt aus, Devra, aber für mich ist alles ein Märchen. Ich möchte mich immer wieder kneifen, um zu sehen, ob ich wach bin.«

»Aber das ist doch gerade das Besondere an Ihnen, Ron!« Sie tastete nach seiner Hand. »Sie sind noch nicht so abgebrüht wie Lou Jackson und die anderen alten Hasen am Broadway. Für Sie ist alles neu, aufregend und alles andere als selbstverständlich.« Sie warf ihren Blick wie eine Schlinge aus. »Und gerade weil wir noch nie miteinander zu tun hatten, bin ich Ihnen so dankbar dafür, dass Sie dieses Stück geschrieben haben. Sie haben so sehr meine Seele herausgearbeitet, dass offenbar ein geheimnisvolles Band zwischen uns beiden schon bestand, bevor wir uns überhaupt kennengelernt haben.«

»Sie wissen gar nicht, wie recht Sie haben, Devra«, murmelte Ron. Er war in Devras wunderschönen grauen Augen versunken und fand nicht mehr den Weg zurück in die Realität.

»Doch, ich weiß es.« Um ihre sinnlichen Lippen spielte ein kleines Lächeln, als sie sich zurücklehnte, während die Kellner servierten. Ihre Stimme klang etwas nüchterner, als sie wieder ungestört waren. »Da Sie noch so neu am Broadway sind, möchte ich Sie gern warnen … wenn Sie nichts dagegen haben.«

»Ich bin Ihnen für jeden Tipp dankbar.«

»Sie sind ein Schatz! Also, Sie dürfen am Broadway nur einem vertrauen, und das sind Sie selbst.«

»Und Ihnen …«

»Danke, Ron! Aber lassen Sie sich von anderen keinen Sand in die Augen streuen. Glauben Sie nicht alles, was man Ihnen erzählt.«

»Könnten Sie nicht etwas konkreter werden? An wen denken Sie? Oder woran?«

Es war ihr schon eine vertraute Geste geworden, seine Hand zu berühren. »Ich möchte nicht mehr sagen, Ron. Vertrauen Sie sich selbst, und ich vertraue auf Ihre Intelligenz, dass Sie rechtzeitig jede Intrige und jedes böse Spiel durchschauen. Sie schaffen das schon! Sie machen Ihren Weg!«

Ron prägte sich nicht nur jedes Lächeln und jeden Zug von Devras faszinierendem Gesicht ein, sondern auch jedes ihrer Worte, und er vertraute sich selbst und seiner Intelligenz, als er am nächsten Tag vor Lou Jacksons Schreibtisch saß und den Produzenten erst mal reden ließ.

»Wir kommen gut voran.« Jackson paffte ein paar Züge und betrachtete die Glut seiner Zigarette. »Wir liegen genau im Zeitplan.«

»Dann gibt es also keine Probleme bis zur Premiere?«

Ein lautloses Lachen erschütterte den Körper des Produzenten. »Man merkt, dass Sie noch nie mit einer Devra-Carlton-Produktion zu tun hatten. Mr. Dayton, wenn Sie mir sagten, dass sich in diesem Raum eine entlaufene tödliche Giftschlange befindet, wäre ich innerlich ruhiger und ausgeglichener als mit Devra Carlton als Star der laufenden Millionen-Produktion.«

Es geht los, dachte Ron. Die Intrigen fangen an!

»Jetzt sind wir ja noch ganz am Anfang.« Lou Jackson verstreute Asche auf seine Hose und fegte sie auf den Boden. »Jetzt ist sie noch sanft und zeigt nur, dass sie überhaupt Krallen hat. Aber lassen Sie erst mal die Produktion richtig anlaufen. Bei den ersten Proben gibt sie todsicher eine erste Kostprobe. Dann lernen Sie eine andere Devra Carlton kennen.«

»Probenstress kann nervös und reizbar ...«

»Devra und Probenstress?« Der Produzent lachte bellend und musste das mit einem Hustenanfall bezahlen. »Die Carlton weiß nicht einmal, was das ist. Sie erzeugt den Stress – und zwar bei den anderen. Sie werden ein egomanisches Luder kennenlernen, eine um sich schlagende, kratzende und beißende Bestie, die sich als Zentrum des Universums fühlt. Devra wird ...«

»Hören Sie auf, Mr. Jackson!« Ron sprang auf, wild entschlossen, sich kein einziges Wort dieser gemeinen Verleumdungen anzuhören. »Es reicht! Ich würde ...«

»Ich weiß, ich weiß, Sie würden mich zum Duell auffordern, wenn das heutzutage noch machbar wäre.« Lou Jackson presste die Hände gegen die Schläfen. »Schon wieder ein neues Devra-Carlton-Opfer! Ja, was ist denn?«, fuhr er seine Sekretärin an, die den Kopf zur Tür hereinsteckte.

»Mr. Thompson ist hier.«

»Herein mit ihm!« Lou Jackson schnellte hoch und ging dem blonden Mittvierziger strahlend entgegen. »Alan! Großartig, dass du hier bist! Alan, das ist Ron Dayton, der Autor. Ron, das ist ...«

»Einen Alan Thompson brauchen Sie nicht vorzustellen, Mr. Jackson.« Ron drückte mit aufrichtiger Bewunderung die Hand des berühmten Regisseurs. »Es ist einfach unglaublich! Die Besten des Broadway bringen mein Stück heraus! Und das, obwohl ich keinen Namen am Broadway habe.«

»Nach diesem Stück werden Sie einen Namen haben, Mr. Dayton«, prophezeite Alan Thompson. »Wen haben wir denn für die Hauptrolle? Du hast übrigens wieder zugenommen, Lou.«

Der Produzent winkte ab. »Erinnere mich bloß nicht an mein Gewicht. Wo ist der Regievertrag?«, schrie er laut genug, dass er ohne Sprechanlage zu hören war.

»Wen hast du für die Hauptrolle?«, fragte Alan Thompson.

Lou Jackson riss der eintretenden Sekretärin den Vertrag aus der Hand, zückte seinen Kugelschreiber und drückte Thompson beides in die Hände. »Wenn du die Regie führst, Alan, wird die Sache ein todsicherer Erfolg. Toi, toi, toi!«

»Wer hat die Hauptrolle?« Alan Thompson setzte den Kugelschreiber auf dem Vertrag an.

»Devra Carlton!« Ron strahlte den Regisseur an. »Ist das nicht wunderbar?«

»Wunderbar, einfach wunderbar.« Alan Thompson legte Vertrag und Kugelschreiber auf den Schreibtisch. »Wo ist das nächste Fenster, damit ich hinausspringen kann?«

Lou stöhnte in sich hinein. Warum hatte er diesem verdammten Anfänger nicht den Mund mit Heftpflaster zugeklebt! »Alan, nun mach doch keine Schwierigkeiten. Du willst doch die Regie führen.«

»Sicher, aber ich will eine Regiearbeit übernehmen und nicht an einem Gemetzel teilnehmen.«

»Alan!« Dem Produzenten fiel vor Aufregung das Päckchen mit den Zigaretten aus den Händen. »Du hast das Stück gelesen. Es liegt im Trend und ...«

»Und Devra liegt mir im Magen ...«

»... es ist gigantisch und wird den Broadway aus den Angeln heben und ...«

»... und mich hebt die Carlton aus den Angeln.« Alan Thompson verschränkte demonstrativ die Arme vor der Brust, als Lou ihm Vertrag und Kugelschreiber hinstreckte. »Nein! Weißt du noch? Die letzte Zusammenarbeit mit Devra? Vor drei Jahren?«

»Fast vier ...«

»Das ändert nichts. Was haben sich da für Sachen abgespielt, und für mich endete alles mit einem viermonatigen Aufenthalt in einem Sanatorium in Florida!«

»Was hast du gegen Florida?« Lou schwitzte, als wäre er genau dort. »Viele Menschen wären glücklich, wenn sie in diesem Sonnenstaat leben könnten.«

»Aber nicht mit einem Nervenzusammenbruch nach einer grausamen Sonderbehandlung durch Devra Carlton.« Alan Thompson drehte den Kopf weg, als Lou ihm den Vertrag unter die Nase hielt.

»Devra ist nicht wiederzuerkennen.« Lou bückte sich schnaufend nach den Zigaretten, die ihm schon wieder aus den Fingern geglitten waren.

»Ist sie noch schlimmer geworden?« Feindseligkeit schlich sich in die Stimme des Regisseurs ein, und Ron ordnete den Mann unter jene Leute ein, die Devra nicht richtig erkannt und beurteilt hatten oder die Opfer einer Intrige gegen sie geworden waren.

»Devra ist ruhiger geworden.« Lou lehnte sich aufatmend zurück und schaffte es endlich, sich eine Zigarette anzuzünden. »Reifer und ruhiger und ausgeglichener.«

»Sie ist ein Star, mit allen Launen und Exaltiertheiten ...«

»Aber, aber, Alan! Sie ist ein Star, aber sie ist in diesen drei Jahren zum sanftesten, bereitwilligsten und unexaltiertesten Star geworden, den du dir vorstellen kannst.«

Ron horchte erstaunt auf. Offenbar hatte es doch etwas bewirkt, dass er vorhin dem Produzenten so heftig widersprochen hatte.

Lou seufzte begeistert. »Devra hat sich zu einer Priesterin der Kunst gewandelt!«

Aha, der Einseifer schlägt wieder zu, durchfuhr es Alan Thompson.

»Eine *Hohepriesterin* der Kunst«, pflichtete Ron voller Inbrunst bei.

Alan Thompson warf einen Blick in sein aufrichtiges Gesicht. Armer Narr ...

Lou kaute auf dem Filter seiner Zigarette herum und gab kleine schmatzende Laute von sich. »Wenn ich natürlich dieses wunderbare Stück von unserem Ron hier ...« Er nickte mit seinem Kugelkopf in Rons Richtung. »... mit der herrlichen Devra Carlton in der Hauptrolle mit einem anderen Regisseur auf die Bühne bringen soll ...« Er zuckte mit seinen rundlichen Schultern. »Du musst es nur sagen, Alan. Ich könnte Harry Waterman fragen.« Lou sah zufrieden, wie es Alan in den Fingern zuckte. »Oder Paul Zelinsky ...« Lou beobachtete erfreut, wie Alan nach dem Vertrag schielte. »Oder Mervin Strauss oder ...« Lou genoss es, wie Alan nach dem Kugelschreiber griff und wild krakelig seine Unterschrift unter den Vertrag setzte. »Gratuliere!«

Alan starrte zweifelnd auf seine Hände, als könne er nicht glauben, was er soeben getan hatte. »Seit wann gratuliert man jemandem zu seiner bevorstehenden Hinrichtung?«

So sehr Ron sich freute, dass Lou diesen hervorragenden Regisseur gewonnen hatte, so sehr bedauerte er es, dass Alan Thompson offenbar alles maßlos übertrieb und einfach nicht den richtigen Blickwinkel für Devra fand. Es musste leidvoll sein, so verkannt zu werden ...

»Ich versuche, ein Zusammentreffen zwischen Devra und dir zu arrangieren, mein Freund.« Lou Jackson griff schon nach dem Telefon. »So schnell wie möglich.«

»Ich muss jetzt gehen.« Ron stand auf und nickte in die Runde. »Mr. Thompson, ich kann Ihnen gar nicht sagen, wie sehr ...«

»Dafür gibt es auch keine Worte«, fiel der Regisseur ihm ins Wort. »Dass muss man erlitten und überlebt haben.«

Ron nickte stumm und ging. Dass der Mann aber auch dermaßen übertreiben musste ...!

Lou legte den Hörer auf den Apparat zurück. »Heute Abend um acht bei Devra zum Dinner.«

»Nennt man das nicht ›Henkersmahlzeit‹?«, fragte Alan.

Lou zuckte nur mit den Schultern. Er hatte die Unterschriften unter den wichtigsten Verträgen. Und die Konventionalstrafen waren so horrend hoch, dass keiner mehr aussteigen konnte. Jetzt hieß es durchhalten bis zum Ende – zum bitteren oder zum triumphalen.

3

Die Henkersmahlzeit beginnt, dachte Alan Thompson, als er und Lou Punkt acht das Stadthaus der Carlton betraten und in einen Salon geführt wurden. Gleich kommt die ›Gereifte‹ ...

Devra kam fünfunddreißig Minuten später. Strahlend schön und mit ergriffenem Schimmern in den wundervollen grauen Augen, als ihr Blick sich auf Alan Thompson richtete. Lou Jackson übersah sie in ihrer offensichtlichen Wiedersehensfreude völlig.

»Alan ...« Ihre Stimme versagte. »Alan ... nach all den Jahren ... Ich hatte nicht mehr zu hoffen gewagt ...«

»Miss Carlton.« Alan räusperte sich, von ihrer Sanftheit aus der Bahn geworfen. »Ich wollte eigentlich ... also, ich dachte ...«

Ihre schmale zarte Hand schob sich wie halt- und hilfesuchend unter seinen Arm, während sie ihn in das Speisezimmer mit seiner schimmernden Pracht aus kostbarem Porzellan, Kristallgläsern, Silber und flackernden Kerzen führte. »Mir fehlen auch die Worte, um dieses Wiedersehen zu beschreiben«, erklärte sie beim Aperitif. »Alan Thompson nach so langer Zeit in meinem Haus!« Sie dachte an Rons Worte. »Es ist wie ein Traum, wie ein Märchen, das wahr wird.«

Trägt die aber dick auf, dachte Lou besorgt und schielte zu Alan Thompson hinüber. Hoffentlich frisst er die paar Kilo Honig, die sie ihm ums Maul schmiert.

»Sie haben einige große Erfolge in diesen Jahren gefeiert, Devra.« Der Vorname ging Alan nur schwer über die Lippen. Misstrauen vibrierte unverändert in ihm.

Devra neigte bescheiden den Kopf. »Es war ganz nett, ach ja, aber wichtig ist doch nur, dass die Kunst lebt und auf der Bühne atmet. Persönlicher Erfolg ist daneben ganz unwichtig.«

Alan starrte abwechselnd auf seinen Vorspeisenteller und auf Devra. Sie ist eine unmögliche Person, schoss es ihm durch den Kopf. Eine Bestie, eine Plage für jeden Regisseur und die gesamte Bühnenwelt – und leider Gottes die beste Schauspielerin, die es seit Jahren am Broadway gibt! Erinnerungen an ihre letzte Zusammenarbeit ließen seine Hände zittern, als er nach dem Besteck griff.

Lou sah es mit Schrecken. »Für wen ist denn dieser Platz reserviert?«, fragte er mit einem Blick auf das vierte Gedeck.

»Ich habe Ron Dayton eingeladen.« Devra streifte den leeren Platz mit einem missbilligenden Blick. »Scheint aufgehalten worden zu sein ... Aber das ist nicht so wichtig.« Ihr Lächeln galt Alan. »Ihnen als Regisseur wird es gelingen, diesem Stück Leben einzuhauchen. Sie werden die Unerfahrenheit des jungen Autors ausgleichen durch Ihr Können.«

Alan versuchte, die Schmeicheleien mitsamt seinen bitteren Erinnerungen zu verdauen, während der Hauptgang serviert wurde. Auf seinem Gesicht spiegelte sich dieser Kampf, und Lou schwitzte innerlich Blut und Wasser.

»Was für ein köstliches Essen«, schwärmte Lou, um einer möglichen Explosion vorzubeugen, fand jedoch kein Gehör. Devra war in ihrer Bewunderung für »Alan, *den* Regisseur des Broadway«, versunken, und Alan versuchte krampfhaft, nicht unter den geraspelten Süßholzspänen zu ersticken.

»Ich muss Ihnen meinen geheimsten Wunsch berichten.« Devras Stimme sank zu einem geheimnisvollen Flüstern. »Alan, ich wollte gerade Sie als Regisseur für dieses Stück haben, aber ich wagte nicht, diesen tiefen Herzenswunsch Lou zu offenbaren ...« Sie zögerte leicht. »Immerhin gab es da ja bei der letzten Zusammenarbeit zwischen Ihnen und Lou Differenzen.«

Alans Blick zuckte von seinem Teller zu Devra und dann zu Lou hinüber, der genauso erstaunt wie er selbst dreinsah, erinnerte er sich doch genauso wenig wie Alan an irgendwelche Differenzen zwischen ihnen.

»Da war doch nichts ...«, setzte Alan an, während Lou eisern schwieg. Lou hätte jeden Mord gestanden, wenn er dadurch Devra und Alan daran hindern konnte, sich gegenseitig zu zerfleischen.

»Wie gut, dass die Zeit alle Wunden zwischen Ihnen beiden geheilt hat.« Devra atmete erleichtert auf. »Ich bin mir nämlich sicher, Alan, dass ich mit Ihrer Hilfe – und nur mit Ihrer Hilfe – eine Jahrhundertleistung vollbringen werde.« Sie lächelte über den Rest von Zweifeln im Gesicht des Regisseurs. »Nur Sie kennen meine kleinen Schwächen, Alan, und nur Ihnen gelingt es, meine schauspielerischen Mängel mit Ihrer künstlerischen Führung auszugleichen.« Sie hob ihr Glas und trank ihm zu.

Lou schnappte sich blitzartig sein Glas. »Auf die Jahrhundertleistung, auf Alan und Devra!« Obwohl seine Hand vor Anspannung bebte, kippte er sich den ganzen Inhalt auf einmal in den Mund, ohne einen Tropfen zu verschütten.

»Äh, ja, auf das Stück.« Alan trank einen Schluck, verwirrt und erstaunt, aber auch dankbar über die zweifelsfrei vorhandene tiefe Wandlung der Devra Carlton. Er sah verwundert zu Lou hinüber. Dieser hinterhältige, nur auf seinen eigenen Vorteil bedachte Fettkloß hatte ihn ausnahmsweise einmal nicht belogen. Devra erkannte endlich seine, Alans, Fähigkeiten als Regisseur an! Es geschahen noch Zeichen und Wunder ... »Wir werden den Broadway daran erinnern, dass er die größte Theaterstraße der Welt ist.« Alan nahm noch einen Schluck, während Begeisterung in ihm erblühte. »Wir werden dafür sorgen, dass das Publikum rast und den Kritikern vor Staunen der Mund offen bleibt.« Er leerte sein Glas, schenkte sich aus der Karaffe nach und hob den Pokal. »Auf Devra Carlton, die größte Schauspielerin an diesem verdammten, herrlichen Broadway!«

Lou atmete auf und fühlte eine zutiefst religiöse Dankbarkeit dem Schicksal gegenüber. Der Nachtisch – Pudding – glitt wie Nektar und Ambrosia über seine Zunge, und erst jetzt merkte er, dass er vor Aufregung kaum etwas gegessen hatte.

»Wollen wir den Tee am Kamin trinken?« Devra wies ihren Gästen den Weg zum Salon und zog das Hausmädchen beiseite. »Es ist doch noch Pudding da?«

»Selbstverständlich, Miss Carlton.«

»Fein, fein. Bringen Sie eine Portion und stellen Sie sie auf dem Tisch warm. Danke.« Sie folgte ihren Gästen, die ihr endlich beide aus der Hand fraßen, an den Kamin. »Lou, Alan, bitte, behalten Sie Platz«, meinte sie lächelnd, nachdem beide bei ihrem Eintreten aufgesprungen waren. »Für unser freundschaftliches Kamingespräch schlage ich ein Thema vor, das wahrscheinlich uns alle interessiert – das Theater. Aber sprechen wir nicht von mir, sondern von Ihnen. Haben Sie mich in *ROSES IN WINTER* gesehen, Alan? Haben Sie die begeisterten Kritiken gelesen, Lou? Meine Szene im ersten Akt ...«

Als Ron abgehetzt den Salon betrat, drehten sich die Gespräche um das Theater. »Es tut mir schrecklich leid, ich wurde aufgehalten.« Er überreichte Devra den Strauß, den er noch schnell besorgt hatte. »Tut mir wahnsinnig leid, dass ich das ganze Essen ...«

»Ich habe Ihnen etwas Pudding aufgehoben, Ron.« Devras Finger schlossen sich um seine Hand, als sie ihm den Strauß abnahm. »Warmen Pudding für meinen jungen Autor. Ich liebe gelbe Rosen!«

Rons Blick glitt von ihrem strahlenden Gesicht zu Lou Jackson und Alan Thompson hinüber, die sein Erscheinen als Stichwort für ihren Aufbruch genommen hatten. »Ich wollte nicht stören.«

»Sie können gar nicht stören. Was für eine absurde Idee.« Devra verabschiedete ihre Gäste als ihre besten und aufrichtigsten Freunde.

Alan Thompson nickte Ron grüßend zu, trat dann im Hinausgehen auf ihn zu und sagte leise: »Eine wahre Künstlerin und ein großer Mensch.«

Ron nickte zustimmend. Es war schön, dass Alan Thompson jetzt endlich die wahre Devra Carlton erkannt hatte. Ron erinnerte sich an die Hasstiraden vom Vormittag, an all diese Verirrungen und Verwirrungen des Regisseurs, aber einer Devra Carlton konnte eben niemand widerstehen.

Und Ron konnte es am allerwenigsten. Als Devra in den Salon zurückkehrte und ihm das Schälchen mit dem versprochenen warmen Pudding in die Hände drückte, wehte ihm der betörende Duft ihres Parfüms entgegen, und ihre Hände legten sich sekundenlang auf seine Hände, bis diese fast zu schwach waren, das Schälchen zu halten.

»Ich bin froh, dass Sie doch noch gekommen sind.« Devra hielt Ron fest, als er zu einem der Sessel gehen wollte. Sie zog ihn zu sich auf das Sofa, das klein genug war, dass er nicht weit wegrutschen konnte. »Mit Milch und drei Stück Zucker?« Ihr Knie berührte seinen Schenkel, während sie ihm den Tee einschenkte und Ron pflichtschuldigst seinen Pudding löffelte. »Es gibt doch nichts Schöneres als ein Kaminfeuer an einem kalten Septemberabend, finden Sie nicht, Ron?« Ihr Kleid raschelte, als sie sich zu ihm wandte, das leere Schälchen aus seinen Fingern nahm und ihm die Teetasse reichte.

»Ja, es ist sehr kühl draußen.« Ron hatte das Gefühl, als würde das Sofa schrumpfen. Devras Knie strich an seinem Bein entlang, und ihre Brüste hoben sich verlockend unter dem raschelnden Kleid ab, als sie sich gegen die Rückenlehne sinken ließ. Er blickte rasch auf seine Teetasse, als habe er etwas Verbotenes betrachtet.

»Hier drinnen knistern die Flammen.« Devras Finger streiften Rons Schulter, während sie ihren Arm auf die Rückenlehne legte. »Es ist angenehm warm. Sie finden es doch angenehm warm, Ron?« »Äh, ja, sehr angenehm.« Er fuhr sich mit zwei Fingern unter den Hemdkragen, trank die Tasse leer, um seinen staubtrockenen Mund zu befeuchten, und stellte sie klirrend weg. »Wirklich sehr angenehm.«

»Das ist schön.« Devras Finger kehrten zu seiner Schulter zurück und blieben darauf liegen. »Wenn ich Sie hier so sitzen sehe, muss ich an Ihr Stück denken.« Sie rückte etwas näher, bis ihre Schenkel sich aneinander schmiegten, und da war sie wieder, diese leichte Röte, die, von Rons Hals ausgehend, seine Wangen überzog und ihn so unwiderstehlich machte. »Die Stelle vor dem Kamin, als die Society-Lady sagte: ›Wenn ich dich küsse, schmecke ich tausend Frauen, die du schon vor mir geküsst hast.‹« Sie beugte sich, die Szene spielend, zu ihm.

Ron schluckte. »Und er sagt: ›Hoffentlich magst du den Geschmack von Frauen.‹« Er lächelte unsicher. »Hoffentlich lacht das Publikum an dieser Stelle.«

»Wenn ich sie spiele, bestimmt.« Devra war etwas ernüchtert und unternahm einen zweiten Anlauf. »Man könnte die Stelle abändern und sagen: ›Wenn ich dich küsse, schmecke ich Pudding und Tee auf deinen Lippen …‹ Was muss der Liebhaber antworten?«

Rons Adamsapfel hüpfte zweimal. »Äh, ja, also … ›Hoffentlich magst du den Geschmack von Pudding und … Tee.‹« Er versuchte, ein Stück zur Seite zu rücken. Es wurde unglaublich warm im Salon, fand er. Am liebsten hätte er sich die Krawatte vom Hals gerissen und das Hemd geöffnet.

»Ihr Stück ist eine Offenbarung.« Devra rückte das Stück nach, das Ron weggerutscht war, bis er nicht mehr zurückweichen konnte. »Meiner Meinung nach offenbaren Sie universelle Wahrheiten, die noch nie auf einer Bühne gesagt wurden.«

»Ach ja?« Davon hatte er nicht den blassesten Schimmer gehabt. »Welche?«

»Nun …« Devra überlegte blitzschnell. »Kommt da nicht im zweiten Akt eine Krawatte vor?« Ihre Finger legten sich um das angesprochene Stück. »Der Liebhaber hat Schwierigkeiten, die Krawatte abzulegen.« Sie hob das fragliche Kleidungsstück an. »In Ihrem Stück kommt deutlich durch, dass eine Krawatte ein männliches Phallussymbol ist.«

»Ach ja?« Ron starrte auf ihre Finger, die an seiner Krawatte höherglitten. Ihre Nähe, der Druck ihres Schenkels, ihre leise Stimme, ihr Duft ... alles zusammen sorgte dafür, dass er kein Phallus*symbol* brauchte. Die Heftigkeit seines Verlangens überraschte ihn selbst, und die Verlegenheit über die Reaktion seines Körpers verstärkte die Hitze, die auf seinen Wangen glühte. »Es ist sehr warm hier drin.«

Devras Brüste drückten gegen seinen Arm, als sie sich an seinem Krawattenknoten zu schaffen machte und sich gegen ihn lehnte. Ihr Haar strich über Rons Wange. »Dann muss es sich der junge Theatergott bequemer machen. Genau wie in dem Stück.« Sie band geschickt die Krawatte auf, ließ die losen Enden baumeln und öffnete den obersten Knopf seines Hemdes, dann den nächsten und den übernächsten. »Es ist eine herrliche Szene, als diese Society-Lady sich zum ersten Mal ihrem neuen Liebhaber hingibt.«

»Nachdem sie Kaviar gegessen ...« Ron stockte, als Devras Fingernägel sacht über seinen Hals auf seine Brust glitten. Ihre Finger legten sich kühl auf seine Haut, und er glaubte, vor Verlangen und Verlegenheit zu bersten. »Und Champagner ... oder Cocktails ...«

»Eine starke Szene.« Devras Atem streifte seine Brust, während sie die Hemdknöpfe bis zum Hosenbund öffnete. »Ich fühlte die Leidenschaft dieser Bühnengestalt«, murmelte sie und drückte ihr Gesicht gegen Rons Brust, in der sein Herz in mächtigen Schlägen hämmerte. »Könnte ich doch auf der Bühne diese Leidenschaft voll zeigen.« Sie drehte sich so fließend herum, dass Ron nur verwirrt blinzelte, als sie sich auf einmal in seine Arme schmiegte und ihn gegen die Lehne drückte. »Auf der Bühne muss ich andeuten, die Fantasie der Zuschauer erregen.« Ihre Hände glitten unter sein Hemd, streichelten seinen Oberkörper. »Hier brauchen wir nicht zu spielen, Ron ...«

Er nahm kaum noch wahr, dass Devra seine Hand an ihre Brust führte, während er einen Arm um sie legte. Ihre Hände auf seinem nackten Körper hatten Spuren wie ein Feuerwerk hinterlassen, und ihre Lippen hätten gar nicht mehr einladend lächeln müssen. Nichts hätte Ron jetzt noch davon abhalten können, diese Lippen zu erobern, sie mit seinen Lippen auseinanderzuschieben und einen Vorstoß mit seiner Zunge zu wagen.

Devra stöhnte unter dem forschen Eindringen seiner Zunge. Sie hatte es gewusst! Sie musste ihm nur über die Schwelle seiner Schüchternheit helfen, dann entfesselte sie einen Vulkan!

Während sie sich Rons Kuss hingab, erforschte sie mit den Händen ihre Eroberung, spürte harte Muskeln an Armen und Brust, einen breiten Rücken und fantastisch schmale Hüften. Devra schob Hemd und Jackett über Rons Arme hinunter und presste ihr Gesicht gegen seine Brust, als er mit fiebernden Händen ihr Kleid öffnete, ihre Brüste freilegte und sie mit seiner Hand bedeckte.

»So schön ... so wunderbar«, murmelte Ron atemlos und senkte seinen Mund auf die Brust, die sich ihm entgegenhob. Devras Fingernägel gruben sich in seine Arme, während seine Zunge über die rosige Brustwarze kreiste und die versteifte Spitze streichelte.

Sie kamen taumelnd auf die Beine, Devra halb aus ihrem Kleid geschält, sich in Rons Arme schmiegend. Wankend näherten sie sich dem Kamin, sanken auf das dicke, weiche Fell davor.

Devra streckte Ron verlangend die Arme entgegen, als er sich über sie beugte und das Kleid bis zu ihren Hüften hinunterschob. Sein Gesicht war erhitzt, seine Haare standen zerzaust ab, und Devra wühlte ihre Finger in diesen zauberhaften braunen Schopf und legte ihre andere Hand auf seine Hüfte. Während Rons Lippen alles andere als sanft über ihre Brüste wanderten und Devra ein leises Stöhnen entlockten, tastete sie nach seinem Hosenbund, kam nicht an den Knopf heran und hob den Kopf.

»Ron, liebe mich ...«, murmelte sie, und er entkleidete ihren bereitwilligen Körper, streichelte und küsste ihre nackte Haut, stand dann geschmeidig auf. Devras Blicke verschlangen ihn, als er seine Hose öffnete und zusammen mit den Boxershorts über seine langen sehnigen Beine schob. Dann ließ er sich wieder auf Devra sinken.

»Devra!« Ron stockte der Atem. Ihre Hände umschlossen ihn, führten ihn, und sie kam seinem behutsamen Vordringen entgegen, bis sie sich tief vereinigt hatten und, von dem lustvollen Schock überwältigt, einen Moment still lagen, Körper an Körper, Haut an Haut.

Devra drückte ihre Beine gegen Rons schmale Hüften, und die leichte Bewegung kostete ihn seine letzte Beherrschung. Er hob sich an und senkte sich, und Devra erschauerte unter dem kraftvollen Gleiten und kam ihm entgegen, unterstützte ihn, sog seine Küsse in sich auf und fügte der Hitze des Kamins die Wärme ihrer Umarmung hinzu.

In das Knistern der Flammen mischte sich ihr heftiger Atem, ihr leises Stöhnen, ein kaum verständliches Murmeln. Devras Finger strichen fahriger und ungezielter über Rons Körper, als er den Rhythmus beschleunigte, und als Ron sich anspannte und den Kopf in den Nacken bog, umklammerte Devra ihn und ließ sich von ihm auf den Gipfel heben und in die Glut stoßen, die wie der Funkenregen eines platzenden Holzscheites durch alle Fasern ihres Körpers jagte.

Ron sank mit einem letzten Aufstöhnen auf sie, und sie erschauerte gemeinsam mit ihm in einem letzten befreienden Kampf. »Devra ...«, hauchte er.

Sie legte die Arme um seinen Körper. »Das war die künstlerisch beste Verbindung, die es jemals zwischen Autor und Hauptdarstellerin gegeben hat«, murmelte sie lächelnd und schloss die Augen.

»Fang bloß keine Spielchen mit mir an, Devra-Darling«, murmelte Lou Jackson halblaut vor sich hin. »Fang du bloß nicht wieder an.« Er warf dem Taxifahrer, der ihn vorsichtig im Rückspiegel betrachtete, einen missmutigen Blick zu. Der Mann sollte sich nicht so anstellen. Er saß ja ohnedies hinter einer durchsichtigen Kunststofftrennscheibe, deren spinnennetzförmiges Muster bewies, dass sie in der Vergangenheit schon etwas ausgehalten hatte. Entweder die Attacke eines Fahrgastes, oder den Aufprall des Kopfes eines Fahrgastes bei einer Notbremsung. »Ich warne dich!«, brummte Lou Jackson, und der Taxifahrer gab Gas, um diesen Irren schnellstmöglich ausladen zu können …

Lous Sekretärin hatte ihm vorsichtshalber seine Magentabletten mitgegeben. Und Lou Jackson nahm vorsichtshalber vier Stück, obwohl sie im Notfall nicht viel halfen. Gegen eine Devra Carlton waren noch keine Tabletten erfunden worden und auch nicht gegen den dumpfen Druck in der Herzgegend, den eine Einladung in Devras Haus hervorrief.

»Einladung? Dass ich nicht lache!« In ihr Haus zitiert hatte sie ihn. Sofort und auf der Stelle! »Sie pfeift, und ich Idiot springe!« Lou Jackson machte bei der harten Bremsung beinahe Bekanntschaft mit der Trennscheibe und er fand sich vor dem Stadthaus der großen, wahren und ach, so sanft gewordenen Künstlerin wieder. Er warf das Fahrgeld durch den Schlitz in der Trennwand und hatte kaum die Füße auf der Straße, als der Taxifahrer schon losraste.

Lou blieb um ein Haar mit dem Mantel an der Tür hängen und schüttelte drohend die Faust, aber vielleicht wäre es besser gewesen, von einem New Yorker Taxi zu Tode geschleift zu werden, als dieses alte elegante Haus zu betreten.

»Sie werden erwartet, Mr. Jackson.« Der Butler neigte leicht den Kopf. »Miss Carlton hat bereits nach Ihnen gefragt.«

»Ist er endlich gekommen, dieser Schlächter der Kunst?« Devras Stimme trug mühelos durch das ganze Haus. Eine wahre Bühnenstimme, fand Lou. Richtige Atemtechnik, wundervoll deutliche Aussprache. »Da ist er ja!« Devra erschien oben an der Treppe. »Bleiben Sie in der Nähe!«, befahl sie ihrem Butler, während sie die Treppe zielstrebig hinunterstieg und Lou zum Salon führte. »Diesem Mann ist alles zuzutrauen.«

Lou blieb an der Tür stehen, nachdem er sie zugedrückt hatte. »Devra, fangen Sie bitte, bitte nicht wieder so an! Was soll denn das heißen – mir sei alles zuzutrauen?«

Sie warf sich auf das Sofa und zog die Beine an. »Ist es das vielleicht nicht? Sie würden für Geld doch glatt morden. Geben Sie es ruhig zu!«

Lou lehnte sich gegen die Tür und verschränkte die Hände vor der Brust. Ja, tatsächlich, sie begann wieder das alte Spiel. Es wäre ja auch zu schön gewesen, wenn alles glatt über die Bühne gegangen wäre. Aber er würde ihr einen Strich durch die Rechnung machen, auf nichts eingehen, sich nicht reizen lassen. Ihr Stoß musste im Leeren verpuffen. Auch eine Devra Carlton musste mal eine neue Erfahrung machen. Dieser Gedanke verlieh Lou Schadenfreude und Kraft.

»Sehen Sie, Lou, Sie schweigen!« Devra streckte anklagend den Arm nach ihm aus. »Sie wissen genauso gut wie ich, dass ein Mann, der so kaltblütig die Kunst meuchelt, zu jeder Untat bereit und fähig ist. Und streiten Sie nicht ab, dass Sie das getan haben!«

Seinem Vorsatz getreu, hielt Lou die Arme verschränkt und schwieg.

Devra zog ihre grauen Augen zu schmalen Schlitzen zusammen. »Erst vor zwei Tagen hatte ich Sie, Alan und Ron Dayton hier in meinem Haus zum Dinner. Ich habe Sie für einen Freund unter meinem Dach gehalten, und Sie gehen her und stoßen mir hinterrücks den Dolch ins Herz.«

Es zuckte um Lous Lippen, und es juckte ihn in den Fingern. Dolch ins Herz ... ein verlockendes Bild!

Wieder ließ Devra ein paar Sekunden verstreichen in der Hoffnung auf eine Antwort. »Ich habe eine falsche Schlange an meinem Busen genährt, Lou. Sie haben schöne Reden geschwungen und im Herzen schon den Verrat gehegt.«

»Verdammt, hören Sie auf damit!«, brach es da aus Lou heraus.

Devras Augen leuchteten kampflustig auf. »Auch wenn Sie mich anschreien, bleiben die Tatsachen bestehen. Sie haben keinen Moment daran gedacht, ein gutes Stück auf die Bühne zu bringen.«

»Ach nein?« Lou stieß sich von der Tür ab und stampfte wütend auf das Sofa zu. »Was habe ich denn im Sinn?«

»Mit meinem Namen wollen Sie ahnungsloses Publikum in eine hingeschluderte Billigproduktion locken!« Sie hob abwehrend die Hände. »Selbst wenn Sie es jetzt abstreiten, sprechen die Tatsachen doch für sich.«

»Ich streite nichts ab! Es stimmt einfach kein einziges Wort von dem, was Sie da sagen!«

»Ach nein?« Devra griff nach den Skizzenmappen, die griffbereit auf dem Beistelltisch lagen. »Dann verraten Sie mir doch, was das hier ist!«

Es war wieder passiert! Er hatte sich aus der Reserve locken lassen, und jetzt konnte er nicht mehr zurück. Jetzt musste er widersprechen. »Das sind die Skizzen für Bühnenbild und Bühnengarderobe, Devra, und es sind hervorragende Skizzen von ersten Leuten ihres Faches.«

»O ja, das glaube ich gern!«, höhnte sie. »Die ersten, wenn man von unten aus zu zählen beginnt, vom Bodensatz! Hier! Das – und das – und das hier – und das ...« Sie zog die einzelnen Blätter aus den Mappen und ließ sie verächtlich zu Boden gleiten. »Das ist alles unerhört fürchterlich, für den Broadway und für mich absolut unwürdig, scheußlich, billig, provinziell! Damit können Sie die Tournee einer drittklassigen Schauspielertruppe durch Kentucky ausrüsten. Das gehört in die Provinz, weil es von Haus aus bereits provinziell ist!« Sie ließ das letzte Blatt zu den anderen flattern und lehnte sich echauffiert zurück.

Lou tat ein paar Schritte zu einem Sessel, ließ sich hineinplumpsen und presste die Hände auf den Magen. Wozu er die verdammten Tabletten genommen hatte, war nicht klar. Sein Magen brannte wie Feuer. »Und was würde denn Ihnen so in etwa vorschweben?«

Devra überhörte den blanken Sarkasmus in seiner Stimme. »Sehen Sie sich die Bühnenbilder an.« Sie fischte ein Blatt wahllos aus dem Haufen neben dem Sofa. »Das sollen die Kulissen für das elegante Interieur eines Stadthauses auf der East Side von Manhattan sein? Gelbe und braune Farbschlieren auf drapierten Vorhängen?«

»Es ist ein modernes Bühnenbild und ...«

»Sehen Sie sich um, Lou.« Ihre schlanke Hand beschrieb einen Kreis. »Finden Sie in meinem Stadthaus gelbe und braune Farbschlieren auf drapierten Vorhängen?«

»... und abstrakt«, vollendete er seinen Satz. »Die Fantasie der Zuschauer soll angeregt werden.«

Ihre Finger öffneten sich, und das Blatt schwebte erneut zu Boden. »Stellen Sie lieber gleich ein Schild auf die Bühne. *ELEGANTES INTERIEUR EINES STADTHAUSES AUF DER EAST SIDE VON MANHATTAN*, und zwar in Großbuchstaben. Und *BITTE STELLEN SIE ES SICH VOR!* Was für ein Unsinn! Ich verlange seidenbespannte Wände, echte Kristalllüster, Gemälde an den Wänden, natürlich richtig gemalte, und in den anderen Szenen jeweils einen Bühnenhintergrund, der zu der Szene passt. Detailgenauigkeit, Lou, das ist das Stichwort.«

»Gigantomanisch, Devra, das ist das Stichwort.« Wäre bloß der Druck in seiner Brust weggegangen, aber diesen Druck kannte Lou von sämtlichen Devra-Carlton-Produktionen nur zu genau. »Unbezahlbar und völlig undiskutabel! Nach Ihren Vorstellungen würden die Bühnenbilder so teuer wie Monet-Gemälde werden!«

»Und dann die Möbel!« Devra zog bekümmert die Augenbrauen hoch. »Das Stück spielt im reichen Milieu, Lou. Da können Sie keine Billigmöbel aus dem Sonderangebot des nächsten Supermarktes auf die Bühne stellen.« Sie ließ einen Zettel auf den Tisch flattern. »Hier habe ich Ihnen die Adresse eines Privatmuseums auf Staten Island aufgeschrieben. Dort können Sie echte Stilmöbel leihen. Ich kenne den Eigentümer, einen alten italienischen Grafen. Lassen Sie sich von ihm beraten. Er besitzt Geschmack, im Gegensatz zu Ihnen.«

Lou war danach, alle seine Magentabletten mitsamt der Packung zu schlucken. »Möbel aus dem Museum sind ...«

»... unerlässlich, genau wie die richtige Garderobe.« Devra griff nach einem bereitliegenden großformatigen Kunstdruckband. »Es gibt etwa ein Dutzend Schneiderinnen in der französischen Haute Couture, die diese Modelle nach alten Worth-Skizzen nacharbeiten können. Sorgen Sie dafür, dass ...«

»Worth! Französische Schneiderinnen!« Lou stieß das Buch von sich, als wäre es ein lebensgefährlicher Gegenstand. »Was hat das denn mit dem Stück zu tun, wenn ...«

»Und können Sie mir verraten, Lou, warum Sie mir für die Schaukastenfotos einen kleinen Fotografen von der Lower East Side schicken wollten?«

»Ja, das kann ich Ihnen verraten!« Lou Jackson keuchte kurzatmig. »Weil der Mann ein netter, billiger Fotograf ist, über den ich etwas sexuell Anrüchiges weiß und der deshalb für mich zu einem Sondertarif arbeitet!«

»Ja, das passt zu Ihnen.« Devra schüttelte den Kopf. »Aber nicht mit mir. Dann lassen Sie sich doch gleich von Ihrem netten, billigen Fotografen eine nette und billige Schauspielerin für die Hauptrolle empfehlen. Am besten eine, über die er etwas sexuell Anrüchiges weiß und die deshalb für Sie zu einem Sondertarif arbeitet. *Ich* verlange jedenfalls Scavullo.«

»Den Fotografen aus Hollywood?« Jackson japste.

»Allerdings.« Devra erhob sich und warf einen Blick auf ihre Kaminuhr. »Ich habe ihm bereits gestern telegrafiert. Er landet vermutlich in diesem Moment in New York.«

Lou überschlug im Geist die Kosten für ein neues Bühnenbild, für die geliehenen Bühnenmöbel aus dem Museum, die Worth-Garderobe und Scavullo und fand, dass Scavullo entschieden der billigste Posten auf der Liste war. Und wenn Devra den Fotografen einfließen ließ, konnte man ihr wenigstens in diesem Punkt nachgeben. »Also gut, meinetwegen, soll Scavullo Ihre Fotos machen.« Mit letzter Kraft stemmte sich Lou aus dem Sessel, zähneknirschend, innerlich kochend. »Aber alles andere können Sie vergessen. Ich lasse mir nicht von Ihnen die

Pistole auf die Brust setzen. Sie kriegen Ihre Fotos, und damit basta!«

»Die Kunst ...«, setzte Devra an.

»Und damit basta!«, schrie Lou, warf ihr noch einen beinharten Blick zu und stürmte aus dem Haus.

4

Devra wartete, bis sie die Haustür hinter Jackson ins Schloss donnern hörte, dann griff sie lächelnd nach dem Telefonhörer. Wieso Produzenten immer annahmen, ein geschmettertes ›*BASTA!*‹ könne *sie* abhalten, war ihr schlicht ein Rätsel. »Hallo, Ron? Darling, ich habe Sehnsucht nach dir!«

Ron schloss andächtig die Augen, als er Devras Stimme hörte. Noch jetzt dachte er pausenlos an ihre herrlichen Kaminspiele. Und dass sie einander in den seither verstrichenen Tagen, Stunden, Minuten, Sekunden nicht gesehen hatten – die Arbeit hatte an erster Stelle zu stehen, wie Devra ihn ermahnt hatte – verstärkte nur seine Sehnsucht. »Du fehlst mir«, flüsterte er in den Hörer.

»Du mir auch.« Das stimmte sogar. Irritiert hatte Devra festgestellt, dass sie in den letzten knapp vierzig Stunden ungewöhnlich oft an Ron als Mann und nicht als Autor gedacht hatte. Jetzt allerdings benötigte sie den Autor Ron ... »Kannst du so schnell wie möglich zu mir kommen?«

»Bin schon unterwegs!«, stieß Ron hervor und knallte den Hörer auf die Gabel.

Auf Rons inständiges Flehen hin durchpflügte der Taxifahrer Kamikaze-ähnlich den New Yorker Verkehr, und es hätte nicht viel gefehlt, dass Ron den Butler beim Eintreten vor Devras Haus rüde zur Seite gestoßen hätte, um so schnell wie möglich in Devras Arme zu eilen.

»Miss Carlton erwartet Sie bereits, Mr. Dayton«, erklärte der schwarz gewandete. »In der Bibliothek!« Die dezente Handbewegung in Richtung einer weit geöffneten

Flügeltür reichte Ron völlig aus, um seinen Weg ohne Butler zu finden.

Devra, ich komme ... Der in seinen Gedanken geformte Ruf kam nicht über seine Lippen, und Ron war froh darüber, stand er doch plötzlich in der offenen Bibliothekstür einem aufgeregten Dutzend von Männern und Frauen gegenüber, die sich um Devra geschart hatten. Eine Szene aus einem seiner allerersten Stücke fiel ihm ein, ein Liebhaber, der sich auf dem Weg durch das Haus zu seiner Angebeteten bereits alle Kleider vom Leib riss und sie dann von Verwandtschaft umringt vorfand. Seither hatte Ron diese Szene in ähnlicher Form schon so oft gesehen, dass er sie ein zweites Mal schreiben würde.

Devra, über einen kostbaren Louis-seize-Schreibtisch gelehnt, von Beleuchtern prüfend, von einem Fotografen samt Assistenten kritisch und von ihrer unscheinbaren Sekretärin anhimmelnd betrachtet, winkte Ron näher.

»Sie können jetzt nicht stören.« Jane Cotter hielt ihn am Arm fest. »Sie sehen doch, wir machen die Schaukastenfotos. Scavullo aus Hollywood ... Sie können nicht ...«

»Ron, wo bleibst du denn?« Devra übertönte das aufgeregte Stimmengewirr. »Jane, lassen Sie ihn doch!« Sie lächelte dem Fotografen zu. »Wenn es nur um die Ausleuchtung geht, nehmen Sie doch meine Sekretärin als Lichtdouble.«

»Wir brauchen Sie wegen Ihrer Gesichtsform«, erwiderte einer der Assistenten. »Wir brauchen ...«

»Ich brauche eine Pause.« Devra richtete sich aus der unbequemen Stellung auf. »Hallo, Ron, Darling! Wie schön ...«

»Nur noch zehn Minuten, Miss Carlton«, bat der zweite Assistent. »Wir haben uns noch nicht geeinigt, ob wir die klassische Ausleuchtung nehmen – Sie wissen, Stirn und Jochbein bekommen ein Führungslicht von leicht seitlich oben, dazu weiches Aufhellungslicht für die unteren Gesichtspartien ...«

»Ich wollte mit dir allein sein«, raunte Ron ihr zu.

»... ihr Blick wird betont durch weich abgegrenzte Spots auf die Pupillen ...«

»Ron, du siehst doch, was los ist. Jetzt nicht. Scavullo ist eigens meinetwegen an die Ostküste gekommen.«

»Um das Porträt plastisch erscheinen zu lassen«, erklärte der Assistent, »und um es vom Hintergrund zu lösen, werden Spitzlichter von hinten gesetzt ...«

»Schick sie weg«, flüsterte Ron.

»... Weichzeichner vor dem Objektiv und Tüll und Gaze vor den Lampen machen das Bild zart und transparent ...«

»Ja, ja, das machen wir alles.« Devra hakte sich bei Ron unter und führte ihn zu einem der Bücherregale. »Ich verstehe ja, dass dich diese Leute stören. Mich auch. Aber es muss sein. Um des Stücks willen.« Eine der zahlreichen Uhren schlug, andere fielen ein. »Schon Mittag, und ich habe noch keinen Bissen gegessen, und außerdem hatte ich einen schrecklichen Vormittag.« Ihre Hand legte sich auf seinen Arm, und ihre Finger drückten sanft zu. »Ich wäre auch lieber allein mit dir, Ron.« Der Text aus *THE HOT BITCH* saß immer noch perfekt ...

Jemand aus der Mannschaft rief: »Devra! Miss Carlton, bitte!« Rons Traum, die Liebesstunden vor dem Kamin sogleich zu wiederholen, löste sich in Nichtwohlgefallen auf, und Trauer umflorte seinen Blick ...

Devras Finger strichen über seinen Arm. »Ich denke pausenlos an unsere Stunden vor dem Kamin.« Ihre vollen Lippen bebten. »Erst seitdem weiß ich, was es heißt, eine richtige Frau zu sein ...«

Rons Blick folgte ihr wie hypnotisiert, als sie dem drängenden Ruf folgte und wieder an den Tisch trat, die gewünschte Pose einnahm und den Kopf von den Assistenten hin und her drehen ließ. Hatten bis zu diesem Moment in Rons Gehirn außer Devra noch eine oder zwei Kleinigkeiten Platz gehabt, so waren seine Gedanken jetzt vollständig von ihr benebelt.

»Okay, wir nehmen die klassische Ausleuchtung!«, entschied einer der Männer aus dem Pulk, und Ron atmete auf, als Devra zu ihm zurückkehrte.

»Du hattest einen schrecklichen Vormittag?« Betroffen sah er die stumme Verzweiflung, die ihre herrlichen Augen verschleierte.

»Lou war bei mir. Lou Jackson.« Devra kämpfte sichtlich mit ihrer Erregung. »Du kannst es dir nicht vorstellen! Es war grauenhaft!« Sie seufzte. »Ich habe wie eine Löwin für dich gerungen, konnte mich aber nicht durchsetzen. Dieser Mann kennt keine Skrupel!«

»Was hat er dir angetan?«, fragte Ron alarmiert.

»Nicht mir. Dir und deinem Stück! Deinem einmaligen Jahrhundert-Bühnenwerk. Ruinieren will er es, völlig ruinieren! In geradezu lächerlichen Secondhandkleidern will er mich einherspazieren lassen statt in nachgemachten Worth-Kreationen.«

»Wort-Kreationen?«

»Worth-Kreationen! *Worth!*« Devra tätschelte Rons Wange. Süß und sexy, aber schrecklich naiv. »Hör zu, Darling ... Sieh mal, dein göttliches Stück spielt im eleganten Milieu. Unter sehr reichen, übersättigten Leuten. Läuft von denen einer in abgetragenen Kleidern herum?«

»Natürlich nicht!«

Der Assistent winkte. »Miss Carlton, wir brauchen ...«

»Jetzt nicht!« Devra warf dem Kerl einen Blick zu, der keinen Widerspruch duldete, und wandte sich wieder sanft und nachsichtig an Ron. »Die Personen in deinem Stück tragen das Feinste vom Feinen, und das sind nun einmal nachgeschneiderte Modelle des großen Meisters Worth. *Worth!*« Ihre Fingerspitzen berührten sacht seine Brust. »Für das Werk eines großen Meisters kommt nur das Werk eines anderen großen Meisters in Frage.«

Ron hatte zwar noch immer nicht den blassesten Schimmer, wer dieser Worth war, aber er nickte beeindruckt. Wenn Devra es sagte ...

»Lou sträubt sich.« Sie hakte sich bei Ron unter und drängte ihn einfach aus der Bibliothek, als Scavullo, Herrscher der Fotocrew, ihr verzweifelt Zeichen machte. »Er ist die Knauserigkeit in Person und ein Aas! Ich wäre natürlich nie auf die Idee gekommen, nach Worth zu verlangen, wenn ich nicht ganz genau beim Lesen des Stückes erfühlt hätte, dass du beim Schreiben die ganze Zeit deine Hauptdarstellerin in Worth-Modellen gesehen hast.«

Ron grub in seiner Erinnerung. Tatsächlich, wo Devra das jetzt so sagte, hatte er seine Hauptdarstellerin wahrhaftig die ganze Zeit in Worth-Modellen und nur in Worth-Modellen gesehen. Etwas anderes kam gar nicht in Frage. »Ich spreche mit Mr. Jackson!« Er drückte einen Kuss auf Devras dargebotene Wange. »Keine Sorgen, das lasse ich mir nicht bieten!« Er atmete tief durch. »Wenn er geglaubt hat, dass er so etwas mit meinem Stück machen kann, wird er sich wundern.«

Devra hielt ihn fest, als er sich schon abwenden wollte. »Ich wusste, dass dir das Theater wichtiger ist als alles andere.« Sie gab ihm einen Kuss, ehe sie sich zu den ungeduldig in der Tür der Bibliothek drängenden Leuten umdrehte. »Schon gut, ich komme ja!«

Ron stürmte aus dem Haus, hielt ein Taxi an, warf sich innerlich bebend auf die Rückseite und nannte dem Fahrer die Adresse. »Der kann was erleben!«, murmelte er wütend vor sich hin. »Der wird sich wundern! Einfach unglaublich.« Sein Blick traf sich mit dem besorgten Blick des Taxifahrers im Rückspiegel, und Ron besaß genug Selbstbeherrschung, um den Rest des Weges schweigend zurückzulegen.

Dafür platzte er in den Vorraum von Jacksons Büro, dass die Tür innen gegen die Wand schlug, und ließ sie hinter sich unsanft ins Schloss fallen.

»Mr. Jackson ist beschäftigt und ...«, setzte die Sekretärin an.

»Ich muss ihn sofort sprechen!«

Die Sekretärin warf einen Blick in Rons Gesicht und griff zum Hörer. »Mr. Jackson, Mr. Dayton ist hier und ... Ja, sehr ... Nein, das kann ich nicht ... Ja!« Sie legte auf. »Gehen Sie hinein, Mr ...«

Ron stieß bereits die gepolsterte Tür auf, holte beim Anblick des hinter seinem Schreibtisch hockenden Produzenten tief Luft und befahl sich Ruhe und Mäßigung.

Lou Jackson arbeitete nicht umsonst fast sein ganzes Leben am Broadway. Er kannte sie alle, die verschiedenen Arten von Auftritten in seinem Büro, und er konnte fast immer den Ablauf eines Gesprächs im Voraus beschreiben. ›Mr. Jackson, Devra braucht unbedingt ...‹ oder ›Mr. Jackson, wir können das Stück nur herausbringen, wenn Devra ...‹

»Mr. Jackson!« Ron trat an den Besucherstuhl heran und stützte sich mit beiden Händen auf die Rückenlehne. »Wenn Sie ...«

»Setzen Sie sich doch, Mr. Dayton.«

»Mr. Jackson, es geht nicht ...«

»Einen Drink?«

Ron schüttelte den Kopf. Er blieb stehen. »Mr. Jackson, was haben Sie sich bei den Kostümen gedacht? Wie kommen Sie auf die Idee, keine nachgemachten ... äh ... Worth-Kreationen zu nehmen?«

»Ganz einfach, mein lieber junger Freund. Die Kosten ...«

»Kosten?« Jetzt ließ Ron sich langsam auf den Stuhl sinken. »Das Stück spielt in den höchsten Gesellschaftskreisen von New York, und Sie reden von Kosten?«

»Das Stück *spielt* in den höchsten Gesellschaftskreisen, aber finanzieren muss ich es, nicht diese höchsten Gesellschaftskreise. Die Kosten ...«

»Mr. Jackson, wenn Sie Devra in Secondhandfähnchen auftreten lassen ...«

»Wir haben hervorragende Kostüme entworfen, Dayton!«

»... verfälschen Sie den Sinn des Stückes!« Ron beugte sich vor, von Begeisterung über seine Einfälle mitgerissen. »Offenbar haben Sie keine Ahnung, was sich ein Autor beim Schreiben denkt.«

»Ich habe eine Ahnung, was sich ein Autor denkt, nachdem ihn Devra Carlton in die Mangel genommen hat.«

Ron hob abwehrend die Hand. »Lassen Sie Devra aus dem Spiel. Die hat gar nichts damit zu tun.«

Lou verzog die fleischigen Lippen. »›Lassen Sie die Maschinenpistole in meinen Händen aus dem Spiel‹, sagte der Killer. ›Die hat gar nichts damit zu tun.‹«

»Lenken Sie doch nicht ab.« Ron bemühte sich um einen ruhigen Ton. »Es geht nicht um Devra, und es geht nicht um irgendwelche Kosten. Es geht darum, dass mein Stück genauso aufgeführt wird, wie ich es in meinem Herzen erfühlt habe.«

»Und was haben Sie in Ihrem Herzen erfühlt?«

»Worth-Modelle.« Ron nickte nachdrücklich. »Ich habe die ganze Zeit beim Schreiben meine Hauptperson in Worth-Modellen gesehen.«

»Von französischen Schneiderinnen der Haute Couture hergestellt.« Lou schob sich eine Zigarette zwischen die Lippen.

»Französische ... Ich weiß nicht ... Die Ausführung ist nicht meine Sache, Mr. Jackson. Wichtig ist doch nur, dass ich die Kleider beim Schreiben gesehen und erfühlt habe.«

»Worth-Modelle ...«

»Richtig, Worth-Modelle!«

Du armer Narr, dachte Lou und schüttelte den Kopf. »Haben Sie auch die Kosten gesehen und erfühlt?«

Ron schloss für einen Moment die Augen. Wie sollte er diesem künstlerisch so völlig ahnungslosen Menschen klarmachen, dass das Stück mit den Bühnenkleidern der Hauptperson stand und fiel?

»Ron!« Lou Jackson versuchte es mit einem väterlichen Ton. Wenn der Junge so leicht beeinflussbar war, schaffte es bei ihm vielleicht auch ein alternder fetter Produzent und nicht nur eine reizvolle elegante Frau. »Ron, mein Freund, ich lebe auf, mit, durch und für den Broadway! Das Theater ist mein Leben. Die Bühne ist mein Atem. Glauben Sie, ich würde ein Stück in die Produktion schicken, ohne es wie mein eigenes Kind mit allem Nötigen für ein erfolgreiches Leben auszustatten?«

»Auch mit Worth-Modellen?«

Lou rammte seine halb gerauchte Zigarette in den überquellenden Aschenbecher, dass die Kippen nach allen Seiten spritzten. »Ich soll für die Eitelkeit eines exaltierten Stars Unsummen zum Fenster hinauswerfen? Halten Sie mich wirklich für so verrückt? Meinen Sie, ich hätte mich Jahrzehnte am Broadway gehalten, wenn ich dermaßen idiotisch wäre?«

Rons Miene erstarrte, und seine Lippen wurden schmal. »Wenn Sie mit dem exaltierten Star womöglich Devra Carlton meinen ...«

»Wen sonst? Die Garbo lebt ja nicht mehr.«

»... dann kann ich Ihnen nur versichern, dass diese Forderung nichts, überhaupt nichts mit Eitelkeit zu tun hat.« Ron stand langsam auf. »Als gute Schauspielerin folgt Devra nur den Intentionen des Autors, und das kann ich beurteilen, weil *ich* der Autor bin. Das ist der springende Punkt, Mr. Jackson. *Ich* bin der Autor, nicht *Sie*!«

Ein Idiot bist du, dachte Jackson, und laut sagte er: »Aber ich bin der Produzent und ...« Er brach ab, weil Ron sich einfach umdrehte und sein Büro verließ. »Ein Idiot bist du«, sagte Lou nun doch, nachdem sich die Tür hinter dem Autor geschlossen hatte, der seine Hauptperson beim Schreiben des Stückes in Modellkleidern gesehen hatte, deren Schöpfer Worth ihm nur unter Schwierigkeiten einfiel. Lou griff zum Hörer des summenden Telefons. »Ja?«

»Mr. Jackson, Mr. Thompson ist hier!«

»Die Sieben Plagen aus der Bibel. Oder wie viele Plagen gab es genau?«

»Wie bitte?«

»Schon gut. Schicken Sie Mr. Thompson herein.«

Er hatte kaum ausgesprochen, als Alan Thompson in sein Büro stürmte und seinen Blick hart und unnachgiebig auf Lou richtete. »Lou, ich muss mit dir reden! Ich habe ...«

»Setz dich erst mal, Alan, und denk an deinen Kreislauf.« Lou versuchte es mit einem freundschaftlichen Lächeln. »Wir wollen doch nicht, dass du wieder in einem Sanatorium in Florida landest.«

»Wo es nach deinen Worten angeblich so paradiesisch schön war.«

Der Regisseur setzte sich und umklammerte die Seitenlehnen des Besucherstuhls. »Aber du hast recht, diesmal lasse ich mich nicht wieder von dir in ein Sanatorium befördern wie vor vier Jahren.«

»Von ... mir?« Lou zog vor Staunen die Hand von seinem Zigarettenpäckchen zurück.

»Natürlich, oder glaubst du, ich lasse zu, dass du meine Regiearbeit von Anfang an torpedierst?«

Lou hatte sich erholt. »Lass mich raten. Du warst bei Devra, und sie hat ...«

»Bevor du noch ein Wort sagst ...« Alan streckte ihm abwehrend beide Hände entgegen. »Das alles hat nichts mit Devra Carlton zu tun. *Ich* bin der Regisseur, klar?«

»Klar.« Und Devra ist deine Regisseurin, nach deren Anweisungen du tanzt, du Trottel ...

»Also, wir brauchen neue Bühnenbilder und selbstverständlich ganz bestimmte Möbel. Lou, so geht das nicht. Du kannst mir nicht die Regiearbeit an einem Stück anvertrauen und dann von Anfang an alles zerstören.«

Lou biss in den Filter seiner Zigarette. »Ich und ein Stück zerstören? Alan, du kennst mich. Ich lebe auf, mit, durch und für den Broadway! Das Theater ist mein ganzes Leben. Die Bühne ist mein Atem, mein Herzschlag. Glaubst du, ich würde freiwillig ein Stück produzieren, wenn ich es nicht wie mein eigenes Kind mit dem nötigen Rüstzeug für ein erfolgreiches Leben ausstatte?«

Das Gesicht des Regisseurs verlor etwas von seiner Härte. »Das nicht, Lou, aber ...«

»Traust du mir das wirklich zu, alter Freund?« Lou wartete gespannt, ob er bei Alan mehr erreichte als bei Ron Dayton. »Ich lebe doch nur für dieses Stück, Alan!«

»Ja, das weiß ich, aber Devra hat mich darauf aufmerksam gemacht, dass es für mich völlig unmöglich ist, meine große Regiekunst in Pappmasche und Rattanmöbeln zum Leben zu erwecken.«

Lou sackte enttäuscht in sich zusammen. »Aber es hat überhaupt nichts mit Devra Carlton zu tun, o nein, gar nichts!«

»Hat es auch nicht!« Alan legte in seine Worte das Gewicht ehrlicher Überzeugung. »Du musst zugeben, dass die Bühnenbilder ein schlechter Witz sind. In feinsten Gesellschaftskreisen brauchen wir Antikmöbel. Es gibt da ein Privatmuseum ...«

»Kenne ich. Staten Island. Italienischer Adeliger.«

»Genau.« Alan lächelte versöhnlich. »Ich wusste doch, dass du mit dir vernünftig reden lässt, alter Freund.«

Lou hielt die Hand auf seinen brennenden Magen. »Kann ich dann auch mit dir vernünftig reden, alter Freund?«

»Aber sicher, nur heraus mit der Sprache.«

»Als du die Skizzen für Bühnenbild und Dekoration gesehen hast, da ist deine große Regiekunst nicht gefährdet gewesen, sondern offenbar erst nach dem Gespräch mit Devra ... Sollte die Lady vielleicht irgendwo einen Streifen Fliegenleimpapier ausgelegt haben, und du warst die Fliege?«

Alan Thompson sah verletzt drein. »Wärst du nicht mein alter Freund, würde ich dir diese Bemerkung jetzt sehr übel nehmen. Tatsache ist, dass ich schon beim ersten Blick auf die Skizze *gefühlt* habe, dass da etwas nicht stimmt. Ich konnte es nur noch nicht in Worte fassen.« Er stemmte sich auf dem Besucherstuhl hoch und blickte auf Lou hinunter. »Devra Carlton hat sich ganz offensichtlich zu einer ernsthaften Künstlerin entwickelt. Das hast du selbst gesagt.«

»Ich habe schon so viel in meinem Leben gesagt ...«

»Sie hat nur noch die Kunst im Auge, und voll tiefer Demut wohlgemerkt. Und das Wohl des Regisseurs. Und Devra hat mich lediglich auf etwas aufmerksam gemacht, was mir ohnedies eingefallen wäre. Verbal, meine ich, dass ich es in

Worte fassen kann. Heute oder spätestens morgen wäre mir das sowieso eingefallen. Du siehst also, die Angelegenheit hat gar nichts mit Devra zu tun.«

Lou massierte sich die Schläfen. »Rein gar nichts.«

Alan hob mahnend den Zeigefinger, während er rückwärts zur Tür ging. »Ich verlasse mich auf dich. Enttäusche mich nicht. Wir wollen doch nicht wieder so ein nervliches Desaster wie vor vier Jahren erleben.«

Er winkte rasch ab, als Lou den Mund öffnete. »Nein, nein, du brauchst nichts zu erklären, und ich erwarte von dir auch gar keine Entschuldigung für damals. Nur enttäusche mich heute nicht.« Der Blick des Regisseurs fiel auf den vollen Aschenbecher. »Und achte etwas auf deine Gesundheit.«

Wie denn, solange es eine Devra Carlton gibt? Lou war versucht, sich in den Arm zu kneifen, um danach vielleicht aufzuwachen, aber er wusste schon, dass es kein Albtraum, sondern bittere Wirklichkeit war.

»Kommen Sie rein!« Lou Jackson schrie nach Alans Weggang durch die nur angelehnte Tür ins Vorzimmer und warf seiner mit Notizblock erscheinenden Sekretärin einen finsteren Blick zu, als wäre sie an allem schuld. »Nachricht an den Bühnenbildner: Mit Devra Carlton in Verbindung setzen. Sie gibt neue Anweisungen für das Bühnenbild. Hier irgendwo auf meinem Schreibtisch liegt ein Zettel mit der Adresse eines privaten Museums auf Staten Island. Mit dem Besitzer Verbindung aufnehmen und Möbelliste mit Devra Carlton abstimmen. Die verdammten Proben zu diesem verdammten Stück müssen endlich anfangen! Und Nachricht an die Kostümdesignerin: Mit Devra Carlton Worth-Modelle aussuchen und in Paris herstellen lassen. Und das alles schon gestern erledigt!«, schrie er am Schluss.

Die Sekretärin zuckte nicht einmal mit der Wimper. Nicht umsonst arbeitete sie seit Jahrzehnten am Broadway als Sekretärin und konnte stets die Handlungen und Reaktionen der einzelnen Leute voraussehen.

Lou starrte auf den Rücken seiner enteilenden Sekretärin. In den zurückliegenden Jahren hatte er diesen Schwur schon ein paarmal geleistet, aber diesmal würde er ihn auch einhalten: Dies war das letzte Stück mit Devra Carlton, und wenn er abgesetzt wurde, wollte er Devra Carlton endgültig erwürgen!

Lous Sekretärin tätigte inzwischen die einzelnen Anrufe und verständigte zuletzt Devra Carlton, auch wenn Mr. Jackson ihr das nicht aufgetragen hatte.

»Vielen Dank für Ihren Anruf, besten Dank«, sagte Devra, nachdem Lous Sekretärin ihr die hundertprozentige Erfolgsmeldung übermittelt hatte. Sie legte auf und wandte sich lächelnd zu Ron um, der hinter ihr gewartet hatte. »Du hast es erreicht, Darling. Du hast Lou Jackson dazu gebracht, dein Stück so aufzuführen, wie *du* es willst.« Sie schmiegte sich in seine Arme. »Ich liebe erfolgreiche Männer, und du bist der erfolgreichste von allen.«

»Aber ...« Das überschwängliche Lob machte ihn verlegen. »Ich habe doch nur deine Gedanken in die Tat umgesetzt.«

»*Deine* Gedanken, Darling, *deine*.« Den Arm um Rons Hüften gelegt, führte Devra ihn in ihr Schlafzimmer hinauf. »Du hast mit deiner Zungenfertigkeit den großen Produzenten Lou Jackson fertiggemacht.« Sie sank auf ihr Bett und lächelte ihm einladend entgegen. »Und jetzt zeig mir, was du mit mir machen kannst ...«

Während Ron schon beim Entkleiden seiner Geliebten alles andere vergaß, sich selbst die Kleider vom Leib riss und sich über Devra beugte, schwelgte sie zusätzlich zu den angenehmen Gefühlen in ihrem Körper in der Vorfreude auf die bevorstehenden Proben.

Als Ron sich über sie schob und glücklich und bewundernd in ihr Gesicht blickte, hauchte Devra: »Du bist ... wundervoll!«

Impulsiv umarmte sie ihn und zog ihn fest an sich und stieß einen gedämpften Schrei aus, als er sich endlich mit ihr vereinigte. Und dann gab sie ihm mehr von sich, als viele Jahre lang irgendein Mann von ihr bekommen hatte. Devra öffnete sich ihm, nicht nur körperlich. Ich verliebe mich, schoss es ihr durch den Kopf, während sie sich auf Rons Bewegungen einstimmte. Solche Gefühle hatte sie erst einem einzigen Mann in ihrem Leben entgegengebracht, mit sechzehn. Einem Botenjungen, der sie nicht nur zum ersten Mal in ihrem Leben voll befriedigt hatte, sondern den sie auch geliebt hatte. Bei ihm hatte Devra genau wie bei Ron den Wunsch verspürt, ihm mehr zu geben, als sie bekam. Ron ... Ihr gemeinsamer Aufstieg beschleunigte sich und glich einer rasenden Fahrt. Devra fühlte sich wie ein Spielball unter der entfesselten Kraft von Rons Ekstase, und sie sog diese Kraft in sich auf und genoss mit ihm zusammen. Sie gab ihn auch nicht frei, während sie wieder zur Erde zurückkehrten und den Nachgenuss ihrer Liebe durch ununterbrochene Zärtlichkeiten verlängerten, ohne davon genug zu bekommen.

»Ich liebe dich«, murmelte Ron und genoss noch immer die feuchte Wärme von Devras Weiblichkeit.

»Und ich liebe dich«, flüsterte Devra sanft und aufrichtig.

Ron streckte sich auf und in ihr. »Ich werde nie, nie, nie genug von dir bekommen!«

»Das hört man gern«, wisperte Devra und fuhr mit der Zungenspitze über Rons Ohr. Nicht nur *COCKTAIL, CAVIAR & COMPANY*, sondern auch ihre ganz persönliche Liebesstory schien auf Erfolgskurs zu segeln.

5

»Mr. Jackson, was machen Sie denn hier?« Lou Jacksons Sekretärin ließ hastig die Nagelfeile in der Schublade ihres Schreibtisches verschwinden.

»Ich habe hier mein Büro, falls Sie das vergessen haben sollten.« Lou Jackson deutete auf die gepolsterte Tür. »Direkt da drin. Ich wollte es noch einmal sehen, falls ich den heutigen Tag nicht überlebe oder wegen Mordes verhaftet werden sollte.«

Die Sekretärin hastete hinter ihm in sein Büro. »Sie haben doch nicht vergessen, dass heute die Proben zu *COCKTAIL, CAVIAR & COMPANY* beginnen?«

»Nein! Darum besteht ja die Möglichkeit, dass ich den Tag nicht überlebe oder wegen Mordes verhaftet werde.« Lou erklärte nicht, wen er vielleicht ermorden wollte, weil er das als sonnenklar voraussetzte, versorgte sich mit seinen Magentabletten und nahm das vergessene Skript von seinem Schreibtisch, dessentwegen er überhaupt in seinem Büro aufgetaucht war, und ging zu Fuß ins Theater.

Er fand neben dem benötigten Bühnenpersonal die Darsteller vor, dazu Ron Dayton, was Lou nicht wunderte, da der Autor natürlich die Geburt seines Stückes miterleben wollte, weiterhin Alan Thompson, was den Produzenten auch nicht wunderte, war der Regisseur doch der Inbegriff des Pflichtbewusstseins, und schließlich Devra Carlton, was Lou allerdings sehr überraschte – und erleichterte. Er erlaubte sich ein Aufatmen. Die Proben begannen, und der große Star hatte sich dazu herabgelassen, zu erscheinen. »Es geschehen noch Zeichen und Wunder«, murmelte Lou, ließ sich auf einen Sitz in einer der hinteren Reihen des Zuschauerraums fallen und kramte eine Handvoll Pistazien aus seiner Sakkotasche, um sie lautstark zu verzehren, während er dem Probenbeginn andächtig zuschaute.

Alan Thompson strahlte vor Zufriedenheit. »Ich möchte keine großen Worte machen, das liegt mir nicht.« Sein Blick schweifte in die Runde und blieb an Devra hängen, die sich bescheiden in die Gruppe einfügte. Ihr weißes Wollkleid passte zu dieser Bescheidenheit, ihr großzügig verarbeitetes Nerzcape mit den teils horizontal, teils vertikal versetzten Fellen, grün eingefärbt, schon etwas weniger, und den Smaragd-Schmuck konnte man bei bestem Willen nicht mehr als bescheiden einstufen. »Wir alle sitzen im selben Boot und werden gemeinsam siegen oder untergehen. Und jetzt fangen wir ganz einfach an.« Alans Blick streifte noch einmal voller Dankbarkeit Devra, die entgegen ihren früheren Gewohnheiten pünktlich erschienen war. Sie erwiderte seinen Blick mit einem bescheidenen Lächeln.

Ron saß in der zweiten Reihe des Zuschauerraums, stützte die verschränkten Arme auf die Rückenlehne der ersten Reihe und starrte wie gebannt zur Bühne. Von dort hörte er jetzt seine Worte, während irgendwann bei einer Unterbrechung Lou Jackson neben ihm auftauchte.

Lou lächelte väterlich gönnerhaft. »Aufgeregt?«

Ron musste erst tief durchatmen, um sprechen zu können. »Aufgeregt, ängstlich, begeistert, verstört, glücklich, unsicher ... Sie können sich gar nicht vorstellen, was ich alles fühle.«

»Doch, mein junger Freund, das kann ich. Trösten Sie sich. Aufregung, Begeisterung und Glück verfliegen bei jeder Theaterproduktion recht schnell. Angst, Verstörtsein und Unsicherheit bleiben.«

»Sie sind ein Zyniker, Mr. Jackson.«

»Sie sind ein Neuling, Mr. Dayton.«

Ron schüttelte bloß den Kopf und verfolgte fiebernd den Fortgang der Probe, die leicht chaotische Desorientierung der Schauspieler, die von Alan Thompson mit ruhigen Anweisungen sicher geleitet wurden.

In der nächsten Probenpause kam der Regisseur zu Ron herunter, setzte sich in die erste Reihe und drehte sich nach hinten. »Na, wie fühlt sich der Autor? Es wird ernst. Jetzt nimmt das Werk Gestalt an, bekommt zur Seele auch einen Körper, wird geformt und geknetet, bis es in perfekter Schönheit erstrahlt.«

Ron seufzte. »Ich bin aufgeregt und glücklich und begeistert.«

Alan Thompson lächelte nachsichtig. »Das ist Ihre erste Broadway-Produktion, nicht wahr? Warten Sie ab, bis ein schärferer Wind weht und Panik, Unsicherheit und Verzweiflung aufkommen.«

»Sie sind ein Pessimist, Mr. Thompson.«

»Ich bin ein Realist, mein Freund.«

»Wie finden Sie Devra ... ich meine, Miss Carlton?« Lou hatte Ron nicht danach gefragt. Er kannte die – natürlich unbegründete – Feindseligkeit des Produzenten gegen Devra.

»Großartig.« Alan verdrehte verzückt die Augen. »Jeder Zoll eine große Schauspielerin. Jedes Wort und jede Geste eines Stars würdig. Aber das wusste ich von Anfang an.«

Devra hatte während der Probenpause die Bühne nicht verlassen. Sie saß auf einem der schlichten Holzstühle und blickte unter gesenkten Wimpern zu Alan Thompson hinunter, der sich mit Ron unterhielt. »Könnten Sie meinen Stuhl dort hinüberstellen?«, bat sie schließlich einen Bühnenarbeiter. »Hier zieht es. Danke.«

Devra war nicht zufrieden. Gar nicht. Aber jetzt war noch nicht der richtige Zeitpunkt, um ihre Meinung zu verkünden. O nein, jetzt nicht. Zurückhaltung war angesagt ... noch!

Alan Thompson kam auf die Bühne zurück. »Wollen wir?« Er sah sich gut gelaunt um.

Devra verzog keine Miene, als sie sich erhob. Kein Wunder, dass Alan gut gelaunt war. *Er* empfand es ja nicht als Zumutung, schlichtweg als Zumutung, dass es in *ihrem* Stück auch noch einen männlichen Star gab. Devras Blick wanderte zu Kevin Newton, ihre Altersgruppe, gut aussehend, brünett, adrett und klug. Das alles sprach nicht gegen ihn, aber er war ein Bühnenstar mit großem »S«! Und das sprach gegen ihn. Noch bevor sie vor Jahren gelernt hatte, ihr Können auf der Bühne ins rechte Licht zu rücken, hatte Devra gelernt, die Aufmerksamkeit des Publikums und den Ruhm mit niemandem zu teilen. Mit niemandem – und darunter fiel auch Kevin Newton.

Darunter fiel ebenfalls Mary Miller, die kleine Schauspielerin ...

»Devra, bitte!« Alans leicht ungeduldiger Ton verriet ihr, dass er sie schon einmal angesprochen und sie ihn nicht gehört hatte. »Wir wollen weitermachen.«

»Entschuldigen Sie, tut mir leid.« Devra trat wieder in den Kreis der übrigen Schauspieler, die der Regieanweisungen für die nächste Szene harrten.

»Wir probieren die Partyszene und gleich danach …«

»Es tut mir wirklich leid, Alan«, versicherte Devra bedauernd.

»Ja, ja, ist in Ordnung.« Alan lächelte irritiert. »Danach versuchen wir, ob wir …«

»Es ist nur so, dass ich mein Bestes geben möchte, auch schon bei den Proben.« Devra wartete, bis der Regisseur seinen Blick auf sie gerichtet hatte. »Und das kann ich nicht, wenn ich gestört werde.«

»Ja, Miss Carlton, das wissen wir. Das geht allen so.« Alan versuchte, sich wieder zu sammeln. Es fiel ihm sichtlich schwer.

Devra wartete. Richtiges Timing war der Herzschlag jeden Stückes. Und der Herzschlag jeden persönlichen Auftritts, ganz gleich, wo er stattfand. Ihrer fand eben zufällig gerade auf einer Bühne statt. Devra erahnte den Moment, in dem Alan den Faden wiedergefunden hatte und zum Sprechen ansetzte. »Die Vase steht falsch.« Ein kleiner Satz, scheinbar bedeutungslos dahergesagt, aber von durchschlagender Wirkung.

Alan Thompson beherrschte sich eisern. Seine Hände mit dem Script zitterten jedoch leicht, und seine Finger verknitterten die Seiten. »Welche Vase?«, flüsterte er.

»Diese.« Devra deutete auf eine unscheinbare Vase auf einem genauso unscheinbaren Tischchen. »Sie gehört nicht in diese Szene.« Aus den Augenwinkeln sah sie Lou Jackson in der vierten und Ron in der zweiten Reihe. Lou stützte den Kopf in beide Hände. Ron lächelte.

»Diese Vase …« Alan schloss für einen Moment die Augen, öffnete sie wieder. »Diese Vase steht dort, weil das Bühnenbild noch nicht mit den geprobten Szenen übereinstimmt. Ignorieren Sie die Vase.«

Er wandte sich an Kevin Newton, den Bühnenstar mit großem »S«. »Sie beginnen zusammen mit Devra die Partyszene. Fangen Sie an. Devra, achten Sie auf das Stichwort *Cocktail* und antworten Sie ohne Zwischenpause, Schlag auf Schlag.«

Kevin Newton ging lächelnd auf Devra zu. »Meine Liebe, möchtest du einen Cocktail?«

Devra blickte durch ihn hindurch. Wenn überhaupt ein Partner nötig war, dann ein männlicher Schauspieler ... und nicht ein männlicher Star.

»Das war das Stichwort!« Alan Thompson sprach bewusst verhalten und leise. »Haben Sie Ihr Stichwort nicht gehört, Devra?«

Irgendwo in dem weiten, fast leeren Zuschauerraum hustete jemand. Devra warf einen missbilligenden Blick in diese Richtung. »Wie soll man sich konzentrieren? Hier ist es zu laut.«

Alans Augen verrieten aufkeimende Panik. »Bitte absolute Ruhe während der Proben!«, schrie er in den Zuschauerraum, und für einen Moment schwollen die Stirnadern bei ihm gefährlich an.

Devra nutzte die Zeit und betrachtete diese Mary Miller, das zweite Problem neben Kevin Newton. Ihr einen männlichen Star zur Seite zu geben, war ja schon zu viel des Guten.

Aber völlig schleierhaft war ihr, was Mary Miller in einer Nebenrolle zu suchen hatte, diese hübsche Schauspielerin, die zudem die bodenlose Frechheit besaß, zwanzig Jahre jünger als sie selbst zu sein.

»Jetzt ist es ruhig, Devra.« Alan flüsterte fast nur noch. »Können wir jetzt bitte probieren?«

»Aber sicher.« Devra verschob beide Probleme auf später und konzentrierte sich. »Darf ich um mein Stichwort bitten?«

»Meine Liebe, möchtest du einen Cocktail?«, fragte Kevin Newton.

»Cocktails, Cocktails, immer nur Cocktails!« Devra legte Feuer in ihre Stimme und ließ ihre Augen sprühen. »Kannst du nicht an etwas anderes denken? Die Welt steht am Rand einer ökologischen Katastrophe, und du denkst nur an Cocktails!«

»Ich ertrage den Rand dieser ökologischen Katastrophe nun mal nur mittels eines Cocktails«, erwiderte Kevin Newton, und alle lachten oder lächelten.

»Aus, aus!«, rief Alan Thompson zufrieden. »Das war schon sehr schön, aber von den Darstellern darf natürlich niemand auch nur eine Miene verziehen, sonst stirbt die Pointe. Danke, machen wir für heute Schluss!« Sein Lächeln kam aus vollem Herzen. »Einen Moment hatte ich schon befürchtet, Devra könnte wieder mit ihren Mätzchen anfangen«, sagte er zu dem näherkommenden Lou. »Es ist doch wunderbar gelaufen, nicht wahr?«

»*Zu* wunderbar, um wahr zu sein.« Lou hatte eine kalte Zigarette im Mundwinkel und eine Sorgenfalte auf der Stirn. »Ich warte auf das typische Aufflackern ihrer ›Starqualität‹. Und das kommt!«

»Starqualität?« Ron hatte den letzten Satz aufgefangen. »Was meinen Sie damit? Sie ist doch ein Star.«

Lou und Alan wechselten einen wissenden Blick.

»Mit ›Starqualität‹ meine ich, dass Devra durch kleinere und größere Manipulationen Stück und Regie an sich reißen wird.« Lou Jackson lauschte in sich hinein und verspürte wieder einmal das sanfte Brennen seines Magengeschwürs. »Und das kommt so sicher, dass ich jede Wette eingehen würde.«

»Ich wette nie«, entgegnete Ron. »Abgesehen davon bin ich überzeugt, dass Sie sich wieder von Ihrer Abneigung gegen Miss Carlton leiten lassen.«

»Ich würde ja sofort gegen deine Wette halten, Lou«, versicherte Alan. »Aber ich habe mir das Wetten während einer Regiearbeit in London abgewöhnt, als sogar die Bühnenarbeiter mit mir wetteten, ob sich ein bestimmter Schauspieler an einer bestimmten Stelle verspricht oder nicht. Am Ende verlor ich die Hälfte meiner Gage. Das war zu viel des Guten. Aber ich sage dir, Devra ist ein neuer Mensch geworden.«

»Und New York führt die Statistik der sichersten Städte an!« Lou wäre liebend gern bereit gewesen, auf Devras bevorstehende Ausbrüche von ›Starqualität‹ zu wetten und zu verlieren. Er befürchtete allerdings, dass er diese Wette haushoch gewinnen würde.

Ron war an keiner weiteren Diskussion mit dem Produzenten und dem Regisseur interessiert. Er ließ die beiden stehen und traf sich mit Devra am Bühnenausgang. »Du warst umwerfend, Darling«, raunte er ihr zu.

»Es waren doch nur Proben, noch dazu die ersten«, wehrte sie bescheiden ab.

»Wenn man das mit einkalkuliert, warst du einfach göttlich«, sagte er bewundernd.

Devra widersprach nicht. Warum auch? Sie hatte nicht vergessen, dass in der Szene mit dem Stichwort *Cocktail* nicht sie, sondern ihr Partner die Lacher erntete. Das musste geändert werden, und dafür war Ron der richtige Mann, aber der Zeitpunkt war noch nicht da. Das Problem Kevin Newton und Mary Miller anzusprechen, war zwar vom Zeitpunkt her richtig, aber dafür war Ron der falsche Mann. »Willst du mich begleiten?«, fragte Devra ganz ohne Hintergedanken, nur von dem Wunsch getrieben, mit ihm zusammen zu sein.

Ron ging neben ihr zu ihrem wartenden Rolls-Royce. »Das ist eine jener Fragen, die unter die Kategorie ›total überflüssig‹ fallen. Das brauchst du mich nie zu fragen.«

Devra war an jede Art von Verehrung und Liebe gewöhnt, von einzelnen bedeutenden Persönlichkeiten genauso wie von großen anonymen Massen. Und doch war ihr die Verehrung durch Ron wichtiger als alles andere. Sie zerbrach sich jedoch nicht lange den Kopf darüber, sondern nahm, was er ihr bot. Ihren Kopf musste sie freihalten für Probleme, und deren gab es genug – wie bei jeder Produktion, die erst auf den richtigen Devra-Carlton-Kurs gebracht werden musste, damit es am Ende ein richtiger Devra-Carlton-Triumph wurde.

Und wieder kam es auf das richtige Timing an. Devra wartete, bis sich Alan Thompson sicher im Regiesattel wähnte und nach einigen Probentagen bereits innerlich total locker an die Arbeit ging.

»Diese Liebesszene soll nur den Bruch zwischen den beiden vorbereiten«, erklärte er Devra und Kevin Newton. »Ihr müsst also spüren lassen, dass ihr einander im Grunde nicht mehr ausstehen könnt.« Er versuchte, Devras stumm verzweifelten Blick zu ignorieren. »Bitte, spielen wir das mal durch.«

Sie spielten. Alan hatte Änderungswünsche, und die stumme Verzweiflung in Devras Augen wuchs. Sie spielten erneut, und als Alan ebenso erneut Änderungswünsche hatte, sagte Devra, halb zu sich selbst: »Eigentlich sollte ein Regisseur von Format *vorher* wissen, was er will.« Nur *halb* zu sich selbst. Die andere Hälfte hörten alle.

Alan versuchte, die Spitze zu ignorieren. »Mehr Leidenschaft bei der Umarmung, aber diese Leidenschaft muss unechter wirken.«

Devra verdrehte seufzend die Augen. »Man könnte meinen, in einem Workshop für Regisseur-Anwärter zu sein ...«

Alan versuchte, auch diese Spitze zu ignorieren und das krampfartige Ziehen in seinem Solarplexus vor sich selbst zu leugnen, ein erstes Anzeichen heraufziehender Panik. Als Devra in der anschließenden Streitszene zwischen den einzelnen Durchgängen vor sich hinmurrte, setzten bei Alan erste Schweißausbrüche ein.

Devras Nasehochziehen bei seiner Interpretation der endgültigen Trennung der beiden Hauptpersonen durchbrach dann zum ersten Mal Alans Panzer der Selbstbeherrschung. »Hier bin *ich* der Regisseur. Und hier bestimme *ich*, wie eine Szene gespielt wird! Ich bin für Anregungen und Vorschläge jederzeit offen. Aber nur dafür!«

In Devras schönen grauen Augen schimmerten zweieinhalb Tränen, und dank ihrer Präsenz auf der Bühne verströmten diese zweieinhalb Tränen auch ihre Wirkung in den Zuschauerraum auf Ron und Lou. Ron, innerlich hundertprozentig auf der Seite diese herrlichen Schauspielerin, wobei es keine Rolle spielte, dass er sie fast jede Nacht leidenschaftlich in seinen Armen hielt, entwickelte feindselige Gefühle gegen Alan und seinen brutalen Regiestil. Lou Jackson, der sah, wie sich seine Befürchtungen schrittweise erfüllten, entwickelte feindselige Gefühle gegen Devra. Die Stimmung lud sich also mit Feindseligkeit auf.

Alan Thompson bemühte sich noch immer, keine feindseligen Gefühle gegen Devra zu entwickeln, doch sie machte es ihm zunehmend schwer. »Ich habe gesagt, dass Sie während dieses Satzes an die Rampe treten sollen!«, rief er, hart an der Grenze zum Schreien angelangt. »Würden Sie das bitte machen? Das Ganze noch einmal.«

Sie probten das Ganze noch einmal, und Devra blieb wie festgewurzelt stehen. Alan versuchte es ein zweites Mal, und Devra blieb wieder wie festzementiert stehen. Da wusste er, dass sie den Boykott gegen ihn verhängt hatte.

»Also gut.« Alan Thompson trat langsam auf die Boykottierende zu und blieb drei Schritte von ihr entfernt stehen. Ein Sicherheitsabstand, damit er sich nicht so leicht vergessen konnte. »Gut, sprechen wir darüber, Miss Carlton. Was wollen Sie?«

»Es widerspricht den Intentionen des Stücks, wenn ich an die Rampe trete.« Ihre Stimme hatte nichts von ihrer ursprünglichen Bescheidenheit verloren.

»Was haben diese drei Schritte zur Rampe mit den Intentionen des Stücks zu tun? Woher wollen Sie das überhaupt wissen? Das steht nirgendwo im Textbuch.«

»Das erfühlt man, Alan. Fragen Sie doch den Autor, der das alles mit seinen Gefühlen und seiner Seele geschrieben hat.«

Alan warf einen matten Blick zu Ron hinunter. »Diese Frage kann ich mir sparen. Devra, bitte, Sie sollen doch nur an die Rampe gehen. Wieso boykottieren Sie mich?«

»Ich? Sie? Boykottieren?« Devra sah ihn erstaunt an. »Sie haben vorhin gesagt, dass Sie immer für Anregungen und Vorschläge offen sind. Ich habe einen Vorschlag gemacht.«

»Danke, und jetzt treten Sie bitte an die Rampe.«

Devra trat nicht. »Mein Vorschlag lautet, Abstand zum Publikum zu halten, weil der Autor mit diesem inneren Abstand geschrieben hat, den man erfüllt, wenn man sich in das Stück hineinversetzt.«

»Ich habe mich hineinversetzt, Devra, und ich finde nichts, was dagegen spricht, dass Sie an die Rampe treten.«

»Dann haben Sie sich eben nicht genug hineinversetzt, Alan.« Der Regisseur versuchte vergeblich, seinen ausbrechenden Angstschweiß unter Kontrolle zu bringen. Das war die altgewohnte Devra, die ihn vor vier Jahren schnurstracks vom Broadway in das Sanatorium in Florida befördert hatte. »Eine Anregung muss man nicht aufgreifen, und einen Vorschlag muss man nicht befolgen. Ich danke Ihnen für beides, Devra, und jetzt treten Sie bitte an die Rampe!«

Devra trat nicht. »Ich bin die Letzte, die Sie zu irgendetwas zwingt, Alan. Das werden Sie nicht erleben. Aber ich kann nicht an die Rampe treten. Mein künstlerisches Ich sträubt sich dagegen.«

Alan schob die Hände in die Hosentaschen, damit man das Zittern nicht sah. »Drei Schritte, Devra. Tun Sie einfach drei Schritte.«

Devra tat sie nicht. »Wenn Sie bedenken, wie wichtig diese Szene ist, werden Sie mir recht geben, Alan.«

Alan gab ihr nicht recht. Devra gab Alan nicht recht. Eine halbe Stunde später war Alan nervlich am Ende, während Devra kräftemäßig sichtlich noch auf Sparflamme fuhr. Alan entging der völligen Erschöpfung nur durch Nachgeben.

Und er gab nicht nur bei den drei Schritten zur Rampe nach. Erstens saß ihm der Premierentermin in Nacken, und Devra schien bereit zu sein, über jede Kleinigkeit über diesen Premierentermin hinaus zu diskutieren. Wenn er stur bliebe, könnte das Stück frühestens um die Jahrhundertwende vor Publikum aufgeführt werden! Und zweitens erschien es Alan ratsam, in kleinen Dingen nachzugeben.

»Ich muss meine Kräfte für den sicherlich noch kommenden großen Kampf sparen«, sagte er hinterher zu Lou Jackson.

Der Produzent seufzte. »Wenn ich nicht genau wie du darunter litte, würde ich jetzt grinsen und sagen: ›Ich habe es ja gleich gesagt!‹«

Alan sah ihn verbittert an. »Darf ich dich daran erinnern, was du ›gleich‹ gesagt hast? Dass die Carlton sich gewandelt hat! Dass sie eine wahre Künstlerin geworden ist, die nur noch für ihre Kunst lebt oder so ähnlich! Mit diesem Schmus hast du mich doch erst geködert!«

Lou Jackson gelang es, eine unschuldige Miene aufzusetzen. »Kann ich etwas dafür, wenn sie sich jetzt wieder zurückverwandelt? Schließlich hast du die ganze Zeit davon geschwärmt, wie wunderbar sie geworden ist.«

Das machte Alan mundtot, und er kehrte an seine Probenarbeit zurück. Er versuchte es zumindest, aber es gab für ihn immer weniger zu tun.

Lou Jackson und Ron wurden vom Zuschauerraum aus Zeugen, wie Devra dazu überging, ihren Mitspielern kleine Regieanweisungen zu geben. Klitzekleine ... noch!

»Ist sie nicht wunderbar?«, murmelte Ron verzückt.

Lou seufzte. »Ich würde eher sagen, jetzt schwindet jede Hoffnung, sie könne jemals einen Beliebtheitspreis gewinnen.« Aber ein Seitenblick auf den jungen Autor zeigte ihm, dass Ron gar nicht begriff, wovon er sprach.

»Ja«, sagte Ron seufzend. »Das hat mit Beliebtheit nichts mehr zu tun. Das ist pure Genialität ...«

Lou schwieg erschüttert.

Devra aber hob sich eine weitere Kostprobe ihrer Genialität für Ron auf und wählte den Zeitpunkt, in dem jeder Mann am sanftesten, friedfertigsten und willigsten war. »Du warst wunderbar«, flüsterte sie ihm zu, was absolut der Wahrheit entsprach. Ihre Hände glitten zärtlich über Rons erhitzten Körper, und als er sich glücklich lächelnd von ihr rollte, drehte sie sich mit ihm und bedeckte seine Brust mit Küssen. »Du warst einmalig ... Ich wünschte, ich könnte das auch von *COCKTAIL, CAVIAR & COMPANY* behaupten ...«

In Rons träges Wohlbehagen nach der Ekstase mischte sich ein feiner Stich von Unbehagen.

»Versteh mich bitte nicht falsch.« Ihr Kuss auf seinen Bauchnabel hätte Steine schmelzen können. »Dein Stück gehört ohne Zweifel zu dem Besten, was in den letzten hundert Jahren geschrieben worden ist.«

Trotz dieses Lobes richtete Ron sich auf die Ellbogen auf und starrte auf seinen Bauch hinunter, über den Devras warme, feuchte Lippen zärtliche Kreise zogen. »Aber?«

Devra ließ sich Zeit. Nachdem sie während der Proben beschlossen hatte, die ersten kleineren Schwachstellen des Skripts in Angriff zu nehmen, widmete sie sich nun voll diesem Ziel.

»Devra, bitte!« Ron legte seine Hand unter ihr Kinn und hob ihren Kopf an. »Du weißt, wie viel mir dein Urteil bedeutet. Was stimmt nicht mit dem Stück?«

Sie blickte erstaunt zu ihm auf. »Wie kommst du bloß auf die Idee, mit deinem wundervollen Stück könnte etwas nicht stimmen?« Halb über ihn hingegossen, sah sie ihn beschwörend an. »Es ist deinem Stück allerdings abträglich, wenn die guten Pointen so falsch verteilt sind.«

»Falsch verteilt? Die guten Pointen?« In seiner durch Erschöpfung und Nachgenuss eingeengten Erinnerung tauchten keine falsch verteilten Pointen auf. Im Gegenteil, er war nach wie vor davon überzeugt, dass jede Pointe genau am richtigen Platz saß. »Das verstehe ich nicht.«

»Du bist wie alle Eltern.« Devras Atem strich warm über seine Haut, als sie lautlos lachte. »Du hältst dein Kind für das schönste der Welt und siehst nicht die winzigen Schönheitsfehler.«

»Ich bin keine Eltern. Ich habe keine Kinder. Wovon sprichst du?« Ron versuchte, Devra von sich zu schieben, um sich mit ihr im Sitzen und von Angesicht zu Angesicht nüchterner unterhalten zu können. Doch ihre Arme legten sich um seine Taille, und der enge Kontakt erschwerte die von Ron angestrebte Nüchternheit.

»Zum Beispiel diese Stelle, an der Kevin Newton mich fragt, ob ich einen Cocktail will, und ich ihm vorhalte, dass er nur an Cocktails denken kann.«

»Der Beginn der Partyszene ...«

»Richtig! Mein Ausbruch, dass er in dieser Krisensituation der Welt nur an Cocktails denken kann, bringt keine Pointe. Erst seine Antwort erzielt die Lacher.«

Ron nickte. »So habe ich das geplant.«

»Aber das ist völlig verkehrt! Du lässt deine Hauptperson mit ihrem Ausbruch ins Nichts laufen, ins Niemandsland. Jeder im Publikum fragt sich doch, warum sie sich so aufregt, wenn ihre Worte dermaßen verpuffen.«

»Sie verpuffen nicht, sondern liefern der männlichen Hauptperson den Stoff für die Pointe.«

»Und genau das ist der springende Punkt.« Devra betonte diesen Punkt durch einen heftigen Kuss auf seine Brust, während ihre Hände versuchten, Ron das Verständnis für ihre Sicht der Dinge einzumassieren. »Du degradierst deine Hauptperson zur reinen Stichwortgeberin. Sie wird zur unbedeutenden Statistin. Du musst *ihr* die Pointe in den Mund legen.«

Ron versuchte, sich die Szene anders vorzustellen. »Dann müsste der Mann ihr den Stoff für ihre Pointe liefern.«

»Wozu? Lass ihn einfach fragen, ob sie einen Cocktail will, und dann gibst du ihr die Pointe. Schlag auf Schlag.«

»Und er ...«

»Er ist unwichtig. Er kann einfach ein betretenes Gesicht machen oder überhaupt im Hintergrund bleiben. *Sie* ist die starke Persönlichkeit. *Sie* trägt das Stück.«

Ron brauchte nur wenige Sekunden, um sich zu entscheiden. »Du hast recht, das muss geändert werden.«

»Mein Skript liegt in der Bibliothek. Ich habe dir eine Schreibmaschine aufstellen lassen.« Devra zog die Bettdecke über sich, als er aufsprang. »Lass mich nicht zu lange allein«, flüsterte sie ihm noch zu und lag dann entspannt unter der Decke und lauschte auf das Klappern, das gedämpft aus der Bibliothek zu ihr heraufdrang.

Ron kehrte zwanzig Minuten später zurück, las Devra die geänderte Stelle vor und war von ihrem Beifall so beschwingt, dass er die Bettdecke beiseite schob, Devra in die Arme zog und ihr zeigte, wie viel Kraft und Verlangen sich in der Zwischenzeit bei ihm angesammelt hatten.

»Mit dir ist alles so herrlich«, seufzte Devra viel später, als sie sich genussvoll ausstreckten, und wieder entsprach es völlig der Wahrheit. »Darling, du weißt doch, dass ich bei diesem kleinen Änderungswunsch nicht an mich gedacht habe?«

»Aber natürlich weiß ich das ...« Die Augen fielen Ron fast zu, so sehr hatte er sich verausgabt. Was für eine Frau und Geliebte! »Dann weißt du auch, dass ich nicht an mich denke, wenn ich sage, dass du die Pointen bündeln musst. Ich meine, auf eine Person umschreiben, auf die weibliche Hauptperson. Das hat natürlich nichts damit zu tun, dass ich meinen Partnern keine Pointen gönne ...«

»Natürlich nicht ...«

»Ich würde frohen Herzens schon morgen alle meine Pointen hergeben, wenn dies dem Stück dienlich wäre.«

»Sicher ... Sicher ...«

»Leider ist dem Stück aber nur dienlich, wenn die Hauptperson alle Pointen bekommt. Sieh mal, du hast diese Hauptperson so angelegt. Darum sehe ich es als meine Pflicht an, dich auf diesen Schwachpunkt deines Skripts hinzuweisen.«

»Schwachpunkt?« Ron schaffte ein schläfriges Grinsen. »Ich habe keinen Schwachpunkt.«

Devras Finger tasteten und streichelten und weckten Leben, wo eben noch totale Erschlaffung geherrscht hatte. »Nein, *du* hast keinen Schwachpunkt, aber dein Skript hat ein paar kleine. Da ist zum Beispiel die Szene ... ich spiele sie zusammen mit dieser Mary Miller ... also, sie reißt mit ihrem Text die Szene völlig an sich. Das verwirrt, weil alle erwarten, dass deine Hauptperson die Szene führt. Da müsstest du eine kleine Änderung machen.«

Noch vor wenigen Minuten hätte Ron geschworen, sich nicht einmal mehr auf die Seite rollen zu können, so geschafft war er. Doch Devra hatte ihn überzeugt. Er setzte sich mit neuer Energie auf. »Ich bewundere dein Fingerspitzengefühl, Devra. Warte, ich bin gleich wieder da.«

Devra rollte sich unter der Decke zusammen und lauschte auf das Klappern der Schreibmaschine in der Bibliothek. Kleine Änderungen, ganz kleine. Hier eine Pointe, da eine Pointe. Und alles diente der Verbesserung des Stückes. Hoffentlich erkannten auch andere, dass sie, Devra, nur der Kunst dienen wollte. Ihrer Kunst, selbstredend!

6

Devras Befürchtungen hinsichtlich des Unverständnisses anderer Leute bestätigten sich. Auch wenn sie so tat, als sähe sie die lang und länger werdenden Gesichter von Regisseur und Kollegen nicht, als Ron ihnen am nächsten Tag die Änderungen erklärte, fing sie doch die Blicke auf, die man ihr zuwarf.

»Wem wir das wohl zu verdanken haben!«, sagte Kevin Newton gereizt.

Mary Miller kochte innerlich über die Kürzungen in ihrem Text, wagte aber als Küken der Mannschaft nicht, etwas zu sagen.

»Wir haben diese Stellen doch bereits perfekt erarbeitet, Ron«, wandte Alan Thompson ein. »Und da kommen Sie jetzt mit Änderungen?«

»Ich habe erst während der Proben erkannt, was hier unstimmig ist«, erwiderte Ron in fester Überzeugung.

Kevin Newton wandte sich an seine Kollegen. »Bleibt die Frage, was er mit wem geprobt hat«, sagte er so leise, dass es nur die Umstehenden verstanden.

Devra verstand Kevins Bemerkung zwar nicht, erriet aber deren Inhalt. In der folgenden Nacht ließ sie Ron zwei Szenen mit Kevin ganz aus dem Skript streichen und durch eigene Szenen ersetzen.

»Wer soll denn da überhaupt noch durchsehen, wenn jetzt täglich neue Texte kommen?« Alan Thompson näherte sich am nächsten Mittag wieder einmal der Grenze zum Schreien, als Ron die geänderte Fassung präsentierte.

»Sie haben noch den wenigsten Grund, sich zu beschweren«, hielt Kevin Newton ihm vor. »Sie müssen sich den neuen Text ja nicht merken.«

Der Regisseur warf seinem Hauptdarsteller einen gereizten Blick zu. »Na, Sie werden ja wohl noch ein paar Änderungen lernen können als alter Routinier!«

Devra hielt sich aus der Auseinandersetzung heraus, bescheiden wie immer.

»Derartiger Zank unter Kollegen liegt mir nicht«, erklärte sie Ron, während er sie nach Hause begleitete. »Kevin Newton stellt sich manchmal sehr eigenwillig an und macht damit den anderen das Leben schwer. Apropos Kevin! Mir sind heute bei den Proben zwei Stellen aufgefallen, an denen seine Rolle absolut übergewichtig ist. Daran können wir heute Abend arbeiten.«

»Hoffentlich nicht nur daran«, raunte Ron ihr ins Ohr.

»Ganz bestimmt nicht nur daran«, flüsterte Devra, und ein Schauer echter Vorfreude lief ihr über den Rücken.

Ron war in dieser Nacht besonders aktiv – in jeder Hinsicht – und legte seine Ergüsse als Autor am nächsten Vormittag bei der Probe vor.

Alan Thompson starrte sekundenlang schweigend auf die bereits fotokopierten neuen Seiten, ehe er explodierte. »Verdammt, das darf doch nicht wahr sein! Devra, was denken Sie sich eigentlich dabei? Wollen Sie uns systematisch zum Wahnsinn treiben?«

Devra, auf einem bereits zur endgültigen Dekoration gehörenden Stuhl sitzend, wandte sich ihm erstaunt zu. »Sprechen Sie mit mir, Alan?«

»Ja, zum Teufel, ich spreche mit Ihnen, und ich möchte wissen, wieso ...«

»Alan, ich verstehe nicht, wieso Sie unser bisher so kollegiales Verhältnis auf einmal dermaßen vergiften. Wir können uns über alles unterhalten, aber unterlassen Sie bitte diese Kraftausdrücke.«

»Verdammt, ich werde den Teufel ...« Alan stockte, als vor seinem geistigen Auge das Sanatorium in Florida auftauchte. O nein, nie wieder! Die Erinnerung half ihm schlagartig, sich zu beruhigen. »Also schön, dann in aller Ruhe. Haben Sie die Absicht, uns um den Verstand zu bringen, Devra?«

Sie lächelte anerkennend über seinen friedfertigen Tonfall. »Natürlich nicht. Wie kommen Sie überhaupt darauf?«

»Das kann ich Ihnen erklären!« Kevin Newton legte sich nicht die gleichen Beschränkungen wie der Regisseur auf. Seine Stimme klang heiser, so schrie er. »Sie treiben uns zum Wahnsinn, weil kein Mensch jeden Tag mit einem neuen Textbuch arbeiten kann. Wir sind hier nicht in Hollywood, Miss Carlton! Wir sind hier nicht beim Film, wo man sich höchstens eine Szene von zwanzig oder dreißig Zeilen merken muss, Miss Carlton! Wir sind hier beim Theater, wo man die ganze Rolle im Kopf haben muss! Und das ist unmöglich, wenn Sie sie jeden Tag ändern!«

»Ich?« Devra zeigte mit allen zehn Fingern auf sich.

»Natürlich Sie, wer sonst?«, tobte Kevin Newton. »Sehen Sie sich doch meine Rolle an! Sie wird von Tag zu Tag kleiner!«

»Wodurch es für Sie immer leichter wird, sich den Text zu merken, was Ihnen nach eigenem Eingeständnis ja wahnsinnig schwer fällt«, konterte sie.

»Sie drehen mir das Wort im Mund herum!«

»Ich halte mich nur daran, was Sie vorhin gesagt haben.« Devra schüttelte verständnislos den Kopf. »Außerdem sehen Sie einige Dinge absolut nicht richtig, Kevin. Erstens ist es infam, die Sache so darzustellen, als würde ich den völlig autonomen Autor in irgendeiner Weise beeinflussen. Wenn Ron sein Stück so wesentlich verbessert, wie er das getan hat, müsste jeder dankbar sein, dem etwas am Theater liegt.«

Ron sah alle Blicke auf sich gerichtet und lächelte selbstbewusst in die Runde. Wer war er denn, dass er dem widersprochen hätte? Zumal Devra ja nur die Wahrheit gesagt hatte. Autonom! Das war er!

Kevin wollte sich schon frustriert abwenden, doch Devras Blick hielt ihn gebannt.

»Zweitens«, sagte sie betont, »zweitens, Kevin, begreife ich eines nicht. Wieso erkennen Sie, einer der größten Schauspieler des Broadway und von mir seit Jahrzehnten bewundert, nicht die ungeheure Tiefe Ihrer Rolle?«

Kevins ratloser Blick sagte, dass er offenbar in seiner Rolle bisher noch keine Tiefe gefunden hatte, schon gar keine ungeheure.

»Und Ihre Rolle wird mit jeder Kürzung tiefer und tiefer.« Devra steigerte sich in ihrer aufrichtigen Begeisterung. »Sie beschränkt sich nämlich jetzt auf das Wesentliche und wirft diesen ganzen unnötigen Ballast ab. Stärkung durch Verschlankung.«

Kevin musterte sie stumm und konnte sich offenbar nicht entscheiden, ob er ihr glauben oder endgültig explodieren sollte. Sein finsterer Blick glitt weiter zu Ron. »Sie sollten sich an eine alte Regel unter Kartenspielern halten. Wenn eine Karte erst einmal ausgespielt worden ist, darf nichts mehr verändert werden.«

»Verbessert, Mr. Newton, ich habe nur verbessert«, hielt Ron dagegen.

»Verändert oder verbessert oder verschlankt!« Alan Thompson besann sich darauf, dass er immer noch der Regisseur war, wenn auch schon längst nicht mehr zu hundert Prozent. »Wie dem auch sei, Ron, verzichten Sie darauf! Ab sofort kümmern wir uns nicht mehr darum, wenn Sie etwas Neues anbringen.«

»Dann ziehe ich meinen Namen aus der Produktion und sorge dafür, dass das Stück nicht aufgeführt wird, weil es künstlerisch nicht auf dem letzten Stand ist.«

»Mann, wir haben in wenigen Wochen Premiere!«, schrie Alan auf. »Denken Sie lieber daran, auf welchem letzten Stand unsere Nerven sind!«

»Die Kunst und mein Stück sind mir wichtiger als alles andere«, verkündete Ron. »Ich bin autonom, völlig autonom!«

Alan Thompson stürmte ans nächste Telefon und rief Lou an. Der Produzent hörte sich stumm die Klagen des Regisseurs an. »Und natürlich steckt Devra dahinter!«, schrie Alan zuletzt in den Hörer. »Sie umgirrt den Jungen, und er frisst ihr aus der Hand!«

Lou seufzte ins Telefon. »Dann gib deinen Widerstand auf, Alan, es sei denn, du kannst Ron etwas noch Reizvolleres bieten als Devra. Aber erstens scheint der gute Junge nicht auf dich zu fliegen, und zweitens zweifle ich an deinen Reizen.«

Alan hörte noch das heisere Lachen des Produzenten, bevor er wütend den Hörer auf den Apparat knallte.

Devras wunderschönes Antlitz drückte nackte Bestürzung aus!

»Um Gottes willen, Miss Carlton, was ist Ihnen?« Jane Cotter, noch immer mausgrau und noch immer Sekretärin, starrte ihre Brötchengeberin zu Tode erschrocken an.

»Mir ist soeben eine Erkenntnis gekommen!« Die Bestürzung wich aus Devras Gesicht und machte strahlender Befriedigung Platz, während sie auf der chintzbezogenen Ottomane in ihrer Garderobe – Probenpause war angesagt – Platz nahm. »Und warum sind *Sie* gekommen?«

Jane Cotter hielt mit zitternden Fingern ihrer Chefin eine grünlederne Aktenmappe hin. »Sie haben heute Morgen versäumt, diese Geschäftsunterlagen zu unterzeichnen, und da sie heute noch herausgehen sollten ...«

Devra entriss ihrer Sekretärin die Mappe, schlug sie auf und setzte auf jedes Blatt ihre Signatur.

»Darf … darf ich fragen, ob es sich bei Ihnen eben um eine erfreuliche oder eine unangenehme Erkenntnis handelte?«

Devra schloss verstört die Aktenmappe, die Jane eilfertig an sich nahm. »Es ist eine bestürzende Erkenntnis. Bestürzend!« Devra lächelte befriedigt. »Ich habe soeben erkannt, dass die Rolle, die Kevin Newton spielt, mit eben diesem völlig überbesetzt ist!«

Jane Cotter verstaute die Aktenmappe mit den Unterlagen in ihrer Umhängetasche und atmete erleichtert auf. »Und ich dachte schon, es sei ein neues Problem.«

»Es *ist* ein neues Problem!«, beharrte Devra.

»Ja, aber nur in *diesem* Stück.« Jane wandte sich zum Gehen. »Ansonsten ist es ein *altes* Problem, das in *jedem* Ihrer Stücke auftaucht.«

»Nur in denen, in denen mein Partner ein Star ist!« Devra erhob sich. »Ich werde kaum darum herumkommen, dieses Problem zu beseitigen!« Devra kümmerte sich nicht weiter um ihre mausgraue Sekretärin, sondern steuerte zielstrebig auf Alan Thompson zu, der die Probenpause im Zuschauerraum und einen Joghurt löffelnd verbrachte.

»Alan, *mein* Regisseur!« Devra ließ sich auf einen Platz der ersten Reihe sinken und drehte sich zu dem in der zweiten Reihe Sitzenden herum. »Habe ich dir schon gesagt, wie glücklich ich bin, dass du die Regie bei *COCKTAIL, CAVIAR & COMPANY* übernommen hast?«

Alan schluckte krampfhaft den letzten Joghurtrest. »Nicht, seit du sie mir stückchenweise aus den Händen nimmst …«

»Ich würde nicht im Traum daran denken, deine Aufgaben zu beschneiden.« Devra setzte das ernsteste und ehrlichste Gesicht auf, zu dem die Natur sie befähigt hatte. »Ich werde dir ewig dankbar sein, wie sehr du dich auf mich und meine Darstellung konzentrierst.«

Alan ließ den leeren Joghurtbecher zwischen zwei Sitzplätzen zu Boden fallen. Wenn's darauf ankam, war sie ja doch eine ehrliche Haut! »Danke, Devra, das finde ich …«

»Und genau da liegt das Problem!« Sie nickte mit gesteigertem Ernst. »Gerade weil du dich so auf mich konzentriert hast, ist dir ein eklatanter Fehler in der gesamten Produktion überhaupt nicht aufgefallen!«

Alan spürte, wie ihm der Schweiß im Nacken ausbrach. »Was ... für ein Fehler?«

»Kevin Newton! Es ist offenkundig, dass Kevin diese im Grunde einfache, schlichte Rolle viel zu bedeutungsschwanger spielt. Wir alle wissen, dass er ein großer Star und ein begnadeter Darsteller ist, und da liegt eben der Schwachpunkt! Er ist zu gut und zu groß für diese letztlich belanglose Rolle.«

Alan holte rasselnd Luft. »Du findest ...«

»Er sprengt den Rahmen.«

Alan schluckte. Ruhig, ganz ruhig ... »Du meinst ...«

»Er ist eine glatte Fehlbesetzung!«

Alan schloss die Augen. Gelassenheit ... Friedfertigkeit! Mord war keine Lösung. »Du willst sagen, dass Kevin Newtons Rolle zu klein für ihn ist, habe ich dich da richtig verstanden?«

»Findest du nicht, dass wir uns noch nie so gut verstanden haben wie bei dieser Zusammenarbeit? Ich wusste, dass du das Problem sofort erkennen wirst, wenn ich nur einen kleinen Anstoß ...«

»Darf ich dich darauf aufmerksam machen, dass du Kevin Newtons Rolle erst durch dauernde Streichungen zu einer einfachen, schlichten Wurzen degradiert hast?« Alan Thompsons Stimme erfüllte mühelos den leeren Zuschauerraum. »Darf ich, ja? Darf ich?«

»Du darfst!« Devra erhob sich und blickte kühl auf den Regisseur hinab. »Und darf ich dich darauf aufmerksam machen, dass Kevin Newton sich eben den Veränderungen seiner Rolle nicht angepasst hat und somit den Rahmen sprengt! Außerdem hatte ich geglaubt, es sei bei dieser Produktion zwischen uns beiden, Alan, zu einer tiefen, kameradschaftlichen Freundschaft gekommen. Deine völlig indiskutable Reaktion enttäuscht mich. Und drittens teile ich dir hiermit mit, dass ich in genau dreißig Sekunden einen akuten Migräneanfall bekommen werde, der es mir unmöglich macht, für heute weiter an den Proben teilzunehmen, sondern mich zwingen wird, mich nach Hause zu begeben. Und zwar genau ...« Devra warf einen Blick auf ihre Cartier-Armbanduhr. »... jetzt!«

Zwei Stunden später empfing Devra ohne Migräne, dafür gehüllt in eine eisblaue Empire-Hausrobe aus raschelndem Satin mit nichts darunter, ihren geliebten Ron, und dass dieser gleichzeitig der Autor von *COCKTAIL, CAVIAR & COMPANY* war, spielte keine Rolle. Vorerst jedenfalls, solange Ron sie von der lästigen Satinrobe befreite und dermaßen wild und leidenschaftlich liebte, dass er nicht nur Devras Diamantohrringe wie winzige Eiskristalle zum Klirren brachte, sondern auch ihr Innerstes zum Glühen.

Devra verlor sich in Rons Armen. Sie liebte ... nicht nur diesen erregenden nachmittäglichen Sex, sondern vor allem diesen Mann, und während sie sich ihm hingab, war es ihr völlig einerlei, wer dieser Mann war. Und ebenso vergaß sie, wer sie war ... kein Star mehr, nicht mehr *die* Carlton, sondern nur eine Frau, die liebte und wiedergeliebt wurde.

Was jedoch nicht hieß, dass sie sich *nach* dem Sex nicht sehr genau wieder daran erinnerte, wer sie war: Devra Carlton, die ein Problem namens Kevin Newton aus *ihrem* Theaterstück bugsieren musste!

Wie praktisch, dass der Autor dieses Theaterstückes soeben mit seinem Kopf auf ihren Brüsten ruhte ...

»Ron! Darling! Ron!« Als er auf sanftes Kraulen in seinen Nackenhaaren nicht reagierte, sondern nur schnaufend tief durchatmete, rüttelte Devra ihn leicht, und als sie auch damit keinen Erfolg erzielte, versuchte sie, seinen Kopf von dem bequemen Ruheplatz wegzuschieben.

Brummend schlang Ron die Arme fester um sie. So leicht ließ er sich nicht aus dem Paradies vertreiben.

Devra registrierte ein Zucken um seine Mundwinkel und zog kurz aber kräftig an seinen Nackenhaaren. »Komm schon, du schläfst überhaupt nicht! Mach die Augen auf! Ich will mich mit dir unterhalten.«

»Ich höre auch mit geschlossenen Augen«, murmelte er. »Sehr gut sogar.« Behaglich drehte er seinen Kopf hin und her, als müsse er noch die bequemste Lage auf diesen Kissen finden.

»Ist dir schon einmal aufgefallen, wie manche Schauspieler durch große Starrollen verdorben werden?«

Ron hatte die Ideallage für seinen Kopf gefunden und entspannte sich vollständig.

»Sie können dann gar nicht mehr anders, als in jedes Wort und jeden Satz Pathos hineinzulegen, selbst wenn gar kein Pathos vorhanden ist.«

Ron öffnete und schloss ein paar Mal den Mund wie ein zufriedener Säugling, der sich gesättigt fühlte und jetzt ein Schläfchen machen wollte.

»Ich spreche von Kevin Newton. Hörst du mir überhaupt zu, Ron?«

Er hob ein Augenlid und warf Devra einen matten Blick zu. Matt, aber selig. »Sicher ... sicher ...«

»Ron, ich meine das sehr, sehr ernst.« Ihre Fingerspitzen strichen an seinem festen, sehnigen Hals auf und ab. »Es geht um dein Stück. So ungern ich es sage, aber Kevin ist drauf und dran, dein wunderschönes Stück zu zerstören.«

Rons langsame, gleichmäßige Atmung stockte einen Moment und setzte dann schneller wieder ein. Er runzelte die Stirn und versuchte, sich aus dem wohligen Nebel seiner Müdigkeit in die Wirklichkeit zu tasten.

»Kevin schafft es nicht, die schlichte, ehrliche Tiefe der von dir geschriebenen Rolle zu treffen.«

»Kevin ... Kevin?«

Devra übte sich in Geduld, als Ron die Augen öffnete und sich in seinem Blick totale Ratlosigkeit abzeichnete. »Kevin Newton, der die männliche Hauptrolle in deinem Stück spielt!«

»Ach, *der* Kevin.« Ron seufzte unwillig. »Er schafft es nicht?« Vergeblich versuchte er, sich an die von ihm selbst geschriebene Rolle zu erinnern. Nicht nur sein von Sex und Liebe benebeltes Gehirn war schuld daran, dass er sich nur sehr verschwommen erinnerte, sondern auch und vor allem waren es die unzähligen Änderungen, die er auf Devras Vorschlag hin durchgeführt hatte. »Und was ist mit der Rolle nicht in Ordnung?«

»Mit der Rolle ist alles in Ordnung.« Manchmal war es schon sehr schwer, sanft und geduldig zu bleiben! »Mit Kevin ist leider nicht alles in Ordnung. Er packt die Schlichtheit der Rolle nicht.«

Ron zog die Stirn in schwere Falten. Die Rolle war schlicht? Nun ja, wenn Devra es sagte. »Stimmt, das packt er nicht«, stimmte er Devra deshalb zu. Schließlich hatte sie mehr Theatererfahrung als er, Ron. Und ganz abgesehen von ihren oder seinen Erfahrungen auf einer Broadway-Bühne oder anderswo – wer war er, dass er einer Frau widersprach, auf deren herrlichen Brüsten sein Kopf ruhte!

»Du wirst sehen, es passiert noch ein Unglück.« Devra sah verstohlen zur Kaminuhr hinüber. »Wenn Kevin diese Rolle weiterhin so falsch spielt, zieht er das ganze Stück in den Abgrund.« Als sie auf ihre düstere Prophezeiung nur ein ergebenes Brummen zu hören bekam, wand sie sich unter Ron hervor.

Sein Kopf plumpste auf das Laken. Ron blinzelte unwillig, rollte sich auf den Rücken und streckte die Arme nach seiner wundervollen Geliebten aus, die jedoch schon aus dem Bett aufgestanden war und wieder in die raschelnde eisblaue Robe schlüpfte. »Darling, warum bleibst du nicht bei mir?«, jammerte Ron übertrieben. »Warum verlässt du mich?«

Sie blieb lächelnd außerhalb seiner Reichweite stehen und blickte bedauernd auf ihn hinunter. Bedauernd, weil sein Anblick fast zu verführerisch war, um ihm zu widerstehen. »Irrtum, Ron. Du verlässt mich gleich, nicht umgekehrt. Du musst gehen. Lou hat mich angefleht, heute Abend zu mir kommen zu dürfen. Wenn ich ihn am Telefon richtig verstanden habe, braucht er unbedingt meinen Rat. Und wenn ich helfen kann ... Du kennst mich, Darling. Ich kann dann nicht Nein sagen.«

»Nur zu mir kannst du Nein sagen«, klagte er in gespielter Verzweiflung, während er aus dem Bett kletterte.

»Ich kann mich nicht erinnern, dass ich vorhin Nein gesagt hätte.« Devra versüßte ihm den Abschied mit einem liebevollen Kuss, und Ron nickte dem Butler dankend zu, als dieser ihm die Haustür öffnete und ein Taxi heranwinkte.

Der Butler stand noch auf der Straße, als Ron abgefahren war und ein anderes Taxi heranrollte, dessen Fahrgast im Gegensatz zu Ron ein total verbiestertes Gesicht machte.

»Haben Sie eine Ahnung, wer hier wohnt?«, fragte Lou Jackson seinen Taxifahrer, und als dieser verneinte, seufzte Lou. »Sie Glücklicher! Wenn ich könnte, würde ich auf der Stelle mit Ihnen tauschen.« Er kramte in seiner Brieftasche nach passenden Scheinen, als der Fahrer bei einer Zehn-Dollar-Note nur abwinkte. »Zu sich bestellt hat mich dieses Biest«, schimpfte Lou vor sich hin. »Einfach herzitiert, als wäre ich ihr Lakai!« Er schüttelte den Kopf, als er das Fahrgeld nicht passend hatte, warf dem Fahrer die zehn Dollar auf den Sitz und stieg aus. »Und ich Idiot komme auch noch gelaufen wie ein gehorsames Hündchen!« Kopfschüttelnd marschierte er die Stufen zur Haustür hinauf und nickte dem Butler flüchtig zu, der ihn mit der Würde eines Zeremonienmeisters zu der Herrin des Hauses geleitete. »Devra, meine Teuerste!« Was ja sogar stimmte ...

»Lou, mein Lieber.« Devra, auf eine seidenbespannte Chaiselongue hingegossen, bot dem Produzenten die Wange zum Kuss. »Sie waren stets und sind noch immer mein liebster Gast. Wenn ich etwas für Sie tun kann, verfügen Sie über mich. Was trinken Sie?« Sie wartete, bis der Butler sie beide versorgt hatte, hob ihr Glas und trank Lou zu.

»Sie wollten mich sprechen, Devra, nicht umgekehrt.« Lou hatte eine verärgerte, sich beklagende Devra Carlton erwartet, und fand eine liebenswürdige und aufmerksame Gastgeberin vor. Beunruhigend, äußerst beunruhigend!

»Sie haben recht, Lou, ich wollte unbedingt mit Ihnen sprechen, um Sie auf einen gewaltigen Fehler aufmerksam zu machen.«

Der Produzent stählte sich gegen eine Attacke.

»Sehen Sie, Lou, ich möchte Sie vor unnötigen Geldausgaben bewahren. Es ist mein tiefster Wunsch ... Was haben Sie?«

»Wer? Ich?« Lou wurde sich seiner ungläubig aufgerissenen Augen und seines offen stehenden Mundes bewusst und schloss beides für einen Moment. Die Augen öffnete er wieder zu misstrauischen Schlitzen, der Mund wurde schmal. »Was für unnötige Geldausgaben?«

Devra zupfte an den Fransen eines Kissens. »Ich spreche von Kevin Newton. Sehen Sie, Kevin mag ein alternder Star mit mittelmäßiger Kassenanziehungskraft sein, aber ...«

»Er ist ein Kassenmagnet«, entfuhr es Lou. Zu spät dachte er daran, dass Devra nicht gelten ließ, dass es außer ihr am Theater überhaupt irgendwelche Kassenmagneten gab. Wenigstens konnte Lou sich gerade noch den Hinweis verkneifen, dass Kevin Newton höchstens ein oder zwei Jahre älter war als Devra. Wäre ihm auch noch diese Entgleisung unterlaufen, hätte es sicher nichts genützt, zu schwören, dass er weder Kevin noch Devra für ›alternde‹ Stars hielt.

»Mittelmäßige Wirkung an der Kasse.« Ihr Blick forderte Lou geradezu heraus, ihr noch einmal zu widersprechen. Er verzichtete darauf, und Devra fand zu ihrem freundlichen, hilfsbereiten Lächeln zurück. »Jedenfalls ist Kevin für diese kleine unbedeutende Rolle, die jeder unbekannte Schauspieler ausfüllen kann, eine Fehlbesetzung.«

Sie will den einzigen Star außer ihr selber abschießen! Lou grinste in sich hinein. Er hätte es von Anfang an wissen müssen. Eine Devra Carlton duldete keinen zweiten Star neben sich. Aber diesmal sollte sie sich täuschen. Nicht mit ihm! O nein! Alles konnte auch eine Devra Carlton bei ihm nicht erreichen. »Eine kleine unbedeutende Rolle?« Lou rieb sich das Doppelkinn. »Wenn ich mich nicht täusche, dann war Kevins Rolle noch vor Wochen nicht unbeträchtlich. Wenn ich mich nicht täusche, war sie sogar die männliche Hauptrolle. Und wenn ich mich nicht täusche ...«

»Sie täuschen sich nicht.« Devra lächelte still. »Aber dieses Stück braucht keine zweite Hauptrolle, und wissen Sie auch, warum nicht?«

»Nein, aber Sie werden mir bestimmt die Augen öffnen und mir erklären, wieso jedes Stück eine weibliche und eine männliche Hauptrolle hat und auch braucht, dieses Stück ausgenommen.«

»Lou, meine Stücke brauchen keine zweite Hauptrolle. Es sind *meine* Stücke. Das Publikum kommt, um *mich* zu sehen. Wozu wollen Sie da noch Geld für einen männlichen Star ausgeben? Noch dazu in einer so kleinen Nebenrolle, dass es sich kaum lohnt, Kevins Namen auf dem Plakat aufzuführen.«

»Ursprünglich war seine Rolle aber ...«

»Ja, ursprünglich!« Devra hob mit einer ausdrucksvollen Geste die Hände, um ihre Unschuld darzustellen. »Darf ich Sie darauf hinweisen, mein Freund, dass ich als Nur-Schauspielerin kaum den Einfluss habe, einen Autor daran zu hindern, durch kleine Streichungen sein Stück besser und besser zu machen.«

»Und noch besser und noch besser und noch besser ...« Lou verzichtete darauf, Devra darüber zu informieren, dass er absolut auf dem Laufenden war, wie stark Kevins Rolle zusammengestrichen worden war. Dafür hatten schon ein täglich am Telefon tobender Kevin Newton und ein täglich am Telefon jammernder Alan Thompson gesorgt.

Devra schnappte nicht nach dem Köder, den Lou ihr vor der Nase baumeln ließ. Sie ging nicht auf seine spöttische Anspielung ein, sondern lächelte stumm.

Lou blickte in ihr Gesicht und dann auf sein leeres Glas. Er hatte nur einen kleinen Whisky Soda getrunken. Davon konnte sein Magen doch nicht wie pures Feuer brennen. Nein, das war das typische Devra-Carlton-Magenbrennen. Und jetzt versuchte sie auch noch, ihn durch ihr stummes

Lächeln zum nächsten Zug zu zwingen. Aber nicht mit ihm! Zu einem Nervenkrieg gehörten zwei, einer, der den Krieg führte, und einer, der den Krieg mit sich führen ließ.

Devra lächelte stumm ...

Lou revidierte seine Meinung. Zu einem Nervenkrieg gehörten zwei, einer, der den Krieg führte, und einer, der den Krieg verlor. Und er war eindeutig der Verlierer. »Na schön, Devra, Sie haben mich gewarnt. Dann kann ich mich ja wieder verabschieden.«

Sie schüttelte nachsichtig den Kopf. »Ich sagte, ich wäre von dem tiefen Wunsch beseelt, Ihnen unnötige Geldausgaben zu ersparen. Sie haben mich noch nicht gefragt, wie Sie sparen können.«

Und ich frage dich auch nicht, selbst wenn du platzt, dachte Lou und lächelte nun seinerseits stumm.

»Wenn Sie schon zu mir kommen, um sich von mir einen Rat zu holen, Lou, sollen Sie ihn auch bekommen.« Devra beobachtete, wie das Lächeln von seinem Gesicht verschwand. »Er ist eigentlich sehr einfach. Wechseln Sie meinen Partner aus. Ersetzen Sie den teuren Kevin durch einen kleinen Bühnendarsteller, dessen Namen kaum jemand kennt, der aber für diese Rolle völlig ausreicht.«

Lou fand angesichts einer derartigen Unverfrorenheit keine Worte mehr und schüttelte nur den Kopf.

»John Scott ist solch ein geeigneter Darsteller«, fuhr Devra unbekümmert fort. »Niemand kennt ihn, er ist billig, und die paar Sätze der Rolle schafft er. Dafür lege ich meine Hand ins Feuer.«

»Nein!«, schrie Lou Jackson und sprang auf. »Nein! Nein! Und noch einmal nein!«

Devra blickte verwundert zu ihm auf. »Aber Lou, Sie wollten meine Meinung hören. Jetzt haben Sie sie gehört. Worüber regen Sie sich bloß dermaßen auf? Dieser John Scott ...«

»Nein!« Lou brüllte mit einer Lungenkraft, die ihn selbst verblüffte und die Gläser auf dem Tisch klirren ließ. Er wollte noch mehr hinzufügen, doch das letzte ›Nein‹ war für seine zigarettengeplagte Lunge zu viel gewesen. Hustend und nach Luft ringend, stürmte der Produzent aus dem Salon, wurde von dem rechtzeitig auftauchenden Butler gestützt, als er in einem Hustenanfall das Gleichgewicht verlor, und verlangte heiser flüsternd nach einem Taxi. Er konnte auch dem Fahrer nur leise seine Adresse nennen und sank erschöpft auf dem Sitz in sich zusammen.

Devra zog Bilanz aus ihrer Unterhaltung mit Lou Jackson und fasste sie vor dem Schlafengehen in einem Satz zusammen. »Es gibt keine Dankbarkeit mehr.« Lou wollte nicht anerkennen, dass ihr Rat die Lösung aller Probleme in seiner Produktion mit sich brachte.

Manche Leute musste man eben zu ihrem Glück zwingen. Und Devra war fest entschlossen, Lou glücklich zu machen.

7

Am folgenden Probentag kam Devra in einem sportlichen Leopardmantel von Dior, einem dunkelbraunen Samtkleid und mit Brillantschmuck ins Theater. Kleidung und Schmuck erregten bei Weitem nicht so viel Aufsehen wie die Tatsache, dass sie eine Stunde zu spät kam.

Eine Stunde, in der Alan Thompson von Minute zu Minute, von Sekunde zu Sekunde nervöser geworden war und schon den Zusammenbruch der ganzen Produktion vorausgesehen hatte. Als Devra endlich die Bühne betrat, war der Regisseur einem Weinkrampf nahe, obwohl er noch zu jenem Schlag von Männern gehörte, der nicht weinte. Zumindest nicht in der Öffentlichkeit.

»Oh, Alan! Alan!« Verzweiflung sprach aus Devras Miene und ihren Augen, als sie sich dem Regisseur an den Hals warf. »Ich habe es versucht, ich schwöre es Ihnen, ich habe es versucht!«

In dieser Pose verharrte sie erst einmal, weil Alan zu verdutzt war, um zu reagieren. Er hatte gedacht, *er* wäre verzweifelt, und nun stellte sich heraus, dass Devra es war. Allerdings hörte er in ihrer Stimme eine gewisse Distanziertheit mitschwingen. Sein Betragen am Vortag hatte offenbar eine Kluft zwischen ihm und Devra gerissen.

»Äh ... Was haben Sie versucht, Devra? Pünktlich zu sein?« Alan löste behutsam ihre Arme von seinem Hals.

Sie fuhr sich mit dem Handrücken über die völlig trockenen Augen und achtete darauf, ihr Make-up nicht zu verwischen. »Ich habe versucht, Ihren Wunsch, Kevin Newton gegen John Scott auszutauschen, zu unterstützen.« Sie fröstelte. »Es ist mir nicht gelungen«, fügte sie düster hinzu.

Zu Alans Verwirrung gesellte sich die berechtigte Sorge, es könne zu ernsthaften Komplikationen kommen, falls Kevin Newton auf die Bühne zurückkehrte. Er war vor zwanzig Minuten wutschnaubend abgegangen, weil wegen Devras Verspätung nichts lief. »Wer, zum Teufel, ist John Scott? Und warum, zum Teufel, sollte er Kevin ersetzen?«, erkundigte sich der Regisseur.

»Sie fragen, wer John Scott ist?« Devra erlaubte sich ein nachsichtiges Lächeln.

»Ich habe nicht den blassesten Schimmer ...«

Sie fegte diese für sie unbedeutende Ungereimtheit mit einer Handbewegung beiseite. »So wahr ich hier stehe, ich habe mich gestern Abend dafür eingesetzt, dass John Scott die Rolle kriegt, für die Kevin nicht geeignet ist. Alan, ich habe Lou bekniet! Ich habe Lou angefleht.« Sie nickte dem ungläubigen Regisseur zu. »Jawohl, angefleht!«, bestätigte sie den genauso ungläubig lauschenden Kollegen. »Aber Lou dachte gar nicht daran, den Wunsch seines Regisseurs zu erfüllen.«

»Devra, einen Moment, bitte!« Alan meldete sich durch Fingerheben zu Wort. »Das ist ...« »Das ist von Lou um so verantwortungsloser, als er genau wie ich weiß, wie wichtig Regisseure zum Gelingen einer Theateraufführung sind!« Devras Temperament geriet in Wallung und wallte mit jeder Sekunde heftiger. »Und weil ich nicht mit ansehen kann, wie die geheiligten Rechte eines Regisseurs von einem reklamegierigen Produzenten stranguliert werden, verkünde ich Spielverweigerung als Demonstration für die Unabhängigkeit aller Regisseure!« Sprachs und rauschte in ihre Garderobe.

»Devra! Devra! Nein, bleiben Sie hier!«, schrie Alan hinter ihr her, konnte jedoch die für ihn Demonstrierende nicht aufhalten. »Devra, mein Gott, so bleiben Sie doch hier«, murmelte er, ein lautloses Schluchzen in der Stimme. »Pause«, verkündete er dann tonlos den anderen Mitwirkenden.

»Wir haben ja noch gar nichts getan«, sagte einer der Schauspieler. »Wie können wir da Pause machen?«

»Dann macht von mir aus keine Pause! Klettert meinetwegen auf den Schnürboden und springt herunter! Jetzt ist ohnedies alles egal! Devra!«

Devra vernahm den verzweifelten Ruf des Regisseurs in ihrer Garderobe, wo sie sich demonstrativ auf das Sofa gesetzt hatte. Bei Alans überstürztem Eintreten deutete sie auf Jane Cotter, die eifrig ein Schild aus Pappe fertigte und mit Filzstift STREIK darauf malte, wobei sie vor Anstrengung und Konzentration die Zunge aus dem halb geöffneten Mund streckte.

»Devra, ich flehe Sie an, kommen Sie auf die Bühne!« Alan war im Moment einem Kniefall näher als einem Weinkrampf.

»Ich soll auf die Bühne gehen und damit die elementarsten Rechte aller Regisseure verraten? Niemals!« Devras Blick glitt zu ihrer Sekretärin. »Sie gibt mit diesem Schild allen reklamegierigen Produzenten die einzig richtige Antwort. Streik!«

Alan raufte sich die Haare, die er erst vor einem Jahr durch Implantationen wieder jugendlich füllig hatte machen lassen. »Sie stürzen mich in den Ruin!«

»Im Gegenteil, ich verhelfe Ihnen zu Ihrem Recht!«

»Ich will mein Recht nicht, ich will Sie auf der Bühne!«

»Alan, Sie bekommen Ihr Recht, und Sie bekommen John Scott!«

»Ich will John Scott nicht ...«

»Das sagen Sie doch nur, weil Lou Jackson auf stur geschaltet hat. Aber Sie dürfen nicht so schnell aufgeben. Sie müssen hart bleiben und auf John Scott bestehen!«

»Ich bestehe darauf, dass Sie auf die Bühne gehen, Devra!«

»Nur, wenn Sie im Gegenzug John Scott bekommen. Das haben Sie verdient, Alan. Ehrlich verdient! Und das ist mir auch jede Mühe wert. Ich halte um Ihretwegen hier in der Garderobe aus, bis die Sache entschieden ist.«

Alan verließ die Garderobe als gebrochener Mann und hörte auf, sich die Haare zu raufen, als er sich an die Warnung seiner Ärzte erinnerte, die Implantate nicht zu strapazieren.

Sein Blick fiel auf das Wandtelefon im Korridor, und eine rettende Idee durchzuckte ihn. Wenn es auf der ganzen Welt einen einzigen Menschen gab, der wenigstens einen kleinen Einfluss auf Devra hatte, dann war es ihr junger Autorengott, über den die Spatzen von den New Yorker Dächern pfiffen, dass er bei Devra Carlton zu Gott Amor aufgerückt war – oder Gott Eros oder so ähnlich. Jedenfalls meldete sich dieser junge Gott nach dem dritten Telefonklingeln.

Alan machte es kurz. »Ein Notfall, Ron. Es geht um Devra.« Er legte ohne ein weiteres Wort auf.

Ron stürmte völlig außer Atem ins Theater und wurde von Alan abgefangen. »Wo ... wo ist ... sie?«, stieß er hervor. Er hatte kein Taxi gefunden und war zu Fuß den Weg gelaufen, um Devra noch einmal lebend zu sehen, falls es wirklich so ernst um sie stand, wie Alan geklungen hatte.

»In ihrer Garderobe.« Alan hakte sich bei Ron unter. »Bringen Sie sie zur Vernunft, mein Freund. Bringen Sie sie dazu, sofort auf die Bühne zu gehen und zu proben. Machen Sie ihr klar, dass nichts so wichtig ist.«

»Ich ... ich verstehe nicht ...« Ron wurde auf Devras Garderobe zugeschoben.

»Sie brauchen nichts zu verstehen! Reden Sie mit ihr. Mehr verlange ich nicht! Bitte!« Alan riss die Garderobentür auf, an der das Schild *STREIK* hing, und stieß Ron hinein.

»Devra!«

»Ron!« Sich auf dem Sofa räkelnd, lächelte Devra ihm entgegen. »Warum siehst du mich so entsetzt an?« Sie winkte ihn zu sich. »Was machst du überhaupt hier?«

»Alan Thompson hat mich hergeholt. Er hat so getan, als wäre dir etwas zugestoßen. Nach seiner Grabesstimme müsstest du mindestens tot sein.«

»Es ist in der Tat eine lebenswichtige Sache.« Begeisterung schwang in Devras Stimme mit. »Ich zeige den profitgierigen Produzenten ihre Grenzen. Ich verteidige Alans Rechte.«

»Alan will, dass du auf die Bühne gehst und probst.«

»Alan lässt sich von Lou knechten, aber ich helfe ihm auch gegen seinen Willen. Er will John Scott anstelle von Kevin Newton haben, und er soll John Scott bekommen.«

Ron kramte in seiner Erinnerung. »Ich kenne diesen John Scott von irgendwoher ...«

»Na bitte, du findest auch, dass John Scott für die Rolle bestens geeignet ist. Dann wirst du verstehen, warum Alan auf diesem Schauspieler besteht.«

»Ja, ja, sicher, aber Alan möchte, dass du spielst. Devra, bitte! Der Mann ist völlig mit den Nerven fertig.«

»Der Mann wäre mit den Nerven noch viel fertiger, wenn er John Scott nicht bekommt, und darum streike ich.« Sie streckte Ron die Hand entgegen und ließ sich von ihm auf die Beine helfen. »Aber wenn du mich so lieb bittest, kann ich dir einfach nichts abschlagen.«

Er zog ihre Hand an seine Lippen. »Ich bewundere, wie sehr du dich für Alan einsetzt, und ich begreife nicht, was er überhaupt gegen deinen Streik haben kann.«

»Er muss erst lernen, wie man sich seiner Haut wehrt, und das bringe ich ihm jetzt bei.« Devra gab ihrer Sekretärin einen Wink, und Jane Cotter nahm das Schild von der

Garderobentür ab und trug es ihrer Chefin nach. »Ich gehe auf die Bühne.«

Ron schwieg, weil sich sein Gefühl verstärkte, dass er nicht mehr ganz durchblickte.

Alan kam Devra mit ausgebreiteten Armen entgegen. »Ich wusste doch, dass Sie ...«

»Nicht den Kopf hängen lassen, Alan. Wir erreichen Ihr Ziel.« Devra ließ sich auf den Brettern, die die Welt bedeuteten, nieder und lehnte das Schild *STREIK* gegen ihre angezogenen Beine. »Ich rufe den Sitzstreik aus. Offiziell. Ich rühre mich nicht eher von der Stelle, bis dieses himmelschreiende Unrecht nicht beseitigt ist!«

Alan warf nur einen prüfenden Blick auf die sitzstreikende Devra, wirbelte herum und hetzte von der Bühne an das Wandtelefon im Korridor.

»Sie macht ... was?«, schrie Lou Jackson, als ihn der Notruf des Regisseurs in seinem Büro erreichte. »Bleiben Sie, wo Sie sind!« Lou fasste sich schmerzlich ans Herz. »Diese Frau bringt mich noch ins Grab! Tun Sie nichts Unüberlegtes!« Er knallte den Hörer auf den Apparat. »Ein Taxi! Schnell, rufen Sie eines!«, schrie er seiner Sekretärin zu, obwohl er sicher schon eines gefunden hätte, noch bevor sie in einer Taxizentrale angerufen hatte.

Als Lou Jackson kurz darauf in das Theater stürmte, hatte sich der Druck in seiner Brust so verstärkt, dass er froh war, sein Testament schon längst beim Notar hinterlegt zu haben. An das Brennen in seinem Magen hatte er sich seit Beginn der Zusammenarbeit mit Devra Carlton bereits so gewöhnt, dass er es kaum noch registrierte.

Alan kam ihm auf dem Korridor zwischen Bühne und Garderoben entgegen, ein Bild nervlicher Zerrüttung.

»Sitzt sie noch auf dem Bühnenboden?«, fragte Lou, auf das Schlimmste vorbereitet.

»Nein ...«

»Das ist gut.«

»Sie sitzt jetzt der Bequemlichkeit halber in einem Bühnensessel und streikt.«

»Das ist nicht gut.« Lou lauschte, während sie den Korridor entlangeilten. »Was ist das für ein Tumult?«

Alan wurde einer Antwort enthoben, da Lou die Lage mit einem Blick auf die Bühne erfasste.

Devra in ihrem Sessel, das Schild *STREIK* gegen die Seitenlehne gestützt, bildete den Mittelpunkt. Was sonst! Außerdem erblickte Lou einen ihm völlig unbekannten schwarzhaarigen Mann, der als Einziger von allen vor Freude strahlte. Den wüst schimpfenden Kevin Newton hingegen kannte Lou.

»... aber das ist eine blanke Gemeinheit von Ihnen, Devra, merken Sie sich das!«, schrie Kevin Newton. »Das lasse ich nicht auf mir sitzen!«

Devra warf Kevin einen verletzten Blick zu und lächelte erst, als der Schwarzhaarige sie ansprach.

»Das werde ich Ihnen nie vergessen, Miss Carlton. Ich bin ja so glücklich! Am Broadway spielen! Ein Traum!«

»Bedanken Sie sich nicht bei mir, John, bedanken Sie sich bei Alan Thompson. Ich war nur sein Werkzeug. Er hat auf Sie bestanden, weil Sie einfach ideal für die Rolle sind.«

»Für was denn für eine Rolle?«, brüllte Kevin. »Dank Ihrer Intervention ist die Rolle ja immer weiter zusammengestrichen worden! Stellen Sie einen Papagei auf die Bühne und bringen Sie ihm drei Sätze bei, und Sie haben den idealen Darsteller für diese Wurzen!«

»Ich bin kein Papagei«, sagte der Schwarzhaarige eingeschnappt.

»Von wegen, bei Alan bedanken!« Kevin deutete anklagend auf Devra. »*Sie* stecken hinter allem! *Sie* sind die treibende böse Kraft!«

»Böse Kraft?« Devra fasste sich erschüttert an die Kehle. »Kevin, von jedem anderen würde ich diesen Vorwurf einfach abtun, aber nicht von Ihnen. Von Ihnen schmerzt er.«

»Ja, weil er von mir mit Recht kommt!«, schrie Kevin. »Diesen ... diesen unbekannten Niemand wollen Sie als Partner! Für dieses Nichts von John Scott wollen Sie mich aus dem Stück drängen!«

»Kevin, Sie gehen zu weit!« Devra presste zutiefst erschüttert die Hände gegen ihre Wangen. »Sie dürfen mir alles vorwerfen, aber nicht, ich wolle Sie aus dem Stück drängen! Schließlich war es immer mein Traum, mit Ihnen zu spielen, aber wer bin ich, dass ich die Macht habe, mich den Wünschen eines Regisseurs zu widersetzen!«

»Moment mal!« Alan hob die Hand.

»Konventionalstrafe!« Lou stieß Alan beiseite, ehe dieser irgendetwas richtigstellen konnte, und stürmte die Bühne. Er baute sich vor Devra auf und richtete seinen plumpen Zeigefinger auf sie. »Ich habe mit Ihnen einen Vertrag geschlossen, Devra, und in diesem Vertrag haben wir eine hohe Konventionalstrafe vereinbart.«

»Die man nicht von Ihnen fordern wird, falls Sie sich mit Kevin über sein Ausscheiden einigen«, fiel Devra ihm ins Wort.

»Ich soll Konventionalstrafe zahlen?«, schrie Kevin, der vor Zorn kaum noch verstand, was um ihn herum passierte.

»Ich kriege doch die Rolle?«, fragte John Scott, der Neuling, besorgt. »Ich meine, ich habe sie doch schon, oder?«

»Sie haben noch keinen Vertrag, und sie kriegen auch keinen!« Lou verhinderte im letzten Moment, dass er zu schreien anfing und sich Lunge und Stimmbänder wie bei seinem letzten Ausbruch für Stunden ruinierte. »Und, Devra, die Konventionalstrafe zahle nicht ich! Sie zahlen sie, wenn Sie meine Produktion platzen lassen! Sie werden bluten, bis ... bis ...«

Eine Welle von Übelkeit ließ den Produzenten verstummen. Devra füllte die eintretende Stille mit einem verzweifelten Schluchzen, und nicht einmal Rons sofortiger Tröstungsversuch konnte ihre Tränen stoppen.

»Warum spielt man immer mir so übel mit?«, rief Devra, während Tränen über ihre Wangen kullerten. »Warum mir? Wo ich mich doch stets nur darum bemühe, es den anderen recht zu machen!«

»Konventionalstrafe ...« Lou holte rasselnd Atem und stützte sich schwer auf Alan.

Devras Weinen verstärkte sich. »Hier soll die künstlerische Freiheit durch juristische Tricks unterdrückt werden!«, wehklagte sie. »Alle stellen Ansprüche, und jeder wälzt die Verantwortung auf mich allein ab. Ich muss als Sündenbock dafür herhalten, dass Kevin mit seiner Rolle nicht fertig wird und sie an einen jüngeren Kollegen verloren hat ...«

»Ich habe gar nichts verloren!«, tobte Kevin Newton. »Aber es reicht mir! Mr. Jackson, ich kündige! Fristlos!«

»Mein Gott, Lou!«, rief Devra gebrochen aus. »Wie springt man bloß mit Ihnen um!« Und zu Kevin gewandt, fügte sie anklagend hinzu: »Sehen Sie denn nicht, dass Lou krank ist? Kennen Sie denn gar keine Schonung für die Schwachen, wenn es um Ihren Ehrgeiz geht?«

Kevin ballte die Fäuste und riss den Mund auf, brachte jedoch nur ein ersticktes Röcheln hervor und stürmte von der Bühne.

Devra erhob sich sofort aus dem Streiksessel. »Na also, warum nicht gleich so?« Ihre Umarmung für John Scott fiel herzlich aus, ihre Wangenküsse für den Neuling waren noch herzlicher. »Willkommen in unserem Ensemble, John! Sie werden sich bei uns wohlfühlen. Wir halten ja alle wie Pech und Schwefel zusammen.«

»Danke, Miss Carlton, Sie sind so gut zu mir«, erwiderte John Scott bewegt, und jemand im Ensemble konnte ein Kichern nicht unterdrücken.

Devra störte sich nicht daran. Sie wirbelte zu Lou herum und scheuchte ihn mit einem Händeklatschen aus seinem halben Koma auf. »Los, los, worauf warten Sie noch? Stellen Sie für diesen begabtesten Broadway-Nachwuchs einen Vertrag aus!«

»Für diesen jungen Schauspielergott«, warf Alan sarkastisch ein.

Devra hob die Augenbrauen. »Dass Sie immer gleich so übertreiben müssen, Alan! Fangen Sie lieber endlich mit der Probe an.« Ihr Blick glitt über ihre Kolleginnen und Kollegen. »Worauf wartet ihr noch? Die Premiere rückt mit jeder Minute näher. Wir alle müssen unser Bestes geben, und mit vereinten Kräften werden wir erreichen, dass ich wieder einen sagenhaften Triumph erlebe!«

Lou tappte mit unsicheren Schritten an das nächste Telefon, um den Vertrag für John Scott in Auftrag zu geben, Alan blätterte verzweifelt in seinem Regiebuch, um seine zerfaserten Gedanken wieder zu sammeln, und die Darsteller nahmen ihre Plätze ein.

Devra beugte sich befriedigt zu Ron. »Da siehst du, wie sehr ich mich für dein Stück einsetze«, flüsterte sie ihm zu und wurde von seinem zutiefst dankbaren Blick belohnt.

Lou Jackson saß hinter seinem Schreibtisch und versuchte ein nervöses Flattern in seinem Magen zu unterdrücken. Es war ein Gefühl, als hätten sich dort einige Millionen Schmetterlinge niedergelassen, die jetzt pausenlos ihre Flügel auf- und zuklappten. Lou kannte dieses Anzeichen nur zu gut, und als seine Sekretärin mit der Unterschriftenmappe eintrat, blickte er ihr gequält entgegen. »Haben Sie was aus dem Theater gehört? Probleme? Spinnt die Carlton? Ärger mit den anderen Darstellern?« Als die Sekretärin auf alle Fragen den Kopf schüttelte, seufzte er tief, »Ich habe wieder diese Vorahnungen, wie damals bei dem Stück mit Mortimer Brown.«

»Als Brown sich eine Stunde vor der Premiere das Bein brach?«, fragte die Sekretärin, bei der Erinnerung schaudernd.

»Genau. Und wie damals bei der Komödie mit Glenda Dinar.« Die Sekretärin seufzte. »Als die Dinar auf offener Bühne einen Nervenzusammenbruch bekam und ins Publikum schrie, dass der Regisseur sie täglich in ihrer Garderobe vernaschte, sie aber nicht heiraten wolle?«

»Genau. Und wie damals ...«

»Hören Sie bloß auf«, wehrte die Sekretärin entsetzt ab.

Lou hörte auf. Seine Vorahnungen hörten allerdings nicht auf, und eine halbe Stunde später hielt er es einfach nicht mehr aus. Ein Taxi brachte ihn zum Theater.

»Ich hätte schwören können, dass ich Sie in ein Krankenhaus bringen soll«, sagte der Taxifahrer, als Lou bezahlte. »Sie sehen leidend aus.«

»Geben Sie die Hoffnung nicht auf.« Lou stemmte sich aus dem Wagen. »Vielleicht können Sie mich in eine Klinik schaffen, wenn Sie eine Weile warten.«

Der Pförtner am Bühneneingang grüßte unbefangen, die Mitarbeiter auf dem Korridor nickten Lou grüßend zu, und auch sonst deutete nichts auf eine Katastrophe hin. In der Kulisse stehend, beobachtete Lou den offenbar glatten Verlauf der Probe.

Alan entdeckte den Produzenten, ließ die Szene weiterlaufen und kam zu ihm. »Hi, Lou! Wie geht's? Hier klappt alles prächtig.«

»So, so.« Lou legte die Hand auf die flatternden Schmetterlinge in seinem Bauch. »Die Carlton ...«

»Devra arbeitet tüchtig und übertrifft alle anderen an Zuverlässigkeit. Seit sie vor drei Tagen Kevin gekippt hat ...«

»Wie macht sich John Scott?«

Der Regisseur lächelte gelöst. »Der schafft seine Minirolle perfekt.«

Die Schmetterlinge in Lous Magen vollführten ein Menuett. »Bloß nichts verschreien, bloß nichts verschreien«, flüsterte der Produzent und klopfte gegen eine Sperrholzwand.

Von dem Klopfen aufmerksam geworden, schielte Devra in die Kulisse, entdeckte Lou im Gespräch mit Alan und überlegte, ob sie jetzt schon ihre Bedenken hinsichtlich Mary Miller vorbringen sollte.

Die Gelegenheit war günstig, und Mary Miller zeigte im Moment auch gerade wieder alle Eigenschaften, die ihre Mitwirkung in dem Stück so unerträglich machten. Trotz Wegnahme fast aller Pointen war Mary noch immer sehr gut. Trotz des Stresses war sie auch noch immer sehr ansehnlich und vor allem kein bisschen gealtert. Und nach wie vor besaß sie die maßlose Unverschämtheit, zwanzig Jahre jünger als Devra zu sein.

Devra konnte sich nicht entschließen. Lou sah leidend aus. Lou sah zwar bei jeder Produktion mit ihr leidend aus, weil er nie sofort auf ihre guten Ratschläge hörte, aber heute war es besonders schlimm.

Vielleicht reichte ein kleiner Hinweis, behutsam und unterschwellig angebracht. Devra gab Mary Miller ein falsches Stichwort. Wenn diese blutjunge Nichtskönnerin aus dem Gleichgewicht geriet, würden Lou und Alan schon merken, wie wenig Bühnenqualität dieses Küken besaß.

Mary Miller bekam das falsche Stichwort und reagierte prompt mit ihrem richtigen Text, improvisierte sogar geschickt und fing Devras bewussten Schnitzer ab.

Schade, fand Devra. Sie hatte alle Beteiligen größtmöglich schonen wollen, aber wie üblich wurde ihre Großzügigkeit ignoriert.

»Im Ensemble herrscht Friede«, versicherte Alan gerade in der Kulisse dem skeptisch lauschenden Lou. »Jeder bemüht sich, es jedem so leicht wie möglich zu machen. Du kannst ganz beruhigt sein.«

»Wenn du es sagst«, murmelte Lou, während die Schmetterlinge Sturzflug und Looping trainierten. Er verließ das Theater und fand den Taxifahrer von vorhin noch vor dem Bühneneingang.

»Aber jetzt geht es in die Klinik«, stellte der Fahrer nach einem Blick in Lous Gesicht fest.

»Zurück in mein Büro.«

Der Fahrer zuckte mit den Schultern. »Mir egal. Meine Tante Ethel wollte auch die letzten Tage zu Hause verbringen, die gute Seele ...«

Alan hatte zu Lou nichts gesagt, aber Lou hatte schlimm ausgesehen. Richtig krank ... Tief in Gedanken versunken kehrte der Regisseur auf die Bühne zurück und fand sich Devra gegenüber. »Zehn Minuten Pause!«, verkündete er, als er die stets Katastrophen ankündigende Entschlossenheit in Devras Augen bemerkte. »Ist Ihnen auch aufgefallen, dass Lou krank aussieht, und wollen Sie sich bei mir nach seinem Zustand erkundigen?«

Devra störte sich nicht an Alans ironischem Ton. »Kein Wunder, dass Lou krank aussieht. Ihm ist wahrscheinlich sofort aufgefallen, was auch Sie schon längst erkannt haben.«

»Und das wäre?«

»Mary Miller.« Devra senkte betrübt die Stimme. »Es muss Lou krank machen, dass er diese Nebenrolle dermaßen fehlbesetzt hat.«

»Finde ich nicht. Mary ist ...«

»Mary ist leider zu unerfahren und zu unbegabt, Sie sagen es, Alan. Ihr mangelt es einfach an schauspielerischen Qualitäten.«

»Das kann ich nicht finden. Devra ...«

»Ich finde auch keine schauspielerischen Qualitäten bei ihr.« Devra versuchte es mit dem zwingenden Blick, der ihre schönen grauen Augen in ihre stärksten Waffen verwandelte. »Sie ist das genaue Gegenteil von Kevin Newton. Der war für seine Rolle zu groß. Bei Mary ist die Rolle zu groß für sie.«

»Mary Miller und ihre Rolle passen vollkommen zusammen.« Alan drohte, unter dem zwingenden Blick dieser schönen grauen Augen weich zu werden. Doch die Erinnerung an ein Sanatorium in Florida verlieh ihm eine unerwartete innere Stärke. »Mary Miller bleibt.« Er fand sogar die innere Stärke zu einem kühlen Lächeln. »Ich bin nicht so dumm, wie Sie glauben.«

»Oh, wie mich das freut!«, rief Devra strahlend aus, sah ihr Spiel, die junge Kollegin auszubooten, durchschaut, und wappnete sich bis zum Abend mit Geduld. Angesichts der Tatsache, dass die Premiere immer näher rückte und nicht mehr viel Zeit blieb, war das ohnedies schon eine lange Zeitspanne für Devras strapazierte Geduld.

8

Devras Hausmantel war aus fliederfarbenem Satin und raschelte genau wie der eisblaue. Darunter trug sie wieder nichts, als Ron zu ihr kam, und Ron war genauso leidenschaftlich wie immer. Devra gestattete es sich, für die Zeit ihrer Liebe ihre quälenden Probleme zu vergessen, doch hinterher kehrten sie natürlich mit voller Macht zurück.

Devra seufzte.

Ron hörte den Seufzer, hielt jedoch die Augen geschlossen. Sein Ruhekissen war auch diesmal sehr, sehr angenehm. So angenehm, dass er es nicht verlassen wollte. Anstelle einer Antwort drückte Ron einen Kuss auf die Haut des Schenkels, der ihm als Kopfstütze diente.

»Ron ...« Devras Stimme bebte. »Ron, du hast doch sicher auch gemerkt, wie schön es immer zwischen uns war.«

»Gerade vorhin ... wunderschön ...« Über sein entspanntes Gesicht zog ein sonniges Lächeln.

»Dann glaubst du mir, wenn ich sage, dass ich dir nur ungern wehtue?«

Seine Augen klappten auf. »Das klingt nach ...« Seine Stimme versagte.

»Ja, danach klingt es«, flüsterte sie.

»Du ... du willst mich verlassen?«

»Dich verlassen?« Devras Finger drückten seinen Kopf wieder auf seine Unterlage zurück. »Wie könnte ich!« Sie wartete, bis Rons erleichterter Seufzer verweht war. »Aber ich muss dir leider sagen, dass ich etwas Fürchterliches entdeckt habe.«

»Schnarche ich?« Er grinste genüsslich. »Dagegen gibt es ein einfaches Mittel. Du brauchst mich nur wach zu machen und zu umarmen. Dann atme ich vielleicht heftig und stöhne, aber ich schnarche nicht.«

»Sei bitte ernst. Es ist nämlich ernst. Du hast eine ganze Rolle in deinem Stück völlig falsch angelegt.« Stille. »Zwar nur eine Nebenrolle, aber immerhin ...« Stille. »Du musst dein wundervolles Stück umschreiben.«

Ron öffnete die Augen und blickte sehr nüchtern in Devras Gesicht. »Welche Rolle ist es?«

»Die, die die süße Mary Miller so wunderbar spielt.«

»Das ist die beste Nebenrolle.«

Devra schüttelte bedrückt den Kopf. »Sie ist nicht stimmig.«

»Sie ist sehr stimmig.«

»Dieses ›Hausmädchen‹ passt nicht in die Atmosphäre des gesamten Stückes.«

»Dieses ›Hausmädchen‹ passt perfekt in die Atmosphäre des ganzen Stückes.«

»Ron, vertrau meiner Bühnenerfahrung. Ich kenne den Broadway in- und auswendig. Stell am Broadway ein Hausmädchen auf die Bühne, und du verurteilst das Stück zum Scheitern.«

Rons Blick wurde zusehends nüchterner. »Es hat schon unzählige Stücke mit Hausmädchen am Broadway gegeben.«

»Darum ist es ja so tödlich, noch ein Hausmädchen zu bringen.«

»Devra, ich selbst habe schon Stücke mit Hausmädchen am Broadway gesehen.«

»Und sie sind alle untergegangen ...«

»Sie sind große Erfolge geworden.«

»Du willst einfach nicht verstehen«, klagte sie und versuchte, ihn von sich zu schieben, doch er hatte sich schon aufgesetzt, ehe ihre Hände ihn erreichten. Rasch faltete Devra flehend die ausgestreckten Hände. »Ron, bitte, glaub mir! Dieses Hausmädchen steckt wie ein Nagel im Fleisch deines Stückes. Du musst eine reizende Tante daraus machen, etwa achtzigjährig.«

»Ich will keine Tante daraus machen, weder reizend, noch unreizend, und schon gar nicht achtzigjährig. Ich möchte ein junges flottes Hausmädchen ...«

»Das wäre eine wunderbare Rolle für Margaret Rutherford. Die reizende Tante natürlich, nicht das Hausmädchen.«

»Margaret Rutherford ist schon lange tot und ...«

»Keine Ausreden! Was hat die Rutherford denn damit zu tun, dass das Hausmädchen nicht in dein Stück passt?

Du kannst doch nicht eine tote Schauspielerin als Argument anführen!«

Ron zog die Beine an, schlang die Arme um die Knie, legte das Kinn auf die Kniescheiben und versuchte, Devras Gedankengängen zu folgen. Es wollte ihm wieder einmal nicht gelingen. Er wusste nur eines: »Ich bleibe bei dem Hausmädchen.«

Devra zog stumm die Bettdecke bis zum Kinn hoch. »Es ist einfach nicht zu fassen«, murmelte sie vor sich hin. »Da bekommt ein junger, bisher unbekannter Bühnenautor die Chance zu einem rauschenden Blitzerfolg am Broadway. Und was tut er? Statt darüber froh zu sein und diese Chance zu ergreifen, wirft er sie aus Leichtsinn weg.«

»Ich werfe nichts weg, sondern ...«

»Und wenn man ihn darauf aufmerksam macht und ihn warnt, stellt er sich taub.« Devra presste den Handrücken gegen die Stirn und schloss erschüttert die Augen. »Was bleibt mir da noch anderes übrig, als schweigend zuzusehen, wie dieser Autor in sein Verderben rennt!«

»Die Rolle des Hausmädchens hat bisher allen gefallen«, wandte Ron trotzig ein.

»Dann warte ab, was das Publikum am Premierenabend dazu sagen wird.« Ein bitteres Auflachen entrang sich Devras Brust. »In der Luft zerreißen wird es dein Hausmädchen! Die Kritiker werden dich verhöhnen und fragen, wieso du ein Hausmädchen in das Stück hineingeschrieben hast, obwohl es förmlich nach einer reizenden alten Tante schreit!«

»Ich höre nichts schreien.« Ron griff nach seinem nur halb geleerten Weinglas auf dem Nachttisch.

»Natürlich hörst du nichts schreien, wenn du dich betrinkst, statt auf die Stimme deines Stückes zu lauschen!« Devra versetzte ihre Stimme in ein tiefes Tremolo. »Ron, bitte, wende das Verderben ab! Hör auf mich! Ändere das Skript!«

»Nein!«

Devra starrte ihn sprachlos an. Doch diese Sprachlosigkeit dauerte nur zehn Sekunden. Dann füllten sich ihre

Augen mit Tränen. »Du liebst mich nicht. Du hast mich nie geliebt ...«

»Aber natürlich liebe ich dich«, beteuerte Ron hastig. »Was hat das denn mit der Rolle des Hausmädchens zu tun?«

»Alles!«, stieß Devra erstickt hervor. »Das Hausmädchen ist der Stachel, mit dem du deine Liebe aus meinem Herzen herausbohrst.«

»Das Hausmädchen wird ganz reizend von der wunderbaren Mary Miller gespielt und ...«

»Mary Miller!« Devra bekam einen waidwunden Blick! »Das ist es also! Du findest Mary Miller reizend und wunderbar.«

»Ja, aber ...«

»Womöglich hast du sogar ein Verhältnis mit ihr.« Devra setzte sich auf, wobei sie die Bettdecke an ihrem Kinn festhielt. »Wie konnte ich so blind sein! Während du mir gegenüber so getan hast, als wäre ich die Frau für dich, hast du mich hinter meinem Rücken mit Mary Miller ... O Ron, wie konntest du mir das antun?«

Ron starrte auf das unter die Bettdecke rutschende, sich in heftigen Schluchzern schüttelnde Bündel Mensch. »Devra ...« Er legte die Hand auf ihre Schulter unter der Decke.

»Fass mich nicht an!«, schrie Devra auf. »Nicht mit dieser Hand, die alles Mögliche mit Mary Miller angestellt hat!«

»Meine Hände haben gar nichts angestellt ...«

»Ihr benutzt noch nicht mal *dabei* eure Hände?« Devra starrte entsetzt. »Abgründe! Es tun sich Abgründe auf!«

Ron streckte beide Hände nach ihr aus. »Devra, lass uns vernünftig reden!«

»Weg mit dir!« Devra schleuderte die Decke zurück und bot nackt einen reizenden, wenn auch wütenden Anblick. »Vernunft! Vernunft statt Gefühle! So seid ihr Männer. Und ich glaubte, ich könnte auf deine Liebe bauen. Stattdessen hast du ein Verhältnis mit Mary Miller – hinter meinem Rücken und direkt vor meinen Augen ...«

»Ich habe kein Verhältnis mit Mary Miller!«, beteuerte Ron, nun nicht weniger wütend. »Und ich liebe dich! Ich liebe dich, habe dich immer geliebt und werde dich immer lieben, und außerdem werde ich weder jetzt noch in Zukunft ein Verhältnis mit dieser Mary Miller haben!«

Devra lachte bitter. »Und du erwartest von mir, dass ich das glaube?« Sie stemmte beide Fäuste in ihre Taille. »Schließlich hast du auch schon *vor* mir Frauen gehabt, was zu der Mutmaßung Anlass gibt, dass du auch noch *nach* mir Frauen haben wirst!«

»Ich werde keine Frauen nach dir haben, da ich dich liebe und nur dich will, geht das nicht in deinen Kopf?« Ron schloss die Augen, holte tief Luft, öffnete die Augen wieder und bemühte sich um einen ruhigen, warmen, zärtlichen Tonfall. »Devra ... nun ... natürlich hat es einige wenige Frauen vor dir gegeben, aber diese Frauen haben mir nie etwas bedeutet ... Sie waren wie ... wie ... wie Motorboote, die an einem vorbeiziehen ...«

»Ha!«, zischte Devra. »Soll ich dir mal was sagen? Sie zogen nicht *an* dir vorbei, sondern schipperten *unter* dir ... mit voll dröhnenden Motoren!«

»Es war allenfalls ein Tuckern, alles andere ist eine bodenlose Unterstellung!«

»So?« Devra erhob sich und verließ das Liebeslager, das zu einem Kriegsschauplatz geworden war. »Dann beweise es.«

Ron betrachtete die majestätisch und nackt dastehende Devra. »Wie?«

»Mary Miller und ihre Rolle fliegen raus, dafür kommt eine achtzigjährige Tante rein. Meinetwegen auch eine siebzigjährige, sofern gichtgeplagt und am Stock gehend.«

»Nein!«

Devra runzelte die Stirn. Sie musste sich verhört haben. »Wie bitte?«

»Nein!« Ron setzte sich im Schneidersitz auf die zerwühlten Laken.

Irritiert verzichtete Devra auf alle schauspielerischen Schnörkel. »Darf ich das so interpretieren, dass du gewillt bist, hart zu bleiben, und auf Mary Miller bestehst?«

Ron holte sich die Kopfkissen und benutzte sie als Armstütze. »Ja!«

Zum zweiten Mal an diesem Abend war Devra sprachlos, und diesmal einige Sekunden länger als beim ersten Mal. Dieser Mann, der ihr Liebhaber war, besaß die bodenlose Unverschämtheit, die Rolle, die er selbst geschrieben hatte, für perfekt zu halten! Dieser Kerl, den sie liebte, besaß den Schneid, sich ihr zu widersetzen! Kein Zweifel, dafür liebte sie ihn sogar noch mehr!

Was jedoch nicht heißen konnte, dass sie sich das bieten lassen würde!

Devra verschränkte die Arme vor den Brüsten und hob das Kinn. Shaw's *CAESAR UND CLEOPATRA*, eine ihrer starken frühen Rollen ... Wenn Ron schwerste Geschütze aufgefahren haben wollte, bitte sehr! »Deine Haltung ist konsequent, männlich und bewunderungswürdig.«

Ron nickte zustimmend. Auch wenn er Devra gerade deshalb liebte, weil sie war, wie sie nun einmal war, durfte er ihr nicht alle Launen durchgehen lassen.

»Und nun wollen wir alle Spielchen beiseite lassen.« Devra lächelte ein äußerst knappes Lächeln. »Ich verbitte mir von dir als Anfänger jegliche Widersetzung gegen meine Wünsche! Ich bin der Star, und niemand hat es zu wagen, sich meinen Forderungen entgegenzustellen. Bestehen noch Unklarheiten?«

»Ja.«

Die schlichte Antwort brachte Devras gebieterische Haltung ein klein wenig ins Wanken. »Welche?«

»Ganz einfach.« Ron lächelte selbstsicher. »Ich wage es, nicht deiner Meinung zu sein!«

»Unklug von dir!«, sagte Devra und drehte sich um.

Unklug von mir, dachte Ron, als ein scharfkantiger Fabergé-Bilderrahmen an seiner Schulter vorbeisegelte.

Als Ouvertüre.

Der Hauptteil des nun folgenden Schauspiels dauerte – grob geschätzt – zwanzig Minuten, ließ sich nur mittelmäßig und ungenügend mit Begriffen wie ›Schreiorgie‹ und ›Hysterische Anfälle ohne Intervalle‹ beschreiben und gab Ron Gelegenheit, hautnah zu erleben, welche Energien bisher in Devra geschlummert hatten und nun fulminant ausbrachen. Wobei Devras Aktionen sowohl verbal als auch wurfgeschossmäßig eine ständige Steigerung erlebten. Ron packte ein Kopfkissen zur Abwehr der Wurfattacken.

»Wer nicht für mich ist, der ist gegen mich!« Ein nicht genau zu erkennender Gegenstand zischte raketengleich durch Rons Blickfeld und knallte dumpf gegen einen Schrank. Ein zweiter Gegenstand bohrte sich Zentimeter von Rons Zehen entfernt in die Matratze. »Du betrügerischer Verräter! Du Gauner! Du Nichts! Du hast meinen Großmut missbraucht und mein Vertrauen hintergangen! Ich verstoße dich! Ich lösche dich vom Antlitz dieser schlechten Welt aus, die durch dich noch viel schlechter geworden ist! Ich ...«

In der plötzlich eintretenden Stille wagte es Ron, über den oberen Rand des Kissens zu spähen in der Hoffnung, Devras Energien hätten sich nun doch erschöpft. Sein erster Blick traf einen tief in der Matratze steckenden Brieföffner, sein zweiter Blick Devras hoch über ihren Kopf gerissene Arme. Sein dritter Blick erfasste die in Devras Händen schwebende Sèvres-Vase, die im nächsten Moment, von einem Aufschrei Devras begleitet, haarscharf an seinem Kopf vorbeisegelte. Was für eine Frau!

Ron hob den blitzartig eingezogenen Kopf wieder, um weitere und noch schlimmere Angriffe rechtzeitig abwehren zu können, und fand Devra nicht mehr an ihrem Platz.

Verstört blickte er zur Tür und malte sich aus, was sie jetzt womöglich holte, um damit ihn, ihren Feind, vom Antlitz der Erde verschwinden zu lassen. Pistolen, Revolver, Säbel, Jagdgewehre ...

Ein schmerzlicher Seufzer von rechts ließ Ron herumfahren und vorsichtshalber wieder das Kopfkissen hochreißen, doch von Devra ging keine Gefahr mehr aus. Sie war in den zierlichen Sessel neben dem Schminktischchen gesunken, hatte sich mit einem Hausmantel bedeckt und blickte mit leeren, traurigen Augen an Ron vorbei.

Er erlaubte sich ein lautloses, erleichtertes Aufseufzen und stand auf. »Devra, ich will doch nur ...« Ihre erhobene Hand stoppte ihn mit einer dramatischen Geste.

»Nein, bitte, nicht mehr ...« Ihr Blick wich ihm weiterhin aus, während sich in ihrem schmal und mutlos gewordenen Gesicht tiefer innerer Schmerz abzeichnete. »Es ist schon zu viel gesagt worden.« Ihre Hand schwenkte herum und deutete auf die Tür. »Und jetzt geh ... bitte! Mehr will ich nicht von dir!« Das Fach der ›tief Verwundeten‹ war angesagt ...

Ron öffnete den Mund, doch Devras ganze Haltung hinderte ihn daran, nur ein Wort zu erwidern. Stumm tastete er nach seinen Kleidern und Schuhen, zog sich an und verließ nach einem letzten Blick auf Devra den Raum.

Bis zur Haustür hoffte er noch, sie würde ihn einholen, doch es blieb still in dem Haus. Ron schloss von außen die Tür in der Hoffnung, am nächsten Tag im Theater wieder vernünftig mit Devra sprechen zu können. Bis dahin musste er sich eben gedulden.

Ron fand sich pünktlich im Theater ein, wo Alan und die anderen schon der Hauptdarstellerin harrten. Nach zehn Minuten vergeblichen Harrens regte sich noch keiner auf. Nach zwanzig Minuten machte sich erste Nervosität breit. Nach einer halben Stunde schickte Alan Thompson einen Bühnenarbeiter ans Telefon. Der Arbeiter kam zurück mit der Nachricht, dass sich unter Devra Carltons Nummer niemand meldete.

»Ausgeschlossen«, murmelte Alan, tiefe Sorgenfalten auf der Stirn. »Zumindest einer der Angestellten müsste da sein. Der Butler oder diese Sekretärin.«

Ron deutete über seine Schulter nach hinten. »Die Sekretärin kann nicht dort sein. Die ist hier.«

Alan drehte sich rasch zu Jane Cotter um. »Verdammt, wo ist die Carlton?«

Lou Jacksons Stimme dröhnte bereits über die Bühne, noch ehe er selbst kurzatmig und kurzbeinig heranstampfte, offenbar von irgendeinem Mitglied des Ensembles alarmiert. Er erspähte die zögernd näherkommende Sekretärin. »Miss Cotter! Sagen Sie jetzt nicht, dass Devra keine Lust hat aufzutreten! Oder streikt oder sonst etwas macht, um ...«

»Miss Carlton ...« Die Sekretärin schluckte und presste ein Taschentuch gegen die Augen. »Miss Carlton liegt im Koma ...«

Lous zorngerötetes Gesicht wechselte von einer Sekunde auf die andere die Farbe und glich jetzt frisch gefallenem Schnee. »Meine Vorahnung, meine Vorahnung!« Stöhnend fasste er sich ans Herz und sank in die Arme eines geistesgegenwärtig hinzuspringenden Bühnenarbeiters, der ihn auffing und auf eine zur Dekoration gehörende Couch sinken ließ. Der Produzent sah aus, als wäre er selbst dem Koma näher als jedem anderen Zustand.

Alan Thompson hielt eine Hand auf den Mund gepresst. »Wie ... wie ist das passiert?«, stammelte er endlich.

Ron versuchte sich auf die Antwort der Sekretärin zu konzentrieren, was ihm jedoch kaum gelang, fühlte er doch einen Berg von Schuld auf seinen Schultern ruhen.

»... heute Morgen ... einfach so gefunden ... im Bett ... spricht nicht ... reagiert nicht ...«

Rons Schuld wuchs zu biblischen Ausmaßen an, war er doch der Letzte gewesen, der mit Devra gestern zusammen gewesen war. Die Aufregung über seine gemeine, hinterhältige Weigerung hatte sie in diesen Zustand getrieben. Er hatte schließlich mit eigenen Augen gesehen, wie gebrochen sie war, als er sie verließ. Und dennoch war er von ihr gegangen – im trügerischen Glauben, sie spiele nur!

»Wo ist sie!« Lou stemmte sich röchelnd von der Couch hoch. »Ich muss mit ihr sprechen! Sie *muss* spielen. Sie hat einen Vertrag ... Mein Geld, mein ganzes Geld steckt in dieser Produktion ...«

»Du solltest dich schämen, in einem solchen Moment an Geld zu denken«, warf Alan dem Produzenten vor. »Ich denke ja auch nicht an Geld, sondern nur an die arme Devra.«

»Kunststück, du hast ja auch kein Geld investiert.« Lou wankte auf die Sekretärin zu. »Bringen Sie mich zu Devra! Ich werfe mich ihr zu Füßen und küsse ihre Fesseln, wenn sie auf die Bühne zurückkommt. Ach, was sage ich! Ich rolle einen Teppich vor ihr her, wenn sie nur kommt. Oder ich trage sie auf meinem Rücken ...«

»Es ist zu spät, aber ich bringe Sie zu ihr«, flüsterte Jane Cotter und schniefte in ihr Taschentuch.

Zu spät, zu spät, zu spät ... Die Worte hämmerten in Rons Kopf, auch noch während der Fahrt zu Devras Haus. Zu spät, zu spät ...

Alles lief für ihn wie ein wahrgewordener Albtraum ab. Vor dem Haus angekommen, wollte er zu Devra eilen, hatte jedoch kaum die Kraft, sich die Stufen zur Tür hinaufzuschleppen. Er sah den Butler, der verwirrt und verstört die Besucher durch das Haus führte, sah das vertraute Schlafzimmer, das noch vertrautere Bett – und darauf die im Koma Liegende ...

Bis zu diesem Moment hatte Ron nicht gewusst, dass ein Mensch so weiß sein konnte. Er hatte nicht einmal gewusst, dass es ein so weißes Weiß überhaupt gab. Devra war so weiß.

Neben Ron gab Lou einen erstickten Laut von sich. Er fühlte sich bei Devras Anblick so schlecht, wie sie aussah. Und als sie die Augen öffnete und ihr leerer Blick von einem zum anderen glitt und sie offenbar niemanden erkannte, fühlte er sich sogar noch schlechter.

»Wer ist da?«, Devras Stimme war ein kaum vernehmbarer Hauch in der Stille, die nur durch das Klingeln des Telefons gestört wurde.

»Miss Carlton.« Jane Cotter trat vorsichtig an das Bett. »Mr. Jackson und Mr. Dayton sind hier. Miss Carlton, können Sie mich hören?« Und als keine Antwort kam, wandte sie sich besorgt an Lou und Ron. »So ist es schon die ganze Zeit.«

»Warum haben Sie nicht schon längst einen Arzt gerufen?«, fuhr Lou auf und dämpfte erschrocken seine Stimme wieder. »Ich alarmiere sofort sämtliche Hospitäler von New York, damit jedes einen Stab von Spezialisten ... Kapazitäten ...«

»Sinnlos ...« Devras Stimme, nur zeitweise von dem klingelnden Telefon überlagert, verschaffte sich Gehör. »Keine Ärzte, bitte ...«

»Aber Sie können doch nicht ...« Lou stockte, als Devras Blick ihn plötzlich voll erfasste und sie den dicken Produzenten einen Schritt näher an das Bett heranwinkte.

»Lou, mein Freund!« Devra sah einen Moment irritiert zur Tür, durch die man das Klingeln des Telefons hörte, ehe sie sich, offenbar mit geistiger Umnachtung kämpfend, auf Lou konzentrierte. »Ich hätte so gern dieses Stück als Letztes gespielt. Aber jetzt schicke ich Sie durch mein Sterben in den finanziellen Ruin, und deshalb möchte ich ...« Sie hob den Kopf und warf der stumm trauernden Jane Cotter einen flammenden Blick zu. »Wollen Sie nicht endlich an dieses verdammte Telefon gehen? Ich bin nicht zu sprechen!« Jane Cotter raste pflichtschuldigst aus dem Zimmer, und Devra sank völlig ermattet in die Kissen zurück. »Lou ... als kleinen Ausgleich für Ihren finanziellen Ruin möchte ich Ihnen meine Juwelen vererben ...«

Lou, gramgebeugt unter der Vorstellung des drohenden pekuniären Chaos, erwachte aus seiner Verzweiflung. »So dürfen Sie nicht sprechen, Devra, so dürfen Sie nicht einmal denken! Haben Sie es schriftlich festgelegt?«

»Ron, komm zu mir ...« Devra versuchte, nach ihm zu tasten, doch ihre Hand blieb nach zwei vergeblichen Anläufen kraftlos auf der Bettdecke liegen.

Ron sank neben dem Bett auf die Knie und ergriff die geschwächte Hand.

»Ron, du warst die Liebe meines Lebens ...« Devra musste Pausen einlegen, da ihr das Sprechen offensichtlich immer schwerer fiel. »Und darum musst du mir glauben ... mein Bestreben ... mein einziges Bestreben ... dein Stück zu verbessern ... Nicht für mich, o nein, sondern für dich, damit du stolz auf ... dein Werk sein konntest.«

»O Devra!«, presste Ron hervor. Er hätte schwören können, dass ihr Gesicht noch weißer als Weiß geworden war.

»Meine lauteren Absichten ... kann sie beweisen ...« Devra hüstelte. »... auch jetzt, wo ich ausgestoßen werde aus dem Rennen des Lebens ... habe ich nur eine Bitte ... Rette dein Stück ... ändere die Rolle von Mary Miller und baue ein Tantchen ein!« Ihre für einen Moment wieder kraftvolle Stimme erstarb, ihre Augen schlossen sich, und für einen Augenblick wagte niemand im Raum zu atmen. Dann hoben sich Devras Lider wieder flatternd. »... vielleicht dein Stück mir widmen ...«

»Alles, was du willst, Liebling, alles!« Ron hob erst wieder den Kopf, als Jane Cotter ihn an den Schultern rüttelte.

»Miss Carlton schläft«, flüsterte die Sekretärin. »Wir wollen sie nicht stören!«

»Kommen Sie!« Lou zog Ron mit sich aus dem Zimmer und begann schon zu überlegen, wer die Starrolle von Devra Carlton übernehmen konnte. Und dann brauchte er noch dringend eine alte Schauspielerin, die den Miller-Part übernahm, natürlich erst nach der Änderung des Textbuches.

»Sie müssen sich sofort an die Arbeit machen, junger Freund!«, drängte Lou, vor dem Haus angelangt. »Sofort! Die Premiere ...«

Ron, noch immer völlig verstört, nickte. »Ja, sofort ... und wenn es das Letzte ist, was ich in meinem Leben mache. Das bin ich Devra schuldig ...«

»Und wenn Sie sich beeilen, können Sie ihr das geänderte Skript noch übergeben!« Lou Jackson drängte sich neben Ron in ein Taxi. »Hoffentlich hat sie das mit dem Schmuck schriftlich gemacht ...«

In der Hoffnung, mit einer blitzartigen Änderung der Rolle des Hausmädchens in eine alte Tante Devra vielleicht doch noch Auftrieb zu geben, setzte Ron sich in seiner Wohnung sofort an die Schreibmaschine und ruhte nicht, bis das Werk vollbracht war. Aufatmend heftete er die neuen Seiten zusammen, klemmte sich das geänderte Skript unter den Arm und hastete zu Devras Haus zurück, Blut und Wasser schwitzend. Die Vorstellung, womöglich um Minuten zu spät zu kommen, brachte ihn fast um den Verstand.

»Oh, Mr. Dayton!« Jane Cotter betrachtete ihn betreten. »Miss Carlton ...«

Er sah, dass sie die Worte nicht über die Lippen brachte, und fühlte, wie sein Innerstes zu Eis erstarrte. »Wo ist sie?«, flüsterte er.

»Noch immer in ihrem Bett.« Die Sekretärin hastete neben ihm her. »Aber Sie sollten vielleicht nicht ... ich meine, der Anblick könnte Ihnen nicht gefallen ...«

Auf das Schlimmste vorbereitet, stieß Ron die Tür von Devras Schlafzimmer auf und wurde von heftigem Liebesgestöhne und den Worten »Ja, jaaa, tiefer, jaaaa!« empfangen, beides aus dem Fernseher dringend, der dem Bett gegenüber aufgestellt war und auf dessen Bildschirm das Logogramm einer Cable-TV-Station flimmerte.

Ron starrte entgeistert auf die eindeutigen Bilder des auf dem Bildschirm ablaufenden Softpornos und danach auf Devra. Er hatte den ersten Blick geistig noch nicht verkraftet, und der zweite Anblick überforderte ihn restlos.

Devra lächelte ihm entgegen, sichtlich gut gelaunt, mit gesunder Gesichtsfarbe und offenbar auch mit einem gesunden Appetit gesegnet, verzehrte sie doch soeben ein üppiges, köstlich duftendes Steak!

»Devra ...«

»Ron! Komm her!« Devra winkte strahlend mit dem Steakmesser. »Nun komm schon! Hast du das geänderte Textbuch? Keine Angst, du störst mich nicht. Bei dem Film versäume ich nichts. Das geht bestimmt noch fünf Minuten so öde weiter.«

Wie unter Hypnose tat Ron einen Schritt auf das Bett zu, und sobald er in Reichweite war, schnellte Devras Hand vor und entriss ihm das Skript.

»Du bist ein Schatz!« Zufrieden nickend unterbrach Devra ihr Mahl und überflog mit professioneller Geschwindigkeit die Änderungen, begleitet von kurzen Lachern und zufriedenem Nicken. Dann klappte sie das Skript zu, machte sich wieder über ihr Steak her und lächelte dem wie versteinert dastehenden Ron anerkennend zu. »Wirklich gut, dein Stück! Habe ich dir nicht gleich gesagt, dass es förmlich nach einer alten Tante schreit? Großartig! Ich habe immer gewusst, dass du ein großer Künstler bist. Mhhh, dieses Steak ist ein Gedicht. Möchtest du einen Happen?«

Ron rammte die Hände in die Hosentaschen und starrte verbiestert zwischen Devras von Gesundheit strotzendem Gesicht, dem stöhnenden Paar auf der Mattscheibe und dem Steakteller hin und her. »Du bist gar nicht sterbenskrank!«, sagte er vorwurfsvoll.

»Wie du siehst – nein.« Sie betrachtete ihn prüfend. »Wäre dir das denn lieber?«

»Nein, natürlich nicht, aber ...«

»Dann beklage dich auch nicht darüber, dass ich gesund bin! Und steh da nicht so ungemütlich herum. Willst du nicht doch einen Bissen?« Devra tippte mit dem Messer auf ihr Steak.

»Ich beklage mich nicht darüber, dass du gesund bist, dir im Fernsehen Schweinkram ansiehst und gleichzeitig Rindfleisch isst! Aber wie kannst *du* behaupten, mich aufrichtig zu lieben? Wie kannst du solche Spiele mit mir treiben, wenn du mich wirklich liebst?«

Devra wandte sich ihm mit ehrlichem Erstaunen zu, vergaß zu essen und achtete auch nicht auf den Bildschirm, auf dem die Handlung einem Höhepunkt zustrebte. »Ron, natürlich liebe ich dich wirklich, tief und echt, aber das kann doch nie und nimmer heißen, dass ich jemals auf die Durchsetzung meiner Wünsche verzichte, mein Dummerchen!«

Ron wollte etwas erwidern, doch wieder einmal fehlten ihm bei Devra die Worte. Und vor allem fühlte er sich als das, als was sie ihn so zärtlich bezeichnet hatte – als ihr Dummerchen. Aber schon ein sehr dummes Dummerchen …

9

Ron verschränkte die Arme vor der Brust und lehnte sich entspannt gegen einen Schrank, der in den Kulissen bereits für die nächste Szene bereitstand. Er lächelte dem neben ihm die Probe beobachtenden Regisseur zu, während auf der Bühne der Durchlauf des ersten Aktes hervorragend klappte, nicht zuletzt dank der großartigen alten Schauspieler, die mit ihrer Bühnenerfahrung und Lebensweisheit in der Rolle der alten Tante brillierte.

»Na, was sagen Sie, Mr. Thompson?«, fragte Ron zufrieden. »Ist es nicht ein herrliches Gefühl, wenn eine Woche vor der Premiere alles so …«

Alan Thompson hechtete förmlich auf ihn zu, und nur weil Ron erschrocken verstummte, verzichtete der Regisseur darauf, ihm den Mund zuzuhalten. »Wehe, Sie beschreien so dicht vor dem großen Abend etwas oder gehen unter einer Leiter durch oder lassen eine schwarze Katze und Ähnliches in dieses Haus! Ich mache Sie persönlich für alles Unglück verantwortlich, das Sie über uns bringen!«

»Aber Mr. Thompson, wir sind doch beides erwachsene Menschen. Sie glauben bestimmt nicht an diesen Unfug mit dem Beschreien und allem anderen.«

»Nein, nein, ich glaube nicht daran«, beteuerte der Regisseur. »Aber es könnte ja doch etwas dran sein …«

Lou Jackson zeigte sich häufig bei den abschließenden Proben und floss über vor Lob. »Wir haben das beste Ensemble, das der Broadway je hatte!«, rief er in die Runde und streifte vor allem Devra mit einem dankbaren Blick. »Ein Ensemble, das von *dem* Broadway-Star angeführt wird. Devra, wir alle lieben dich!«

Devra neigte bescheiden den Kopf, ließ sich von den Kollegen feiern und fand es drei Tage vor der Broadway-Premiere an der Zeit, auf Überredungskünste zu verzichten und tatkräftig das zu tun, was stets und immer ihr höheres Ziel gewesen war ... alles selbst in die Hand zu nehmen, um aus dem reizenden Stückchen eine fulminante One-Woman-Show zu machen und die letzten nötigen Feinheiten anzubringen.

»Alle bitte mal herhören!« Devra klatschte in die Hände. Sie wartete, bis sich das Gemurmel gelegt hatte, und lächelte in die Runde. »Zuerst möchte ich euch allen für die bisher hervorragende Zusammenarbeit danken«, sagte sie zu ihren lauschenden Kollegen. »Das gibt mir auch Grund zur Hoffnung, dass sich unsere gute Zusammenarbeit fortsetzen wird. Dafür sind folgende Änderungen nötig.«

Sie erklärte den verdutzten, aber schweigenden Kollegen, worauf es ihr ankam, verlangte eine veränderte Betonung in der einen Szene, strich ein paar Pointen – natürlich die der anderen – und hob zuletzt mahnend den Zeigefinger.

»Vor allem aber müssen sich alle merken, dass es in dem ganzen Stück nur ein Grundprinzip gibt – und zwar müssen alle schön am Rand der Bühne spielen, damit ich in der Mitte Platz habe. Also immer daran denken ...«

Die Partner wagten schon lange nicht mehr, der großen Carlton zu widersprechen. Sie verließen genauso schweigend, wie sie gekommen waren, die Besprechung und nahmen ihre Plätze für die nächste Szene ein.

»Einen Moment!« Alan Thompson schüttelte die Lähmung ab, die ihn vor Schreck bei Devras Alleingang befallen hatte, und stellte sich seinem Star in den Weg. »Darf ich Sie daran erinnern, Devra, dass *ich* rein zufällig der Regisseur dieses Stückes bin?«

»Habe ich das jemals auch nur einen Moment in Zweifel gezogen?« Devra betrachtete den Wütenden erstaunt, während Ron schweigend und wissend in den Kulissen stand, nachdem er seine Lektion gelernt hatte. Sich einer Devra Carlton in den Weg zu stellen war reinste Kraftvergeudung! »Sie sind und bleiben der Regisseur, Alan, und keine Angst, ich werde Ihnen diesen Umstand nicht vorhalten. Ich akzeptiere Sie trotzdem!«

»Ja, tun Sie das?« In Alans Stimme schlich sich eine unverkennbar hysterische Note ein. »Dann akzeptieren Sie wohl auch, dass ich und nur ich Regieanweisungen geben kann!«

»Nein, keineswegs.« Devra scheuchte einen Statisten, der einen Butler darstellte, in die hinterste Ecke der Bühne und ließ das später für die ›alte Tante‹ benötigte Sofa ebenfalls weiter aus dem Blickfeld der Zuschauer aufstellen. »Sehen Sie, Alan, wir haben nur noch drei Tage Zeit bis zur Premiere, und darum ...«

»Und darum können Sie jetzt nicht anfangen, alles abzuändern!«

»Falsch, Alan! Darum muss ich jetzt sofort anfangen und mit Hochdruck daran arbeiten. Und jetzt gehen Sie bitte auf die Seite und stören Sie unsere Probe nicht weiter.« Sie ergriff ihn am Arm und führte ihn energisch in die Ecke, in der das Sofa der ›alten Tante‹ stand.

Alan riss sich unbotmäßig los. »Fassen Sie mich nicht an! Sie überspannen den Bogen! Sie treiben die Dinge zu weit! Sie ... Sie ... Sie ... egomanisches Ungeheuer!«

Devra verzog unangenehm berührt den Mund, als Alans Stimme sich überschlug und seine gebrüllten Proteste vollends unverständlich wurden. »Warum man immer wieder von inkompetenten Leuten bei ernsthafter Arbeit gestört wird, ist mir ein Rätsel«, sagte sie halblaut und verschaffte Alan einen weiteren Schreikrampf, der in dem gebrüllten Satz gipfelte: »Lou muss her!«

Wie aufs Stichwort tauchte der Produzent auf der Bühne auf, ebenfalls zornbebend und mit einem alarmierend geröteten Gesicht.

»Lou, du musst mich vor dieser Person retten!« Alan stürzte sich, zitternd und den Tränen nahe, auf den Produzenten. »Sie pfuscht mir ...«

Lou, kleiner, älter und fetter als Alan, fegte diesen mühelos beiseite, von der Kraft der Wut und Verzweiflung getrieben. »Was heißt, sie pfuscht? Sie schmeißt mein Geld mit beiden Händen zum Fenster hinaus! Haben Sie den Verstand verloren, Devra? Wie kommen Sie dazu, auf meine Kosten in Paris eine 70 000 Dollar-Robe zu ordern? Warum kleiden Sie sich nicht gleich in ein Kettenhemd aus purem Gold mit Diamanten, Sie größenwahnsinnige Irre?«

»Weil Gold und Diamanten ein klein wenig übertrieben wären, aber Sie hatten ja noch nie Geschmack, Lou.« Devra versuchte, den Produzenten wie eine lästige Fliege wegzuscheuchen. »Und nun behindern Sie nicht die wichtigste Arbeit an dem Stück. Ich bin gerade beim Finish.«

»Und ich bin gerade bei einem Schlaganfall!«, schrie Lou. »Wissen Sie, wie viel siebzigtausend Dollar sind? Wissen Sie das?«

Devra verdrehte die Augen. »Lou, ich habe wirklich keine Zeit mehr für endlose Diskussionen. Siebzigtausend Dollar sind siebzigtausend Dollar, und zweihunderttausend Dollar sind zweihunderttausend Dollar.«

Lou erblasste und tastete Halt suchend um sich. »Zweihu ... hu ... Wie kommen Sie auf diese Summe?«

Devra fasste sich in Geduld. »Ich sah mich leider gezwungen, auf eigene Faust das Stück vor einem Reinfall zu bewahren. Und dazu gehört nun mal diese Pariser Robe ebenso wie der von Harry Winston ausgeliehene Schmuck – Versicherungskosten und Leihkosten läppische zweihunderttausend ... Könnte sich bitte jemand um Mr. Jackson kümmern?«, fragte sie, als Lou sich röchelnd gegen eine Säule lehnte und zusammenzubrechen drohte.

»Biest!« Lou stieß sich von der Säule ab. »Ungeheuer!« Er riss die geballten Fäuste hoch und stierte Devra mordgierig an. »Sie wollen ja nur, dass alle um Sie herumflattern und seufzen, wie wunderbar Sie sind!«

»Ich *bin* wunderbar!« Devra wandte sich erneut an ihre Kollegen, doch ihre erste Regieanweisung ging in Lous unartikuliertem Brüllen unter.

»Miststück!«, war zwischendurch zu verstehen. »Für Ihren Ego-Trip wollen Sie alle anderen schlachten! Drache! Monster!« Seine Fäuste sanken herunter, und seine Schultern hingen herab. Die letzten Kraftreserven verließen ihn wie die Luft einen angestochenen Luftballon. »Das musste gesagt werden«, flüsterte er erschöpft in die eintretende Stille hinein und wandte sich an die übrigen Darsteller auf der Bühne. »Entschuldigen Sie bitte diese etwas vulgären Ausdrücke, aber ich sage immer, was ich denke ...«

Devra nickte zustimmend. »Deshalb wirkt ja auch alles, was Sie sagen, so ermüdend. Können wir jetzt bitte anfangen, ohne dass jeder dreinredet, der absolut nichts mit dem Stück zu tun hat?« Und als Lou und Alan zu schwach und zu fertig für Widerspruch waren, lächelte sie knapp. »Danke! Dann wollen wir für unser Publikum ein Feuerwerk abbrennen. Alles muss schneller laufen, flotter! Probieren wir es doch!«

Sie hetzte ihre Kollegen über die gesamte Distanz des Stückes und spielte ihre Szenen ebenfalls wesentlich schwungvoller als bisher, und am Ende blickte sie kopfschüttelnd auf ihre Uhr.

»Fünfzehn Minuten kürzer als geplant«, stellte sie fest. Ihr Blick suchte und fand Ron, ihren wunderbaren Geliebten, den sie am Abend zuvor nach dem kleinen Missverständnis, ihre großartige Sterbeszene betreffend, mit all ihrer Leidenschaft versöhnt hatte. »Genau, wie ich von Anfang an befürchtet habe. Das Stück hat etwas zu wenig Substanz. Es fehlt ein großer Monolog. Natürlich mein Monolog!«

Ron nickte wissend und verließ die Bühne Richtung Theaterausgang. »Okay, ich mache mich sofort an die Arbeit.«

»Nicht nötig.« Devra winkte beruhigend ab und fischte aus ihrem Skript einige fotokopierte Seiten. »Der Einfachheit halber habe ich ihn schon selbst geschrieben.« Sie trat an die Rampe, während Lou Jackson, von zwei Bühnenarbeitern gestützt, davonwankte.

»Das kannst du nicht tun!« Ron machte auf dem Absatz kehrt und stürmte schäumend auf die Bühne. »Das ist mein Stück! Ich erlaube nicht ...«

Devra fing ihn ab und hakte sich sanft bei ihm ein. »Sieh mal, Darling, ich liebe dich, und darum werde ich dir erklären, worum es geht.« Ihr Lächeln strahlte so unbefangen, als wären sie ein Liebespaar ohne das kleinste Problem. Die Wirkung ließ nicht lange auf sich warten. Ron beruhigte sich, bereit, eine neue Lektion zu lernen. »Darling, Ron ... Der Ablauf deines wundervollen Stückes braucht mehr Leben, und dieses Leben kommt durch meinen Monolog!«

Ron erinnerte sich daran, dass er einst ein störrisches Kind gewesen war. »Du hast diesen Monolog doch nur geschrieben, um dich noch mehr in den Vordergrund zu schieben!«

Devra lächelte mild. »Genau das meinte ich, Darling. Das und nichts anderes!«

Ron riss sich mit verhaltener Wut los und stürmte hinter Alan Thompson her, der sein Regiebuch in eine Ecke der Bühne geschleudert hatte und der Stätte seiner Niederlage den Rücken zuwandte.

Devra nahm es dankbar zur Kenntnis, dass endlich alle störenden Faktoren beseitigt waren und sie sich ernsthafter Arbeit widmen konnte. Sie betrachtete nachsichtig ihre erschöpften Kollegen. »Zehn Minuten Pause«, verkündete sie. »Dann wollen wir mit frischer Energie weitermachen!«

Als die Proben weitergingen, war Ron in die Kulissen zurückgekehrt, und sein Blick hing an Devra, die unermüdlich Verbesserungen – zu ihren Gunsten – anbrachte und durchsetzte. »Sie ist ein Genie«, murmelte er mit widerstrebender Anerkennung. »Wahnsinnig, aber ein Genie ...«

Ron stand auch zwei Stunden vor Beginn der glanzvollen Premiere in den Kulissen und starrte auf die Bühne, auf der Arbeiter hin und her hasteten und letzte Veränderungen anbrachten, alles überprüften und eine Hektik entwickelten, die Rons eigener Nervosität voll und ganz entsprach.

»Bloß nicht nervös werden«, erklang Alan Thompsons Stimme neben ihm. Der Regisseur grinste ihn schief und mit hektischen roten Flecken auf den Wangen an. »Kein Grund! Es geht sowieso schief.«

Ron wischte seine Schwitzhände unauffällig an der Hose ab und versuchte zu lächeln. »Goldiger Humor«, murmelte er.

Alan schüttelte den Kopf. »Purer Aberglaube. So führt man die bösen Geister in die Irre, die unsere Premiere stören wollen. Sie hören, dass ohnedies alles schiefgeht, und kümmern sich nicht weiter um uns.« Er wischte seine Schwitzhände an seinem Jackett ab und prallte im Davonhasten fast mit Lou Jackson zusammen.

»Hi, Ron!« Lou knetete zwischen seinen Schwitzhänden ein riesiges weißes Taschentuch, mit dem er sich zwischendurch auch das hochrote, von feinen Schweißtropfen überzogene Gesicht polierte. »Ihre erste Broadwaypremiere. Wie fühlen Sie sich?«

Ron gab ein gequältes Stöhnen von sich.

Der Produzent wischte sich den Hals. »Ich kann Sie trösten, junger Freund. Für mich ist es die ich weiß nicht wievielte Premiere, und ich bin immer das gleiche zuckende und zitternde Nervenbündel wie bei der allerersten.«

»Und das soll ein Trost sein?«, murmelte Ron und zupfte an seiner Krawatte.

Lou zuckte mit den fleischigen Schultern. »Was wollen Sie denn? Stellen Sie sich doch vor, dass sich in ungefähr einer Stunde da unten im Zuschauerraum die Kritikergötter und die Creme der New Yorker High Society versammeln. Wer sollte da nicht vor Nervosität zusammenbrechen?«

Ron wirbelte herum und jagte durch die Theaterkorridore davon, um sich wenigstens die Illusion zu verschaffen, er könne noch irgendetwas tun, und wenn es nur Herumlaufen war.

Sein Weg führte ihn an den Garderoben der Schauspieler vorbei, von denen jeder auf seine Art mit dem Premierenfieber fertig zu werden versuchte. Der eine saß starr vor dem Spiegel, einen Walkman auf den Ohren, der andere schnitt sich selbst in seinem Spiegel Grimassen, eine junge Nebendarstellerin tröstete ihre schluchzende Kollegin, John Scott lief in seiner Garderobe hin und her und murmelte seinen Text vor sich hin, und als er Ron auf dem Korridor entdeckte, stürzte er sich mit irrem Blick auf die Tür und knallte sie zu.

Ron kam auch an der Tür vorbei, auf der ein aufgemalter Stern prangte, und ein flüchtiges Lächeln glitt über sein angespanntes Gesicht. Er hatte schon die Hand erhoben, um zu klopfen, als ihn jemand zurückriss.

»Sie können da jetzt nicht rein!«, fuhr ihn die Garderobiere an. »Miss Carlton gibt gerade *PHOTOPLAY* ein Interview.«

Eine andere Hand legte sich auf Rons Arm, und die greise Darstellerin der ›alten Tante‹ drückte sich bebend an ihn. »Lenken Sie mich ein wenig ab«, flehte sie. »Ich sterbe vor Lampenfieber!« Damit schwand Rons letzte Hoffnung, im Lauf der Jahre vor einer Premiere dieses Ziehen im Magen, dieses Vibrieren in Armen und Beinen und diese Atembeschwerden und Herzrhythmusstörungen loszuwerden.

Nur Devra wirkte, eingebettet in ein Meer von gelben und weißen Rosen, völlig ruhig, während sie leutselig die Reporterfragen beantwortete. »Sie werden keinen Theatermenschen finden, der vor einer Premiere eine Prognose wagt«, versicherte sie dem jungen Mann mit der Kamera und seiner Kollegin mit dem CD-Player. »Aber ich kann Ihnen so viel verraten, dass die Vorarbeiten in einer Atmosphäre der Freundschaft und Harmonie abgelaufen sind. Jeder wurde von dem Wunsch geleitet, den anderen zu helfen. Das ist der Geist, aus dem meine unvergesslichen Premieren entstanden sind – und hoffentlich auch heute Abend ...«

Sie unterbrach sich, als ihr Blick scheinbar zufällig auf die Wanduhr fiel. »Oh, tut mir leid, aber in einer Stunde hebt sich der Vorhang. Ich muss mich noch seelisch auf meinen Auftritt vorbereiten. Sie verstehen ... Eine Künstlerin muss alles von sich geben können, weil sie nur für ihr Publikum lebt.« Sie blickte noch einmal in die Kamera, wobei sie ihren Augen einen entrückten, durchgeistigten und schon ganz auf den Auftritt gerichteten Ausdruck verlieh.

Kaum hatte sich die Tür hinter den Reportern geschlossen, als sie auch schon wieder aufflog. Ron stürmte herein,

ein liebevolles Lächeln auf den Lippen, einen Anflug von Panik in den Augen und eine einzelne rote Rose zwischen den Fingern.

»Ich liebe dich.« Er beugte sich zu Devra, überreichte ihr sein Präsent und hauchte einen Kuss auf ihre Wange. »Hals- und Beinbruch, toi, toi, toi! Ich bin wahnsinnig aufgeregt!«

Devra schnupperte lächelnd an der roten Rose und hob den Blick ihrer schönen grauen Augen erstaunt zu seinem erhitzten Gesicht. »Warum aufgeregt? Kein Grund, Darling. Ich werde schließlich gar nicht auftreten!«

Zum ersten Mal erahnte Ron, was Lou oder Alan verspürten, wenn sie rot anliefen oder kreidebleich wurden. Eine Faust war in seinem Magen explodiert, eine andere Faust schnürte ihm die Kehle zu, und die dritte Faust presste sein Herz zusammen. Nach Luft japsend, raste er aus der Garderobe.

Lou und Alan drehten sich alarmiert um, als sie hinter sich auf dem Korridor hastiges Laufen hörten. Ein Blick in Rons verstörtes Gesicht, und sie rannten los – automatisch zu der Garderobe des Stars, wohin sonst ...

»Sie ... sie ... will nicht ... auftreten!«, keuchte Ron hinter ihnen her und lehnte sich mit einem Seufzer, von dem er meinte, es wäre sein letzter, gegen die Korridorwand.

Lou und Allan fanden Devra, eingebettet in ein Meer von gelben und weißen Rosen, hingegossen auf die Couch, den Kopf vorsichtig auf die Kissen gestützt, um die Frisur nicht zu ruinieren, Schmerz im Blick.

»Devra, tun Sie alles, nur das nicht!« Alan baute sich bebend neben der Couch auf. »Sie müssen auftreten! Selbst wenn in diesem Moment die Welt explodiert oder der Mond auf die Erde stürzt oder ...«

»Quatsch!« Lou stieß den Regisseur beiseite und beugte sich väterlich über die schweigende Devra. »Was ist denn?«, säuselte er. »Wollen Sie mir nicht sagen, was Sie bedrückt, Devra?«

Ihr stumm verbitterter Blick ging an ihm vorbei an die Decke. »Devra, bei unserer Liebe!« Ron kam händeringend in die Garderobe gewankt. »Bei allem, was du für mich bist und was ich dir bedeute, flehe ich dich an – sprich! Sprich mit mir! Was hast du?«

Alan warf sich gegen den Kleiderschrank und trommelte mit Fäusten auf das Holz. »Wenn Sie nicht sofort den Mund aufmachen ... Wenn Sie nicht sofort sagen ... Wenn Sie nicht ...«

Lou packte zu und beförderte den trocken Schluchzenden und noch immer die Fäuste Schwingenden zur Tür, fing Ron ab, der soeben flehend die Hände hob und auf Devra hinabstarrte, warf beide hinaus und knallte hinter ihnen die Tür zu.

»So, Devra, jetzt sind wir zwei allein.« Schnaufend sank Lou neben der Couch auf die Knie und breitete die Arme aus. »Sie und ich«, fuhr er mit leiser Stimme fort. »Machen Sie mit mir, was Sie wollen, aber öffnen Sie mir Ihre Seele.« Als Geldgeber wusste er schließlich sehr genau: Eine knappe Stunde, bevor sich der Vorhang hebt, ist keine Zeit mehr, sich den Wünschen des Stars zu widersetzen.

Devras Augen belebten sich allmählich, wusste sie schließlich ebenfalls sehr genau: Eine knappe Stunde, bevor sich der Vorhang hebt, ist für den Geldgeber keine Zeit mehr, sich den Wünschen des Stars zu widersetzen.

»Devra ...«, hauchte Lou.

Sie wandte den Kopf, und ihre schönen, aber harten Augen ließen keinen Verhandlungsspielraum. »Ich werde nicht auftreten«, erklärte sie kühl und nüchtern, »wenn – wie geplant – Alan am Ende des Stückes eine Dankesrede hält. Die steht mir zu und nur mir!«

Lou erinnerte sich daran, wie viele Stunden Alan an dieser Dankesrede gefeilt hatte. Er schob die Erinnerung von sich. Mit Erinnerungen ließ sich keine Broadway-Produktion finanzieren. »Devra, wer sonst außer Ihnen sollte diese Dankesrede halten?« Er stemmte sich ächzend vom Boden hoch und streckte ihr die Hände entgegen. »Ich habe von Anfang an vorgehabt, Sie um diese Dankesrede zu bitten! Aber kommen Sie, um Gottes willen, auf die Bühne!«

Devra neigte sanft den Kopf. »Aber sicher komme ich auf die Bühne, Lou. Ich bin doch meinem Publikum und meiner Kunst verpflichtet!«

»Sie sind eine wahre Künstlerin, Devra«, flüsterte Lou.

»Und Sie sind ein guter Mensch«, beteuerte sie und gab der eintretenden Garderobiere einen Wink, Lou hinauszuwerfen.

Lou wurde vor der Garderobe links von Ron, rechts von Alan untergehakt, wobei jeder versuchte, ihn in die andere Richtung zu zerren. Er konnte sich nur befreien, indem er »Sie tritt auf!« hervorstieß. Danach ließen sie ihn los, und bis zum Heben des Vorhangs wanderten Ron, Alan und Lou wieder durch die Korridore, ihre Schwitzhände mehr oder weniger heimlich irgendwo abwischend, nach Luft schnappend und sich Kühlung zufächelnd.

Als sich der Vorhang hob, standen alle drei in den Kulissen und fielen in den enthusiastischen Applaus ein, der aufbrandete, sobald Devra in einer schneeweißen Seiden-Empirerobe, in üppiger Zweimeterschleppe auslaufend und mit Halbedelsteinen besetzt, eine Brilliant-Tiara von Harry Winston auf dem Haupt, auf der Bühne erschien und den ersten Satz sprach.

»Ich kann Wüste nicht ausstehen. Schon bei ihrem Anblick bekomme ich das Gegenteil von Klaustrophobie – was immer das auch sein mag ...«

Ein einstimmiges begeistertes Seufzen durchlief das Publikum. Ron brach in stumme Tränen aus, als er diese von ihm geschriebenen Worte aus Devras Mund hörte. Lou wischte sich über die Augen, die ihm feucht wurden bei dem Gedanken an die Kosten für Devras Aufzug allein in dieser ersten Szene.

Und Alan zerdrückte ein paar bittere Tränen, hatte er diesen Auftritt doch ganz anders konzipiert, als noch er Regie führte.

Doch in den nächsten zweieinhalb Stunden kam kaum jemand dazu, einen eigenen Gedanken zu fassen. Alle im

Theater, im Zuschauerraum und hinter der Bühne, waren in Devra Carltons Bann geraten.

Die Zuschauer vergaßen die Welt außerhalb der Bühne. Ron vergaß, wie oft er das Stück umgeschrieben und wie viele Rollen er hatte ändern müssen, und als Devras großer Monolog kam, lauschte er ergriffen den Worten, die wie aus seinem Herzblut als Autor geformt klangen.

Lou vergaß die wahnsinnigen Unkosten und schwelgte in dem Zauber dieser Frau, die seine Kassen klingeln lassen würde. Er hatte Devra Carlton schon immer geliebt und würde sie ewig lieben.

Alan Thompson aber machte mit dem Fortschreiten des Stückes immer seltener einen Unterschied zwischen seinen und Devras Regieeinfällen und gratulierte sich bald nur noch selbst zu dieser rundherum perfekten Inszenierung.

Zweieinhalb Stunden lang zeigte Devra Carlton das, wofür sie berühmt war – Faszination, Esprit, Glamour und unsterbliche Starqualität, und sie entließ keinen auch nur für eine Sekunde aus ihrem Bann.

Der Schlussvorhang fiel, und der losbrechende Beifall war ohrenbetäubend. »Bravo! Bravo!«, brüllten die Zuschauer. »Bravissimo!«

Und Devra stand einfach da, im Lichtkegel eines einzelnen Scheinwerfers, den Kopf hoch erhoben, während jede einzelne im Theater vorhandene Seele ihr und nur ihr zu Füßen lag.

Zart, feengleich und fast schüchtern trat Devra schließlich näher an die Rampe. Ihr schneeweißer bodenlanger Plissee-Rock und die knappe, mit silbergrauen und schwarzen Perlen besetzte Korsage betonten ihre zerbrechliche Weiblichkeit, den Stahl verbergend, aus dem Stars geschaffen sein müssen, und als sie sacht ihre wunderschönen Hände hob, erstarb der Applaus.

Und alle lauschten Devras bewegenden Worten.

»Ich danke meinem wundervollen Publikum, aber insbesondere all denen, die diese meine Leistung erst möglich gemacht haben ... meinen reizenden Partnern, auch denen, die heute nicht auftreten konnten – dem großen Kevin Newton, der leider aus gesundheitlichen Gründen das Ensemble verlassen musste, und der begabten Mary Miller, die leider anderer Verpflichtungen wegen aussteigen musste, von der man aber noch viel hören wird ... Doch ganz besonders möchte ich dem Produzenten Lou Jackson danken, der durch sein künstlerisches Verständnis so befruchtend wirkte ... dem Regisseur Alan Thompson, der durch seine grandiose Schauspielerführung in mir erst nie gekannte schauspielerische Fähigkeiten erweckt hat ... und last but not least dem Autor Ron Dayton, dem ich nicht nur auf ewig menschlich, sondern auch in Liebe zutiefst verbunden bin, und der mir die große Ehre zuteil werden ließ, seine Worte, insbesondere den großen Monolog, auf dieser Bühne sprechen zu dürfen ... Danke! Danke! Danke!«

Devra deutete eine von Demut erfüllte Verbeugung an, und während der Applaus erneut Orkanstärke annahm, traten nun auch Lou, Alan und Ron auf die Bühne.

Mit einem kurzen, alles sagenden Blick wies Devra den drei Männern ihre Plätze zu – einen Schritt hinter ihr!

Und während das Publikum raste und von seinen Plätzen aufsprang und klatschte, was die Hände aushielten, trat Ron einen halben Schritt vor, hauchte Devra einen Kuss hinter das rechte Ohr und flüsterte: »Ich habe vor, dir heute Nacht einen Heiratsantrag zu machen ...«

Devra lächelte, ohne ihren Blick vom Publikum abzuwenden. »Sehr gutes Timing, Mr. Dayton.«

»Und weißt du auch warum?«

»Warum?« Devras Blick glitt über die Ovationen spendende Masse im Zuschauerraum, während ihre Hand nach der von Ron tastete.

»Ich liebe dich!«, kam es flüsternd aus seinem Mund.

»O Ron!«, hauchte Devra, drehte sich zu ihm um und strahlte ihn an. »Ich mich auch ...«

ENDE

Mach mich schwach, Liebling!

1

... und wie ich meine Frau so anschreie ...« Der Taxifahrer drehte sich zu seinem eleganten Fahrgast um, während er sich durch den mörderischen New Yorker Verkehr zum LaGuardia Airport voranquälte. »Sie kennen meine Frau nicht ...«

»Und ich habe auch nicht die Absicht, Ihre Frau kennenzulernen.« Joan Miles war nicht gern unhöflich, aber sie befand sich augenblicklich in einer ausgesprochen gereizten Verfassung. Wie sollte sie da nicht unhöflich sein?

»Ich hätte meine Frau besser nie kennengelernt. Da wäre mir viel erspart geblieben. Vor allem ihre Mutter, also meine Schwiegermutter. Sie kennen meine Schwiegermutter nicht ...«

»Und ich habe auch nicht die Absicht, Ihre Schwiegermutter kennenzulernen!« Joan warf dem Fahrer über den Rückspiegel Blitze aus ihren schwarzen Augen zu. Da musste der weibliche Star einer Broadway-Show wegen Schwangerschaft ausscheiden ... und sollte durch sie, Joan Miles, ersetzt werden ... und dann ging diese Broadway-Show kurzerhand baden ... und mit ihr Joans große Chance ... Und jetzt sollte sie sich mit Ehefrau und Schwiegermutter eines Taxifahrers auseinandersetzen! Absurd! Völlig absurd.

»... und dann sagte meine Schwiegermutter zu mir ...«

Joan blickte sehnsüchtig dem Abfluggebäude des LaGuardia Airports entgegen. Nur noch ein paar Minuten, und sie wurde von diesem penetranten Menschen erlöst und konnte sich ungestört ihrem Groll über die verpasste Chance am Broadway hingeben. Nicht dass sie als Cabaretsängerin unbekannt und erfolglos gewesen wäre. Ganz im Gegenteil. Sie war eine mittlere Berühmtheit, und sie hatte bereits ein kleines Vermögen verdient, aber der Broadway war eben der Broadway.

»Darum sage ich immer, die Ehe wäre gar nicht so schlecht, wenn man nicht eine Frau heiraten müsste!« Der Taxifahrer drehte sich schallend lachend um und raste mit voller Geschwindigkeit auf einen vor dem Abfluggebäude stehenden Bus zu.

Joan schrie, der Fahrer fluchte und bremste, Reifen kreischten, und nachdem sie schon mit ihrem Leben abgeschlossen gehabt hatte, fand Joan Miles sich Minuten später in der Flughafenhalle wieder. Wundersamerweise noch am Leben, wenn auch etwas zitterig von dem Schreck, zusätzlich zu dem tief sitzenden Schock über die entgangene Broadway-Chance.

Ein Viertelstündchen später drehte die Angestellte am Eincheck-Schalter Joans Ticket hin und her, als habe sie noch nie so etwas gesehen. »Miles, Joan Miles?« Sie überprüfte eine Computerliste und tippte den Namen gleichzeitig in einen Computerterminal ein. »Joan Miles?«

»So steht es geschrieben ...«

»Tut mir leid, aber ich habe keine Reservierung für eine Joan Miles auf Flug TE 307 nach San Francisco, Miss Miles.«

»Vielleicht sehen Sie auf Ihrer Liste noch einmal nach. Sie haben in dieser Maschine ungefähr vierhundert Plätze, und einer davon ist für mich reserviert.«

»Bedaure, Miss Miles. Würden Sie Featherstone oder Gomez heißen, hätte ich einen Platz, aber nicht für eine Joan Miles.«

Joan war nicht gern ungeduldig, aber ihre angespannten Nerven erlaubten ihr nicht, ruhig zu bleiben – hatte sie doch nach dieser Höllenfahrt zum Airport durch einen Anruf in ihrem Apartment vor wenigen Minuten erfahren, dass sich ihre Köchin und das Hausmädchen in die Haare geraten und mit Messern aufeinander losgegangen waren, sodass Joan momentan nicht wusste, ob sie überhaupt noch Personal hatte. Das waren richtige Probleme, und nicht, dass sie nur mitfliegen konnte, wenn sie Featherstone oder so hieß.

Joan lächelte eisig. »An Ihrer Stelle würde ich noch einmal Ihren allwissenden Computer befragen, ob er mich auch mitfliegen lässt, wenn ich nicht Smith oder Walker oder Patton heiße ...«

»Tut mir leid, ich kann nicht ... Oh, hier! Ich habe Sie gefunden.«

»Ich hatte nie das Gefühl, verloren gegangen zu sein ...«

»Der Computer führt Sie unter ›Joan‹ und nicht unter ›Miles‹. Hier ist Ihre Bordkarte!«

»Was so ein Computer nicht alles anstellt, nicht wahr?«, fragte Joan giftig.

»Ist das Ihr Gepäck, Miss Miles?«

»Nein, ich stelle immer fremder Leute Reisetaschen zum Einchecken auf die Waage ...«

»Zwei Stück Gepäck nach San Francisco, kein Übergewicht.«

Natürlich habe ich kein Übergewicht! Joan entriss der Angestellten ihr Ticket und ihre Bordkarte. Woher sollte sie auch Übergewicht haben, hielt sie doch stets ihr Idealgewicht und hatte sich für die Broadway-Show sogar auf ein noch idealeres Gewicht gehungert. Für die *geplatzte* Broadway-Show!

Joan warf einen unwilligen Blick auf eine Wanduhr. Noch zwanzig Minuten bis zum Betreten der Maschine. Ihr Blick fiel auf den Coffeeshop für abfliegende Gäste. Vielleicht eine Tasse Tee zum Beruhigen und ...

»Wenn Sie bitte hier durchgehen wollen.«

Joan starrte die martialisch dreinblickende Uniformierte an, die auf einen Metalltorbogen an der Sicherheitsschleuse deutete.

»Sie piepsen«, stellte die Martialische fest, nachdem Joan den Torbogen durchschritten hatte. »Bitte, legen Sie alle Metallgegenstände ab.«

»Ich habe keine Metallgegenstände an mir.«

»Aber Sie haben gepiepst. Armbanduhr ...«

»Ich habe keine Armbanduhr.«

»Diese Ohrringe ...«

»Modeschmuck. Kunststoff.«

»Aber Sie haben gepiepst ...«

Joan marschierte ein zweites Mal durch den Torbogen. »Jetzt habe ich nicht gepiepst. Kann ich nun gehen?«

»Ja … zur Leibesvisitation. Vorhin haben Sie gepiepst.«

Während einer ebenso höflichen wie gründlichen Leibesvisitation lernte Joan so einiges über die möglichen Motive von Amokläufern. Immerhin hatte sie hinterher noch zehn Minuten Zeit für eine Tasse Tee im Coffeeshop für abfliegende Passagiere. Sie nahm einen Schluck und wandte sich an die Serviererin hinter der Theke. »Der Tee ist ungenießbar.«

»Sie sind die erste, die das behauptet, Ma'am.«

»Was noch lange nicht heißt, dass dieser Tee genießbar ist.«

»Bisher haben alle unsere Gäste unseren Tee getrunken, Ma'am.«

»Dann haben eben bisher alle Ihre Gäste ungenießbaren Tee getrunken, ohne sich zu beschweren. Ich …« Joan verstummte, als ihr bewusst wurde, dass sie selbst an der Misere schuld war. Wie hatte sie mit einem genießbaren Tee rechnen können, wo ihr doch im Moment alles schiefging? Eigentlich fehlte jetzt nur noch ein satter Flugzeug-Crash.

Ihr Flug wurde aufgerufen, und Joan verbannte hastig ihre negativen Gedanken, sonst wäre sie auf der Stelle umgekehrt. Sie nahm ihren ganzen Mut zusammen, ging an Bord und ließ sich aufseufzend in ihren Sitz in der ersten Klasse sinken. Vielleicht wurde es jetzt ja besser. Möglich, wenn auch unwahrscheinlich!

»Fliegen Sie auch nach San Francisco?«

Joan wandte ihren Blick dem schwarzhaarigen Mann mit den schwarzen Augen zu, der wie ein etwa fünfunddreißigjähriges, sehr gut aussehendes gehobenes Mitglied der Mafia wirkte. »Sicher fliege ich nach San Francisco, wohin sonst?«

»Sie könnten nach Buenos Aires wollen und im falschen Flugzeug sitzen.«

»Spaßvogel!«

Ihr Sitznachbar besaß eindeutig ein charmant strahlendes Lächeln. »Ich liebe es, mich während eines Fluges zu unterhalten.«

»Ich nicht!«

»Und ich schätze ganz besonders charmante Gesprächspartner.«

Joan nickte. »Die ich leider nur nie finde!«

Ungeniert und sichtlich bestens gelaunt, betrachtete der Unbekannte Joans sonnengelbes hochgeschlossenes, damenhaft-elegantes Diorkleid und die im gleichen Farbton eingefärbten Marabu- und Straußenfedern am Saum, der seinen Blicken erfreulich viel von ihren schlanken Beinen zeigte. »Fliegen Sie geschäftlich nach San Francisco? – Pardon ... Rusconi, Francesco Rusconi.«

»Nein, so heiße ich nicht. Sie verwechseln mich.« Um ihr, Joans, Unglück perfekt zu machen, saß sie ausgerechnet neben einem gut aussehenden Mann, obwohl gut aussehende Männer im Moment das Letzte waren, wofür sie sich interessierte. Und dieser Gutaussehende begann auch noch eine oberflächlich seichte Flugzeugplauderei, obwohl ihr der Sinn zuallerletzt nach so etwas stand.

»Möchten Sie vielleicht eine Decke oder ein Kissen?«

Joan schloss die Augen in der Hoffnung, dass er dann schwieg. Sie war nicht gern dermaßen abweisend, aber wie sollte sie sonst sein, wenn sie in diesem Flugzeug auf dem Weg nach San Francisco nur saß, weil sie unüberlegt die Einladung einer Freundin zu einem Strand-Urlaub angenommen hatte, obwohl sie nie an den Strand ging.

»Sie haben sich noch nicht angeschnallt. Darf ich Ihnen dabei behilflich sein?«

Und Strand-Urlaube und aufdringliche Mafia-Mitglieder nicht ausstehen konnte, die ihr beim Anschnallen behilflich sein wollten. »Als Kleinkind haben mich andere Leute im Sportwägelchen festgeschnallt, Mister, und ...«

»Mister Rusconi, aber sagen Sie Francesco zu mir.«

»... und das hasste ich dermaßen, dass ich mir damals schwor, mich nie wieder von irgendjemandem anschnallen zu lassen. Ich bin absolut fähig und in der Lage, das selbst zu tun.«

»Sie müssen ein süßes Kleinkind gewesen sein, Miss ...?«

Joan ignorierte den Versuch des Mafiosi, ihr während des Starts ihren Namen zu entlocken.

»Sie wirken so verkrampft. Haben Sie Angst vorm Fliegen, Miss ...«

»Nur vor Sitznachbarn beim Fliegen, die ...«

»Vor mir brauchen Sie keine Angst zu haben. Ich bin so harmlos wie ein in einem Sportwägelchen festgeschnalltes Kleinkind, Miss ... Oder doch Mrs.? Sie sehen eigentlich viel zu jung aus, um schon verheiratet zu sein.«

Guter Trick, aber sie biss nicht an. Als ob sie mit sechsundzwanzig nicht schon verheiratet sein könnte ... was sie allerdings nicht war, zum Glück. Die Ehe an sich wäre gar nicht so schlecht gewesen, hätte man nicht einen Mann heiraten müssen. So einen wie diesen gut aussehenden, seicht plaudernden Mafioso.

»Nein, Sie müssen eine Miss sein. Sie können noch gar nicht verheiratet sein.«

»In manchen Bundesstaaten der USA sind auch heute noch Kinderehen erlaubt.«

»Mein Gott, was für ein Schicksal! Als Kleinkind im Sportwägelchen festgeschnallt, als Kind verheiratet! Kein Wunder, dass Sie Angst vor Bindungen haben.«

»Ich habe keine Angst vor Bindungen, Mister ...«

»Francesco, ohne Mister. Freut mich, dass Sie keine Angst vor Bindungen haben. Warum lösen Sie nicht endlich den Sicherheitsgurt, obwohl die Leuchtanzeige schon erloschen ist?«

»Weil ich befürchte, bei dem langweiligen Geseire eines Sitznachbarn in Tiefschlaf zu verfallen und vom Tisch zu rutschen.«

»Was für ein Glück für Sie, dass heute *ich* neben Ihnen sitze und Sie bis San Francisco heiter und kurzweilig unterhalte. Ach, hier kommt ja schon unser Essen. Ich liebe es, Lunch mit einem gut gelaunten süßen Menschen einzunehmen.«

Gut gelaunt war ja schon eine glatte Unverschämtheit. Aber *süß*? Joan war inzwischen so stocksauer, dass sie jeden Salat ohne Dressing hätte essen können. Aber wenigstens konnte nicht einmal ein gut aussehender ... Sie warf einen verstohlenen Seitenblick auf ihren Nachbarn und verbesserte sich: Nicht einmal ein so fabelhaft aussehender Mafioso konnte essen und gleichzeitig reden. Ein Lichtblick.

»Das wird ein ganz ausgezeichnetes Essen mit munterem Geplauder, Miss ...«

Der Lichtblick war vorbei, und Joan starrte verbissen aus dem Fenster. Immer noch besser, auf eintönige Wolken zu sehen als auf einen Mann, dessen blendendes Aussehen das genaue Gegenteil von seinem miserablen Unterhaltungswert darstellte.

»Ich werde Ihnen jetzt eine Freude machen ...«

Joan wandte sich hoffnungsvoll um. »Abspringen?«

»Neben Ihrem fantastischen Aussehen bewundere ich Ihren liebenswürdigen Humor, Miss ... Stewardess, haben Sie Champagner an Bord? Französischen?«

»Bedaure, nur kalifornischen, Sir.«

»Bringen Sie eine halbe Flasche.« Er legte seine Hand auf Joans Hand. »Was dem kalifornischen Sekt an prickelnder Spritzigkeit fehlt, steuere ich bei, und die mangelnde Eleganz wird durch Sie ersetzt.«

Joan starrte auf seine Hand und überlegte, ob sie wohl mit dem auch in der ersten Klasse unvermeidlichen Plastikmesser sein Handgelenk durchtrennen konnte. Wenigstens zog er, nachdem der Sekt serviert war, seine Finger zurück, um mit Joan anzustoßen.

»Auf die gesprächigste und bezauberndste Reisebegleiterin, die ich je hatte.«

Joan schwieg und trank. Vielleicht wurde sie von einem Glas kalifornischen Sekt so sinnlos betrunken, dass sie sogar diesen aufdringlichen Mafioso ertrug. Er schenkte nach, was eindeutig eine Chance bedeutete, betrunken zu werden.

»Und auf den schönsten Flug, den man sich wünschen kann.«

Joan hob ihr Glas. »Ich muss in einer anderen Maschine sitzen als Sie«, murmelte sie und leerte das Glas in einem Zug.

»Ich mag Frauen, die damenhaft nippen. Dann wollen wir uns also bis San Francisco ganz gepflegt unterhalten.«

Anstatt mit einer halben Alkoholvergiftung von diesem penetranten Charmeur erlöst zu sein, saß Joan stocksteif und genauso stocknüchtern auf ihrem Sitz, und bei der Landung in San Francisco war sie stinkwütend und heilfroh, dass dieser Kerl der Vergangenheit angehören würde, sobald sie die Maschine verließ.

»Einen schönen Aufenthalt in San Francisco!« Der Mafioso tauchte noch einmal neben Joan am Gepäckband auf, und sie riss in dem hektischen Wunsch, ihm zu entkommen, eine falsche Reisetasche vom Band, musste sie zurückstellen und auf ihr eigenes Gepäck warten, das inzwischen an ihr vorbeigerollt war.

Joan schwor sich, ab sofort in den Medien alle Berichte über den Kampf gegen die Mafia zu verfolgen. Vielleicht erfuhr sie ja eines Tages, dass es ihren Peiniger vom Flug TE 307 von New York nach San Francisco erwischt hatte. Es wäre sehr befriedigend.

»Sie wollen vermutlich noch vor dem nächsten Erdbeben am Ziel sein.« Joan krallte sich in dem Taxi an allem fest, was einen Haltepunkt bot, während der Wagen durch Kurven und über Hügel raste, in Richtung Küste zum Haus ihrer Freundin Lynne.

»Wir sind gleich da, Ma'am. Ist nicht mehr weit.«

»Wir wären auch gleich da, wenn es weit wäre, vermute ich. Ich glaube, Sie sind im falschen Film. Wir sind in ›Cabdriver‹, aber Sie spielen ›Topgun‹.«

»Sie sollten mal mit mir ein Stockcar-Rennen fahren, Ma'am.«

»Tue ich das nicht gerade?« Joan hätte sich bestimmt hingekniet, um die Erde zu küssen, nachdem das Taxi gehalten hatte, wenn sie nicht unsicher gewesen wäre, ob sie danach jemals wieder auf die zitternden Beine kommen würde. Jedenfalls sah sie Lynne Owens' Küstenhaus vor sich, und es war für Joan der schönste Anblick ihres Lebens, weil sie überhaupt noch lebte. Diese Freude verleitete sie zu einem großzügigen Trinkgeld.

Der Taxifahrer, ein junger Mann mit Ohrstecker und Pferdeschwanz, strahlte. »Hier, Ma'am, meine Geschäftskarte. Verlangen Sie nach mir, wenn Sie wieder ein Taxi brauchen.«

Joan nahm die Karte und verstaute sie gut in ihrer Handtasche in der Absicht, bei einer telefonischen Taxibestellung sicherzugehen, dass dann *nicht* Mr. Andy Reynolds mit seinem Kamikaze-Vehikel aufkreuzte.

Gleich darauf sah sie Lynne, nur ein Jahr älter als sie und Designerin, vor dem Haus stehen. Lynne, zu Fülle neigend, trug ein rotes blusenartiges Oberteil, das sich mit ihren roten Haaren farblich biss, einen goldenen Gürtel, der mit ihren grünen Augen um die Wette funkelte, und einen bodenlangen Rock mit kubischen Mustern, die bei sensiblen Naturen Migräne verursachen mussten. Und sie versprühte Feuer und Lebenskraft wie eh und je. »Lynne!« Joan breitete, überwältigt von Wiedersehensfreude, die Arme aus.

»Joan!« Lynne lief ihr entgegen, packte sie, wirbelte sie im Kreis herum, bis Joan lachend protestierte, und schob sie auf Armeslänge von sich. »Joan, ist das schön! Du siehst wunderbar aus wie immer! Komm schnell ins Haus!«

»Warum? Kannst du es nicht erwarten, mir deinen Bob wieder einmal als leuchtendes Beispiel schönster Männlichkeit vorzuführen?«

»Bob ist nicht mehr da. Ich habe mich nach zehn Jahren Lust und Feuerwerk vor ein paar Tagen von ihm getrennt.«

Joan stolperte auf der Veranda und wandte sich entgeistert zu ihrer Freundin um, die die Reisetaschen ins Haus schleppte. »Was hat er getan, um Himmels willen? Dich betrogen?«

»Schlimmer!«

»Misshandelt?«

»Viel schlimmer!«

»Bob, der männlichste Mann des Universums, wie du selbst zehn Jahre lang geschwärmt hast, und du trennst dich von ihm? Ist er impotent geworden?«

»Er ist mir zu viel geworden. Ich sehne mich nach etwas Ruhigem, Langweiligem. Aber komm doch endlich ins Haus.«

»Nach was Langweiligem? Ich sollte dich mal mit den Männern bekannt machen, die hinter mir her sind.« Joan stolperte beim Betreten des Wohnzimmers über Bodo, den Mischlingshund, der genauso alt war wie die mittlerweile in die Brüche gegangene Beziehung zwischen Lynne und Bob, und sah sich in dem Raum um. »Allmächtiger ... ist das ein Gesamtkunstwerk oder nur deine übliche Unordnung?«

»New Yorker Lästermaul!« Lynne ließ die Taschen fallen, die um ein Haar Bodo unter sich begraben hätten, und betrachtete Joan neiderfüllt. »Wie machst du das, so schlank zu bleiben?«

»Hungern.«

Lynne stöhnte. »Was für ein obszönes Wort! Setz dich! Du musst mir alles über dich erzählen. In deinen letzten Anrufen hast du dir überhaupt keine intimen Details entlocken lassen.«

»Weil es keine gab.«

Lynne schenkte Eistee ein, lachte ungläubig und setzte sich zu ihrer Freundin auf die Couch. »Mach mir nichts vor! Du, eine Künstlerin, eine Berühmtheit, sexy, entschlossen ... und noch dazu New Yorkerin! Und dann keine intimen Details!«

»Das Intimste in meinem Leben war ein stinklangweiliger Kerl, der mir auf dem Herflug die Ohren vollgesäuselt hat.«

»Wunderbar! Und weiter? Wann trefft ihr euch?«

»Hoffentlich nie wieder in diesem und in allen weiteren Leben!«

»Joan?« Lynne kniff prüfend die Augen zusammen. »Könnte es sein, dass du dich in negativer Stimmung befindest?«

»In unpositiver«, verbesserte Joan.

»Sage ich doch. In negativer Stimmung. Das ist dasselbe.«

»Nein. Unpositiv ist noch viel schlimmer ... na eben, unpositiver. Aber erzähl mir von deiner Trennung von Bob. Was hat er angestellt?«

Lynne verdrehte die Augen. »Wenn du jeden Tag Feuerwerk hast, bekommst du Augenflimmern. Wenn du jeden Tag von einem Wirbelwind mitgerissen wirst, sehnst du dich nach einer Flaute. Wenn dich Nacht für Nacht eine Sturmflut überrollt, brauchst du ein sacht plätscherndes Bächlein. Wenn täglich ein Adler auf dich herabstößt ...«

»... lechzt du nach einer schläfrigen Taube, ich habe verstanden.« Joan nippte an ihrem Eistee. »Warum trinke ich eigentlich dieses Zeug? Mir ist kalt.«

»Wir haben fast dreißig Grad mit Aussicht auf eine Hitzewelle.«

»Ich wollte keinen Wetterbericht hören – ich sagte, mir ist kalt.« Joan schob ihr Glas von sich. »Was machst du jetzt, Lynne? Solltest du unbedingt einen langweiligen Partner suchen, kann ich dir einen Tipp geben. Spür einfach deine erste große leidenschaftliche Jugendliebe auf. Es gibt nichts Enttäuschenderes, als wenn man nach zehn Jahren diesen Kerl wiedertrifft. Zum Gähnen ... Warum grinst du?«

»Bob war meine erste große leidenschaftliche Jugendliebe.«

Joan stöhnte. Bodo warf sich platschend und krachend auf die polierten Bodenbretter vor dem alten Kamin und begann zu schnaufen, während Lynne ihr neugieriges Verhör fortsetzte.

»Also erzähl schon. Was ist mit deinem Privat- und Berufsleben?«

Joan hob die Schultern. »Du könntest Stunden erzählen. Ich bin in Minuten fertig. Privatleben gleich null. Berufsleben ... Ich hatte Plattenaufnahmen mit alten Broadway-Songs ...«

»Endlich dein internationaler Durchbruch!«

»... zusammen mit anderen Stars. Wer soll das international durchbrechen, wenn Donna Summer und Shirley Bassey auf der Platte singen?«

»Donna Summer! Shirley Bassey! Ich liebe und verehre die beiden!«

Joan warf Lynne einen giftigen Blick zu. »Siehst du, sogar du jubelst sofort ›Donna Summer und Shirley Bassey‹ anstatt ›Ich liebe und verehre Joan Miles‹ zu schreien.«

»Du weißt, dass ich dich liebe und verehre, aber du bist meine beste Freundin. Du interessierst mich nicht. Wie waren Shirley Bassey und Donna Summer?«

»Donna Summer sah großartig aus und war giftig, Shirley Bassey sah bemitleidenswert aus und war allerliebst.«

»Du bist bloß auf deine Kolleginnen neidisch ...«

»Wenn man schon mal die Wahrheit sagt ...« Joan warf einen nervösen Blick auf Bodo, der im Schlaf zu röcheln begonnen hatte.

»Okay, kommen wir zu deinem Intimleben.« Lynne schenkte Eistee nach und beugte sich erwartungsvoll vor. »Ich höre!«

»Du bekommst nichts zu hören. Gleich null, wie gesagt!«

»Das gibt es nicht.«

»Gibt es schon! Mein Privatleben ist nicht vorhanden, sieht man mal von einem anonymen obszönen Brief ab ... acht Seiten lang.«

»Und?«

»Eine Woche später kam der nächste ... nur drei Seiten lang ... Irgendwie traurig, wenn Perversionen so kurzlebig sind!«

»Vielleicht sollte ich dich mal mit Bob zusammenbringen ...« Lynne starrte nachdenklich in ihr Glas. »Er wollte schon immer gern nach New York.«

»Ach ja? Nachdem er zehn Jahre geglüht und Funken gesprüht hat, willst du mir die ausgebrannte Feuerwerkskörperhülle abtreten?«

»Es wäre immer noch besser als gar nichts, und notfalls könnte er dir auch obszöne Briefe schreiben.«

»Dafür brauche ich Bob nicht. Ich wette, in New York gibt es – ähnlich wie Telefonsex auf Kreditkarte – einen Korrespondenzservice mit einer Abteilung fürs Obszöne … Master Card erwünscht.«

»Du bist so herrlich dekadent, wie alle New Yorker.« Lynne zuckte nicht einmal mit der Wimper, als Bodo im Schlaf ein langgezogenes Stöhnen von sich gab und mit den Hinterbeinen um sich schlug. »Jedenfalls wirst du deinen Urlaub bei mir genießen.«

»Warum?«

»Erstens bin ich hier …«

»Du hättest mich in New York besuchen können. Ich hätte mir die unbequeme Reise und diesen flirtsüchtigen Macho erspart.«

»… zweitens ist Urlaub an der Westküste immer schön …«

»Was ich stark bezweifle.«

»Joan, würdest du bitte aufhören, so negativ … Verzeihung, so *unpositiv* zu sein?«

»Warum?«

»Weil du hier bei mir Strand, Sonne, Ruhe und Männer findest.«

Joan überlegte sich das Angebot ihrer Freundin ein paar Sekunden lang. Dann schüttelte sie den Kopf. »Ich kann Strand nicht ausstehen …«

»Dann hättest du nicht zu mir in mein Strandhaus kommen dürfen, meine liebe Joan.«

»Sage ich doch! Und vor meiner Abreise musste ich noch eine wahre Fotografie-Orgie zu PR-Zwecken erdulden. Seitdem bin ich durch die Klimaanlage im Studio verschnupft.«

»Großartig!« Lynne klatschte begeistert in die Hände. »Dann wird dir das stundenlange Sonnen guttun.«

»Sonnenbaden und niesen ... Was für Aussichten!« Joan zupfte ein Papiertaschentuch hervor und betupfte sich vornehm die Nase. »Was sollte ich also Positives an diesem Urlaub sehen?«

Lynnes Stimme bekam einen leicht verzweifelten Unterton. »Ruhe! Du findest bei mir jede Menge Ruhe!«

»Ach ja?« Joan blickte missbilligend in Richtung Kamin, wo Bodo immer noch träumte, zuckte und schnaufte. »Mir geht der Köter jetzt schon auf die Nerven.« Bodo ächzte. »Ständig liegt er irgendwo schnaufend herum und wäre allenfalls ideal zur Synchronisation von Sexfilmen, aber nicht für ein ständiges Zusammenleben. Jedenfalls nicht mit mir.«

Lynne nickte entschieden. »Dann wirst du dich zur Auffrischung deines Privatlebens eben mehr den Männern widmen.«

Joan nieste so laut und kräftig, dass es ihr Papiertaschentuch zerriss.

»Wir könnten am Strand anfangen. Jede Menge toller Beachboys.«

Joan schnäuzte sich trompetend.

»Abends dann Strandpartys oder Tanz auf einer Terrasse am Meer ...«

»Damit ich mich noch mehr erkälte?« Joan brach eine neue Packung Papiertaschentücher an. »Willst du mich ins Grab bringen?«

»Ich will dich mit einem Mann zusammenbringen.«

Joans nächster Nieser drohte, die Eistee-Gläser vom Tisch zu fegen. »Ich werfe mich Männern nicht so einfach an den Hals wie du, liebste Freundin. Ich bin nicht so aufdringlich.«

Lynne rümpfte die Nase. »Wenn du schon so ehrlich werden musst, dann nenne mich gefälligst ›extrovertiert.‹«

Joan nannte sie gar nichts, sondern schniefte traurig in ihr Taschentuch.

Auf Lynnes Gesicht zeichneten sich erste Zweifel ab. »Noch Eistee?« Sie hob zögernd den Krug mit den darin klickenden Eisstückchen.

»Wenn ich noch einen einzigen Schluck von diesem kalten Spülwasser trinken muss, bekomme ich Erfrierungen an den Zehen und laufe blau an ... Und erzähle mir jetzt bitte nichts über die Außentemperatur und die Wettervorhersage.«

Lynne trug wortlos den Krug und die beiden Gläser in die Küche. »Komme gleich wieder!«, rief sie, und unmittelbar danach gab es zweimal ein knackendes Geräusch, als habe Lynne Knochen zerhackt.

Joan starrte zu der offenen Küchentür. »Wo ist eigentlich Bob im Moment? Ich meine, habt ihr euch friedlich getrennt?«

»Was? Ich kann dich hier nicht verstehen.«

»Vergiss die Frage ...«

Lynne kam strahlend mit zwei geköpften Kokosnüssen ins Wohnzimmer zurück und drückte eine davon Joan in die Hand. »Hoffen wir, dass du dich während deines Urlaubs bei mir zumindest entspannst, wenn schon nichts anderes.«

»Nur, wenn du wenigstens am ersten Abend aufhörst, in epischer Breite zu diskutieren, wie ich mir Männer angeln soll.« Joan schüttelte die Kokosnuss, in der die Milch gluckste, und hob sie hoch. »Hast du keine Strohhalme? Wie soll man aus diesem haarigen Ding sonst trinken?«

Lynne stand seufzend noch einmal auf und ging in die Küche, kam mit zwei Strohhalmen wieder und warf Joan einen zu. »Wenn du dich bei Männern auch so schwierig anstellst, darfst du dich nicht wundern, wenn dein Privatleben bei Null angelangt ist.«

Joan drehte die Kokosnuss in den Händen. »Männer sind immerhin wesentlich handlicher als dieses Ding hier und daher einfacher zu genießen.«

Lynne atmete erleichtert bei dem trägen Lächeln auf, das sich langsam auf dem Gesicht ihrer Freundin ausbreitete.

»Vielleicht besteht ja doch noch Hoffnung für dich und deinen Urlaub bei mir.«

Joans Antwort ging in einem lauten Nieser unter.

2

Lynne schlug nach einem Blick auf Joan begeistert die Hände zusammen. »Du siehst fabelhaft aus!«

»Nur fabelhaft?« Joan drehte sich vor ihrer Freundin hin und her, damit diese genau sehen konnte, dass sie etwas damenhaft Kurzes trug – ein Paillettenkostüm von Dior, wobei die Pailletten das Muster eines Leopardenfells bildeten. Erstaunlicherweise war Joans vorab aufgegebenes Gepäck pünktlich und vollzählig eingetroffen.

Lynne lächelte glücklich. »Ich nenne dich alles, was du hören willst, nur damit du friedlich und brav auf diese Dinnerparty mitkommst.«

»Nenne mich göttlich, und ich bin einigermaßen zufrieden.« Joan musterte das lange Kleid aus schwarzer Spitze, das Lynnes üppige Formen bestens zur Geltung brachte. »Hast du vielleicht die Absicht, gleich auf der Dinnertafel ein paar der anwesenden Gentlemen zu konsumieren?«

»Joan, bitte ... Wofür hältst du mich?«

»Ach ja, ich vergaß, du stehst ja nur noch auf langweilig.« Joan lächelte biestig. »Und wofür ich dich halte, verschweige ich eingedenk unserer Freundschaft.«

Lynne strahlte pure Harmlosigkeit aus. »Ich weiß gar nicht, was du meinst.«

»Ich meine die zahllosen Partys bei meinen Freunden, auf denen du dich unmöglich benommen hast.«

Lynne schüttelte bekümmert das frisch gefönte Haupt. »Du scheinst immer noch in einer sehr schlechten Stimmung zu sein ...«

»Meine Stimmung hat sich leicht gebessert, obwohl ... ich schwöre dir, ich komme eigentlich nur auf diese Party mit, um wenigstens für ein paar Stunden nicht deinen Hund hören zu müssen. Seit meiner Ankunft gestern habe ich, dank seiner Schlafgeräusche, das Gefühl, in einem gut besuchten Bordell zu wohnen.«

Lynne hakte sich lachend bei Joan unter und zog sie mit sich aus dem Haus, ehe Joan sich die Sache mit der Party etwa doch noch anders überlegen konnte.

Das Haus von Lynnes Freunden lag nur wenige Meilen entfernt am Strand. »Wie schön Sie es doch hier haben!« Joan drückte der Gastgeberin herzlich die Hand. »Alle Häuser in Kalifornien scheinen am Strand zu liegen.«

»Wie ... äh ... vielleicht ... Ja, so habe ich das noch gar nicht gesehen.«

Joan ließ die unsicher kichernde Gastgeberin stehen und schlenderte, von neugierigen Gästeblicken verfolgt, einmal durch den riesigen Wohnraum, hinaus auf die riesige Terrasse und zurück in den riesigen Speisesaal, in dem unter venezianischen Lüstern Meißner Porzellan, chinesische Suppenschalen, englisches Tafelsilber und kleine Plastikeimer für Tischabfälle eine atemberaubend geschmacklose Mischung bildeten.

Joan strahlte den Gastgeber an. »Was für ein erlesener Geschmack.« Sie streifte das Goldfischglas samt Goldfisch mit einem eisigen Blick, stand beides doch mitten auf dem Tisch.

Der Gastgeber lächelte geschmeichelt. »Meine Gattin ist für ihren Geschmack berühmt. Das ist Floxi.«

»Was für ein origineller Name für eine Gattin.«

»Der Goldfisch heißt Floxi ...«

»Ich finde, der Name passt besser zu Ihrer Gattin.« Joan ließ den guten Mann stehen und suchte Lynne, fand sie im Gespräch mit einigen müde dreinblickenden Männern in dunklen Anzügen und zog sie in eine ruhige Ecke des Wohnraums. »*Du* magst ja nach zehn Jahren Ehe mit Bob auf Langweiliges aus sein«, zischte sie ihrer Freundin zu. »Das bedeutet aber noch lange nicht, dass du mich in eine Schreckenskammer der Langeweile und Geschmacklosigkeit schleppen musst.«

Lynne rang nach Luft. »Du hast versprochen, ein launiger Partygast zu sein.«

Joan winkte heftig ab. »Ich habe überhaupt nichts versprochen. Und selbst wenn ich es getan hätte ... Versprechen sind dazu da, gebrochen zu werden, wie schon das alte weise indianische Sprichwort sagt.«

»Dieses Sprichwort hat überhaupt nichts mit Indianern zu tun.«

»Und ich habe nichts mit diesen Langweilern zu tun.« Joan streifte die Gäste mit einem unheilverkündenden Blick und stürmte an die Tafel, als die Gastgeberin zu Tisch bat. Unter einigen besorgten Blicken leerte sie ihr erstes Glas Rotwein und widmete sich erfreut dem nächsten Glas, bis sie jene Wirkung fühlte, die sie sich auf dem Herflug gewünscht hätte, nämlich eine allmähliche Betäubung gegen den Schmerz, den nervtötende Gesprächspartner verursachten.

»Joan Miles, Joan Miles ...« Der ihr gegenüber sitzende grauhaarige Gentleman beugte sich interessiert über den Tisch, und Joan beschloss, ihr nächstes Glas Rotwein über seine weiße Smokinghemdbrust zu kippen, sollte er noch einmal ihren Namen sagen. »Sie hatten doch ein Cabaret-Engagement in Chicago, nicht wahr? Wie ist es gelaufen?«

»Gott war gütig und hat mir gute Kritiken zukommen lassen.«

Lynne lachte silberhell, und an ihren feuerroten Wangen erkannte Joan, dass die Freundin rotweinmäßig nicht nur mit ihr gleichgezogen, sondern sie längst überrundet hatte.

»Goldig! New Yorkerinnen sind immer so witzig!« Die Gastgeberin beugte sich zu Joan und deutete auf das Goldfischglas. »Unser Floxi ... Er liebt es, bei Partys dabei zu sein. Mögen Sie Goldfische?«

Joan nickte. »Ich esse alles, was man mir vorsetzt.«

»Also, ich schaue mich nicht mehr im Spiegel an!« Die Verkünderin dieser Botschaft, eine ältere Faltige am Ende der Tafel, lächelte Lynne Owens zu, die sich ihrerseits freudig dem Rotwein widmete und Joan inzwischen todsicher um einen Liter überrundet hatte. »Ich habe noch nie was für Horrormasken übrig gehabt.«

Lynne betrachtete unsicher das Gesicht der Dame. »Horrormasken sehen hübscher aus als Ihre, finde ich.«

»Was halten Sie von künstlicher Befruchtung?«

Joan wandte sich ihrem Sitznachbarn zu, einem Vornehmen mit Goldrandbrille. »Kommt auf den Arzt an, der sie vornimmt ... Wenn er hübsch und sexy ist, warum nicht?«

Lynne, schnurstracks auf dem Weg zum sturzbetrunkenen Zustand, piekste mit der Gabel ihrem weißhaarigen Sitznachbarn in die Taille. »Und wie geht's bei Ihnen so? Noch alles in Ordnung?«

Der Weißhaarige lächelte wehmütig. »Ach ... ich bin müde, sehr, sehr müde ... erschöpft ... ich würde mich gerne vom Leben verabschieden, aber es kommt immer irgendetwas dazwischen ... hier eine Dinnereinladung, da eine Party, dort ein Callgirl ...«

»Keine Sorge, nur weiter so, dann werden Sie schon noch tot umfallen.« Lynne tätschelte die Wange des Weißhaarigen und blickte verschwommen in die Runde, während sie offensichtlich überlegte, mit wem sie sich jetzt anlegen sollte.

Das Opfer hieß Mara, Innenarchitektin.

»Na, haben Sie in jüngster Zeit das Heim eines Prominenten verschandelt, den ich kenne, Mara?«

»Wer Sie kennt, Lynne, kommt erst gar nicht in den Kreis meiner Klientel!«, konterte die Innenarchitektin.

»Was für ein Glück die Leute haben! Sie waren doch irgendwie schon aus der Mode, als Ihre Karriere startete!«

Joan warf Lynne einen flammenden Blick zu. »Du bist wirklich das Nonplusultra an subtiler Gemeinheit«, zischelte sie.

»Sogar der *DAILY EXPRESS* hat wahre Lobeshymnen über mich geschrieben!«, keifte Mara.

»Jede Zeitung macht mal Fehler«, nuschelte Lynne.

»Du säufst zu viel«, zischte Joan über den Tisch. »Außerdem wird man dir die Freundschaft kündigen, wenn du weiterhin so wahr sprichst.«

»Macht nichts, ich bin daran gewöhnt, nach solchen Abenden Entschuldigungsbriefe schreiben zu müssen. Wann, bitte schön, gibt's hier endlich Cognac?«

Den gab's zehn Minuten später, nachdem die Dinnertafel aufgehoben worden war und Lynne ihre Freundin über die Gastgeber aufgeklärt hatte. »Sie ist eine aufgeblasene Unperson, und er hat ein leeres Gehirn, verschwiemelte Augen und keinen Sex.«

Dass die Gastgeberin, die hinter Lynne stand, daraufhin einen doppelten Wodka kippte, ließ den Schluss zu, dass sie die Aufklärung mitbekommen hatte. Ebenso die wenig später von ihr verkündete Idee, man wolle mit allen ›lieben‹ Gästen noch einen Nightclub besuchen. Offenkundig war den Gastgebern jedes Mittel recht, Lynne wenn schon nicht los, so doch wenigstens aus dem Haus zu haben.

»Ich hasse Nightclubs«, erklärte Joan, als sie das Lokal eine halbe Stunde später, in Downtown San Francisco gelegen, betraten.

»Warum trittst du dann so oft in welchen auf?«

»Um sie zu strafen!« Joan dirigierte Lynne in Richtung Bar, wo sie sich festhalten konnte.

Lynne ging neben einer Dame vor Anker, die schon während der Dinnerparty durch einige intelligente Bonmots aufgefallen war und soeben laut genug, um die Fünf-Mann-Combo auf der Bühne zu übertönen, verkündete: »Es ist alles so uninteressant geworden. Vergleichen Sie den heutigen *HARPER'S BAZAAR* mit dem nach dem Zweiten Weltkrieg. Damals startete im *BAZAAR* Richard Avedon seine Fotografenkarriere, Truman Capote seine Schriftstellerkarriere, Diana Vreeland war Herrscherin der Fashion-Redaktion, Diaghilev's Bühnenbildner Brodovitch war ein Art Director … dann sehen Sie sich die neuen Ausgaben an!«

Lynne kicherte alkoholselig. »Und sehen Sie sich im Spiegel an, Lady! Wenn alle so hässlich aussähen wie Sie, gäbe es keine Überbevölkerung, da niemand mit irgendwem noch Sex haben wollte.«

Unter Lynnes glucksendem Lachen und Joans genervten Blicken zur verspiegelten Decke des Nightclubs rückten die Umstehenden auf sichere Distanz zu Lynne.

»Du bist unmöglich.« Joan legte der Freundin unauffällig die linke Hand auf den Rücken, um sie am Herunterkippen von ihrem Hocker zu hindern. »Ich benehme mich ja auch gelegentlich schräg, aber so …«

»Wenn ich etwas mache, dann gründlich.« Lynne grinste nur mit der linken Gesichtshälfte. »Hat Bob auch immer gesagt. Du weißt, wer Bob ist?«

»Ja, dein Verflossener.«

»Genau. Bob war mein erster Liebhaber und bisher bester und ausdauerndster …«

»Ich weiß.« Joan schielte zu den aus einiger Entfernung lauschenden Gästen.

»Spaßverderberin.« Lynne richtete zuerst das linke, dann auch das rechte Auge auf den Barmixer. »Einen Doppelten von irgendwas Doppeltem.«

Ein Mann schob sich neben Joan an die Bar, offenbar nicht die Gefahr ahnend, die von Lynne und ihrem enthemmten Mundwerk ausging. Joan beachtete ihn nicht weiter, schlief ihr doch schon die linke Hand auf Lynnes Rücken ein. Als sie die Stütze jedoch wegzuziehen versuchte, begann die gute Lynne, wie eine leere Bananenschale nach hinten zu kippen.

»Hallo, Miss oder Mrs. von Flug TE 307! Ist es nicht schön, eine so lockere und gelöste Gesprächspartnerin wiederzutreffen?«

Bei dem Klang der bekannten männlichen Stimme wollte Joan sich umdrehen, besann sich jedoch im letzten Moment und bewahrte Lynne davor, vom Hocker zu fallen. Auch wenn Joan dadurch zwangsweise dem Sprecher den Rücken zukehren musste, wusste sie sofort, wer es war. »Hallo, Mister …«

»Francesco Rusconi, aber sagen Sie Francesco.« Er räusperte sich. »Ich will mich nicht aufdrängen …«

»Im Flugzeug hatte ich einen anderen Eindruck.«

Sein Atem strich beim Lachen über ihren Nacken und ließ ihre Haut prickeln. »Sie waren so wundervoll wütend. Ich konnte nicht widerstehen. Tut mir leid.«

»Es tut Ihnen überhaupt nicht leid.« Joan musste lächeln. »Also, Mr. Rusconi … Francesco, ich würde mich gerne mit Ihnen unterhalten, aber ich kann mich nicht umdrehen.« Sie deutete mit einem Kopfnicken auf ihre inzwischen halb über der Bar liegende Freundin.

Der auf einmal gar nicht mehr so unsympathisch wie im Flugzeug wirkende Mann kam auf Joans andere Seite und deutete auf ihre Hand. »Ich würde Sie ablösen, wenn Sie erlauben und Ihre Begleiterin nichts dagegen hat.«

»Lynne?« Joan betrachtete die in ihr Glas schielende Freundin. »Die würde vermutlich nicht einmal mehr merken, wenn wir sie zur Stütze in Beton eingießen.« Selig aufseufzend zog sie ihre Hand zurück und schlenkerte sie, um den Blutkreislauf wieder anzukurbeln, während Francesco Rusconi seine kräftige Hand mit den langen schlanken Fingern gegen Lynnes Rücken drückte. Sexy, schoss es Joan durch den Kopf. Seine Hand ist genauso sexy wie der ganze Mann. »Ich muss im Flugzeug wirklich äußerst schlecht gelaunt gewesen sein.« Der Typ sah noch immer wie ein Mafioso aus, nervte jedoch überhaupt nicht mehr. Ganz im Gegenteil. Bei seinem glutvollen Blick und seinem hinreißenden Lächeln vertrieb er den Frust dieses Abends und hob Joans Stimmung schlagartig von deprimiert bis gut an.

»Sie waren so geladen, dass Sie eigentlich die Sicherheitsschleusen nicht hätten passieren dürfen.«

Joan lächelte mit einem gebremsten Maß an Reue. »Deshalb hat vermutlich der Metalldetektor auf dem LaGuardia-Flughafen gepiepst, obwohl ich gar nichts Metallisches an mir hatte.«

»Es lebe die Technik!« Francesco Rusconi zog probeweise sein Hand zurück, und Lynne blieb auf dem Hocker sitzen, lag ihr Oberkörper doch mittlerweile über der Theke. »Sie trinken ein Glas Champagner mit mir, Miss …«

»Französischen Champagner oder kalifornischen Schaumwein, ich bin mit allem einverstanden.«

»Vorsicht, ich könnte Sie beim Wort nehmen.«

Joan betrachtete fasziniert die Grübchen in seinen Mundwinkeln, das Funkeln in seinen Augen und die Wärme, die ihr wie von einem offenen Kamin entgegenstrahlte. Dieser Mann war so gefährlich, dass er eigentlich nur mit einem Gefahrengut-Kennzeichen herumlaufen durfte. Joans Stimmung steigerte sich von gut bis fabelhaft.

Francesco Rusconi ließ sie keinen Moment aus den Augen, während er seine Bestellung bei dem Barkeeper aufgab. Als er die beiden Gläser entgegennahm und Joan das eine in die Hand drückte, streiften seine Finger für einen Moment die ihren, und Joan meinte, versehentlich mit einer freiliegenden Stromleitung in Berührung gekommen zu sein. Zum Glück nur Schwachstrom, aber es genügte, dass sie einen wohligen Schauer an ihrem Rückgrat hinunterlaufen fühlte.

Francesco hob sein Glas. »Auf die geheimnisvollste Frau von New York und San Francisco!«

Sie nahm einen Schluck. »Machen Sie mir ruhig weiter Komplimente, Francesco, aber wieso geheimnisvolle Frau?«

»Sie haben mir bisher Ihren Namen verschwiegen …«

»Joan Miles. Nennen Sie mich Joan.« Sie warf der brabbelnden Lynne einen besorgten Blick zu und entspannte sich. Ihre Freundin war mittlerweile sogar zum Herunterfallen vom Barhocker zu betrunken.

»Joan Miles, die Cabaretsängerin? Ich hatte die ganze Zeit das Gefühl, dass ich Sie kenne. Man stelle sich vor – ich habe eine Berühmtheit während des Fluges von New York nach San Francisco genervt! Das glaubt mir keiner!«

»Dafür haben Sie dieselbe Berühmtheit heute Abend aus einem stimmungsmäßigen Tief herausgeholt. Das glaubt Ihnen zwar auch keiner, aber Sie können es für sich selbst als gute Tat verbuchen.«

Sein charmantes Lächeln war geradezu hinreißend. »Das ist ein Überbleibsel aus meiner Zeit als Pfadfinder. Jeden Tag eine gute Tat ... mal eine alte Frau vor ein Auto stoßen, mal einem Baby Bonbons wegnehmen.« Er zuckte bei ihrem Lachen mit den Schultern. »Wenigstens das zweite war eine gute Tat. Ein Baby könnte sich an Bonbons verschlucken.«

»Und was tun Sie in San Francisco, wenn Sie nicht gerade eine gute Tat verüben?«

»Mit einer Berühmtheit tanzen.« Ohne Umschweife zog Francesco sie auf die kleine Tanzfläche, legte die Arme um sie und wiegte sich mit ihr zu den Klängen der Combo so natürlich und selbstverständlich, als hätten sie schon ein Leben lang zusammen getanzt. »Um auf Ihre Frage zurückzukommen ... ich bin für kurze Zeit geschäftlich in San Francisco tätig. Und Sie?«

»Ich besuche meine Freundin.« Joan sah zu Lynne hinüber, die sich gerade langsam wieder aufrecht hinsetzte. »Sie schwebt nicht immer am Rand einer Alkoholvergiftung. Meistens haben wir viel Spaß miteinander.«

Francesco Rusconi lächelte. »Und wie wäre es, wenn Sie morgen Abend mit mir Spaß bei einem Dinner hätten? Meer, Kerzen ... Ich würde Sie gern um acht abholen.«

Joan überlegte genau eine Sekunde lang. »Sehr gern. Um acht.« Sie nannte ihm die Adresse. »Aber das heißt nicht, dass der heutige Abend schon zu Ende sein muss«, fügte sie hinzu, als Francesco sie daraufhin an die Bar zurückführte.

Zwei Paare begrüßten ihn wie einen alten Bekannten, und Francesco übernahm die gegenseitige Vorstellung, wobei Joan sich nur merkte, dass einer der Männer Maler war.

Lynne drehte langsam den Kopf und lächelte den Mann verschwommen an. »Maler sind Sie? Würde zu gern mal sehen, wie Sie Ihren Pinsel schwingen.«

Joan sah Francesco aufstöhnend an. »Sie wird es nie lernen, ihre Worte mit Bedacht zu wählen.« Dann hakte sie sich bei Lynne unter. »Ich würde sagen, der Abend sollte doch besser zu Ende sein. Bis morgen also.«

»Bis morgen«, sagte Francesco lächelnd.

»Was ist morgen?«, lallte Lynne, während sie an Joans Arm zum Ausgang wankte. »Darf ich da den Maler ... Au, Joan Miles, hör sofort auf, mich zu treten!«

Joan streifte die Kaminuhr in ihrem Zimmer in Lynnes Haus mit einem Blick, der zu dem auf dem Kaminsims liegenden Telegramm weiterwanderte. Gleich acht Uhr. Francesco musste jeden Moment kommen, sofern er pünktlich war. Nein, das Telegramm war jetzt nicht wichtig. Lieber wollte sie sich mit Francesco beschäftigen. Joan lächelte. Er hatte sie eine geheimnisvolle Frau genannt. Dabei war er selbst ein geheimnisvoller Mann. Welcher Mann verschwieg schon seinen Beruf? Er hatte nur davon gesprochen, geschäftlich in San Francisco zu sein ...

Lynne, die auf der Wohnzimmercouch lag, gab ein ähnlich röchelndes Stöhnen von sich wie der vor dem Kamin schnarchende Bodo, als Joan hereinkam und sich vor ihr einmal im Kreis herumdrehte. »Würdest du dich bitte weniger bewegen?«, hauchte Lynne und bedeckte die von einer Sonnenbrille geschützten Augen zusätzlich mit den Händen.

»Ich wollte dir nur dieses sündhaft teure Fähnchen von Givenchy vorführen. Wie gefällt es dir?« Joan blieb ruhig stehen, während Lynne die Hände und die Sonnenbrille sinken ließ und sich das schmale, bodenlange, sonnengelbe Seidenkleid mit dem Tüllcape betrachtete, gelb, mit kleinen silbernen Vergissmeinnicht bestickt, am Saum mit silbernen Pailletten besetzt.

»Schön, Joan, aber es glitzert zu sehr ... Oh!«, stöhnte die Katergebeutelte, als der Türgong anschlug. Und als Bodo zweimal laut bellte, verfiel Lynne in eine Art Starrkrampf.

»Erhol dich gut.« Joan verzichtete auf ein Winken zum Abschied und zwang sich dazu, langsam den Wohnraum zu verlassen, obwohl sie am liebsten gelaufen wäre.

»Sie sehen hinreißend aus, Joan.« Francesco betrachtete sie mit offener Bewunderung.

»Danke.« Sie bestaunte den vor dem Haus stehenden weißen, chromblitzenden Cadillac. »Gemietet?«

»Neu gekauft.« Francesco half ihr galant in den Wagen. »Ich halte nichts von Mietwagen. Man weiß nie, wie das Auto behandelt wurde und in welchem technischen Zustand es sich befindet.«

»Wie recht Sie doch haben!« Der Wagen roch neu und nach Leder und wirkte genauso rassig und elegant wie Francesco in seinem weißen Smoking. »Sie sind italienischer Abstammung?«

Er lächelte stolz, während er den Wagen an der Küste entlangsteuerte. »Ich kann meine Vorfahren via Little Italy in New York direkt bis Sizilien zurückverfolgen.«

Little Italy ... Sizilien? Geheimnisvolle Geschäfte ... offenbar viel Geld? Joan begann zu überlegen. Eigentlich ließ das nur eine Deutung zu. Er sah nicht nur so aus – er war auch einer. Ein Mafioso ... ein Mafia-Mitglied.

Im Jachthafen von San Francisco stellte Joan zum ersten Mal die Frage: »Wohin führen Sie mich eigentlich zum Dinner?« Und als Francesco daraufhin wortlos auf eine hell erleuchtete makellos weiße Jacht mit den Goldbuchstaben *SICILY* am Bug deutete, fügte sie hinzu: »Gemietet?«

Er führte sie über die Landungsbrücke an Bord. »Sie gehört mir ... mein ganzer Stolz ...«

»Nein, sagen Sie nichts.« Sie lächelte ihn über den Kelch mit dem Begrüßungschampagner hinweg an. »Bei diesen gemieteten Jachten weiß man doch nie, wie sie behandelt wurden und in welchem technischen Zustand sie sich befinden.«

»Wie recht Sie doch haben«, wiederholte Francesco ihre eigenen Worte.

Wider Erwarten gab es kein Dinner an Bord. Dafür steuerte die *SICILY* nach einer halben Stunde eine in der Abenddämmerung wie ein blühender südlicher Naturgarten wirkende Halbinsel an.

Joan, für die angesichts der Jacht die Berufsbezeichnung ›Mafioso‹ immer wahrscheinlicher geworden war, hob fragend die Augenbrauen. »Ihre Halbinsel? Nicht gemietet wegen des technischen Zustandes?«

Francesco zuckte amüsiert mit den Schultern. »Ich hätte es nicht besser ausdrücken können.«

Wer außer einem Mafioso konnte sich eine solche Halbinsel leisten, auf der andere Leute eine ganze Stadt gegründet hätten? »Ich sehe aber nirgendwo ein Restaurant.«

Er half Joan in das von den Matrosen zu Wasser gelassene Schlauchboot. »Ich habe Ihnen ein Dinner versprochen, einen Platz am Meer und Kerzen. Francesco Rusconi hält stets Wort. Wir veranstalten ein Barbecue.« Er deutete auf ein zweites Schlauchboot, das ihnen folgte, beladen mit Matrosen und etlichen Körben. »Sie nehmen mir meine kleine Überraschung hoffentlich nicht übel, Joan?«

Sie zupfte an ihrem Givenchy-Outfit. »Bin ich für den Anlass nicht ein wenig overdressed ... und Sie auch?«, fügte sie mit einem Blick auf seinen weißen Smoking hinzu.

»Ich dachte, Sie schätzen das Ungewöhnliche.« Seine Augen leuchteten, seine Grübchen waren unwiderstehlich, sein Charme heizte Joans Erregung an. »Aber wenn Sie nicht mögen ...«

Sie winkte hastig ab. Wer widersprach schon einem Mafia-Mitglied? »Ich bin mit allem einverstanden.« Ihr Lächeln fiel etwas nervös aus. »Sie schienen zu der Art von Freunden zu gehören, die man nie kritisiert ...«

»Richtig.« Er streichelte ihre zarte, blasse Haut mit einem verlangenden Blick. »Ich bekomme eigentlich nie Kritik zu hören.« Wie sollte er auch – bei einer so schönen Jacht und einer so herrlichen Halbinsel, die er zusammen mit seiner großartigen Gastfreundschaft zu bieten hatte.

Während Joan von zwei stämmigen Matrosen durch das seichte Wasser an Land getragen wurde, dachte sie an die Tatsache, dass Francesco ihre Vermutung ziemlich unverblümt bestätigt hatte. Aber sie hatte es doch gleich geahnt. Wer schwarzhaarig, weltgewandt und gut aussehend und noch dazu so reich war, konnte einfach nicht astrein sein.

Hand in Hand unternahmen sie einen etwa zehnminütigen Spaziergang am Ufer, während die Matrosen das Barbecue vorbereiteten, und als sie an die inzwischen menschenleere Stelle am Strand zurückkehrten, deutete Francesco auf einen riesigen Seidenteppich, ein Chintzkissen, feinstes Porzellan, Kristallkelche, einen silbernen Sektkühler und Platten mit erlesen aussehenden und verlockend duftenden Gerichten.

»Ein Platz am Meer.« Er deutete mit dem Kopf zu den Brandungswellen. »Kerzen.« In seinen Augen schimmerten vervielfältigt die flackernden Windlichter, die diese abendliche Szenerie beleuchteten. »Garniert mit lauen Sommernachtswinden und üppigem Sternenhimmel ... Und dazu Sie, Joan.«

Wieso fühlte sie sich unter seinem Blick plötzlich, als wäre alles nur Staffage für den Hauptgang dieses ungewöhnlichen Barbecues? Wobei dieser Hauptgang natürlich sie selbst war. »Fantastisch, einfach traumhaft, Francesco.«

Er hielt ihre Hand, während Joan auf eines der Kissen sank. »Sie sind fantastisch.« Seine Lippen berührten ihre Hand, ehe er sie freigab. »Sie sind traumhaft. Sie sind ein Traum ... *mein* Traum, seit ich in dieser Maschine von New York hierher neben Ihnen gesessen und Sie betrachtet habe, während Sie verbissen ins Freie starrten.«

»Das muss aber ein ziemlich unfreundlicher und turbulenter Traum gewesen sein.« Wieso merkte sie kaum, was sie aß oder trank?

»Turbulent – ja. Unfreundlich – nein.« Auf Francescos Gesicht spielten Licht und Schatten der Windlichter. Die Brise zerzauste sein Haar. »Denn im Traum haben Sie bereitwillig alle meine Wünsche erfüllt.« Um seine Mundwinkel huschte ein amüsiertes Lächeln. »Sie werden zugeben, dass man sich in einem solchen Fall keine Gedanken mehr macht, ob das nun mit einer geschönten Erinnerung etwas zu tun hat oder nicht. Manchmal zählt nur das Ergebnis.«

Manchmal zählt nur das Ergebnis ... Seine Worte weckten ein kleines sehnsüchtiges Prickeln in Joan. Sie hatte bereitwillig alle seine Wünsche erfüllt ... Um welche Wünsche es sich dabei handelte, brauchte sie nicht zu fragen. Und plötzlich wurden Francescos Wünsche zu ihren, und das mit einer Intensität, die sie erschreckte. Die Vorstellung von warmen, feuchten Lippen auf ihrer Haut, von sanft streichelnden Händen, das alles ließ Joans Herz schneller schlagen und ihren Atem heftiger werden ...

Sie stoppte sich mit einer bewussten Anstrengung. Zu schnell, zu heftig, warnte sie sich selbst. Es liegt an der Umgebung, dem Zauber der Sommernacht, dem köstlichen Essen, dem exzellenten Champagner. Und doch wusste sie, dass sie sich belog. Sie war eine Frau, die sich nach Liebe und Leidenschaft sehnte, und Francesco war ein begehrenswerter Mann, der ihr alles das schenken konnte, der sie begehrte und den sie begehrte. Dennoch: zu schnell, zu heftig ...

Joan wurde sich plötzlich bewusst, dass seit Minuten keiner von ihnen ein Wort gesprochen hatte, dass sie einander nur angesehen hatten, während sie automatisch aßen und tranken. Ihr Lachen fiel eine Spur zu gekünstelt aus. »Wäre es nicht an der Zeit, dass Sie mir etwas von sich erzählen, damit ich Sie besser kennenlerne?« Stellte man einem Wahrscheinlich-Mafioso ungestraft eine solche Frage?

»Was wollen Sie wissen? Vielleicht, dass ich geschieden bin?«

»Sicher! Erzählen Sie mir auch etwas über Ihre Exfrau?«

Er schenkte Champagner nach und steckte die leere Flasche verkehrt herum in den Sand. »Was für ein Thema für ein romantisches Barbecue! Meine Exfrau ... ihr Gerede war viktorianisch, ihre Schlafzimmeraktivitäten mit anderen Männern waren es nicht! Ich habe sie aus meinem Leben gelöscht.«

Wie diese Flasche? fragte Joan sich unwillkürlich. Kopf voran in den Sand? Scheidung á la Mafia?

»Und was verraten Sie mir, Joan?«, wollte Francesco wissen.

Sie löste ihren Blick von der halb vergrabenen Flasche. »Bei mir teilt sich stets alles in zwei Schienen – Beruf und Privatleben. Was interessiert Sie davon, Francesco?«

»Alles. Bei Ihnen einfach alles.«

Sie winkte lächelnd ab. »Um alles zu erzählen, reicht die Nacht nicht aus. Stellen Sie mir aus jedem Bereich eine gezielte Frage.«

»Je ein Stichwort, und Sie antworten spontan. Kritiken?«

»Kritiken sollte man eigentlich nur dann lesen, wenn man sich ohnehin zum Selbstmord entschlossen hat.«

»Exmann?«

»Kein Exmann ... Einen Exfreund, ja, natürlich ... Die Liebe mit ihm hatte stets etwas Enthusiastisches an sich. Allerdings hatte ich immer das Gefühl, er denke dabei an etwas ganz anderes. Dieses Gefühl wurde zur Gewissheit, als er während einer Umarmung ›Meine kleine schwarze Hexe ... Dora-Darling!‹ stöhnte.«

Francescos ganzer Körper spannte sich leicht an, als müsse er sich gewaltsam zurückhalten. »Ich würde bestimmt an nichts anderes denken. Oder die Namen verwechseln. Oder die Haarfarbe ...«

Das Meer schien zu verstummen, der Wind den Atem anzuhalten. Joan blickte zu Francesco hoch, als er aufstand und ihr die Hand entgegenstreckte. Sie hörte ihn »Fahren wir zurück!« sagen. Es war mehr ein lautes Flüstern, heiser vor Erregung und Verlangen, und Joan wusste, dass er damit eine ganz bestimmte Einladung ausgesprochen hatte.

Sie ergriff seine Hand, ließ sich hochziehen und von dem Schwung leicht gegen ihn taumeln. Nur für einen Moment berührten ihre Brüste seine Brust, nicht stärker als beim Tanzen, und doch sprang ein Funke über, der ein langsames Feuer in Joans tiefstem Inneren entzündete.

Die Matrosen kamen und holten sie an Bord der Jacht. Francesco führte Joan unter Deck. Seine Kabine war luxuriös und groß, und doch füllte er sie völlig mit seiner Gegenwart aus, während er Joan ruhig in die Augen sah.

Sie verstand. Er ließ ihr eine letzte Gelegenheit zum Zurückweichen. Aber Joan trat näher, stellte sich auf die Zehenspitzen und berührte seine Lippen mit den ihren, flüchtig und leicht wie ein Schmetterling.

Er hielt noch einen Moment still, ehe er die Arme um sie schlang und sie an sich zog, als wolle er sie nie wieder loslassen.

Seine Lippen senkten sich auf die ihren, verharrten einen Sekundenbruchteil, rieben sanft, als wollten sie die Wärme und den Geschmack von Joans Mund kosten.

Dann jedoch spannten sich seine Arme an, seine Lippen drängten die ihren auseinander, und seine Zunge erfüllte gleich darauf ihren Mund.

Joan hörte sich stöhnen, fühlte Francescos Herzschlag, während er den Kopf leicht zur Seite neigte, um einen noch tieferen Zugang zu ihrem Mund zu finden. Und während Joans Hände versuchten, sein Smokingjackett von den Schultern zu schieben, hörte sie schon, wie er den Reißverschluss ihres Kleides hinunterzog, fühlte einen kühlen Lufthauch, zuerst auf den Schultern, dann auf dem Rücken und an ihren Brüsten. Aber er wurde sofort vertrieben durch die Wärme von Francescos Händen, die glühende Spuren über ihren Körper legten.

Sein Name formte sich tief in Joans Kehle, als Francesco ihre Brüste umschloss und seine Daumen über ihre Brustspitzen rieben. Das Blut floss schwer und heiß durch Joans Körper, und ihre Knie wurden weich, als Francesco sie zum Bett drängte und sich mit ihr darauf sinken ließ.

Seine Hand strich über ihren flachen Bauch, ohne dass er seinen Kuss auch nur einen Moment unterbrach. Seine Finger wanderten tiefer, suchten, fanden sie bereit und vor Verlangen regelrecht hilflos.

»Joan, ich brauche dich!« Das klang beinahe wie ein Befehl, rau und wild. Francesco entkleidete sich vollständig, warf seine eigenen Sachen achtlos in eine Ecke und senkte sich aufstöhnend auf sie.

Joan rang nach Luft, umschlang ihn, presste ihr Gesicht an seinen Hals, küsste seine erhitzte Haut, streichelte seinen angespannten Körper, fühlte und ergab sich ganz diesem Fühlen. Nichts anderes zählte mehr ... nur noch diese Empfindungen, heftiger, schneller, immer wilder ... Und dann die Ekstase, für einen Sekundenbruchteil beinahe erschreckend in ihrer Heftigkeit, danach blendend und versengend ...

Francesco liebte Joan noch nach ihrem gemeinsamen Höhepunkt mit langsamer werdenden Bewegungen, mit Streicheln und Küssen, Seufzen und Lächeln. Endlich tastete er nach einem Schalter neben dem Bett. »Sie können jetzt den Hafen ansteuern, Bill«, sagte er in die Sprechanlage.

»Du hast doch nicht ...« Joan schluckte und schüttelte den Kopf. »Was sich die Besatzung jetzt wohl denkt.«

Seine gespielte Unschuld wirkte nicht überzeugend. »Ach, sie denkt, dass wir es mit der Rückfahrt nicht eilig hatten.« Er küsste Joans Wangen, ihre Stirn, konnte dem verlockenden Schimmern ihrer leicht geöffneten Lippen nicht widerstehen. »Wir erklären die Jacht zu exterritorialem Gebiet und feiern jede Nacht ein Fest der Liebe und ...« Er stockte, als er die Veränderung in Joans Gesicht erkannte.

Das Telegramm auf dem Kaminsims in Lynnes Gästezimmer. Verdammt!

Francesco betrachtete sie besorgt. »Hat es dir nicht gefallen?«

»Ich habe heute Nachmittag ein Telegramm meiner Agentin erhalten, das mich nach New York zurückruft. Tut mir leid. Ich fliege morgen.«

Er tastete wieder nach dem Sprechgerät. »Bill, drehen Sie noch eine Runde ...«

Es war sehr viel später, als Joan und Francesco endlich nichts anderes übrig blieb, als sich vor Lynnes Haus mit einem Kuss zu verabschieden.

»Gibst du mir deine New Yorker Adresse?« Francesco schrieb im Schein der Armaturenbrettbeleuchtung in sein Notizbuch, was Joan ihm diktierte.

Hinterher sagte sie lächelnd: »Ich hätte vermutlich deinen schönen neuen Wagen demoliert, wenn du nicht nach meiner Adresse gefragt hättest.«

Er küsste sie noch einmal. »Ich will dich nicht nur wiedersehen, um mein Auto zu retten. Ich werde mich baldmöglichst bei dir melden. Sobald es meine Geschäfte erlauben«, fügte er hinzu und kam damit Joans Frage zuvor, warum er sie nicht direkt nach New York begleitete ...

Noch ein Kuss, ein tiefer Blick. Joan hatte noch nie so wenig Lust auf einen Flug gehabt wie diesmal ...

3

Die Menschen hetzten oder hingen bloß herum, als ein sehr freundlicher Taxifahrer vor dem Flughafen sich ohne Angabe von Gründen weigerte, Joan – oder auch sonst jemanden – zu fahren, obwohl er an der Spitze der Taxischlange stand, wogegen ein extrem unfreundlicher Taxifahrer sofort mit Joan im Fond losraste und sich wie die Parodie eines pausenlos schimpfenden New Yorker Taxifahrers benahm, indem er auf Rot stehende Ampeln überfuhr und sämtliche Verkehrsregeln missachtete.

Joan seufzte in sich hinein. Sie war wieder in ihrer Stadt, von der man behauptete, sie würde nie schlafen – ausgenommen jedes Mal, wenn Joan Miles versuchte, an die absolute Spitze des Entertainments vorzustoßen. Dann verschlief dieser verdammte Moloch New York garantiert den großen Moment.

Mit jeder zurückgelegten Meile sank Joans aus San Francisco mitgebrachte Urlaubslaune um einen Grad. Sie erinnerte sich wieder an die geplatzte Broadway-Show und an den ewigen Ärger mit Regisseuren und Nightclub-Besitzern, und als sie endlich in Gedanken zu ihrem Hauspersonal kam, war ihre Laune bereits auf dem Nullpunkt angelangt.

Der Gedanke an ihre Köchin und das Hausmädchen, über deren Schicksal sie gar nichts wusste, beunruhigte

Joan. Er machte sie regelrecht krank. Doch während ihres kurzen Aufenthaltes in San Francisco hatte sie sich eingeredet, keine Zeit für einen Kontrollanruf am heimischen Herd zu haben ... Dabei hatte sie nur vermeiden wollen, unangenehme Neuigkeiten zu erfahren. Schon das Ableben von Köchin und Hausmädchen wäre kaum zu ertragen gewesen. Das Wissen um die Unmöglichkeit, schnell neues gutes Personal zu finden, überhaupt nicht ...

Nachdem der Taxifahrer sie vor ihrem Apartmenthaus fast aus dem Wagen und ihr Gepäck wirklich hinausgeworfen hatte, hielt Joan Ausschau nach dem Pförtner – natürlich vergeblich, schleppte sodann ihr Gepäck notgedrungen allein zum Aufzug, der sie altvertraut stotternd und ruckend in ihre Etage hinaufbrachte. Warum, blieb unklar, aber es schien ein ehernes Gesetz zu sein, dass – je teurer die Apartments, desto altersschwacher die Aufzüge waren. Jedenfalls in New York.

Luftholen, Schlüssel ins Schloss stecken, herumdrehen, die Tür aufstoßen ... Ausschau nach Blutlachen halten!

Statt der erwarteten Anzeichen eines Doppelmordes sah Joan sich ihrem über die Rückkehr der Chefin erstaunten Personal gegenüber, lebend, heil und verträglich, und zwar in *ihrem* Wohnzimmer vor *ihrem* Fernseher gemeinsam *ihren* Dom Perignon süffelnd!

Dankbar, überhaupt noch Personal zu besitzen, überging Joan die Champagner-TV-Orgie, zumal entschieden Fesselnderes auf sie im Arbeitszimmer wartete: zwei Hauptrollenangebote, einmal für ein Terence-Rattigan-Stück und einmal für eine Londoner Comedy-Revue.

Vergessen war der geklaute Dom Perignon, vergessen war San Francisco, vergessen sogar für kurze Zeit Francesco, Gottes schönste männliche Schöpfung, und mit Feuereifer warf Joan die Pumps von den Füßen und stürzte sich auf die beiden Scripts. Und mit jeder gelesenen Seite wuchs ihre Begeisterung.

Zwei Tage später saß Joan freudig erregt zur Lunchzeit im *PERSIAN TEA ROOM* und winkte ihrer pünktlich wie ein Uhrwerk hereinsegelnden Agentin zu.

»Herzchen!« Ashley Altman, lang und dünn und selbst in Givenchy-Ensembles stets leicht schlampig wirkend, drückte Joan an ihre magere Brust und ließ sich geräuschvoll neben ihr auf die gepolsterte Bank fallen. »Wie war's in San Francisco? Hast du die beiden Angebote gelesen? Traumhaft, nicht? Hast du dich schon entschieden? Was wollen wir denn bestellen? Kellner, traben Sie mal an ... Also, zwei Gläser Weißwein, aber nicht zu kalt ... alles weitere ordern wir später ... Nun sag doch auch mal was, Herzchen!«

›Herzchen‹ Joan nutzte die gebotene Chance, zu Wort zu kommen, zumal Ashley sich die erste Zigarette anzündete. Eine der wenigen Gelegenheiten, wo sie nicht sprach. »Sag das Rattigan-Stück ab und für die Londoner Comedy-Revue zu. *Begeistert* zu!«

»Was hast du gegen Rattigan?«

»Nichts, im Gegenteil, aber dazu bin ich nicht gut genug!«

Ashley inhalierte den Rauch, als wolle sie ihrer Lunge beweisen, wer hier das Sagen hatte, stöhnte, hustete und stöhnte abermals. »Herzchen, du hast einfach zu gute Manieren, um ein großer Star zu werden ... Ehrlichkeit gehört dazu! Wie kannst du jemals sagen, du wärst für eine Sache nicht gut genug? Hast du je gehört, dass Cher so was sagt? Ach ja, die müsste man als Klientin haben ... oder die Streep ... Aber du bist auch ganz nett!« Während Ashleys Rechte Joans Arm tätschelte, entriss die Linke – mit der Zigarette – dem Kellner das Glas Weißwein, führte es zum dunkelrot geschminkten Mund, der es beherzt leerte. »Nachfüllen, junger Mann! Also, du willst die Comedy-Revue?«

»Nein«, sagte der Kellner und füllte nach.

»Ich sprach nicht mit Ihnen, junger Mann, obwohl Sie für *OH CALCUTTA* gut geeignet wären ... Deine Partner sind ...«

»Du hast Lippenstift auf den Zähnen.« Eingehüllt in Ashleys Zigarettenrauch – die zweite Zigarette wurde soeben am Rest der ersten angezündet – nippte Joan an ihrem Weißwein.

Ashley rieb mit der Damastserviette ihre Schneidezähne ab und tupfte über ihre Lippen, worauf die Serviette aussah, als habe über ihr ein blutiges Ritualopfer stattgefunden. »Deine Partner sind Hank Mitchell und Peter Earl ...«

Joan lachte. »Gut!«

»Musik und Texte von Zoel Rura, Dialoge von Oti Herman ...«

John strahlte. »Fantastisch!«

»Regisseur wird möglicherweise Paul Williams ...«

Joan wurde blass. »Es macht dir Vergnügen, mir Leberbeschwerden zu verursachen, wie?«

Ashley paffte, trank und redete gleichzeitig. »Herzchen, ich weiß, er ist ein Idiot, aber da schon die Kostüme umgerechnet dreihunderttausend Dollar kosten, müssen die Produzenten irgendwo sparen.«

»Aber doch nicht so sehr, dass sie auf Paul Williams verfallen!«

»Also, so schlecht ist er nun auch wieder nicht! Jedenfalls nicht immer, Herzchen ... obwohl sein Stück über Willie Maughma, Jimmy Donahue und Rory Cameron wirklich eine Zumutung war. Es ging sogar das Gerücht, dass die Darstellerin Enid Kenmare ...«

»Lady Enid Kenmare?«, fragte Joan. »War das nicht die, die alle ihre Ehemänner ermordet haben soll, ohne dass man es beweisen konnte?«

»Genau die, Herzchen ... und recht hatte sie! Ehemänner sind eine Last! Ich weiß, wovon ich spreche, ich hatte schließlich oft genug Verhältnisse mit den Ehemännern anderer Frauen ... Was wollte ich denn überhaupt sagen? Also diese ständigen Unterbrechungen von dir machen mich ganz konfus. Aber wenn du vielleicht doch nicht die Revue wegen Paul Williams machen willst, kein Problem! Ich habe auch noch andere gute Angebote in der Tasche, was mich übrigens sehr wundert, wo du doch in letzter Zeit nicht gerade fabelhafte Kritiken bekommen hast ...«

Joan ließ Ashleys Redeschwall und ihren Zigarettenrauch über sich ergehen, blickte einem breitschultrigen

Mann nach und dachte augenblicklich an Francesco. Wo er jetzt wohl steckte?

Francesco Rusconi! Allein der Name war Musik, Romantik, Manna für die Seele!!!

»... wirklich berühmt wird man erst, wenn die halbe Welt absurde Storys über dich erfindet und die andere Hälfte eben diese Storys vorbehaltlos glaubt, Herzchen ...«, erklärte Ashley gerade. Aber Joan hörte immer noch nicht hin.

Francesco, ihr Francesco! Was hatte ihn bloß dazu bewogen, in diese kriminellen Abgründe der Mafia abzurutschen?

»... sie ist klein und hässlich, und das einzig Große und schöne an ihr sind ihre aberwitzig kostbaren Cabochon-Rubine ...«, brabbelte Ashley.

»Mafia!«

Ashley verstummte, hustete und starrte Joan neugierig an. »Ist sie hinter dir her, Herzchen?«

»Wie?« Verwirrt kehrte Joan in die Wirklichkeit zurück.

»Du hast ›Mafia‹ gemurmelt, und ich frage, ob sie hinter dir her ist. Ist sie's?«

»Man kann nie wissen ...«, gurrte Joan und bekam leuchtende Augen.

Ashley zündete sich eine neue Zigarette an, schnippte mit den Fingern und rief dem Kellner: »Einen dreifachen Cognac, aber pronto!« zu, bevor sie sich wieder Joan zuwandte. »Deinem völlig idiotischen Gesichtsausdruck nach zu urteilen, kommt bei mir die Vermutung auf, dass hier etwas Amouröses im Busch ist. Beichte! Sofort! Alles!«

Joan berichtete. Sofort, wenn auch nicht alles von diesem fantastischen Mann, der in ihr Leben getreten war ...

Als sie geendet hatte, schimmerte in Ashleys Augen totale Begeisterung.

»Mein erster Mafioso«, sagte Joan und blickte verträumt ins Leere.

»Also, Herzchen, wenn er wirklich bei der Mafia ist, dann sei klug und verschaff dir von ihm einen Las Vegas-Exklusivvertrag.«

Ernüchtert blickte Joan auf ihre Agentin, sofern sie im dichten Nebel des Zigarettenqualms überhaupt zu sehen war. »Du bist materialistisch!«

»Natürlich, Herzchen! Schließlich bekomme ich Prozente von allem, was du verdienst! Und nun die Details! Wie heißt der Knabe?«

»Kein Kommentar!«

»Herzchen, du bist herzlos! Weiter ... deinem Tonfall nach zu schließen, war's ein sehr, sehr intensives Kennenlernen ... du verstehst, was ich meine ... Bitte, Einzelheiten!«

»Kein Kommentar!«

»Ich glaube, ich werde dich als Klientin fallen lassen und Julia Roberts nehmen ... Hat er gesagt, er sei bei der Mafia?«

Joan legte die Stirn in nachdenkliche Falten. »Eigentlich ... nein ... nicht direkt ...«

»Du vermutest es also nur?«

»Nun ja ... ja ...«

»Wieso?«

Joan hob die Schultern und ließ sie wieder fallen. »Er ... er sieht so aus.«

»So hässlich?«

»Nein ...« Joan schüttelte lächelnd den Kopf. »Ganz im Gegenteil ... mehr die elegante Hollywood-Ausfertigung!«

»Also nicht wie Marlon Brando!« Ashley atmete erleichtert auf. »Hast du ein Glück. Ich meine, wirklich tolle Männer machen ja optisch meist nicht so viel her ... ich weiß, wovon ich rede, Herzchen!«

Auch trotz der Sichtbehinderung durch den Qualm sah Joan augenblicklich, wie Ashleys Gesicht plötzlich einen rosig-erregten Schimmer bekam, und sagte: »Ich scheine hier nicht die Einzige zu sein, die eine Liebesgeschichte erlebt hat.«

»Beileibe nicht, Herzchen, beileibe nicht! Ich habe einen Neuen! Einen Nagelneuen! Er hat das Aussehen von Nixon, spricht wie die Dietrich, säuft wie Dean Martin und lebt auf Früchte- und Gemüsebasis!«

Joans Augenbrauen schnellen hoch. »Ob das gut geht? Eine Affäre zwischen einer fleischessenden nikotinsüchtigen Theateragentin und einem vegetarischen Geisterbahnschreck?«

»Hallo!« Joan starrte wütend dem Script der Revue hinterher, das sie bei dem hastigen Griff nach dem Telefonhörer zu Boden gefegt hatte. »Verdammtes Script ... Hallo!«

»Hallo, Joan!«

Sie angelte nach dem auf dem Boden liegenden widerborstigen Ding, das ihren Fingern dank des glatten Kunststoffeinbandes erneut entglitt. »Wer ist da?«

»Francesco.«

»Wer? Francesco? Welcher Francesco?«

»Wie viele Francescos kennst du? Ich, Francesco Rusconi, der Mann deiner wildesten Träume!«

»Francesco! Warum sagst du nicht gleich, dass du es bist. Wie schön, deine Stimme zu hören, Darling! Wie geht es dir?«

»Gut, danke. Und wie geht es deinem verdammten Script?«

Joan starrte verblüfft auf das immer noch am Boden liegende Ding. »Woher weißt du das? Bist du hellseherisch veranlagt?« Oder ließ er von der New Yorker Mafia-Filiale ihre Wohnung durch Videokameras beobachten?

»Du selbst hast eben auf das arme unschuldige Ding geflucht!«

»Das Ding ist weder arm noch unschuldig!« Joan versetzte dem Script einen Fußtritt, lehnte sich zurück und schloss die Augen. »Tut das gut, dich zu hören! Francesco ...«

»Wenn du meinen Namen so sanft aussprichst, erinnere ich mich an deine sanften, weichen Hände ... und nicht nur an die Hände, Joan ...«

»Mmm, deine Stimme verursacht mir Schauer, Darling. Wo bist du?«

»New York, Manhattan, nur einen Steinwurf von dir entfernt.«

»Was? Dann wirf keinen Stein zu mir, sondern komm selbst. Sofort!«

Sein Lächeln streichelte sie wie vorgewärmter Samt. »Tut mir leid. Ich würde es gern tun, aber ich kann im Moment nicht. Geschäfte ...«

Sie sah zur Uhr. Geschäfte am frühen Nachmittag? Wickelten gewisse Leute ihre Geschäfte, die das Tageslicht scheuten, nicht lieber nachts ab? »Was denn für Geschäfte, die so wichtig sind, dass du, statt zu mir zu kommen, mit irgendwelchen Leuten verhandelst?«

»Joan, mach es mir nicht schwerer, als es ohnedies ist. Wir verhandeln schon seit drei Stunden. Und ich rufe dich nur in einer schnellen Lunchpause an. Ich muss gleich wieder zurück zu sieben sehr grimmig dreinblickenden und noch grimmiger gelaunten Männern, die keine Gnade kennen, wenn es um ihren Vorteil geht.«

Ein Schauer lief über ihren Rücken. Kein wohliger. »Nun gut, dann denk wenigstens an mich und daran, was du versäumst. Du könntest den ganzen Nachmittag bei mir sein, und wir beide könnten ...«

»Hör auf!« Sein Lachen klang jämmerlich. »Wenn sie mich aufs Kreuz legen, kann ich mich einsargen lassen! Ich kann keine Ablenkung gebrauchen.«

Aufs Kreuz legen ... einsargen lassen ... Noch deutlicher konnte er wohl nicht mehr werden, ohne das Schweigegelübde dieser Kreise zu brechen! »Ich habe nichts gesagt, Francesco! Um Gottes willen, vergiss, dass es mich überhaupt gibt. Streich mich aus deinem Gedächtnis, und rette deine Haut!«

»Dich streichen? Ausgeschlossen! Ich rufe dich wieder an. Aber jetzt muss ich zu diesen Halsabschneidern zurück. Bis später, Honey.«

Bei dem Klicken im Hörer fasste Joan sich erschrocken an die Kehle. Halsabschneider! Den Rest des Nachmittags über wurde sie von Visionen gepeinigt, in denen so viel Blut floss, dass sie Schwierigkeiten hatte, sich auf ihre Arbeit zu konzentrieren.

Es dämmerte, es wurde dunkel. Und in Joans Visionen floss immer mehr Blut, wurden immer mehr Hälse abgeschnitten, immer mehr arme unschuldige Francescos eingesargt ...

Sie zuckte bei dem Schrillen des Telefons so heftig zusammen, dass sie fast ihr Glas mit dem als Aufmunterung gedachten Brandy fallen ließ. »Hallo?«

Francescos Lachen klang gesund und unverletzt. »Hast du so sehnsüchtig auf meinen Anruf gewartet, dass du so atemlos bist?«

»Ich habe ... ich dachte ... diese Halsabschneider ...«

»Ach, die! Nun, sie haben in mir ihren Herrn und Meister gefunden. Ich habe sie elegant ausgeschaltet. Du hättest sehen müssen, wie ihnen die Luft wegblieb.«

»Nein, danke, lieber nicht ... Ich glaube, dafür wären meine Nerven nicht stark genug.«

»Ja, es ist manchmal schon ein verdammt hartes Business. Aber jetzt ist mir nach Feiern zumute.«

»Du ... du willst zu mir kommen?«

»Das klingt nicht gerade begeistert, Joan.«

»Doch, doch, ich klinge sehr begeistert. Ich bin auch sehr begeistert. Ich dachte nur ... ich meinte ... Was meinte ich eigentlich?« Nimm dich zusammen, Joan! befahl sie sich selbst. Du hast gewusst, dass er nicht vom Sozialen Hilfswerk ist und auch keine Kindertagesstätte führt. Sein ›Business‹ geht dich nichts an! »Ich meine, ich will dich nicht ablenken, wenn es um deine Sicherheit geht.«

»Sicherheit? Wenn du diese Geier von heute Nachmittag meinst, die brauche ich nicht mehr zu fürchten. Kennst du das *CASABLANCA* im Village? Ich erwarte dich dort. Komm, wie du bist. Es geht sehr zwanglos zu.«

»So zwanglos, dass sich niemand daran stört, wenn ich im Nachthemd aufkreuze?«

»Verlockende Vorstellung, aber *so* zwanglos nun auch wieder nicht. Den Teil mit dem Nachthemd heben wir uns für später auf ... am besten ganz ohne das Nachthemd. Beeil dich ...«

»Gib mir zwanzig Minuten!« Joan knallte den Hörer auf den Apparat, sprang aus ihrem Nachthemd in etwas Bequemes und raste in einem Taxi zum Treffpunkt.

Im Gegensatz zu den Touristenlokalen, die das Wort *KÜNSTLERKNEIPE* vor oder hinter ihren Namen setzten, war das *CASABLANCA* ein richtiges Künstlerlokal, winzig, überfüllt, ein wenig schäbig und sehr fröhlich laut. An den Wänden hingen Broadway-Erinnerungen an 1951, das Jahr der Kneipengründung. Plakate von Hits wie *THE KING AND I* mit Gertie Lawrence und Yul Brynner sowie *THE ROSE TATTOO* mit Maureen Stapleton und Eli Wallach. Und mitten drin Francesco, groß und maskulin und so attraktiv, dass Joan auf der Stelle seinen hässlichen Job vergaß und nur noch sein hinreißendes Lächeln bei der Begrüßung sah.

Francesco breitete die Arme aus, Joan sank an seine Brust und hob ihm ihre Lippen entgegen, und während er ihr einen kurzen aber festen Kuss gab, drückte sie die Arme um seine Taille.

»Hallo, Honey. Du schmeckst noch süßer und siehst noch reizender aus als in San Francisco.«

»Sieh mich nicht so an, sonst bin ich imstande ...«

»Ja, wozu bist du imstande, Joan?«

»Keine Ahnung, was es ist, aber genau dazu bin ich imstande, und es wäre sicher sogar für New York weltbewegend.«

Er hatte einen kleinen Tisch für zwei ergattert. »Offenbar weiß ich viel zu wenig von dir, Honey. Biete mir einen Einblick in die Abgründe deiner Seele und deiner Persönlichkeit.«

»Hier? Bei Kerzenschein und Rotwein?«

»Kommt es vielleicht bei der Öffnung deiner Seele auf die Farbe des Getränks oder die Art der Beleuchtung an?«

Joan legte ihre Hand in seine und verspürte die alte Magie, die sich augenblicklich wieder einstellte. »Kannst du mir vielleicht einen Anhaltspunkt geben, an welcher Stelle ich meine riesige und vielschichtige Seele öffnen soll? Wie wäre es mit deinem Stichwortspiel?«

Die Kerzenflamme tanzte in Francescos dunklen Augen. »FKK-Strandpartiy?«, fragte er. »Es fällt unheimlich schwer, dem Gesprächspartner dabei in die Augen zu sehen ...«, erwiderte sie lachend.

»Gay-Partys?«

»Du willst mich unbedingt aufs Glatteis führen, ja? Gay-Partys ... Nichts für Frauen ... Es ist zu deprimierend, wenn alle anwesenden Herren viel attraktiver als man selbst aussehen.«

»Deine Sexfantasien, Joan ...«

»Abgesehen von denen über dich?« Ihr Pulsschlag beschleunigte sich, als in Francescos Augen ein Funke aufglomm, zusätzlich zu der Spiegelung der Kerze.

»Abgesehen von denen über mich. Die brauchen nicht länger Fantasien zu bleiben ... heute Nacht.« Sein Lächeln verführte, lockte, verwirrte. »Ich warte noch immer auf deine Fantasien.«

Joan seufzte gespielt verzweifelt. »Unbefriedigend ... ich habe immer die, wo ich Sex in einem türkischen Bad habe ...«

»Mit Türken?«

»Eben nicht ... nur mit Finnen!«

»Armes Baby!« Sein Daumen strich über ihre Handfläche. »Vergiss deine Fantasien. Wie wäre es mit der Realität bei einem Amerikaner italienischer Abstammung.«

»Kannst du mir einen empfehlen?«

»Ganz sicher nicht für heute Nacht. Heute würde ich mich an alte sizilianische Traditionen erinnern, sollte jemand dich auch nur ansehen.«

Der über ihren Rücken laufende Schauer stammte teilweise von ihrer Erregung, teilweise von den Anspielungen auf eine Seite von Francesco, von der Joan lieber so wenig wie möglich wusste. Himmel, dieser Mann war so fantastisch, dass er gar keine schlechte Seite haben durfte! Das wäre ihr gegenüber in höchstem Maße unfair gewesen.

Seine Lippen pressten sich warm in ihre Handfläche. »Lass uns gehen ...«

»Und warum hast du mich dann überhaupt erst hierher bestellt? Ich bin noch keine halbe Stunde hier.«

»Ja, warum eigentlich? Eine gute Frage, Ach so, ich wollte mich nach dem anstrengenden Tag ein wenig entspannen.«

Joan legte unter dem Tisch ihre zweite Hand auf seinen Schenkel, schob sie höher. »Aus der Entspannung ist ja wohl eine gewisse Anspannung geworden.«

»Joan ...« Sein Atem strich über ihre Wange, ehe seine Zähne sich kurz in ihr Ohrläppchen gruben. »Kannst du dir als prominente Künstlerin einen öffentlichen Sexskandal in einer Künstlerkneipe in Greenwich Village leisten, ohne deiner Karriere zu schaden?«

»Wohl kaum«, hauchte sie, von seinem Blick wie hypnotisiert.

»Dann nimm schleunigst die Hand da weg!« Er atmete tief durch. »Danke ...«

»Hast du vorhin etwas von einer Realität mit einem Amerikaner italienischer Abstammung gesagt?« Ihre Brüste berührten seinen Arm, als sie sich zu ihm beugte. »Ich würde diese Realität gerne erleben.«

Francesco stand so hastig auf, dass er fast den Tisch umstieß, fing den vorbeijagenden Kellner ab und drückte ihm einen Geldschein in die Hand.

Joan stolperte hinter Francesco her, stieß mit mehreren Gästen zusammen. »Soviel ich gesehen habe, hast du dem Mann echtes Geld gegeben, sogar mit einem guten Trinkgeld. Du brauchst also nicht zu hetzen, als hätten wir die Zeche geprellt.«

Francesco hielt sich nicht mit einer Antwort auf, blieb auch nicht vor dem *CASABLANCA* stehen, um auf ein Taxi zu warten, sondern zog Joan zu einem feuerroten Lamborghini am Straßenrand. Einem jener Wagen, die in New York nur jemand am Straßenrand abstellte, der entweder genug Geld hatte, um den Verlust seines Autos zu verschmerzen, oder das Risiko liebte.

»Warum ahne ich, dass es sich nicht um einen gemieteten oder von Freunden geliehenen Wagen handelt?« Joan strich über das weiche Handschuhleder des Beifahrersitzes, während Francesco um den Wagen ging, tippte spielerisch gegen ein paar Knöpfe am Armaturenbrett und zog überrascht die Hand zurück, als vor ihr ein Handschuhfach aufklappte, komplett mit Innenbeleuchtung und Revolver und ...

Revolver?

Joan schlug die Klappe des Handschuhfaches so fest zu, dass es in ihren Ohren wie ein Schuss klang. Was sich da in diesem Handschuhfach befand, ging sie gar nichts an. Manche Leute führten eben das Handwerkszeug ihres Berufs im Wagen mit sich, aber der Beruf hatte nichts mit dem Privatleben zu tun.

»Ich wohne im *WALDORF.*« Francesco nahm Joans Schweigen als Zustimmung und startete. »Ich wohne immer in Hotels. Man ist beweglicher und ungebunden.«

»Und kann schneller abhau ... abreisen, wenn es einen nach einem Ortswechsel gelüstet ... oder es der Beruf erfordert.« Ein Polizeieinsatz beispielsweise ... eine Razzia ...

»Richtig. Man ist frei wie ein Vogel.«

Vogelfrei ... Joan hatte bisher keine Ahnung gehabt, wie schwer es war, auf der kurzen Fahrt zum *WALDORF* ihren Blick von einem Handschuhfach fernzuhalten, in dem ein Revolver lag.

Die gediegene Eleganz der Hotelhalle ließ sie fast ihre düsteren Gedanken vergessen. Anderseits ... hatte das *WALDORF* nicht in unzähligen Gangsterfilmen eine entscheidende Rolle gespielt?

Francescos Hand lag leicht auf Joans Arm, als er sie den Korridor entlang zu seiner Suite führte. Er schloss auf, drinnen flammte die Beleuchtung auf, und kaum hatte sich die Tür hinter ihnen geschlossen, als Francesco auch schon Joan an sich presste.

»Ich musste an mich halten, um dich nicht schon in der Hotelhalle oder im Aufzug an mich zu reißen, Darling.«

Sein Atem strich warm durch ihr Haar. »Ich verstehe, wieso du so dreingesehen hast.«

»Ich? Wie habe ich denn dreingesehen?«

»So, als würdest du verzweifelt an irgendetwas Unangenehmes denken, um deine Leidenschaft zu dämpfen.«

Jetzt oder nie! Jetzt war das Stichwort gefallen, um ihn auf seinen Beruf anzusprechen! »Francesco, ich habe ...«

»Ich habe auch lange genug gewartet.« Seine Lippen pressten sich auf ihren Mund, verlangten mehr.

Für einen Moment legte Joan die Hände flach gegen Francescos Brust und wollte ihn von sich schieben, doch sein zweiter Kuss ließ ihre Gedanken verschwimmen. Sie wollte mit Francesco über etwas sprechen. Was war es doch bloß? Was hatte sie sagen wollen?

»Liebe mich«, hauchte sie. Nein, das hatte sie nicht sagen wollen. Doch dann küsste er sie erneut und weckte damit ein dermaßen verzehrendes Verlangen, dass Joan ganz atemlos wurde. »Liebe mich ...« Genau diese Worte hatte sie sagen wollen, keine anderen!

Francesco streichelte ihren Oberkörper durch das T-Shirt hindurch, bis Joan protestierend stöhnte, weil sie den trennenden Stoff zum Teufel wünschte.

Ihre Finger zogen sein leichtes Sweatshirt aus seiner Hose, ihre Hände legten sich auf seinen Rücken, und als Francesco langsam sein Becken an ihr zu reiben begann, war Joan mehr als bereit, den nächsten Schritt zu tun. Ihre Finger gruben sich in seinen Rücken, als seine Hände den Weg unter ihr T-Shirt fanden und ihre lustvolle Wanderung über die empfindsamsten Stellen antraten.

Sie antwortete mit ihrem ganzen Körper, der sich Francesco entgegenbog, unter seiner Berührung erzitterte, sich unter seinen Zärtlichkeiten drehte und wand.

Joan vergrub ihre Finger in dem Laken – eben hatte sie doch noch mit Francesco im Wohnraum seiner Hotelsuite gestanden, und jetzt lag sie auf einmal auf seinem Bett – wurde von dem Gewicht seines Körpers auf die Matratze gedrückt.

»Ja, ja, ich will dich«, murmelte Joan fiebrig, als Francesco dazu ansetzte, sich mit ihr zu vereinigen. »Ja …« Als hätte es noch irgendeiner Bestätigung bedurft, als wären ihre jagenden Pulse und ihr flacher Atem nicht schon Bestätigung genug gewesen!

Mit einem erleichterten Aufstöhnen kam Francesco ganz zu ihr, verharrte eine Weile still, während seine Lippen zärtliche Küsse auf Joans Wangen und Stirn drückten. Doch als sie ihre Hände über seinen harten, gespannten Körper gleiten ließ und sich unter ihm bewegte, war er nicht länger sanft und behutsam.

Mit jeder Bewegung schien er seinen Besitzanspruch anmelden zu wollen, schien er es Joan unmöglich machen zu wollen, jemals wieder etwas für einen anderen Mann zu empfinden – so vollständig erfüllte er ihren Körper, ihre Gefühle.

Ihre Hände wanderten schneller über seinen Körper, während Francesco beobachtete, wie sich Joans Empfindungen auf ihrem Gesicht spiegelten, wie sich der näherrückende Moment ihrer Befreiung in ihren halb geschlossenen Augen ankündigte, Sekunden bevor sie laut aufstöhnte und ihn mit ihren wundervollen schlanken Beinen umfing, um sich ihm ein letztes Mal offen darzubieten, voller Vertrauen und voller Verlangen …

Sie fühlte Francescos Herzschlag unter ihren Händen, und sie hielt ihr Gesicht in seine Halsbeuge geschmiegt und fragte sich, wie sie jemals ohne diesen Mann mit seiner erfüllenden Leidenschaft hatte existieren können.

Seine Brust dehnte sich noch einmal unter einem tiefen Seufzen, ehe er sich auf die Seite rollte und Joan dabei mitnahm. Seine Lippen berührten durch ihr Haar hindurch ihre Kopfhaut, während er tief den Duft von Haaren und Haut einatmete und schon jetzt wusste, dass er nie genug von dieser Frau bekommen würde, ganz gleich, wie viel sie ihm von sich schenkte.

»Lass uns schwimmen gehen.«

Joan regte sich nicht, war sie doch sicher, diese Worte nur in ihrer Fantasie gehört zu haben.

»Ma'am! Miss! Hallo, ist jemand in diesem wundervollen Traumkörper zu Hause? Könnte mal jemand an die Tür kommen und meine Anfrage beantworten?«

»Ich dachte, ich träume nur ...«

»Ein wunderschöner Traum?« Francesco schüttelte lachend den Kopf. »Traumhafte Wirklichkeit, meine Teuerste! Francesco Rusconis Liebesservice, vom ersten Kuss bis zum gemeinsamen Nachgenießen!«

»Ich spreche nicht davon, du Dummkopf!« Joan schlang ein Bein so um seine Hüften, dass sie engeren Kontakt mit ihm hatte. »Ich spreche von diesem Vorschlag. Schwimmen – jetzt?«

»Warum nicht?«

»Du brauchst mich gar nicht so spöttisch lächelnd anzusehen. Es ist ...«, sie spähte an seiner Schulter vorbei auf die Uhr. »... weit nach Mitternacht ...«

»Zwei Uhr nachts.«

»Danke. Es ist zwei Uhr nachts, und wir haben uns fantastisch geliebt.«

»Zwei hervorragende Gründe, um im hauseigenen Hallenbad zu schwimmen.«

»Offenbar weiß ich wirklich noch nicht alles von dir. Du bist immer für eine Überraschung gut. Bisher dachte ich, nach einer solchen Umarmung schmiegt man sich eng aneinander und genießt die körperliche Nähe des anderen.«

»Oder ein paar nächtliche Runden in einem luxuriösen Schwimmbad.« Francesco schwang sich lachend vom Bett und zog sie mit sich. »Es wird dir gefallen. Um diese Uhrzeit ist nie jemand im Hotelpool.«

»Natürlich nicht. Die Menschen sind vernünftig und liegen um diese Uhrzeit in ihren Betten oder in denen ihrer Partner.«

»Versuch es. Mir zuliebe, Joan. Du wirst begeistert sein.«

Sie öffnete schon den Mund zu einem weiteren Widerspruch, als vor ihrem geistigen Auge das Bild eines Handschuhfachs samt Revolver auftauchte. Natürlich, wie hatte sie das nur vergessen können! Ein Mann wie Francesco musste schon aus Sicherheitsgründen dafür sorgen, dass sich möglichst niemand in seiner Nähe befand, wenn er so schutzlos auftrat. Wer konnte schon in einer Badehose einen Revolver verbergen, ohne dass es auffiel?

»Ist das nicht herrlich?«, rief Francesco begeistert, als sie zwanzig Minuten später das glasklare und tatsächlich menschenleere Wasser des Pools mit langen Kraulschlägen durchpflügten.

»Herrlich ... einfach herrlich!«, bestätigte Joan.

»Gar keine Menschen!«

»Und gar keine Haie oder Meeresschildkröten! Ich habe mir immer schon gewünscht, in einem geliehenen Badeanzug um diese Uhrzeit in freiem Gewässer zu schwimmen und ...« Sie schrie auf, als Francesco unter ihr hinwegtauchte und vor ihr wie ein Korken aus dem Wasser schnellte.

Wasser tretend versperrte er ihr den Weg. »Ich werde das Gefühl nicht los, dass du unser nächtliches Unternehmen nicht so ganz ernst nimmst.«

»Völlig ernst.« Sie hielt sich an seinen breiten Schultern fest. »Und ich weiß auch, warum du jetzt schwimmen willst. Du brauchst es mir nicht zu erklären. Aber der Grund dafür ist gut bei mir aufgehoben, keine Angst.«

Sie ließ den leicht verwirrt dreinblickenden Francesco Wasser tretend zurück und tauchte unter seinem Arm hindurch. Nein, es gab keinen Zweifel mehr an seinem ›Beruf‹, der ihn zu solch ungewöhnlichem Verhalten zwang, hatte sie doch nicht nur den Revolver in seinem Auto gesehen, sondern auch vorhin, beim Anlegen des geliehenen Badeanzugs, auf seinem Nachttisch den Roman ›Der Pate‹. Das war für Joan so eindeutig wie ein unterschriebenes Geständnis.

4

»Hörst du mir überhaupt zu, Joan?«, rief Ashley Altman am anderen Ende der Leitung. Es war offenbar eine zu große

Anstrengung für ihre rauchgeschädigten Stimmbänder, weil sie gleich darauf in ein krampfhaftes Husten ausbrach.

Joan nutzte den Hustenanfall aus, um in ihrer Erinnerung zu kramen, doch alles Kramen nützte nichts. Da war kein Wort von Ashleys Redeschwall, gemischt mit Husten und Ziehen an einer Zigarette, hängen geblieben. »Selbstverständlich habe ich zugehört. Wenn meine Agentin mit mir über so etwas Wichtiges spricht wie eben ...«

»Und wie lautet deine Antwort?« Ashley holte rasselnd tief Luft. »Ich warte.«

»Ich auch.«

»Worauf?«

Dass du deine Frage wiederholst, dachte John verzweifelt. »Nun, es ist nicht so einfach, wie es erscheint.«

Ashley gab einen erstickten Laut von sich, der sich nicht unbedingt auf Joans Antwort beziehen musste. »Ich habe dir eine klare Frage gestellt und erwarte eine klare Antwort.«

Joan schwieg beharrlich.

»Ich wusste, dass du mir nicht zugehört hast, Joan.«

»Verbanne die satte Befriedigung aus deiner Stimme und wiederhole, was du gefragt hast.« Joan schwenkte ihre rechte Hand und pustete auf die Finger, hatte ihre Agentin sie doch vorhin beim Lackieren der Nägel gestört.

Im Telefon klickte ein Feuerzeug. »Ich sagte, du würdest am Telefon so klingen, als wären deine Gedanken weit weg, Joan, und ich fragte, ob du dich auch durch nichts von deinen Vorbereitungen auf deinen Auftritt in London ablenken lässt.«

»Durch gar nichts.« Das war perfekt gelogen, dachte Joan doch pausenlos an Francesco.

»Gut, gut. Vergiss nicht, Kleines, dass ich als Agentin auf die mageren Prozente angewiesen bin, die ich euch Künstlern abnehme.«

Joan klemmte den Hörer mit ihrer Schulter ans Ohr und versuchte, die Nägel der linken Hand zu lackieren. Sie wurden streifig. »Ashley, ich bin gerade dabei, das Script der

Londoner Revue noch einmal konzentriert durchzuarbeiten. Du störst mich dabei. Tut mir leid. Um deiner Prozente willen sollten wir jetzt Schluss machen.«

»Bye!«

Joan starrte verblüfft auf den Hörer, ehe sie ihn kopfschüttelnd auf den Apparat legte. So schnell hatte Ashley noch nie ein Gespräch beendet.

Und so schnell hatte Joan sich noch nie fertig gemacht, konnte Francesco doch jeden Moment vor ihrer Tür stehen. Das Lackieren der Fingernägel beenden, dann Makeup auflegen, rasch und doch kunstvoll. Das dunkelgrüne Givenchy-Seidenkleid mit dem supertiefen Ausschnitt raschelte leise, als Joan es über ihren nackten Körper zog. Keine Unterwäsche. Sie fühlte sich von Spannung erfüllt und wagemutig wie ein ungezogenes Mädchen, das einen ganz schlimmen Streich ausheckte. Und das alles nur Francescos wegen. Für ihn wollte sie schön sein, für ihn wollte sie wagemutig und schlimm sein. Nur für ihn ...

Der Türgong!

Während das Hausmädchen öffnete, zog Joan die schwarze Seidenschleife an der Taille zurecht, strich über die schimmernden Samtrevers am Ausschnitt und hörte schon Francescos Stimme im Wohnraum, während sie die handtellergroße Brosche aus filigranen glitzernden Steingirlanden in Rot, Blau, Gelb und Grün an der Schleife und passende Ohrgehänge an den Ohrläppchen befestigte.

Ein letzter Blick in den Spiegel. Gut. Tief Luft holen, ein erwartungsvolles Lächeln ... Joan stieß die Tür zum Wohnzimmer auf, stützte eine Hand gegen den Türrahmen, die andere in die Taille, warf den Kopf in den Nacken und wartete, bis Francesco, der vor dem Kamin stand und die auf dem Sims aufgereihten Fotos betrachtete, sich umdrehte.

»Die Fanfare und die Scheinwerfer musst du dir dazu denken.« Mit einer anmutigen Bewegung löste Joan sich aus der anstrengenden Pose und eilte ihm entgegen, um ihm die Wange zum Begrüßungskuss zu bieten.

»Wo bleibt der richtige Begrüßungskuss, Darling?«

»Lippenstift, Lippenkonturstift, Lipgloss … und du willst das alles mit einem Kuss zerstören?« Sie stieß ihn spielerisch von sich. »Das ist doch der Grund, aus dem Männer sich so gern erotische Filme ansehen. Jede Frau lässt sich darin sofort küssen. Kunststück, im Film haben sie sich ja auch nicht mühsam selbst geschminkt, sondern haben dafür die Maskenbildnerin.« Sie ging an die Bar. »Einen Drink?«

»Ja, bitte.«

»Und was? Es ist alles da.«

»Scotch, ohne Eis. Hübsch hast du es hier. Sehr geschmackvoll eingerichtet.«

Sie blickte ihm lächelnd in die Augen, während sie ihm ein Glas in die Hand drückte. »Du hast genau fünf Sekunden Zeit, um etwas über mein Kleid und mein Aussehen zu sagen, bevor ich einen hysterischen Schreikrampf bekomme.«

»Dein Kleid und dein Aussehen sind so umwerfend, dass *ich* diesen hysterischen Schreikrampf bekommen sollte … vor allem, da ich heute Abend leider nicht beides voneinander trennen kann.«

»Moment … was willst du voneinander trennen? Deinen und meinen Schreikrampf?«

»Dein Kleid und dein Aussehen. Ich muss beides zusammen genießen.«

Sie hob ihr Glas – Scotch, allerdings mit Eis – und stieß mit ihm an. »Ist es vielleicht eine alte sizilianische Tradition, in Rätseln zu sprechen?«

»Honey, es war mein Versuch, diskret auszudrücken, dass ich heute nicht mit dir ins Bett gehen kann.«

Sie hob eine Augenbraue. »*Das* war ja nun nicht dezent. Ich will nicht indiskret sein, aber warum *kannst* du nicht? Und sei versichert, dass ich eine sehr verständnisvolle Frau bin.«

»Ich muss morgen ganz zeitig geschäftlich verreisen.«

»Ich nehme alles zurück. Ich bin doch keine sehr verständnisvolle Frau. Welche Geschäftsreise ist so wichtig, dass du ihretwegen auf eine Nacht mit mir verzichtest?«

Das Hausmädchen meldete, dass das Essen fertig sei, und Francesco führte Joan nach nebenan ins Speisezimmer an den festlich gedeckten Tisch. »Eine Geschäftsreise nach Italien.«

Joan wäre um ein Haar über die Teppichkante gestolpert. Italien! Aha, das Mafia-Mutterland! »Du brauchst kein Wort mehr zu sagen.«

»Dann hast du also doch Verständnis?«

»Nicht das geringste, aber du brauchst nichts mehr zu sagen. Sie können servieren.«

Das Hausmädchen verschwand in der Küche, und Joan starrte in die Kerzenflamme. Eine Reise ... womöglich eine gefährliche Reise ... lebensgefährlich ...

»Was willst du in den Kerzenflammen entdecken?« Francescos Stimme klang wieder samtig, verfehlte jedoch diesmal ihre Wirkung. Für Joan klang sie bestenfalls nach Cord.

»Ich versuche, in romantische Stimmung für ein romantisches Dinner zu kommen, das der Auftakt für eine romantische Nacht werden sollte.«

»Ich würde sagen, wenn du so lange in die Flammen stierst, kommst du eher in pyromanische Stimmung.«

»Bin ich schon! Ich möchte am liebsten alles anzünden aus Enttäuschung! Ich selbst muss in zwei Tagen nach London wegen der Comedy-Revue. Der Abend heute sollte ein Höhepunkt werden, und jetzt kommt deine italienische Reise dazwischen! Warum musst du so zeitig fliegen? Warum musst du überhaupt vorher schlafen?« Joans Augen leuchteten auf. »Schlafen kannst du auch bei mir.«

Sein Lächeln ließ Grübchen in seinen Wangen auftauchen. »Du weißt sehr gut, dass ich dann nicht zum Schlafen käme.«

Sie bemühte sich, ihre Enttäuschung zu überspielen. Wahrscheinlich war ihr geliebter Francesco entgegen seinen Worten gar nicht in Sexstimmung, weil die Reise lebensgefährlich werden konnte! Man wusste schließlich, wie es in dem Land zuging, in dem Francescos ›Beruf‹ erfunden worden war. Bella Italia ... Pah!

»Am liebsten würde ich dich begleiten, aber …« Joan zuckte mit den Schultern.

»Ich weiß, London ruft!« Ohne sie während des Essens zu berühren, streichelte Francesco sie mit seinen Blicken, liebte er sie mit dem Samtklang seiner Stimme. »Du würdest dich auf dieser Reise auch nur langweilen. Uninteressante Leute, endlose Verhandlungen.«

Verhandlungen auf Leben und Tod … Joan schüttelte seufzend den Kopf. »Ich würde sogar die Comedy-Revue sofort absagen, könnte ich dir irgendwie helfen.«

»Du kannst dich mit mir auf das Sofa setzen, Joan, und mir beim Kaffee Gesellschaft leisten.«

»Kaffee? Noch so spät abends, wenn du doch bald schlafen gehen und morgen zeitig aufstehen musst?«

»Warum nicht? Ich kann nach Kaffee immer schlafen.«

»Nur nicht mit mir …« Joan presste hastig die Hand auf den Mund. »Jetzt hör dir an, wie ich mich aufführe! Die reinste Megäre!«

Er legte seine schlanken Finger um ihr Handgelenk, zog ihre Hand von ihrem Mund und ließ sie in Joans Schoß fallen, ehe er sich zu ihr beugte. »Lippenstift, Lippenkonturstift und irgendwo ein Gloss …« Sein Blick heftete sich auf ihren Mund. »Jetzt kannst du anführen, was du willst, es hält mich nichts mehr ab.« Sein Atem erfüllte ihren Mund, während seine Daumen über ihre Wangen strichen und mit den Haaren an ihrer Schläfe spielten. »Jetzt werde ich dich küssen, bis wir beide …«

Sie kam ihm das letzte Stückchen entgegen, und Francesco konnte nicht mehr erklären, wie lange er sie küssen wollte. Dafür konnte er es ihr zeigen.

Halb saß sie auf dem Sofa, halb lag sie in seinen Armen und genoss den Kuss, der ihre Sinne in Aufruhr brachte. Francescos Haare fühlten sich unter ihren Fingerspitzen glatt und seidig an. Seine Lippen und seine Zunge entlockten ihr ein leises Seufzen, ach, er war einfach unwiderstehlich, dieser Mann!

Der Kuss war noch nicht zu dem Stadium vorgedrungen, in dem sie ihr gegenseitiges Verlangen nicht mehr bremsen konnten, doch da wurde Francesco unruhig. Joan fühlte es mehr, als dass sie es sah, hatte sie doch die Augen geschlossen, um ganz in seinem Kuss und seiner Umarmung aufzugehen. Jetzt zog sie sich ein Stück zurück und fand Francescos Blick auf die Kaminuhr gerichtet. Ernüchternd ...

»Ich muss ...«

»Nein, Francesco, lass mich raten. Du musst jetzt schlafen, um für deine mysteriöse Reise topfit und ausgeschlafen zu sein. Danke für deine reizende Gesellschaft heute Abend. Gute Reise.«

»Du bist eingeschnappt ...«

»Nicht die Spur!«

»Du bist enttäuscht ...«

»Absolut nicht!«

»... und du würdest mir am liebsten den Hals umdrehen.«

»Völlig falsch, Darling. Ich bin lediglich stocksauer, weil ...«

Diesmal ließ Francesco sie nicht aussprechen, und nach seinem nächsten Kuss hatte Joan vergessen, was sie sagen wollte.

»Ich rufe dich vor meiner Abreise noch einmal an, Joan. Ich bringe dir aus Italien auch etwas mit ...«

»Deinen Kopf auf einer silbernen Platte.« Sie schmiegte sich lächelnd an ihn. »Es müsste verboten sein, nach einem solchen Abend seine Geliebte allein zu lassen.«

»Die Pflicht ruft.« Er hielt den Arm um ihre Schultern gelegt, während sie ihn an die Tür brachte. »Ich muss weg, und wenn du es mir übel nimmst, überlege in Ruhe, was du an meiner Stelle getan hättest, müsstest du morgen zeitig nach London zu deiner Comedy-Revue aufbrechen. Du hättest dich auch jetzt schon hingelegt.«

Sie schüttelte heftig den Kopf. »Ich würde dich die ganze Nacht über verführen und dir jeden Wunsch von den Lippen ablesen.«

»Lügnerin!« Er zog sie noch einmal an sich. »Aber ›Lippen‹ ist ein gutes Stichwort.«

Er küsste die allerletzten Reste Lippenstift von ihrem Mund, ehe er die Tür ihres Apartments öffnete.

»Francesco!«

»Ja?«

»Wenn du mich schon als Lügnerin entlarvst, könntest du mich wenigstens eine charmante Lügnerin nennen!«

»Du bist eine charmante Lügnerin, Joan!« Er wandte sich zum Gehen.

»Francesco!«

»Ja?«

»Pass auf dich auf! Komm gesund und unversehrt wieder.«

Er lächelte so unbekümmert und zuversichtlich, als würde er zu einer richtigen, ganz normalen Geschäftsreise aufbrechen. Joan wusste es besser. Nachdem sich die Tür hinter ihm geschlossen hatte, kroch sie allein und mit düsteren Gedanken in ihr Bett, voller Sehnsucht und von dem Wunsch beseelt, Francesco nicht zu verlieren ... und wenn schon, dann wenigstens als seine Witwe!

»Hi, Lynne! Schläfst du schon?«

»Joan? Nein, bei uns in San Francisco ist es ja früher als bei dir. Ich liege aber schon im Bett. Kater von gestern.«

»Erzähl mir etwas Neues, Lynne.«

»Wird das ein kurzer Anruf? Oder hast du mal wieder Lust zu einem endlosen Klatsch-Tratsch-Quatsch-Gespräch?«

»Francesco fliegt morgen früh ganz zeitig nach Italien, um sich von seinen Mafia-Kollegen unter Umständen umbringen zu lassen. Und ich muss mich ablenken.«

»Also ein endloses Gespräch. Warte, ich habe in der Küche eine Schachtel Pralinen. Bin gleich wieder da.«

Pralinen ... Joan raste, von einem plötzlichen Heißhunger erfasst, aus dem Bett und schaffte es, bis zu Lynnes Rückkehr an den Apparat eine Jumbopackung ›Feinste Leckereien‹ aufzutreiben.

»Welcher Francesco?« Lynne war kaum zu verstehen und schmatzte.

»Der Francesco, den ich auf dem Flug zu dir kennengelernt und in dem Nightclub nach der Dinnerparty wieder getroffen habe.«

»Keine Ahnung ...«

»In dem Nightclub, in dem du dich so grauenhaft betrunken hast.«

»Oh, *der* Francesco!«

»Lynne, Lynne ... ordnest du die Menschen und Ereignisse nur noch nach Alkoholexzessen an bestimmten Orten ein?«

»Nein. Dick Cavett zum Beispiel hat nichts mit Alkohol zu tun.«

»Frage – was hat Dick Cavett mit Lynne Owens zu tun?«

»Er hat mich, die berühmte Designerin, zu einer seiner Shows eingeladen, aber ich habe abgelehnt. Man geht nicht als Gast in eine Dick Cavett-Show ... So was tut man einfach nicht, wenn man nicht rettungslos farblos ist.«

Joan wählte eine farblose Praline, die cremig süß auf der Zunge schmolz. »Wie geht es eigentlich den Leuten, die ich in meinem Urlaub bei dir kennengelernt habe? Diesem semmelblonden Maklerehepaar zum Beispiel.«

»Den Resnicks?« Lynne schnaufte verächtlich. »Sie ist eine superreiche Schickse mit Stil, die in einem dichten Nebel aus hochprozentigen Gin Tonics lebt.«

»Das kommt mir nicht ganz unbekannt vor ... Aber von Stil würde ich bei ihr selbst unter Alkoholeinfluß nicht reden.«

»Vielleicht habe ich sie auch verwechselt. Ich habe eine Nugat-Praline.« Lynne stöhnte begeistert. »Ach ja, und einen neuen Freund habe ich auch. Allein wie er den Wagenschlag aufhält, hat etwas Sinnliches an sich.«

»Ich habe keine Nugat-Praline, und mein Sinnlichkeits-Lieferant ist bald unterwegs nach Italien. Ich bin unglücklich! Manchmal wünsche ich mir, Francesco wäre schwul. Dann hätte ich jetzt seinetwegen keinen Liebeskummer.«

»Apropos, bei uns in San Francisco haben sie ein neues Gay-Theaterstück auf die Bretter gebracht ... eine unheilvolle Mischung aus kitschiger Romantik, Dusseligkeit und süßlicher Vulgarität, aber das Publikum rast vor Begeisterung. Komm rüber zu mir und sieh es dir an.«

»Geht nicht. Ich muss in zwei Tagen ganz London mit einer Comedy-Revue entzücken.«

»Ach ja, London.« Lynne seufzte. »Ich war vor Jahren da. Auf einer Jachtparty. Die Themse schwappte gegen den Bug, im Hintergrund St. Paul's Cathedral und The Houses of Parliament, hervorragend erleuchtet ... Wenn Franzosen statt Engländer auf der Jacht gewesen wären, hätt's 'ne heiße Sache werden können.«

»Und du hättest dir einen Kater eingehandelt.«

»Ich *habe* mir einen Kater eingehandelt und dazu einen Freund für zwei Monate. Lieber Himmel, der Kerl war vielleicht ein Schweinehund! Ein Schriftsteller aus Budapest. Reiste ständig mit seinem Bruder, aber frag mich nicht, warum. Der Bruder leerte eine Flasche Wodka pro Tag.«

»Hast du schon mal das Sprichwort mit dem Glashaus und den Steinen gehört?«, unterbrach Joan sie.

Lynne schnaubte. »Nur weil ich mal zu viel getrunken habe ... Ernst wird ein Alkoholproblem erst, wenn du dich deswegen unter die Erde bringst wie Gladys Locaste ... Die kennst du nicht, aber es war eine ausgesprochen lustige Beerdigung. Die Sargverzierungen fielen ab, die ausgehobene Grube war zu klein, und die Kränze wurden irrtümlich zu einer anderen Trauerfeier geschickt. Aber sprechen wir von dir. Hast du nicht Max Troll als Agenten?«

»Ich wollte ihn mal haben, aber er arbeitet nicht mehr. Ist schon zu alt. Wie alt er ist, kannst du daran erkennen, dass er noch das *ruhige* Capri gekannt hat. Meine Agentin ist Ashley Altman.«

»Kenne ich nicht.«

»Sie ist auch die Agentin von Paula Gamba, hätte sie aber vor einem Monat fast als Klientin verloren, weil Paula beinahe der Schlag getroffen hat, als sie erfuhr, dass ihre Schwiegertochter eine Farbige ist. Dabei sollte Paula froh sein, wenn in ihre blasse Familie indisches Blut kommt.

Aber sie will einfach nicht zur Kenntnis nehmen, dass der größte Teil der Weltbevölkerung farbig ist, genau wie sie nicht zur Kenntnis nehmen will, dass wir alle älter werden.«

»Das stimmt. Ich kann mich sogar noch dunkel an die Zeiten erinnern, in denen Prinzessin Margret aufregend aussah! Ich muss ein Fossil sein!«

Bei Lynne gluckerte etwas. »Übrigens, eine Freundin von mir hat Urlaub in Kenia gemacht.«

»Und wie war's?«

»Eine Unmenge Sterne und Fliegen.« Joan hechtete aus dem Bett, als Lynne sich episch breit über Afrika erging, und kam mit einer Flasche Scotch und einer Flasche Klubsoda zurück.

»... und herrscht die Meinung vor«, erzählte Lynne soeben, »die Deutschen seien unterschwellig aggressiv, humorlos und neurotisch. Stimmt genau. Ich hatte mal einen. Hieß Artie Steinberg, glaube ich.«

Joan stöhnte auf. »Nein, Artie Steinberg hatte vor kurzem einen Unfall und sieht jetzt fürchterlich aus. Er ist mit seinem Wagen geradewegs in einen Truck gerast.«

»Wirklich? Nach seinem Aussehen hätte ich geschworen, dass ihm das schon früher passiert ist. Übrigens, Joan, bei euch läuft gerade ein Theaterstück ... das wollte ich vielleicht sehen. ›Hibiskus riecht nicht‹ oder so ähnlich, heißt es.«

»›Duftender Hibiskus‹«, verbesserte Joan sie. »Die Aufführung taugt nichts. Vergiss sie! Hast du dich eigentlich mit Bob wieder versöhnt?«

»Wozu?« Lynne lachte. »Ich habe doch diesen Neuen. Der Mann ist reinster Luxus. Besser als Daiquiri-Cocktails.«

»Aus deinem Mund das höchste denkbare Kompliment, Lynne. Aber wolltest du nicht zu einem langweiligen Mann überwechseln?«

»Ich bin über diese Phase hinweg.« Lynne rülpste dezent. »Ach, da fällt mir ein: Ich habe über dich eine kleine Zeitungsnotiz gelesen.«

»Und? Wie war's?«

»Ach, langsam wird es auch öde, über dich zu lesen. Nur Gutes!«

Joan biss herzhaft in eine kandierte Orangenschale. »Dann lies etwas über Jeannie Naples, eine Kollegin von mir. Ihr Name ist ein Symbol für Dummheit. Jeannie hat sich so bemüht, möglichst viele lange und komplizierte Wörter zu lernen, dass sie sich nun ständig bemüßigt fühlt, allen zu zeigen, wie viele lange und komplizierte Wörter sie beherrscht. Leider geschieht es immer öfter, dass sie Worte fürchterlich falsch anwendet oder zwischen atemberaubend konstruierten Sätzen in schlimmen Alltagsjargon verfällt, ohne es selbst zu merken, und sich dann wundert, wenn's ihren Gesprächspartnern die Sprache verschlägt.«

»Mir hat es unlängst auch den Atem verschlagen, als ich diesen tollen Krankheitsklatsch über diesen New Yorker Millionär aufgeschnappt habe ...« Lynne schnippte mit den Fingern. »Wie heißt er ... ach, John Hayer, nicht wahr?«

»Blödsinn! Er hat keinen Krebs, sondern eine ordinäre Blasenentzündung.« Joan betrachtete seufzend die leere Pralinenschachtel, die halb leere Flasche Scotch und die ganz leere Flasche Klubsoda, danach die Uhr. »Sechs Uhr! Weißt du, dass wir fast eine Stunde gequatscht haben, Lynne? Dabei wollte ich von dir nur einen Rat, ob unter gewissen Umständen eine ernsthafte Künstlerin in die Mafia einheiraten sollte oder nicht.«

Lynnes Antwort kam wie aus der Pistole geschossen. »Wenn du in Las Vegas Karriere machen willst, ja! Wenn du von Prinz Charles während einer Covent Garden Opernpause in seine Loge gebeten werden willst, nein!«

»Danke, Lynne! Du hast mir sehr geholfen!«, sagte Joan und hickste.

»Wozu sind wir Freundinnen denn sonst da?«

»Schlaf gut!«

»Du auch, Joan.«

Lynnes Wunsch in die Tat umsetzend, löschte Joan endlich die Lichter in ihrem Schlafzimmer, kuschelte sich in die weichen Kissen und schloss die Augen, bereit für die allerschönsten Träume.

Zehn Minuten später riss Joan die Augen wieder auf und blickte genervt auf das beharrlich läutende Telefon. Mürrisch angelte sie nach dem Hörer. »Hallo?«

»Darling, ich bin's, Francesco!«

Joan machte sich nicht die Mühe, ein Gähnen zu unterdrücken. »Und wieso musst du mitten in der Nacht anrufen?«

»Es ist halb sechs Uhr morgens, Darling.«

»Sag ich doch – mitten in der Nacht!«

»Ich hatte dir versprochen, mich noch kurz vor meiner Abreise telefonisch zu melden, schon vergessen?«

»Nein, aber wenn du mir das nächste Mal so etwas versprichst, dann lege deine Abreise nicht auf eine nachtschlafende Zeit.« Joan gähnte langgezogen.

»Ich wollte dich nicht aus tiefem Schlaf wecken ...«

»Du hast mich nicht aus tiefem Schlag geweckt. Um ehrlich zu sein, ich habe noch gar nicht richtig geschlafen.«

»Und was, bitte schön, hast du die ganze Nacht gemacht?« Unverkennbar, in Francescos Stimme schwang glühende Eifersucht mit.

»Mit Lynne telefoniert.«

»Aha!« Unverkennbar, jetzt schwang in Francescos Stimme ein amüsiert-überheblich-männliches Lachen mit. »Also getratscht und geklatscht.«

»Wichtige Dinge diskutiert!!!«

»Was?«

»Politik, Kunst, Soziales!« Die Lüge ging Joan glatt über die Lippen.

»Intrigen, Face-Liftings, Society-Klatsch?« Jetzt kicherte er sogar, dieser Idiot!

»Ich wusste gar nicht, dass du einen so hässlichen Charakterzug hast.«

»Nur einen hässlichen Charakterzug oder auch Positives?«

»Hör auf, mir mitten in der Nacht per Telefon die Ohren vollzuschnurren.« Sie räkelte sich. »Noch ein Satz in dieser Richtung, und du hast eine Begleiterin auf der Reise.«

»Kenne ich sie?«

»Fran-ces-co!!!«

»Ich werde ständig an dich denken. Und ich werde mich bei dir melden. Wo wirst du wohnen?«

»In London? Im *SAVOY*. Und du?«

»Ach, überall und nirgends. Ich werde ständig herumreisen und gar nicht zu erreichen sein. Aber ich rufe dich an ... wenn irgendwie möglich ...«

»Pas auf dich auf, Darling.« Joan schickte einen Kuss durchs Telefon. »Ich brauche dich lebend und in einem Stück wieder.«

»Ich werde mich bemühen, Darling.« Seinem leisen Lachen folgte das Geräusch eines Kusses. Dem Geräusch des Kusses folgte ein Klicken. Francesco hatte aufgelegt. Und Joans Fantasie schlug eine Kapriole nach der anderen, indem sie sich Francesco vorstellte, dauernd in Italien unterwegs ... Treffen mit anderen Mafiagrößen an geheimen Orten ... zwischendurch verstohlene Anrufe bei ihr ... dann Francesco, den Kugeln von Rivalen und verärgerten Geschäftspartnern ausweichend, dazwischen wiederum verstohlene Anrufe bei ihr ...

Sie sollte eigentlich noch ein Weilchen schlafen, aber wie sollte sie schlafen, wenn sie im Geist Francesco in von Kugeln durchsiebten Telefonzellen vor sich sah? Wie sollte sie sanft schlummern, wenn sie Francesco, die Füße in einem Betonblock eingeschlossen, im Hafen von Genua oder Messina oder sonst wo versinken sah, ihr noch ein letztes Mal zuwinkend? Wie sollte sie nicht in Panik geraten, wenn sie sich ausmalte, wie sie eines Tages ins *SAVOY* in London ein Paket bekam, etwa von Francescos Größe – oder kleiner – mit einem Aufkleber für den Zoll, den Inhalt als ›Ehemals feuriger Liebhaber‹ deklarierend?

Joan sprang aus dem Bett und verspürte in sich ein bedrohliches Zittern, wobei sie nicht unterscheiden konnte, ob es von einer beginnenden Nervenkrise oder vom Schlafmangel oder von beidem stammte. Kurz bevor sie anfangen konnte, wie ein gefangenes Tier durch ihr Apartment zu hetzen, und sich ihrer Krise voll hinzugeben, schellte es an der Wohnungstür. Joans Hoffnung, trotz der frühen Störung ihre Nervenkrise voll ausleben zu können, zerplatzte.

»Darling!« Ashley Altman stürmte in den Wohnraum. »Du bist noch nicht fertig zu unserem Brunch angezogen?« Die Agentin drückte sie stürmisch an sich. »Macht nichts. Was ich dir zu sagen haben, kannst du auch im Morgenmantel hören. Komm!«

»Es gibt keinen Brunch, Ashley!«

»Aber selbstverständlich gibt es einen. Ich selbst habe ihn vor einer Stunde bei deinem Personal bestellt.« Die Agentin beförderte Joan in ihr eigenes Esszimmer, wo sich der Tisch unter Speisen bog. »Greif zu, Herzchen, und hör dir an, was ich dir zu bieten habe.«

»Danke, wie großzügig.«

»Also!« Ashley zündete sich eine Zigarette an, trank Kaffee und stopfte sich den Mund mit Köstlichkeiten voll, alles fast gleichzeitig. »Nimm dir von deinem Brunch doch mehr als eine Tasse Kaffee, Darling. Du wirst einen gut bezahlten Job annehmen, und zwar als Star in einem Fotoroman. Als Cleopatra.«

»Weder als Cleopatra, noch als Cäsar, noch als sonst was!«

»Du wärst die ideale Cleopatra.« Die eine Zigarette im Aschenbecher vergessend, zündete Ashley sich eine zweite an, trank nach dem Kaffee Orangensaft und Tee und aß sich querbeet durch die Brunchtafel. »Du müsstest allerdings essen, Honey, sonst wärst du nur als Mumie geeignet. Ich sage für dich zu, okay?«

»Nein! Wobei *nein* so viel bedeutet wie *nein*. Das Gegenteil von ja! Ich denke nicht daran, Ashley, nur wegen deiner fetten Provision in einem dämlichen Fotoroman mit ägyptischen Augen in die Kamera zu grinsen.«

»Bitte, wie du meinst!« Die Agentin sammelte verschnupft ihre mittlerweile drei brennenden Zigaretten ein, zerdrückte jede nach ein paar hastigen Zügen auf ihrem halb vollen Teller und schnellte hoch. »Ich habe mir vorhin einen Blick auf deinen Telefongebührenzähler erlaubt, Joan. Von dem Fotoroman könntest du gut deine Telefonrechnung bezahlen, die höher ist als meine Steuerzahlungen.«

»Es ist nicht meine Schuld, wenn du den Staat offenbar um Steuern betrügst!«, schrie Joan hinter der davonstürmenden Agentin her, schleppte sich todmüde ins Bad, um zu duschen und sich anzuziehen, war fast fertig und erinnerte sich gerade wieder an ihre drohende Nervenkrise wegen Francesco, als es erneut klingelte.

Joans Hoffnung, ihr Personal werde diesmal die Störung abwehren, zerplatzte erneut, als ein gemäßigter Wirbelsturm über sie hereinbrach, in Gestalt einer leicht fülligen, sehr sonnengebräunten, quirligen und hocheleganten Frau mit strassbesetzter Brille und Blauspülung im schwarz-silbernen Haar. »Mom ... ich dachte, du bist in Miami ... mit deinem dritten Ehemann ...«

»Unsinn, Kindchen!« Der gemäßigte Wirbelsturm presste Joan kurz an sich und schob sie einem Mann zu, den Joan noch nie erblickt hatte. »Wie du siehst, bin ich hier, um dich zu besuchen, und das ist nicht mein dritter, sondern bereits mein vierter Ehemann. Der dritte taugte nichts. Der hier ist viel besser.« Und zu dem Begleiter gewandt, fügte Joans liebende Mom hinzu: »Du musst diesem Dummerchen verzeihen, Liebster. Sie hat deinen Vorgänger nie kennengelernt.« Sie wandte sich erneut an ihre Tochter und deutete auf Ehemann Nummer vier. »Er hat gute Anlagen – beißender Humor, intelligente Nörgeleien und wüste Heiterkeitsausbrüche. Wann gibt es Lunch?«

Joan verschob aus Zeitmangel ihre Nervenkrise und kam kaum zum Atemholen, wurde sie doch von ihrer Mutter pausenlos und von ihrem neuen Stiefvater gelegentlich während eines eiligst zusammengestellten Lunches in Gespräche verwickelt, konnte auch bis zu einer Cocktailparty kaum Atem holen, zu der sie von ihrer Mutter zu Leuten geschleppt wurde, die sie nicht kannte, und auf der sie sich, vor Müdigkeit bereits hin und wieder im Stehen einnickend, das seichte Partygeplauder von anderen Leuten anhören musste.

»Endlich ...« Joan atmete nach Verlassen der Party tief durch. Hatte es da nicht einmal einen attraktiven Mann gegeben, der in ihrem Leben eine Rolle spielte? »Ich fahre jetzt nach Hause, und ihr beide habt sicher ein Hotel und ...«

»Vergiss unser Hotel, Kleines.« Mom bewies, dass Wirbelstürme sich im Verlauf ihrer Existenz noch steigern konnten. »Und mach dir keine Gedanken. Ich habe alles geplant! Überlass nur alles mir!«

»Ich muss morgen früh nach London fliegen«, protestierte Joan, befand sich da allerdings schon auf dem Weg in die Metropolitan Opera, links gnadenlos von ihrer Mutter, rechts mitfühlend von ihrem neuen Stiefvater gestützt.

»Du wirst deine Maschine erreichen, Kindchen, überlass alles mir.«

Wäre Joan nicht so todmüde gewesen, hätte sie angefangen, ihre Mutter zu hassen. Stattdessen beschränkte sie sich darauf, ›La Boheme‹ halb schlafend mitzubekommen, und schrak aus einem gerade beginnenden sanften Traum auf, als ihre Mutter sie antippte.

»Kindchen, die Sängerin sieht aus wie Judy Garland ...«

»Im nüchternen oder volltrunkenem Zustand?« Joan schloss die Augen wieder, sank in sich zusammen und wurde von Mutter und Stiefvater auf die Beine gezogen, um am Schlussapplaus teilzunehmen. »Nach Hause ...«, murmelte sie anschließend selig, als sie in einem Taxi durchgerüttelt wurde, doch als sie aus einem kurzen, an Agonie grenzenden Schlummer hochfuhr, fand sie sich keineswegs in ihrem Schlafzimmer wieder, sondern in einem fremden, riesigen Luxusapartment, vermutlich in der Fifth Avenue oder einer ähnlich feinen Gegend.

In dem Apartment tobte eine Mitternachtsparty, und Joans Mutter kannte kein Erbarmen. »Du musst die Gastgeber kennenlernen. *Sie* ist eine Produzentengattin mit Smaragden zwischen dem schwammigen Busen und in den Augen den Blick einer gefräßigen Python.«

»Mutter!«

»*Er* arbeitete in seiner Jugend als Gigolo für reiche Damen, was beweist, dass es jeder zum Produzenten bringen kann.«

»Mutter!«

Die Gastgeberin segelte auf Joans Mutter zu, umarmte sie, drückte sie begeistert an Smaragde und eine tatsächlich schwammige Oberweite und deutete dann auf Joan. »Das ist Ihre Tochter, Liebste? Gratuliere! Und ein neuer Ehemann, wie ich sehe? Sie schlagen aus der Art, Teuerste? In meiner Jugend hatten nur die Männer Lust am Sex, was irgendwie auch völlig ausreicht, finde ich. Aber vielleicht heiraten Sie ja aus normalen Gründen ... um die Männer zu beerben oder bei der Scheidung auszunehmen ...«

Joan, vor Müdigkeit und von einem Glas Begrüßungscocktail mit leichter Schlagseite versehen, drehte sich um und blinzelte mehrmals, als ihr Blick auf einen der weiblichen Gäste fiel. »Ich hasse Déjà-vu-Erlebnisse! Sie sind so verwirrend.«

»Ich bin kein Déjà-vu-Erlebnis, sondern deine Agentin.« Ashley Altman nahm im letzten Moment die Zigarette aus dem Mund, ehe sie Joan auf beide Wangen küsste. »Du siehst leicht mitgenommen aus. Vielleicht solltest du weniger ...«

Joan hörte nicht weiter zu, fühlte sie doch plötzlich die Hand eines offenbar von keinen Skrupeln beschwerten Jünglings an ihrem Arm und hörte an ihrem Ohr die geraunte Frage: »Wollen wir uns eine heiße Nacht machen?«

Eigentlich kann das nur ein Traum sein, dachte Joan und stammelte verwirrt: »Nein, danke, heute nicht. Vielleicht ein andermal ...«

Ashley blickte pikiert hinter dem Enteilenden her und warf Joan einen eifersüchtigen Blick zu. »Für die Männer scheinst du der Star der Party zu sein ... Großartig, dass du morgen nach London verschwindest.«

»Sofern ich nicht vorher an Schlafmangel eingegangen bin … Ich wette, ich finde nie zum Flughafen.«

»Ich werde dafür sorgen, dass du hinkommst.« Ashley ließ ihre Zigarette in irgendjemandes Glas fallen und zündete sich hustend eine neue an. »Aber nach London spielst du in einem Film eine Russin.«

»Wo wird gedreht? In einer Schlafklinik? Dann nehme ich an.«

»In Sibirien …«

»Vergiss es, Ashley.«

»Mein Gott, bist du eine schwierige Klientin! Wie wäre es mit der Rolle einer Spionin in einer Fernsehserie für NBC?«

»Wo ist der Haken?«, fragte Joan mit hochgezogenen Brauen.

»Nein, immer dein Misstrauen! Äh … es ist eine echt glatzköpfige Spionin … keine Maske …« Ashley hustete unsicher.

»Abgelehnt! Eher gewöhnst du dir das Rauchen ab!«

»Ich hätte es dir lieber ja auch verschwiegen, aber du hättest es spätestens erfahren, wenn sie dir den Kopf kahl rasiert hätten … du bist nicht nur schwierig, sondern auch zickig!«, schrie Ashley hinter Joan her.

Ihrer Mutter ausweichend, raffte Joan einen letzten Rest an Energie zusammen, um sich auf der Party wenigstens einmal von einer positiven Seite zu zeigen, versprühte hier ein Lächeln, da noch etwas Charme und investierte ihre letzte geistige Kraft in eine Unterhaltung mit einem Verleger, den sie flüchtig kannte.

»Und ich sagen Ihnen, Joan …« Ein Longdrinkglas in der Linken, wackelte er mit erhobenem rechten Zeigefinger vor ihrem Gesicht herum. »… Die Zukunft des Verlagsgeschäfts liegt im Primitiven. Senkt das Niveau all eurer Druckerzeugnisse, und ihr zieht immer mehr Leser an.«

»Wobei die Menschen allerdings beim Lesen das Denken verlernen.« Joan ließ einen Rest ätzende Schärfe in ihre Stimme einfließen. »Wir sollten wieder zu humorvoll bissigen Romanen zurückkehren ... so was wie Capotes ›Answered Prayers‹, das, wäre es je fertiggestellt worden, die ›Erschießung des Jahrhunderts‹ geworden wäre, wie *LIFE* so treffend bemerkte. Denken Sie nur an sein ›La Côte Basque‹, das zu gesellschaftlicher Ächtung, Rache und brodelndem Hass führte.«

Joan sah noch eine Mischung aus Erstaunen, Hochachtung und Ärger über den Widerspruch auf dem Gesicht des Verlegers, ehe ihr Gehirn seine Tätigkeit aus Schlafmangel einstellte.

Im Verlauf dieser zweiten schlaflosen Nacht fand Joan sich in kurzen halb wachen Momenten mal am Arm ihrer Mutter, mal gestützt von Ashley Altman und ihrem Stiefvater mitten unter Leuten, dann an einer Wand lehnend.

Im Morgengrauen wurde sie dann von Mutter, Stiefvater und Agentin zum Airport geschafft. Einmal kam Joan noch zu sich, als nämlich beim Sicherheitscheck ein Alarmton losging, und die Beamten verzweifelt an Joan nach der Ursache des Tons suchte.

Joan grinste selig. »Ich piepse immer ...«

Den Abflug verschlief sie völlig. Halb tot zu sein hatte eben auch seine Vorteile!

5

Ausgeruht und bester Laune – abgesehen von ihrer nagenden Sehnsucht nach Francesco – traf Joan in London ein.

»Zum *SAVOY*?« Der Taxifahrer warf ihr einen Blick im Rückspiegel zu. »Sind Sie wer, den ich kennen müsste?«

Joan lächelte bescheiden. »Nun ja, ich bin eine berühmte Cabaretsängerin.«

»Ach ja? Ich sammle Autogramme.«

»... in den Vereinigten Staaten.«

»Ach so. Zum *SAVOY*, sagten Sie?«

Joan fand ihren ersten Kontakt mit Briten nicht gerade ermutigend. Dafür hielt das *SAVOY*, was der Name versprach, und sogar mit dem Probenplan für die Comedy-Revue hatte es geklappt. Er lag schon auf ihrem Zimmer bereit.

Doch bevor es mit der Arbeit ernst wurde, warteten noch mehr angenehme Seiten Londons auf Joan, wobei allerdings ein erster Anruf von Francesco das Angenehmste war.

»Du fehlst mir, Honey. Italien macht gar keinen Spaß ohne dich.«

»Wieso sollte dir eine Geschäftsreise Spaß machen? London ist auch öde ohne dich, Darling.«

Wie vertraut sein Lachen doch klang! »Warum solltest du die Stadt nicht öde finden, wo du doch nur zum Arbeiten dort bist!«

»Wann kommst du wieder, Francesco?«

»Ich bin gerade erst abgereist.«

»Das spricht nicht dagegen, dass du wiederkommen wirst ... hoffe ich wenigstens.«

»Ich weiß noch nicht wann ... bald ... Denkst du an mich?«

»Pausenlos.«

»Du bist die süßeste Lügnerin, die ich mir vorstellen kann. Aber ich denke pausenlos an dich.«

Joan gab einen bitteren Laut von sich. »Sicher, sicher, wenn du mit deinen finsteren Geschäftspartnern die Köpfe zusammensteckst, dann denkst du nur an mich.«

»Du hast mich ertappt. Ich bereue und bin zur Buße bereit.«

»Du klingst nicht sehr reuig, aber du büßt, wenn du deine Nächte – hoffentlich – allein ohne mich verbringen musst.«

»Ich liebe dich!«

»Ich liebe dich auch, Francesco!«, sagte Joan, dann verriet das Klicken in der Leitung, dass er aufgelegt hatte.

Das Zweit-Angenehmste war die Bitte der Produktion, auf deren Kosten Shopping zu gehen. Joan ließ sich das nicht zweimal sagen und erstand ohne Gewissensbisse eine preiswerte schwarze Seidenhose und eine sündhaft teure, taillierte schenkellange weiße Hermelinjacke von Fendi, mit Hermelinschwänzen besetzt. Die Produktion wiederholte nie mehr die Bitte um Shopping …

Wohl aber wurde Joan zu anderen Terminen losgeschickt, die alle nur ein Ziel hatten: PR, Reklame, Werbung … oder wie immer man den Versuch nennen wollte, ein möglichst breites Publikum auf die bevorstehende Revue aufmerksam zu machen.

Es ging mit einer Edel-Adel-Hochzeit los, zu der sich im *SAVOY* ein von der für die Comedy-Revue zuständigen PR-Firma geschickter blasser junger Mann als Joans Begleiter meldete.

»Harold Fenton-Glynnisnoch«, sagte er zur Begrüßung.

In der Annahme, dass es sich dabei um seinen Namen handelte, murmelte Joan »Joan Miles«, und kam sich plebejisch vor. Harold stammte aus einer guten, aber verarmten Familie, erzählte er.

»Der Bräutigam ist ein guter Freund vom Internat. Aus verarmter Familie. Erste Familie, müssen Sie wissen, Madam.«

»Muss ich das? Nennen Sie mich Joan.«

Harold Fenton-Wieauchimmer lächelte verhalten. »Hat mich zu seiner Hochzeit eingeladen, der gute alte Knabe, aber nicht als Trauzeuge.« Er hielt Joan den Schlag des von der PR-Firma gemieteten Bentleys auf. »Als Trauzeugen musste er Philipp nehmen. Philipp Overton-Seldridge. Gute Familie, sehr gute Familie.«

»Verarmt?«

»Nicht verarmt. Deshalb musste er ja den guten alten Philipp als Trauzeugen nehmen, wenn Sie verstehen, was ich meine, Madam.«

»Verstehe.« Joan verstand gar nichts. »Nennen Sie mich Joan.«

»Gern, Madam.«

»Und die Braut?« Joan sah durch das Wagenfenster verregnete Londoner Straßen an sich vorbeiziehen.

»Oh, die Braut ... Harriet Overton ... reiche Familie. In erster Linie reiche Familie, wenn Sie verstehen, was ich meine, Madam. Der gute alte Knabe hat sich eine sehr gute Partie angelacht, wenn ich das so sagen darf.«

»Sie dürfen, Harold, Sie dürfen, und nennen Sie mich Madam.«

»Gern, Joan ...« Harold lächelte verwirrt, und Joan betrachtete vorbeigleitende grüne Randbezirke, bis sie einen massigen grauen Landsitz erreichten.

»Daraus würde man bei uns in New York ein paar Hundert Eigentumswohnungen machen und ein Schweinegeld damit verdienen.« Sie hörte Harold neben sich dezent nach Luft ringen und nahm sich vor, während der Nobelhochzeit besser auf ihre Ausdrucksweise zu achten.

Das tat sie auch. Dennoch kam sie sich während des ganzen, von PR-Fotografen mit ihr im Mittelpunkt aufgenommenen Spektakels völlig fehl am Platz vor. Abends schilderte sie es Francesco am Telefon.

»Wie ein Elefant, der Stöckelschuhe angezogen hat, um elegant zu wirken.« Sie lauschte mit geschlossenen Augen auf sein Lachen. »Ich habe versucht, die guten, aber verarmten Leute von den reichen, aber dafür weniger guten Familienangehörigen zu unterscheiden. Ging nicht. Für mich haben alle schrecklich vornehm geklungen.«

Francesco lachte schallend.

»Ehrlich, Darling, ich dachte, derart gute Manieren seien ausgestorben«, fügte Joan hinzu.

Francesco prustete. »Hör auf! Mir tut schon alles weh vor Lachen!«

»Mir auch ... vor Sehnsucht ... wenn ich an dich denke ...«

Er stöhnte. »Jetzt geht das wieder los! Hast du eigentlich eine Ahnung, was du mit meiner Anatomie allein durch deine Stimme anstellst?«

»Dann male dir bitte aus, was ich alles mit deiner Anatomie anstellen könnte, wenn ich nicht nur meine Stimme einsetzte ...«

»Du bist grausam!«

»Genau das will ich sein, Francesco.« Joans Stimme wurde seidig. »Ich will dich dafür leiden lassen, dass du mich verlassen hast. Wärst du jetzt bei mir …«

»Hör sofort auf, sonst werfe ich mich auf das nächste verfügbare Zimmermädchen!«

»Dann wünsche ich dir, dass in deinem Hotel nur Serviceboys arbeiten.«

»Mach mich noch eine Weile mit deiner Stimme verrückt, und mir ist alles egal.« Francescos Seufzer waren so heftig, dass sein Atem aus Joans Hörer zu wehen schien. »Ich liebe dich.«

»Ich dich zwar auch, aber ich würde dich noch mehr lieben, wenn du hier bei mir wärst. Beeile dich mit deinen verdammten Geschäften.«

»Wird gemacht. Ich küsse dich!«

Erst nachdem sie aufgelegt hatte, schoss es Joan durch den Sinn, dass es vielleicht ein wenig riskant war, über Francescos Geschäfte am Telefon Ausdrücke wie ›verdammt‹ zu verwenden. Wer weiß, wer alles die Gespräche mithörte und womöglich daraus folgerte, dass sie die Mafia verdammte, und entsprechende Schritte gegen sie einleitete.

In dieser Nacht träumte Joan von einem Klopfen an ihrer Hotelzimmertür, und anstelle des Zimmerkellners fand sie ein Killerkommando der Mafia auf dem Korridor. Ihre Hände zitterten noch am Morgen, als sie sich für ein Journalistentreffen zurechtmachte. Dass sie sich dem wartenden guten Dutzend Journalisten dennoch strahlend schön und lebenssprühend präsentierte, bewies Joans schauspielerisches Talent. Nur schade, dass das niemand außer ihr beurteilen konnte.

Die Hälfte der Journalisten gähnte verzweifelt, ein stoppelbärtiger junger Mann schaltete seinen CD-Player ein und schlief danach sofort ein.

Die anderen stellten Fragen.

»Wie gefällt es Ihnen in London, Miss Miles?«

»Für mich die schönste Stadt der Welt.«

»Und wie finden Sie die Londoner?«, fragte eine Rothaarige.

»Die nettesten Menschen der Welt.«

»Ich bin vom *PARIS MATCH*«, sagte die Rothaarige.

»Sehr nette Menschen, die Pariser ... doch ... doch ...«

»Miss Miles, was bevorzugen Sie? Nightclub-Auftritte oder Theater?«

»Klub-Shows ... Sie ersparen einem die Ringkämpfe mit Partner, Autoren und Regisseuren!«

»Und wie bereiten Sie sich auf Ihre Auftritte vor?«

»Mit drei Gläsern Wein und dreißig Zigaretten ... Übrigens bin ich passionierte Nichtraucherin.«

»Was können Sie uns über die neue Comedy-Show erzählen?«

Eine Menge könnte sie ... Gute Mitspieler, ein erbärmlicher Regisseur, Beginn der Proben demnächst, wobei nichts feststand, was auf miese Organisation hindeutete, stets ein schlechtes Zeichen. Laut sagte Joan: »Es handelt sich um die schönste Aufgabe, die mir je gestellt wurde. Ich werde mit wundervollen Partnern zusammenarbeiten, geleitet von einem fantastischen Regisseur ... Die Proben beginnen in diesen Tagen und versprechen schon jetzt, ein Musterbeispiel an Harmonie und Professionalismus zu werden.«

In dem Bewusstsein, eine perfekte Lügnerin, Schauspielerin und Heuchlerin zu sein – kurz, ein Vollprofi – stellte Joan sich den Fotografen, während der stoppelbärtige Junge erwachte, seinen CD-Player einsteckte und abzog.

»Wie war die Pressekonferenz?«, fragte Francesco abends am Telefon.

»Fantastisch. Die Journalisten haben mich angebetet, soweit sie geistig überhaupt anwesend waren und nicht nur an ihre Erlebnisse der letzten Nacht dachten ... Übrigens, die Journalisten hatten wenigstens Erlebnisse, im Gegensatz zu mir.«

»Du willst mich schon wieder quälen, Joan.«

»Ein junger Mann war da, schicker Dreitagebart, Jeanstyp. Hat bei mir geschlafen.«

»Joan!«

»Ehrlich. Wenn ich dir die Wahrheit sage, glaubst du mir nicht. Also gut, ich belüge dich. Er hat nicht bei mir geschlafen.«

»Ich glaube dir kein Wort.«

»Sprechen wir nicht weiter darüber.«

»Joan, was war mit diesem jungen Mann?«

»Wie ist denn das Wetter in Italien?«

»Lenk nicht vom Thema ab. Was war mit diesem jungen Mann und dir?«

»Ich schwöre dir, zwischen uns ist nichts vorgefallen, was du nicht auch sehen könntest.«

»Hmmm … fragt sich nur, was ich deiner Meinung nach sehen könnte.« Er gab ein sanftes Brummen von sich. »Allein die horrende Telefonrechnung ist eine schwere Strafe für unsere Trennung.«

»Kannst du nicht auf Kosten deiner Geschäftspartner telefonieren? Nein, nein, vergiss es. Mit solchen Leuten legt man sich besser nicht an. Sie wären zu allem fähig.«

»Du sagst es. Träumst du von mir?«

»Letzte Nacht … indirekt, ja. Freunde von dir haben mich im *SAVOY* besucht.«

»Du drückst dich manchmal sehr sonderbar aus, weißt du das?« Bei Francesco ertönte ein feines Klingeln. »Ich habe noch einen abendlichen Gesprächspartner. Tut mir leid. Ich liebe dich, ich melde mich wieder, und ich wäre lieber bei dir als sonst irgendwo auf der Welt.«

In dieser Nacht träumte Joan nur angenehm von Francesco, der wieder einmal in ihrer Pressekonferenz saß, stoppelbärtig und in Jeans, und einschlief. Allerdings kam er nach der Presseveranstaltung zu ihr und zog sie in die Arme. Aber als er gerade anfing, sie zu lieben, wurde Joan vom Weckdienst des *SAVOY* aus ihrem sanften Schlummer gerissen und musste sich für die ersten Proben der Comedy-Revue vorbereiten.

Das Theater war altehrwürdig, was bedeutete, dass es schäbig aussah. Das Chintzsofa in Joans Garderobe war ein

Zeichen für beruflichen Erfolg, die defekten Sprungfedern wiesen jedoch darauf hin, dass sie kein großer Star war.

Auf der Bühne fand die Begrüßung durch Regisseur Paul Williams statt. »... bin ich ganz besonders froh, mit einer so fantastischen Mannschaft London aus den Angeln heben zu können mit ›Sweet Bird Of Youth ...‹«

Die Regieassistentin lenkte ihn durch heftige Zeichen ab und streckte ihm ein Script entgegen. »Äh ... tut mir leid, den ›Sweet Bird‹ habe ich in der letzten Spielzeit in Glasgow gemacht. Heute beginnen wir mit den Proben zu ...« Er nahm die Lesebrille entgegen, die ihm die Regieassistentin reichte.

Joan stöhnte in sich hinein und empfand volles Verständnis für die bellenden Corgies, die einer der Geldgeber der Show mitgebracht hatte. Ihr war selbst zum Bellen zumute bei Williams' Unsinn.

Hinterher, als sie auf der Bühne eine erste Textprobe veranstalteten, hauptsächlich dem anwesenden Geldgeber mit seinen Corgies zuliebe, sowie für eine Dame der Gesellschaft mit zwei schreienden Kindern, empfand Joan kein Verständnis mehr, weder für die Corgies noch für die Kinder. Als sich gar nichts daran änderte, holte Joan tief Luft und brüllte: »Wie soll man sich bei diesem Krach konzentrieren?«

In der nachfolgenden Totenstille konnte sie sich nicht nur auf den Text, sondern auch auf ihre Sehnsucht nach Francesco konzentrieren, der sie auch in einem Moment wie diesem in Gedanken verfolgte, als wäre er für sie so unentbehrlich wie die Luft zum Atmen geworden.

Was für ein Irrsinn, sich in solch einen Mann zu verlieben! Einen Mafioso! Klar, sie musste aus dieser Gefühlsverwirrung raus – aber erst nach einigen weiteren Liebesnächten!

»Ashley, du rufst mich in London an? Deine hustende und kratzende Stimme ist wie ein Stück Heimat«, sagte Joan ehrlich erfreut.

»Es ist ein R-Gespräch, Goldstück, also brich nicht in Freudentränen aus. Ich will nur wissen, wie es läuft.«

»Der Anblick sich die Haare raufender Schauspielerkollegen auf der Probenbühne ist schon so alltäglich, dass ich nicht einmal mehr hinsehe, wer es diesmal ist.«

»Was sonst?«

»Zoel Rura, von dem Musik und Texte stammen, schreibt täglich die Musiknummern mindestens zweimal um. Vor zwei Tagen hat er die Frühstücksszene durch den Song ›Cannes‹ ersetzt.«

»Kenne ich nicht.«

»Kannst du auch nicht kennen, Ashley. Der Song ist ja ganz neu. Darum merkt sich bei uns auch keiner den Text. Die Frühstücksszene war die bisher einzige, die wirklich saß.«

»Klingt wie Theaterproben bei uns. Die Engländer kochen auch nur mit Wasser, selbst wenn sie eine Queen haben.«

»Na, die hätte mir gerade noch auf unserer chaotischen Probenbühne gefehlt! Paul Williams ist übrigens eine noch größere Flasche, als ich in Erinnerung hatte.«

»Dann weiterhin viel Erfolg, Honey, und wenn du in London aus der Produktion fliegen solltest, lass es mich sofort wissen. Ich habe jede Menge lukrativer Angebote für dich, von denen ich mir eine fette Scheibe abschneiden kann.«

Dermaßen aufgemuntert, fuhr Joan ins Theater, um dort zu erfahren, dass der Song ›Cannes‹ wieder rausgeflogen war, nachdem ihn die Truppe gerade so einigermaßen beherrschte, und die Frühstücksszene, die man inzwischen verlernt hatte, wieder drinnen war.

»Das reinste Chaos!« In einer Pause sank Joan in ihrer Garderobe auf das Chintzsofa mit den kaputten Federn und sah zu, wie ihre Garderobiere das Pausenmenü brachte. »Manchmal beschleicht mich der Verdacht, dass ich das alles nur mache, damit uns Schauspielern der Appetit vergeht und sie an uns das Geld für das Essen sparen.« Joan starrte auf das Tablett mit dem darauf befindlichen Wackelpudding und deutete mit spitzem Finger auf die sich leicht bewegende rote Masse. »Tun Sie das weg, das lebt ja noch!«

Die Garderobiere, theatergestählt und durch nichts zu erschüttern, entfernte die Schale, griff nach dem klingelnden Telefon, bellte »Hallo!« und gab den Hörer an Joan weiter.

»Sind eure Proben in eine Kaserne für weibliche Rekruten verlegt worden?«

Joan strahlte auf. »Francesco! Deine Stimme ist genau das Richtige, das mir jetzt ein Psychiater verschrieben hätte, wenn ich mit meinen Probendepressionen zu ihm gegangen wäre.«

»Ist es wirklich so schlimm?«

»Noch schlimmer … Aber warum rufst du tagsüber an? Ist etwas passiert?«

Sein sanftes Lachen vertrieb aufkeimende Visionen von Bandenkriegen und internen Auseinandersetzungen zwischen den ›Familien‹. »Ich wollte dir nur sagen, dass meine Reise sich dem Ende zuneigt.«

»Und wann kommst du?«

Das Grinsen war förmlich in seiner Stimme zu hören. »Nie zu früh und selten zu spät, wenn ich den Ladies glauben darf.«

»Kann ich bisher nur bestätigen.« Joan schielte zu der Garderobiere und zwang sich zu einem neutralen Ton. »Also, wann kann ich mit dir rechnen?«

»In ein paar Tagen. Aber ich rufe dich noch einmal an, sobald ich es genau weiß.«

»Ich kann den Moment nicht erwarten, in dem wir unsere Interessen vereinen können, Francesco.«

»Ist das eine verschlüsselte Mitteilung, dass du dich nach meiner liebevollen und leidenschaftlichen Umarmung sehnst?«

»Ich hätte es nicht besser ausdrücken können. Bis bald.«

Regisseur Paul Williams tobte zwar, als Joan ihm ankündigte, sie werde am nächsten Tag nicht zu den Proben erscheinen, aber Joan gab nicht nach.

»Wozu wollen Sie mich auf der Bühne haben, wenn Sie ohnedies nur etwas proben, das Sie hinterher wieder aus dem Stück werfen, Paul?«

»Wir könnten es ja im Stück lassen, wenn es sich als gut erweist.«

»Wenn Sie es im Stück lassen, kann ich es immer noch proben.«

»Und woher, Joan, soll ich wissen, dass es gut ist und ich es im Stück lassen kann, wenn Sie es vorher nicht zusammen mit den Kollegen proben?«

Joan sah zwar durchaus ein, dass er damit nicht ganz unrecht hatte, blieb jedoch eisern. »Das ist eines der Probleme, mit denen ein guter Regisseur im Handumdrehen fertig wird.« Er brauchte nicht zu wissen, wofür sie den freien Vormittag brauchte. Er hätte kaum Verständnis dafür aufgebracht, dass sie sich nach einer kleinen Wohnung umsehen wollte, um dort ungestört ihre Liebe mit Francesco zu genießen.

Der Makler, der Joan noch an diesem Abend nach ihrem Anruf in der Bar des *SAVOY* traf, um sich ihre Wünsche anzuhören, verstrahlte die gnadenlose Energie eines erfolgreichen Yuppies. »Kein Problem, Miss Miles. Sie werden über das gewaltige Angebot meiner Firma begeistert sein.«

»In welcher Preisklasse liegen denn die Apartments, wie mir eines vorschwebt?«, fragte Joan. Er nannte eine Zahl, und sie wurde blass. »Dafür kann ich zwei Etagen im *SAVOY* mieten. Ich hatte an ein kleines Apartment gedacht.«

»Ich habe von einem kleinen Apartment gesprochen, Miss Miles.« Der Yuppie hatte ziemlich viel von seiner Energie eingebüßt. »Sie hören morgen früh von mir.«

Zu Francesco sagte Joan an diesem Abend noch nichts. Erstens war sie gar nicht sicher, ob es mit dem Apartment wirklich klappte, und zweitens sollte es eine Überraschung werden.

»Es ist schlimm, Joan.« Der klagende Unterton in Francescos Stimme war nicht gespielt. »Ich denke nur noch an unser Wiedersehen. Heute habe ich mich dabei ertappt, wie ich bei meinen Geschäften unaufmerksam wurde.«

Sie fröstelte. »Das kannst du dir in deinem Beruf sicher noch weniger leisten als irgendwelche anderen Leute.«

»Nun ja, sicher, du hast recht. Ich trage ein besonderes Risiko. Auf jeden Fall ist es höchste Zeit, dass wir uns wiedersehen.«

»Ich kann es nicht erwarten.«

»Joan?«

»Ja, Darling?«

»Wenn ich zu dir komme, dann mach bitte deine Tür auf und tritt beiseite, weil ich nämlich wie eine Rakete in dein Zimmer schießen werde.«

»Keine Sorge. Ich habe schon so viel Sehnsucht nach dir aufgespeichert, dass ich mühelos jeden Aufprall und Zusammenprall ertragen und abfangen kann.«

»Ich werde dich beim Wort nehmen ...«

Der Makler-Yuppie meldete sich am nächsten Vormittag um zehn von der Rezeption aus und fuhr Joan mit einem silbergrauen Rolls durch die Stadt, von kleiner Wohnung zu kleiner Wohnung.

Um ein Uhr weigerte sich Joan, auch nur noch einen Schritt zu tun. »Entspräche der Mietpreis jeweils der Quadratmeterzahl der Wohnung, hätte ich jetzt ein Dutzend Stadtschlösser besichtigt. Kein Wunder, dass Sie sich einen Rolls-Royce leisten können.«

»Sie sind Amerikanerin, Miss Miles?«

»Allerdings. Wollen Sie jetzt die Mieten noch höher ansetzen?«

»Nein, aber nur eine Amerikanerin konnte mir meinen Rolls-Royce vorwerfen. Eine Engländerin würde das nie tun!«

»Zeigen Sie mir *eine* hübsche und billige Wohnung in annehmbarer Wohngegend, und ich küsse sogar die ›Emily‹

auf Ihrem Kühler … Ich spreche vom Auto, um keine Irrtümer aufkommen zu lassen.«

Der Makler hielt ihr schweigend den Schlag auf und fuhr schweigend durch London, bis Joan sich auf dem Eaton Square, Belgravia, wiederfand. »Gute Wohngegend, hübsche billige Wohnung …« Er stieg aus und kam um den Wagen herum.

Joan betrachtete die altehrwürdigen und nicht schäbig aussehenden Häuser. »Wo ist der Pferdefuß?«

»Drei ehemalige Bewohner sind in der Badewanne ertrunken …«

»Steigen Sie wieder ein. Und wenn Sie ein Gentleman sind, fahren Sie mich wieder zum *SAVOY* zurück.« Eine mordlüsterne Badewanne! Nein, danke! Schließlich war's schon schlimm genug, dass sie einem Mafioso verfallen war …

Zwei Tage später kam der ersehnte Anruf von Francesco während der Proben. »Heute, Sweety, gegen Mitternacht, ist der große Moment.«

»Ach ja? Was passiert dann?«, fragte Joan betont lässig.

»Unselige, spiele nicht mit meinen Gefühlen, sonst zieht eine Katastrophe herauf.«

»Du klingst genauso unecht und schwülstig wie unsere Revue nach dem vierundzwanzigsten Versuch, das Script umzuschreiben.«

»Dafür meine ich alles unglaublich echt und unverfälscht.«

»Ich erwarte dich in meiner Suite im *SAVOY*.«

»Joan … zieh dir was Leichtes an …«

»So heiß ist es in London nicht.«

»Etwas, das man leicht ausziehen kann.«

»Von gepflegten zwischenmenschlichen Kontakten vor der puren Fleischeslust hältst du wohl nicht allzu viel, Francesco?«

»Ehrlich gesagt … nein.«

Sie hielt den Hörer noch an ihr Ohr gepresst, nachdem er schon längst aufgelegt hatte, sich vorstellend, wie Francesco voller Lust …

»Joan! Joan Miles! Miss Miles!«

Sie hatte Regisseur Paul Williams von Anfang an nicht leiden können, aber dass er sie aus dieser verzauberten Stimmung riss, nahm sie ihm doppelt übel. »Wenn Sie vielleicht die große Güte besäßen, auf die Bühne zurückzukehren! Alle warten nur auf Sie!«

»Dafür warte ich noch immer darauf, dass in dieser Comedy-Revue so etwas wie ein Regiekonzept zu erkennen ist.«

Mit ihrer Bemerkung hatte Joan sich keinen neuen Freund geschaffen, aber was spielte das für eine Rolle, wenn Francesco in dieser Nacht wiederkam. Völlig überdreht wegen des erwarteten Wiedersehens mit ihrem Liebsten, konnte sie sich nicht die Spur auf die Proben konzentrieren.

»Joan, wie wäre es, wenn Sie auf das Stichwort mit Ihrem Text und nicht mit einem abwesenden Lächeln antworteten?«

Sie starrte Regisseur Williams verwirrt an und konnte ihm seine Bemerkung diesmal wirklich nicht übel nehmen, weil er recht hatte. Ihr Stichwort war gefallen, aber ihr Text war ihr *entfallen*. Joan erinnerte sich an den Wahlspruch ihrer Großmutter mütterlicherseits:

›Nur nichts zugeben, alles abstreiten!‹

»Ich habe meinen Text nicht vergessen. Ich greife nur einen Vorschlag von Oti auf.« Oti Herman, für die Dialoge zuständig, war heute nicht da. »Schweigen ist an dieser Stelle besser als Sprechen.«

»Sagt wer?«, schrie Williams. »Oti! Oti hat hier gar nichts zu bestimmen! Ich bin der Regisseur!«

»Oti meinte, er wäre der Dialogschreiber.«

Während Williams über den vermeintlich aufmüpfigen Dialogautor tobte, konnte Joan rasch ihren Text nachlesen. Einen Songtext für den Nachmittag schrieb sie sich auf die Manschetten ihres bequemen Herrenhemdes, das sie während der Proben trug. Und die letzte Probe des Tages, bei der sie einen Monolog sprechen sollte, sabotierte sie einfach durch einen heimlich ausgelösten Feueralarm.

Nachdem Polizei und Feuerwehr wieder abgerückt und die Garderoben zur Benutzung freigegeben worden waren, zog Joan sich um und ließ sich zusammen mit Hank Mitchell, dem männlichen Hauptdarsteller der Revue, zu einem Boxkampf fahren, wo sie sich aus PR-Gründen zeigten sollten, noch dazu als Ehrengäste.

»Ihr erster Boxkampf, Joan?«

Joan stierte starr auf den Ring. »Woher wissen Sie das, Hank?«

»Sie sind so grün, wie es der Hyde Park vor Beginn der Luftverschmutzung war.«

»Und ich fühle mich, als habe sich die gesamte Luftverschmutzung in meinem Magen abgelagert.«

»Dann sehen Sie nicht hin, wenn Blut fließt.«

»Ich halte es aber für nötig, mich daran zu gewöhnen ... aus privaten Gründen ...« Mit einem Mafioso als Liebhaber erschien Joan das nur zu notwendig ...

Dafür vermied sie es, bei der anschließenden kleinen Party zu Ehren des Gewinners Blicke auf den rosa Champagner und die blutroten Langusten zu werfen.

Endlich frei von Verpflichtungen, raste Joan anschließend ins Hotel, warf sich eingedenk Francescos Bitte in etwas Leichtes und sich anschließend dem eintretenden Francesco an den Hals.

»Du bist wirklich eine sehr mutige Frau«, murmelte er nach dem ersten atemlosen Kuss. »Du bist nicht beiseite getreten.«

»Und du hast offenbar doch so etwas wie zivilisiert menschliches Benehmen gelernt. Du bist nicht sofort über mich hergefallen.«

»Ich doch nicht!« Er nahm lächelnd ein Glas Orangensaft entgegen. »Dann erzähl mir, wie deine Theaterarbeit vorangeht.«

»Grauenhaft, mörderisch, nervenzermürbend, zerschmetternd. Und wie waren deine Geschäftsverhandlungen?«

»Grauenhaft, mörderisch, nervenzermürbend, zerschmetternd.«

Was für Ähnlichkeiten es doch zwischen der Welt des Theaters und gewissen nicht ganz legalen Organisationen gab!

»London ist eine interessante Stadt. Ein wenig kühl, aber durchaus interessant.«

»Italien hat viel von seinem früheren Charme verloren. Das hat mir jeder bestätigt, mit dem ich darüber gesprochen habe.«

»Francesco ... was machen wir hier eigentlich?«, fragte Joan irritiert.

»Wir unterhalten uns zivilisiert, wie du es am Telefon verlangt hast.«

»Habe ich wirklich jemals einen solchen Unsinn verlangt?«

Er hob nur die Augenbrauen.

»Tut mir leid ... das muss ein Anfall von Irrsinn gewesen sein!« Sie sah auf die Uhr. »Jetzt haben wir ein Viertelstündchen anstandshalber geplaudert und uns dem Orangensaftgenuss hingegeben. Das reicht.«

»Bei Weitem!«

Im nächsten Moment langen sie einander in den Armen, die Lippen aufeinandergepresst, als müssten sie sich gegenseitig Leben einhauchen. Joan hatte etwas wirklich Leichtes angezogen und war schon längst nackt, als sie noch verzweifelt an Francescos Kleidung zerrte, aber endlich sanken sie, durch nichts mehr voneinander getrennt, auf das Bett, und die nachfolgende leidenschaftliche Umarmung dauerte wesentlich länger als die Anstandsplauderei zuvor, und nach einer Erholungspause wiederholten sie alles noch einmal, weil es so schön gewesen war.

6

»Warum legst du dich nicht wieder ins Bett, Joan ... Es ist doch noch so früh am Morgen.«

Joan warf einen Blick auf die Kaminuhr in ihrer Suite im *SAVOY* und einen zweiten auf den soeben in ihrem Bett erwachten Francesco. »Es ist acht Uhr, und ich werde jetzt duschen und ...«

»Duschen? Warum willst du duschen, wenn wir uns ja doch gleich wieder lieben? Komm zu mir. Ich mag dich, wie du bist ... leicht verschlafen, zerzaust, noch warm vom Schlafen ...«

Joan seufzte abgrundtief. »Wach ganz auf, Darling, dann wirst du von selbst erkennen, dass ich unmöglich bei dir bleiben kann. Ich bin eine der Hauptdarstellerinnen in der neuen Comedy-Show, und ich habe um elf Uhr Kostümprobe, die Bühnenbilder werden aufgebaut, das Orchester probt den gesamten Durchlauf und ...«

»Schon gut, du hast mich überzeugt.«

»Nimm sofort wieder das Kissen von deinem Kopf und gib mir einen Kuss!« Sie beugte sich hinunter und sah zu spät ihren Fehler ein, als sie sich schon in einem stählernen Griff wiederfand und Francesco sich mit dem Kuss sehr viel Zeit ließ. »Lass mich sofort wieder los! Ich muss unbedingt zu dieser Probe! Könnte ja sein, dass wir ausnahmsweise etwas zustande bringen! Viel Zeit haben wir jedenfalls nicht mehr bis zur Premiere!«

»Aber wir haben noch eine Menge Zeit, bevor du das Haus verlässt. Komm unter die Decke.«

»Nein, du Satyr! Wenn ich von dieser verdammten Probe zurückkomme, gehört dir meine ganze Zeit, aber jetzt nicht!« Lächelnd, aber unnachgiebig, stemmte sich Joan gegen seine Umarmung. »Ich kann mich jetzt nicht auf Liebe konzentrieren. In diesen letzten Tagen vor der Comedy-Revue-Premiere fegt nackte Angst wie ein Hurrikan durchs Theater!«

Er löste seinen Griff und sah ihr bedauernd nach. »Das klingt nach einem drohenden Reinfall.«

»Du sagst es!« Joan drehte sich in der Badezimmertür um. »Ich bin dankbar, dass ich einen Vertrag für eine Sommerproduktion fürs nächste Jahr in Westport, Connecticut, USA, schon in der Tasche habe. Vielleicht kann ich damit die Revue-Schande ausmerzen ...«

»Neigst du nicht ein wenig zur Dramatik?«, rief Francesco vom Bett aus durch die offene Badezimmertür.

Joan steckte noch einmal den Kopf heraus. »Würde ich zur Dramatik neigen, müsstest du jetzt das Fenster öffnen, um dich mit mir draußen auf dem Sims zu unterhalten, damit ich nicht in die Tiefe stürze ... Ach ja ... wenn ich von der Probe wiederkomme, möchte ich, dass du aus meiner Suite verschwunden bist und dir eine eigene Suite genommen hast.«

»Spricht so ein wahrhaft liebendes Weib ...?«

»So spricht ein wahrhaft nervlich überstrapaziertes Weib, das auf der einen Seite den Herzallerliebsten ständig griffbereit und bei sich haben will, aber gelegentlich auch stille Momente der Einsamkeit braucht ... Mein Gott, wir reden schon so grauenhaft daher, wie die Texte der Revue klingen!«

»Arme Joan! Wenn die Revue wirklich so schlecht ist, spreche ich dir jetzt schon mein Beileid aus.«

Sie holte einen nassen Waschlappen und warf nach ihm.

Stunden später auf der Probenbühne war Joan ebenfalls danach, mit irgendwelchen Gegenständen um sich zu werfen, und es brauchten nicht unbedingt nasse Waschlappen zu sein. Harte, scharfkantige Gegenstände wären ihr sogar lieber gewesen.

»Ich werde wahnsinnig«, flüsterte ihr Schauspielerkollege Hank Mitchell, auf die vor kurzem aufgebauten Bühnenbilder starrend, die allesamt seitenverkehrt waren.

»Ich bin schon verrückt geworden«, stöhnte Schauspielerkollege Peter Earl. »Da stimmen die einstudierten Gänge nicht mehr!«

»Wieso denn nicht?« Regisseur Paul Williams schwebte gut gelaunt und leutselig herbei. »Wenn ihr miteinander eine Dialogszene habt, spielt die Kulisse doch keine Rolle!«

»Er meint ...« Joan atmete tief durch, um sich mit Geduld zu wappnen. »Er meint, dass es wenig Sinn ergibt, wenn er im zweiten Akt zum Beispiel sagt ›Sieh nur, die Sonne am Fenster!‹ und deutet nach rechts, aber dort hängt das Bild seiner Mutter. Das Publikum lacht sich doch krank!«

Peter Earl sah sie verstört an. »*Ich* sage das von der Sonne? Im zweiten Akt?«

Joan wartete, bis er sich das Script besorgt hatte und zu blättern begann. »Seite 64, unten. Sie können Ihren Text nicht?«

Peter blätterte verzweifelt. »Vierundsechzig ... vierundsechzig ... hier ist es ... »Sieh nur, die Sonne am Fenster!‹ Es stimmt. Hier steht: *Deutet nach rechts ...*«

»Sie können Ihren Text gut lesen, aber nicht auswendig hersagen?«

»Ich bin etwas langsam im Lernen ...« Peter grinste Joan entschuldigend an. »Bis zur Premiere schaffe ich es!«

»Die ist aber noch in diesem Jahr, nicht erst im nächsten«, giftete sie.

Regisseur Williams klatschte in die Hände. »Kommt, Leute, wir machen einen Schnelldurchlauf, halten uns an die bisherige Aufstellung und sehen, was jetzt nicht mehr zu den Kulissen passt.«

Am späten Nachmittag schilderte Joan bei einem Scotch mit Soda in ihrem Apartment Francesco den Verlauf der Proben. »Und dann mussten wir alles in dem Stück umstellen. Die Massenszenen! Wir konnten es nicht bei der bisherigen Aufstellung belassen, weil alle Leute kreuz und quer über die Bühne laufen mussten, um die richtigen Türen zu erreichen, durch die sie auftreten und abgehen. Was für ein Gedränge!«

»Bin ich froh, dass wir im Bett nur zu zweit sind! Da gibt es kein Gedränge ... zumindest keines, was nicht von uns direkt gewünscht ist.«

»Kannst du an nichts anderes denken? Ich werde hier langsam aber sicher hysterisch, und du redest vom Bett.«

»Der beste Ort, um Verspannungen und Verkrampfungen abzubauen. Soll ich dir zeigen, wie?«

Joan schlug seine Hände beiseite. »Du müsstest Susi O'Hara sehen. Sie spielt ein Dienstmädchen, aber sie ist gleichzeitig meine Zweitbesetzung! Grauenhaft!«

»Wird schon nicht so schlimm sein, Joan ...«

»Wenn ich dabei bin, hysterisch zu werden, darfst du mich nicht bremsen! Ich habe ein Recht auf meine Hysterie vor der Premiere!«

»Hast du auch!« Er streichelte ihre Wange. »Was ist denn an dieser Susi O'Hara so fürchterlich?«

»Sie ist unbegabt und gewöhnlich auf eine ganz ungewöhnliche Art und Weise! Sie ist ... Francesco, lass mich sofort los! Nein! Du trägst mich nicht ins Bett und ...«

Er brachte die strampelnde Joan mit einem Kuss zum Schweigen, dem sie nur anfangs leichten, halbherzigen Widerstand leistete, und unter dem sie sehr schnell schmolz.

Er hatte recht. Joan fühlte die Verspannungen weichen, die Sorgen verschwinden, und nach ihrem gemeinsamen Höhepunkt hatte sie das Theater und die Proben vergessen. Stattdessen erinnerte sie sich nun wieder an Francescos Tätigkeiten – außerhalb dieses Bettes.

»Darling ...« Wie bekam man aus einem Mafioso mehr über seinen Beruf heraus, ohne dass er Verdacht schöpfte?

»Ja.« Seine Stimme klang satt und sehr zufrieden.

»Hast du jemals daran gedacht, einen anderen Beruf zu ergreifen?«

»Beruf?«

»Sicher. Du weißt schon, diese Tätigkeit, die man ausübt, um Geld zu verdienen.«

»Ich weiß, was man unter ›Beruf‹ versteht, Honey. Warum sollte ich einen anderen Beruf ergreifen?«

»Nun ja, vielleicht ... weil ... weil ... äh ...«

»Einen anderen Beruf! Nein, ich bin sehr zufrieden und glücklich.«

Auch noch glücklich! »Ich dachte ... einen menschlicheren Beruf!«

Er stützte sich auf einen Ellbogen. »Ich betrachte mich in allem, was ich tue, als sehr menschlich – mit allen Vorzügen und Nachteilen, die damit verbunden sind. Und jetzt eben habe ich mich doch von einer menschlich sehr vorteilhaften Seite gezeigt, nicht wahr?«

»Das hast du.« Joan biss Francesco liebevoll zärtlich in die Schulter. »Aber ... hast du an all die Menschenleben gedacht, die in deiner Hand liegen?«

»Ich habe an alles gedacht, das kannst du mir glauben, und wenn du mich aus unerfindlichen Gründen zu irgendeinem anderen Beruf überreden willst, kannst du dir die Mühe sparen. Ich finde Befriedigung in meinem Metier.«

Joan schwieg betroffen. Auch wenn sie nicht verstehen konnte, dass er so sprach, musste sie sich wohl damit abfinden. Ähnlich wie bei einem Rennfahrer, den man auch nicht von seiner Leidenschaft heilen konnte.

Francesco zog sie wieder in die Arme. »Du würdest doch auch deinen Beruf nicht wechseln wollen, oder?«

»Das solltest du nicht wenige Tage vor einer Premiere fragen. Vier Tage vor der Premiere wäre ich durchaus bereit, meinen Lebensunterhalt als Stripteasetänzerin zu verdienen, drei Tage davor als Kanalarbeiterin, zwei Tage davor als weiblicher Clochard in Paris, und frag mich lieber nicht, wozu ich einen Tag vor einer Premiere fähig wäre ...«

Francesco fragte nicht, sondern liebte sie in jeder Minute, die ihnen zu Verfügung stand.

Am nächsten Tag verbreitete sich die Nachricht im Theater, dass Michael Caine, der berühmte Theatermann, sich die Probe ansehen wollte.

»Das ist doch nur wieder so ein Panikgerücht in der allerletzten Minute, um uns zu motivieren, noch härter zu arbeiten.« Joan stürmte hinter dem Kollegen wütend auf die Bühne, entdeckte das ›Gerücht‹ leibhaftig in der zehnten Zuschauerreihe und erstarrte ein paar Sekunden lang – um danach noch härter als bisher zu arbeiten.

»Und? Was hat er gesagt?«

»Wie hat er es gefunden?«

»Hat er sich amüsiert?«

So fragten alle Schauspieler nach dem Ende der Probe durcheinander.

Joan tat als Einzige, als wäre sie nicht an dem Kollegenurteil interessiert, fieberte aber innerlich der Antwort entgegen.

»Er fand es gut.« Oti Herman strahlte. »Natürlich besonders die von mir geschriebenen Dialoge.«

»Er hat meine Songs extra gelobt!«, brüstete sich Zoel Rura.

»Die Regie hat ihn überzeugt«, spreizte sich Paul Williams und störte sich nicht im Geringsten an dem allgemeinen Stöhnen auf der Bühne.

In Francescos Armen berichtete Joan später von dem prominenten Besuch bei den Proben. »Alle Kollegen halten das Stück mit jedem Tag für schlechter, und dieser Kerl setzt sich in den Zuschauerraum und hat den Nerv, das Stück gut zu finden! Man weiß doch gar nicht mehr, soll man nun tausend Tode sterben oder nicht.«

»Verlass dich auf das Urteil eines Fachmannes und stirb nicht!«

»Du hast leicht reden, Francesco Rusconi! Du stehst schließlich nicht da oben auf der Bühne und gehst vor dem Publikum baden!«

»Du müsstest dich nervlich ablenken.« Er überschüttete sie mit Küssen, bis er seine Tätigkeit kopfschüttelnd abbrach. »Das lenkt dich offenbar nervlich nicht ab.«

»Nicht mehr so knapp vor der Premiere. Tut mir leid. Es liegt nicht an dir.«

»Das weiß ich.«

»Du eingebildeter Macho! Wieso liebe ich dich eigentlich?«

»Wahrscheinlich, weil du nach eingebildeten Machos verrückt bist!«

Am folgenden Tag kehrte Joan von den Proben zittriger zurück als je zuvor, öffnete die Tür ihrer Suite und prallte zurück, als ihr langgezogenes zweistimmiges Miauen schrill und durchdringend entgegenschallte. Nach der ersten Schrecksekunde ging sie in die Hocke, um die beiden miauenden und schnurrenden Siamkatzen zu streicheln. »Das war doch dein Werk, Francesco! Ich nehme wenigstens nicht an, dass sie einem jetzt anstelle eines Apfels eine Siamkatze aufs Hotelzimmer legen.«

»Ganz sicher nicht im *SAVOY*. Ich hatte einen ziemlichen Kampf mit dem Management auszufechten, dass die Katzen bleiben dürfen. Sie haben es auch nur erlaubt, weil sie sich durch deine Premiere eine ziemlich hohe Publicity erhoffen, die durch die Katzen noch gesteigert wird.«

»Die Premiere!« Joan hetzte zu dem kleinen Schreibtisch, riss ihre Post an sich und atmete auf. »Ein Vier-Wochen-Angebot für eine Nightclub-Show! Genau das Richtige, wenn die Comedy-Revue ein Reinfall wird. Wer weiß, ob ich danach überhaupt noch ein Angebot bekomme!«

»Sie wird kein Reinfall, mein Singvogel!«

Joan starrte ihn erschrocken an. »Ich bin absolut kein *Singvogel*. Ich würde dem FBI auf keinen Fall etwas verraten, schon gar nichts über dich! Ich schwöre es beim Leben meiner Agentin!«

Francesco verzichtete angesichts ihrer zerrütteten Nerven auf die Bemerkung, dass sich das FBI kaum für ihn interessieren würde … Außerdem saß Joan bereits an ihrem Schreibtisch, Briefpapier mit dem Briefkopf des *SAVOY* vor sich, und schrieb, als ginge es um ihr Leben, während die Katzen miauend durch die Suite liefen und sich die kostbarsten Möbelstoffe zum Schärfen ihrer Krallen aussuchten. »Honey.« Francesco legte Joan sanft die Hand auf die Schulter. »Eine Premiere ist nicht das Ende der Welt.«

»Nicht der Welt, aber der Joan Miles … ich sterbe stückchenweise! Und diese entsetzlichen Katzen zer-miauen mir zudem noch meine letzten heilen Nerven.«

»Sie lachen über dich und deine unbegründete Nervosität.« Francesco wartete und seufzte. »Das war eigentlich als Witz gedacht, auf den ein Lacher kommen sollte.«

»Ich schreibe hier meine Abschiedsbriefe, und du erwartest von mir ein Lachen?«

»Wofür Abschiedsbriefe? An wen sind sie? Du hast keine Anschriften und Anreden eingesetzt.«

»Erstens schreibe ich die Briefe für den Fall, dass die Premiere so schlecht ist, dass ich Selbstmord verüben *muss*. Und zweitens schreibe ich keine Anrede, weil ich erst später entscheiden werde, welcher für wen ist ... ganz spontan, wenn du verstehst ...«

»Heirate mich«, sagte Francesco liebevoll.

»Stör mich nicht!«

»Ich sagte, heirate mich!«

»Und ich sagte, stör mich nicht! Ich schreibe gerade einen besonders ergreifenden Abschiedsbrief.«

»An deine Eltern?«

»Besser für eine Zeitung, damit ich auch einen schönen Nachruf bekomme!«

»Ich möchte, dass du meine Frau wirst, Joan.«

Sie schüttelte den Kopf. »Francesco, ich bin im Moment viel zu sehr mit den Nerven fertig, um irgendetwas anzunehmen, schon gar nicht einen Heiratsantrag. Wiederhole bitteschön deinen Wunsch nach der Premiere! Und sieh mich nicht so an, als hätte ich den Verstand verloren. Ich weiß überhaupt nicht mehr, was Verstand ist. Und bring diese verdammten Katzen zum Schweigen. Auf der Stelle!«

»Dies scheint wirklich nicht der günstigste Moment für einen Heiratsantrag zu sein ...«, murmelte Francesco niedergeschlagen.

Am Abend vor der Premiere wurde Joan immer unruhiger und hektischer, bis Francesco sie am Arm festhielt. »Wenn du jetzt noch ein einziges Mal durch die Suite jagst, fessele ich dich und binde dich ans Bett.«

»Dann musst du erst einmal Stricke finde, die stark genug sind, mich festzuhalten!«

»Deine Augen glänzen fiebrig, du hast rote Flecken auf den Wangen, und wüsste ich nicht, was los ist, hätte ich schon längst den Notruf gewählt und dich in eine Quarantänestation bringen lassen.«

»Falls das wieder einer deiner berühmten Witze gewesen sein sollte, erinnere mich bitte morgen nach der Premiere und bevor ich mich umbringe daran, dass ich kurz darüber lache.«

Joan wollte die Wanderung durch die Suite wieder aufnehmen, vorbei an den Katzen, die sich vor ihren Füßen schon längst unter irgendwelchen Möbelstücken in Sicherheit gebracht hatten, verlor jedoch plötzlich den Boden unter den Füßen und strampelte verzweifelt.

»Lass mich sofort los, du Scheusal! Ich muss mich bewegen, sonst explodiere ich!«

»Es gibt andere Methoden, um dich zur Explosion zu bringen. Angenehmere Methoden. Für uns beide angenehmer.«

Francesco war nicht zärtlich. Er besänftigte Joan auch nicht, weil das gar nicht möglich gewesen wäre. Er entkleidete sie mit raschen, sicheren Griffen, riss sich selbst die Kleider vom Leib und nahm sie schnell und kraftvoll, trieb die bereits angestaute Nervenanspannung auf den Gipfel und lenkte sie in lustvolle Bereiche, in denen die Explosion keinen Schaden anrichtete, im Gegenteil.

Joan schmiegte sich stumm an ihn, als Francesco das Licht löschte. Sie fühlte sich ausgelaugt und wohlig entspannt, und von Dankbarkeit und Liebe überwältigt schwor sie sich, alle Bedenken fallen zu lassen und verheirateterweise zu Francesco zu stehen, wenn sie die Premiere nur überlebte. Schließlich, was soll's, fuhr es ihr durch den Kopf. Frauen sind für Männer schon schlimmeres geworden als Mafiabräute!

Joan wankte an Francescos Arm auf die graue Hausmauer zu, in der ein erleuchtetes Viereck den Bühneneingang markierte. »Francesco, warte, bitte! Nicht so schnell!«

»Honey, das sagst du heute schon den ganzen Nachmittag und Abend. Davon geht die Premiere auch nicht weg.«

»Nein, aber auf diese Weise gehe *ich* nicht *hin.*«

»Komm schon, stell dich nicht so an!«

»Das sagen sie vor einer Hinrichtung zu dem Kandidaten auch immer.« Joan schluckte. Vielleicht sollte sie zu einem

Mann mit einem Job, wie Francesco ihn hatte, so etwas nicht sagen ...

»Soll ich dich hineintragen?«

»Ja, ja, ja. Lach du nur über mein Elend! Siehst du nicht, dass ich schwanke und mir die Beine wegknicken?«

»Sicher, aber das liegt nicht an der Premiere, sondern an dem doppelten Whisky, den du im Hotel auf nüchternen Magen gekippt hast.«

»Was bist du doch brutal offen und ehrlich! Pfui!« Joan straffte sich und schritt, von Francescos leisem Lachen begleitet, ins Theater und schnurstracks zu ihrer Garderobe, vor der sie sich noch einmal zu ihrem ebenso geliebten wie unbarmherzigen Begleiter umwandte. »Du bleibst doch die ganze Zeit in meiner Nähe und sitzt im Zuschauerraum?«

»Aber sicher ... sofern du jetzt mein Revers loslässt und mir nicht das Jackett entzweireißt!«

Joan versuchte, ihm bei einem letzten Kuss vampirartig so viel von seiner Kraft zu entziehen, wie sie nur konnte, stieß die Tür ihrer Garderobe auf und segelte mit Todesverachtung hinein.

»Hals- und Beinbruch! Toi, toi, toi!«, rief Francesco hinter ihr her.

»Hals- und Beinbruch! Toi, toi, toi«, nuschelte die Garderobiere zur Begrüßung.

»Einen doppelten Whisky!«, fauchte Joan und kippte wenig später das verlangte Getränk in einem Zug hinunter. Danach bekam sie schleierhaft mit, wie ihr nahezu lebloser Körper von Garderobiere und Maskenbildnerin umgezogen, geschminkt und frisiert wurde. Irgendwann ertönte die Klingel, die das nahende Ende in Form des Anfangs der Premiere verkündete, und dann wurde Joan von dem Pulk der übrigen Mitwirkenden auf die Bühne gerissen und versuchte, so ungefähr das zu machen, was sie während der Proben gemacht hatte. Nur ... sie erinnerte sich nicht mehr so genau daran, *was* sie während der Proben gemacht hatte.

Nach dem Stichwort für ihren Abgang taumelte Joan in die Kulissen, bereit, auf der Stelle zu versterben, prallte gegen ein lebendes Hindernis. Das Hindernis schlang die Arme um sie, streichelte ihr Haar und massierte ihren verspannten Nacken. »Ganz ruhig, Joan, ganz ruhig, du bist fantastisch!«

»Du verdammter Lügner! Warum sitzt du übrigens nicht im Zuschauerraum!«

Francesco lächelte. »Ich dachte, ich sollte in den Kulissen bleiben. Falls du dich vor Nervosität in deine Bestandteile auflöst, bin ich sofort bei dir und sorge dafür, dass sich niemand einen deiner Bestandteile als Souvenir mit nach Hause nimmt.«

»Sehr witzig!« Joan hörte ihr nächstes Stichwort und schoss so schnell auf die Bühne hinaus, dass sie fast gestolpert wäre.

Mit dem Mut der Verzweiflung kämpfte sie sich durch den 1. Akt ... Ob's an dem doppelten Whisky lag, den sie noch vor dem Auftritt getrunken hatte? Jedenfalls stolperte sie mehrere Male über ein im Weg liegendes Sitzkissen, blickte böse auf das Kissen und flüsterte ihrem Partner Peter Earls zu: »Ich sollte das als hervorragende Schauspielerin überspielen, aber wie?« Worauf sich Earl, ohnedies textunsicher, total verhaspelte.

Der Vorhang fiel unter gedämpftem Applaus nach dem 1. Akt, und Joan wankte in die erste Pause und in Francescos Arme.

»Wenn du jetzt sagst, ich wäre großartig gewesen, fange ich an zu schreien!«

»Joan, du warst ...«

»Wenn du jetzt sagst, ich war gut, schreie ich auch! Es war pure Agonie ... Ich weiß immer weniger von meinem Text!«

»Du warst saumäßig!«

Joan schniefte und hob stolz den Kopf. »Ja ... aber mein Kostüm trage ich mit Esprit.«

Regisseur Paul Williams zeigte sich in der Pause nicht, worüber Joan froh war, hätte sie doch bei seinem Anblick für ihre Handlungen keine Garantie mehr übernehmen können. Und sie wollte doch wenigstens die Ehefrau ihres geliebten Mafioso sein, wenn sie ins Gefängnis wanderte.

»Hals- und Beinbruch, toi, toi, toi«, murmelte die Garderobiere, als Joan zum 2. Akt auf den Korridor trat.

Sie wandte den Kopf. »Vielleicht sollten Sie es mit einem anderen Spruch versuchen. Der hier hat mir zumindest im 1. Akt kein Glück gebracht.«

Die Garderobiere bekam papierdünne Lippen. »Ich weiß keinen anderen Spruch. Außerdem bekomme ich nur den gewerkschaftlichen Mindestlohn. Dafür reiße ich mir bestimmt kein Bein aus.«

Joan hörte die Klingel für den letzten Ruf zum 2. Akt, hetzte auf die Bühne, sah den Vorhang hochrauschen, sollte den ersten Satz sprechen und erinnerte sich nur an ›... dafür reiße ich mir bestimmt kein Bein aus ...‹. Sie schluckte und starrte die Souffleuse verzweifelt an.

Irgendetwas stimmte nicht. Entweder war mit ihrem Gehör etwas nicht in Ordnung, oder die Souffleuse bekam nur den gewerkschaftlichen Mindestlohn und dachte gar nicht daran, so laut zu soufflieren, dass die Schauspieler sie auch verstanden.

»Hals- und Beinbruch, toi, toi, toi«, schmetterte Joan über die Rampe den Zuschauern entgegen, und wundersamerweise fand das Orchester seinen Einsatz, und irgendwie kam Joan die Melodie so bekannt vor, dass sie zusammen mit ihrem Kollegen mitsingen konnte.

In der Pause nach dem 2. Akt enthielt Francescos Lächeln eindeutig eine Note von Mitleid. »Wie steht's?«

»Oh, ich beherrsche die Bühne mit Charme, Herz und atemberaubender Darstellungskunst ... nur nie mit dem richtigen Text.« Joan krallte sich an seinen Oberarmen fest. »Eigentlich wollte ich ja dieses Ereignis überleben, Darling, aber da gab es mal diesen wundervollen Film mit Jane Fonda ... irgendwas von Pferden und einem Gnadenschuss. Erschieße mich, bitte! Bevor der dritte Akt beginnt!«

Er zog sie in die Arme und streichelte und beruhigte sie. Und Joan fand, dass man sich nicht einmal mehr auf einen Mafioso verlassen konnte.

Das letzte Klingelzeichen zum 3. Akt ertönte. Die Garderobiere hob müde den Kopf. »Hals … und … und …« Sie verstummte unter Joans Blick.

Joan betrat die Bühne mit einer dumpfen Vorahnung, die sich innerhalb von Sekunden zur Gewissheit verdichtete. Ihr Text war endgültig und vollständig weg. Ein Blick zur Souffleuse … Nein, die Gute dachte gar nicht daran, den Text zu liefern. Joan atmete tief durch und erfand einfach irgendwelche Sätze wild drauflos. Zwar erhaschte sie hinter den Kulissen einmal einen Blick auf den sich die Haare raufenden Regisseur, und ihr Partner Hank Mitchell hob irritiert die Augenbrauen, während ihr Partner Peter Earl sich fast in den Kasten der Souffleuse setzen musste, um wenigstens seinen Text halbwegs hersagen zu können, aber irgendwie ging der 3. Akt doch immer weiter und kam sogar zu einem Finale, dem ein Beifall mit der Tendenz ein wenig zu lahm folgte, aber wenigstens ertönten keine Pfiffe.

Francesco schlüpfte hinter Joan in die Garderobe und wollte sie in die Arme ziehen.

Joan wies ihn mit einer hoheitsvollen Geste von sich. »Warte! Sieh mich an, vom Scheitel bis zur Sohle!«

»Ich sehe dich an, vom Scheitel bis zur Sohle! Warum reckst und dehnst du dich so?«

»Ich nehme eine imposante Pose ein, du Banause! Betrachte noch einmal die große Künstlerin Joan Miles, ehe sie von Kritik, Publikum und Kollegen in der Luft zerfetzt wird und von ihr nicht mehr übrig bleibt als eine düstere Erinnerung.«

Francesco zog sie ohne Umschweife in die Arme. »Heirate mich, dann sind alle deine Sorgen verschwunden. Glück wird garantiert!«

»Du siehst das alles zu einfach.« Sie lehnte sich gegen die herrlich feste Mauer seiner Brust und genoss den sicheren Halt, den sie bei ihm fand. »Dich heiraten? Keine schlechte Idee … aber …«

»Aber?«

Einen Mafioso heiraten? Einfach so? Mrs. Mafioso werden? »Also gut, Francesco, ich werde dich heiraten, aber erst, nachdem ich an dir gearbeitet habe.«

Unmittelbar vor und unmittelbar nach seinem glücklichen, liebevollen Kuss sah sie Verwirrung auf seinem Gesicht.

»Hals- und Beinbruch, toi, toi, toi«, brummte die Garderobiere und öffnete die Tür just in dem Moment, in dem Francesco den Mund zu einer Frage öffnete.

Aus der Frage wurde nichts, brach doch nunmehr das völlige Chaos über die Garderobe herein. Menschen strömten herein, als wären sie auf einem Underground-Bahnsteig zur Rushhour. Francesco erkannte einige Kollegen von Joan und den Regisseur, Mitglieder der Presse, die sich während der Aufführung im Theater aufgehalten hatten, einige Schauspieler, die nichts mit dieser Produktion zu tun hatten und offenbar nur gratulieren wollten, dazu zahlreiche Leute, von denen nicht klar ersichtlich war, wer sie waren. Sekt wurde gereicht, teils in eleganten Kristallkelchen, teils in Papp- und Plastikbechern, und Joan stieß inmitten des ganzen Wirbels mit Francesco auf ihre Liebe an, sie mit einem Papp-, er mit einem Plastikbecher, und dass der größte Teil des Sekts auf dem Fußboden statt in ihrem Mund landete, konnte ihre Erleichterung über die überlebte Premiere und die Freude über ihr privates Glück nicht mindern.

7

Der Premiere schloss sich eine Premierenparty im *CLARIDGE'S* an, zusammen mit lauter netten Menschen, von denen Francesco keinen und Joan nur eine Handvoll kannte.

Joan sah einfach umwerfend aus in ihrer Dior-Creation, einem eng anliegenden schwarzen, langärmeligen Samtoberteil mit großem ovalen Ausschnitt zu einem über und über mit glitzernden Steinchen und Pailletten in Braun,

Rot, Gold und Silber besetzten Minirock, und schwebte glücklich durch die Partygemeinde. Wobei ihr kostbarer Diamantschmuck – Ohrclipse, Ring und Brosche – blitzte und funkelte. Kurz vor der Premiere hatte Francesco ihr die wertvollen Preziosen als Premierengeschenk überreicht, und Joan hatte mit einem Jauchzen nach den Juwelen gegrapscht.

Es hatte unzweifelhaft seine Vorzüge, mit einem blendend verdienenden Mafiosi liiert zu sein.

»Unser Star!« Regisseur Paul Williams breitete enthusiastisch die Arme aus, und Joan versteckte sich hinter Francesco. »Joan, wenn wir positive Kritiken bekommen, verdanken wir es nur Ihnen! Hier, hört alle zu! Ich zitiere – ›Idiotisch, aber komisch!‹«

Joan entriss ihrem Kollegen Hank Mitchell sein Zeitungsexemplar. »Vielen Dank, Paul. Ich zitiere auch – ›Die schlechteste, aber unterhaltsamste Revue der Saison!‹ – Ratet mal, welches Prädikat auf die Regie zurückzuführen ist und welches auf die Darsteller!«

»Ihr scheint euch nicht zu mögen«, raunte Francesco.

»Seit wann neigst du zu derartigen Untertreibungen?« Joan stieß mit den Kollegen an. »Jedenfalls sind die Kritiken gut, wenn man keine zu hohen Maßstäbe ansetzt. Sie werden uns nicht gerade zum Hit-Tipp in der Royal und High Society machen, aber immerhin vor der Hinrichtung retten.«

Die zweite Besetzung von Joans Rolle, leicht beschwipst, warf Joan einen anzüglichen Blick zu. »Mit Ihrem Modeschmuck könnten Sie auch nicht gerade vor der Royal und High Society glänzen.«

Francesco knirschte mit den Zähnen. »Ich hätte vielleicht die Preisschilder nicht abmachen sollen.«

Joan lächelte. »Ich dachte, es wäre Schmuck von der Sorte, an der nie ein Preisschild befestigt wurde, weil er exklusiv ist?«

»Richtig, Joan-Honey, aber ich hätte ja Preisschilder schreiben können, damit diese Giftschleuder erkennt, wie viel du mir wert bist. Ich wundere mich ohnedies, dass du ihren Hieb schweigend eingesteckt hast.«

»Sie weiß, wie viel ich dir wert bin, Darling. Du hättest ihre neiderfüllten Blicke auf meine Steinchen sehen müssen. Könnten Blicke schneiden, hätte sie mir kaltlächelnd den Finger abgehackt, um an den Ring heranzukommen – nach bester Mafia-Manier ... Äh ... ich meine ... Lass uns mit Paul Williams anstoßen.«

»Ich denke, du magst ihn nicht.«

»Natürlich nicht, aber ... ich meine ja nur ... ich ...«

»Warum bist du auf einmal so nervös, Joan?«

»Ich und nervös? Mir ist lediglich nach Anstoßen zumute, das ist alles!«

Francesco sah ihr kopfschüttelnd nach, wie sie förmlich unter die Gästeschar floh, und folgte ihr langsamer, um sie darauf aufmerksam zu machen, dass sie nicht ihr Glas, sondern ihre Handtasche zum Anstoßen erhoben hatte. Vermutlich eine nervliche Auswirkung der Premierenanspannung ...

Stunden später fielen Joan und Francesco in ihr breites Hotelbett, in die wohltuende Stille des Zimmers gehüllt, das in den Schein einer einzigen kleinen Lampe neben Joans Bettseite getaucht war.

»Überstanden ...«

»Joan, Darling, du solltest nicht so tief und heftig seufzen. Das *SAVOY* ist ein altes Hotel. Du könntest bauliche Schäden anrichten.«

»Nach diesem Abend ist mir alles egal, solange ich nur ruhig in diesem Bett liegen kann. Und nimm die Hand von meiner Brust!«

Francesco schob sich näher heran und drückte Joan einen Kuss in den Nacken. »Du hast dir die Ruhe ehrlich verdient. Es war ein schöner Erfolg, auch wenn ihr die Londoner Theaterwelt nicht aus den Angeln hebt.«

»Mmmm ...«

»Morgen wird es schon leichter für dich, Joan. Der Premierendruck fällt weg ...«

»Dafür müssen wir nach den heutigen Kritiken womöglich vor halb leerem Haus spielen. Und nimm die Hand von meiner Hüfte!«

»... und hinterher gibt es auch keine Party.«

»Keine Party, aber meine Nightclub-Premiere. Schon vergessen? Ich habe ein Engagement angenommen. Und Hand weg von meinem Bauch!«

»Richtig. Du konntest ja nicht genug bekommen. Du wolltest auch noch den Nachtlokalsektor des Londoner Showgeschäfts an dich reißen, nachdem du die Musiktheater in den Griff bekommen hast.«

»Spotte du ruhig! Du weißt genau, dass ich fest mit einem Reinfall der Premiere gerechnet habe. Und Hände weg von meinen Schenkeln!«

»Etwas mehr Selbstvertrauen ...« Francescos Finger massierten ihren verspannten Nackten. »Mach es wie ich. Wenn ich an eine neue Sache herangehe, sage ich mir jedes Mal, dass ich es schaffen werde.«

Joan seufzte bei der Erinnerung an ihre missglückte Bemerkung über Mafia-Methoden. »Du hast aber auch eine Riesenorganisation im Rücken. Ich bin auf mich allein gestellt.«

»Ich bin letztlich auch ein Einzelgänger. Wenn ich mich an eine große Firma wende, ist meine Arbeit praktisch schon erledigt. Wir stimmen dann nur noch Feinheiten ab.«

Joan drehte sich in der Dunkelheit zum Francesco um. »Es hat keinen Sinn, Darling, ich muss es sagen. Jetzt und hier. Du willst mich doch heiraten?«

»Natürlich, aber ...«

»Francesco, ich kann nicht mit deinem Beruf leben. Er ist mir zu anrüchig!«

»An ... rü ... chig?«

»Tu bitte nicht so erstaunt. Wir wissen beide, wovon ich spreche. Wenn wir heiraten, gibst du deinen Beruf auf und brichst den Kontakt zu deinen alten Kumpanen ab ...«

»Aber ...«

»Nun lass mich doch auch einmal zu Wort kommen, Francesco! Du wirst dir außerdem eine neue Vergangenheit zulegen, wofür du zum letzten Mal deine undurchsichtigen Beziehungen spielen lassen darfst. Ich sehe ein, dass du das nicht anders schaffst.«

»Ich …«

»Würdest du mich bitte einmal aussprechen lassen? Ich will schließlich allen Leuten stolz sagen können, was mein Mann für einen Beruf hat, und nicht tausend Tarnbezeichnungen erfinden müssen. Haben wir uns verstanden?«

»Nein, weil …«

»Und jetzt muss ich schlafen, damit ich morgen bei der Nightclub-Premiere glamourös aussehe. Und Hände weg von meinem Intimbereich!«

Francesco starrte in der Dunkelheit auf ihren Rücken, den Joan ihm zuwandte, hörte Sekunden später ihre tiefen Atemzüge, die auf einen bleiernen Schlaf schließen ließen, und während er so das Objekt seiner Liebe betrachtete, das seit einiger Zeit in Rätseln sprach, kapierte er immer weniger. Aber es dämmerte ihm, dass er fälschlich sicher gewesen war, Joan hätte ihn von Anfang an durch seinen Namen erkannt. Natürlich hätte Francesco das Versäumte nachholen können, aber irgendwie reizte es ihn, zu sehen, wie die Sache weiterging, zumal er nicht den leisesten Schimmer hatte, für was Joan ihn hielt.

Den ganzen folgenden Tag wartete Joan insgeheim darauf, dass Francesco gegen ihr Ultimatum protestierte. Er betrachtete sie jedoch nur gelegentlich mit einem sonderbaren Lächeln. Bis zum Mittagessen hielt sie sein Schweigen über die dunkle Seite seiner Existenz aus. Beim Dessert konnte sie sich nicht mehr zurückhalten.

»Musst du denn gar nicht weg, Francesco?«, fragte sie.

»Weg? Ich war so lange weg, dass ich froh bin, bei dir zu sein.«

»Schon, schon … und es freut mich ja auch … Aber wegen deines Berufswechsels … und wegen deiner neuen Vergangenheit …«

»Ach, das! Dafür brauche ich nicht aus dem Haus zu gehen. Das ist schon alles geregelt.«

Sie kämpfte gegen ihr Misstrauen an. »Tatsächlich? Einfach so?«

»Einfach so! Konzentriere du dich nur auf die Vorstellung heute Abend und überlass alles andere mir.«

»Sofern es überhaupt eine Vorstellung gibt ...«, unkte Joan düster.

Es gab sie nicht nur, sondern das Haus war sogar fast ausverkauft.

»Unfassbar!« Joan winkte Francesco an das Guckloch im Vorhang. »Was machen alle diese Leute im Zuschauerraum?«

»Sie wollen deine Revue sehen ... und vor allem dich!«

Regisseur Paul Williams ging an ihnen vorbei und warf Francesco einen giftigen Blick zu. »Alle von der Bühne, die nichts mit diesem Theater zu tun haben!«

»Dann wären Sie der erste, der hier verschwinden müsste!«, schrie Joan hinter ihm her und sah sich um. »Wo bleibt Hank? Ohne Hauptdarsteller können wir nicht anfangen!«

»Notfalls trägst du die ganze Revue allein auf deinen zarten Schultern, Honey«, sagte Francesco.

»Wieso werde ich das Gefühl nicht los, dass du mir den Sand der Schmeichelei in die Augen streuen willst? Francesco, wenn du denkst, mit etwas Lob könntest du mich von meinem gestrigen Ultimatum abbringen ...«

»Ich sage nur, was ich denke, Honey. Und was dein Ultimatum angeht ... du wirst noch staunen!«

Er gab ihr einen kurzen, heftigen, liebevollen Kuss, und dieser Kuss beflügelte Joan zusammen mit dem fast ausverkauften Haus so, dass ihr an diesem Abend das meiste von ihrem Text wieder einfiel. Und als die Souffleuse dann auch noch so laut sprach, dass sie zu verstehen war, kannte Joans Begeisterung keine Grenzen mehr. Da konnte es sie nicht einmal mehr irritieren, dass Hank Mitchell mehr von der Bühne abwesend war, als dass er spielte, weil er zwischendurch immer wieder fluchtartig weglief mit Bemerkungen wie »Die nächste Flutwelle kommt!« oder »Die Wasserleitung ist undicht!«

»Was ist?«, zischte Joan der Souffleuse zu.

»Er hat sich die Blase erkältet«, zischte die Souffleuse zurück.

»Verdammt, ich meine doch meinen nächsten Text.«

»Warum sagen Sie das nicht gleich?«

Joan überstand auch diese Szene irgendwie, und das Publikum hatte seinen Spaß daran, wenn sie zu improvisieren begann, weil ihr Partner wieder einmal fehlte und sie seine Abwesenheit überbrücken musste.

Auf der anschließenden Fahrt zu dem Nightclub zog Francesco Joans Hand an seine Lippen. »Du warst heute Abend wirklich großartig. Du hast das Stück gerettet.«

»Und wer rettet mich, Darling? Wenn diese Spielzeit zu Ende ist, werde ich weiße Haare und tiefe Falten haben.«

»Und ich werde dich dann noch genauso lieben wie jetzt.«

»Auch wenn mich dann alle Leute für deine Mutter halten werden?«

»Sicher. Ich stelle dich einfach als meine Oma vor! Dann werden alle sagen, wie jung du doch für dein Alter aussiehst!«

»Es geht doch nichts über die richtigen Trostworte im richtigen Moment.« Joan räusperte sich. »Irgendwie ist meine Stimme überhaupt nicht in Form.«

»Die beste Voraussetzung für einen rauschenden Erfolg als Nightclub-Sängerin.«

»Du machst dich über mich lustig!« Joan konnte sich nicht weiter darüber beklagen, dass Francesco sie offenbar nicht ernst nahm, weil sie den Klub erreicht hatten und sie gerade noch Zeit hatte, sich frisch zu machen und ihr Äußeres aufzupolieren. Dann musste sie auch schon ans Mikro und sang, sang, sang um ihr Leben.

Mit jedem Song wuchs der Applaus, obwohl Joan immer mehr das Gefühl hatte, dass ihre Stimme immer heiserer wurde. In einer kurzen Pause fiel sie Francesco um den Hals und frohlockte: »Ich hebe die Bude aus den Angeln, und das ohne Stimme.«

Zuletzt musste sie sechs Zugaben singen und sich fünf Minuten lang von dem Publikum feiern lassen. In ihrer Garderobe fand sie sogar Angebote von Bewunderern, auf Servietten gekritzelt, gelegentlich etwas zweideutig, aber nicht unoriginell.

Francesco saß an der Bar, als Joan ihn auf der Suche nach der Wahrheit endlich fand. »Es war doch ein triumphaler Erfolg, nicht wahr? Du machst so ein skeptisches Gesicht, Darling?«

»Joan, es war tatsächlich ein triumphaler Erfolg. Was schon irgendwie verwunderlich ist, angesichts deiner Ausgangsposition.«

»Und die wäre ... obwohl ich nicht so sicher bin, dass ich sie hören will ...«

»Klub fein, Licht fein, Verkauf fein, Mikro fein, Akustik fein – Stimme mies«, zählte er auf. Joan verzog den Mund.

»Ich wusste doch, dass ich es nicht hören will ...«

»Aber du wärst vor Neugierde gestorben, wenn ich es dir nicht gesagt hätte ...«

»Nein! Ja ... ach, Francesco, warum musst du mich so genau kennen?« Und sie fiel ihm lachend um den Hals.

»Und du hast noch vor Tagen darüber gewitzelt, ich würde London aus den Angeln heben. Pah!« Joan hatte sich nach dem letzten Akt ihrer Comedy-Show schon zweimal verbeugt und wartete in den Kulissen darauf, noch einmal unter den begeisterten Ovationen des Publikums auf die Bühne zu schweben. »Die Realität übertrifft bei Weitem deine flaue Witzelei.«

»Ich bin tief beeindruckt und nehme alles zurück. Du bist offenbar wirklich dabei, an die Spitze von Londons Show-Welt zu kommen.«

Das Publikum rief ihren Namen. »Ich muss mich meinen Fans zeigen, Francesco! Entschuldige mich einen Moment.« Zwischen ihren männlichen Partnern lief Joan an die Rampe und verneigte sich, und das Haus erbebte unter Applaus und Bravorufen.

Francesco sah ihr mit einer gewissen Skepsis entgegen, als sie in die Kulissen zurückkehrte. »Es fällt mir ja nicht ein, gegen die Frau zu sprechen, die ich liebe und die ich heiraten will. Aber hat sich eure Aufführung denn dermaßen in der Qualität gesteigert, ohne dass ich es mitbekommen hätte?«

»Nicht im Geringsten. Aber unser Produzent hat so um sein Geld gebangt, dass er jeden Abend ein Jubelpublikum auf die Ränge einschleust, und je länger wir spielen, desto begeistertere Ovationen bekommen wir dank der bezahlten Jubler.«

»Entsetzlich! Ich heirate eine Schwindlerin!«

»Stell dich nicht so an! Ich habe die Jubler nicht bezahlt. Und darüber hinaus ... kümmere du dich um deine Papiere. Du weißt schon ... deine Vergangenheit, an der du ein wenig drehen musst.«

»Keine Sorge, Honey, im Drehen bin ich große Klasse.«

»Das glaube ich dir aufs Wort, Francesco. Und jetzt auf zu meinem nächsten rauschenden Erfolg.«

Im Taxi zum Nightclub druckste Francesco eine Weile herum, ehe er sich zu einer Frage durchrang. »Hat vielleicht auch jemand dafür bezahlt, dass so viele Gäste während deiner Show in den Klub gehen? Ich meine, wenn du schon am Beichten bist ...«

Joan legte den Kopf schief. »Du traust mir wohl nichts zu, wie?«

»Ich traue dir *alles* zu, das ist es ja gerade.«

»Ich glaube nicht, Darling, dass das ein Kompliment ist. Es klingt nicht wie eines.«

»Es ist aber wie eines gemeint. Du bist die sagenhafteste Frau, die ich kenne ... oder warum sonst sollte ich dich heiraten wollen?«

»Wenn du in mir eine so sagenhafte Frau siehst, verstehe ich nicht, wieso du es mir nichts zutraust, einen ganzen Nightclub mit Massen begeisterter Zuhörer zu füllen. Wieso schreibst du diesen Erfolg nicht einfach meiner Bühnenmagie zu?«

»Weil deine Bühnenmagie durch die bezahlten Jubler bei der Comedy-Show einen leichten Knacks erhalten hat. Also, was ist das für ein Geheimnis in dem Nightclub?«

»Sieh dir die Getränkekarte an und die Preise, dann kennst du das Geheimnis ... sagenhaft preiswerte Drinks.«

Francesco schüttelte bekümmert den Kopf. »Heute Abend werde ich offenbar völlig desillusioniert, was die Frau meines Lebens angeht.«

»Auf diese Bemerkung, mein lieber Francesco, nagle ich dich irgendwann noch fest!« Joan begleitete ihre Drohung mit einem strahlenden Lächeln, meinte sie jedoch durchaus ernst.

Nach dem viel beklatschten Auftritt im Klub und einem nächtlichen Snack verkündete Joan ihren Entschluss, den sie während ihres Auftritts gefällt hatte.

»Es wird Zeit, dich gesellschaftlich einzuführen. Als Showstar bekommt man Einladungen, und mein Zukünftiger sollte dabei sein.«

»Du willst also mit mir auf Partys angeben, Honey?«

»Gerade du solltest froh darüber sein, in sozial geachtete Kreise aufzusteigen. Außerdem ist es durchaus legitim, wenn eine Frau mit ihrem attraktiven Geliebten angibt.«

»Ach ja?« Francesco öffnete Joan die Tür zu ihrer Suite. »Aber wenn ein Mann mit seiner attraktiven Geliebten angibt, wird er sofort zum miesen Macho gestempelt.«

»Lenk nicht vom Thema ab! Wenn ich dich in die Gesellschaft einführe, brauchst du schon deine neue Identität. Hast du dir bereits einen gefälschten Pass besorgt?«

Er fischte das gewünschte Dokument wortlos aus seiner Brusttasche, wo er ständig seinen – natürlich nicht gefälschten – Pass bei sich trug. Wieso Joan allerdings so wild auf einen gefälschten Pass war, war ihm ein Rätsel ...

»Mal sehen ... Francesco Rusconi ... das Foto ... ausgestellt in New York ... sieht sehr echt aus.«

»Fachmännische Arbeit.«

»Das sieht man. Nicht von einem echten Pass zu unterscheiden. Und die Berufsbezeichnung ... Also, das ist ... das ist ...«

»Was gibt es da zu lachen?«, fragte Francesco stirnrunzelnd.

»Nichts! Darling, ich lache nur aus Begeisterung. Du hättest dir, keine bessere Berufsbezeichnung einfallen lassen können ... *KOCH!* Einfach superb!«

»Hoffentlich schämst du dich nicht, einen Koch zu heiraten.«

»Aber Francesco! Ich liebe dich, nicht deinen Beruf! Ich hätte dich auch geheiratet, wärst du noch ... nun ja, du weißt schon.«

»Wäre ich ... was?«

»Koch ist auf jeden Fall ideal.«

»Eignet er sich auch zum Angeben auf Partys?«

»Ich gebe mit deinem Aussehen und deinem Charme an, nicht mit deinem Beruf, Darling.«

»Dann bin ich beruhigt. Ich hatte schon ehrlich befürchtet, ich wäre nicht gut genug für dich.«

»Wieso werde ich das Gefühl nicht los, dass du mich nicht ganz ernst nimmst, Francesco?«

»Wahrscheinlich, weil ich dich nicht ganz ernst nehme, Honey. Komm zu mir!« Er streckte verlangend die Arme nach ihr aus.

Aber Joan wich ihm aus. »Lass mich! Ich will nicht von einem Mann geliebt werden, der mich nicht ganz ernst nimmt.«

»Joan, ich will dich jetzt lieben, und ich verspreche dir, dass ich dich dabei absolut ernst nehmen werde. Todernst! Ich will dich lieben, weil ich dich und nur dich liebe, und weil ich dir gehöre – uneingeschränkt. Ich bin das einzige Echte, das einzig Unverfälschte in deinem Leben.«

»Das sollte ein Individuum mit deiner Vergangenheit nun wirklich nicht sagen! Aber dass du mich liebst, klingt glaubwürdig.«

»Du hast es erfasst!« Und da Francesco endlich den Worten Taten folgen ließ, waren für diesen Tag sämtliche Diskussionen beendet.

Zwei Tage später erinnerte Joan ihn an die gesellschaftlichen Ereignisse, bei denen sie mit ihm angeben wollte.

»Heute ist der große Tag ... oder besser, die große Nacht. Mach dich besonders schön, Darling, und bereite mir keine Schande. Wir werden ein extrem kritisches Publikum haben.«

Francesco zerbrach sich den Kopf, wohin sie gehen würden. Joan hüllte sich darüber in Schweigen. Francesco zerbrach sich nach wie vor den Kopf darüber, welchen Beruf Joan ihm in ihrer Fantasie eigentlich angedichtet hatte. Doch auch darüber war nichts aus ihr herauszubekommen, so geschickt er es auch versuchte.

Wenigstens ein Rätsel wurde gelüftet, als sie nach der Nightclub-Show ins *CAFÉ DE PARIS* und anschließen in einen Klub zur Vogue-Nacht mit sagenhaften Gays gingen.

»Du bist ausgesprochen hinterhältig und feige noch dazu«, raunte Francesco Joan ins Ohr, während sie mit ihm die Runde machte. »Du genießt die Aufmerksamkeit, die mir gilt, und bist doch sicher, dass ich meinerseits nichts und niemanden sehe, was mich interessieren könnte.«

»Wir gehen heute noch auf eine andere Party.« Joan nickte einigen Herren zu. »Und wehe dir, wenn du dort etwas oder jemanden siehst, das dich interessiert. Ach, hallo!« Sie hielt einen grauhaarigen Mann an, der mit geistesabwesendem Blick an die Bar schlendern wollte und in dem sie einen Theaterkritiker erkannte. »Kennen Sie schon Francesco Rusconi? Wir werden heiraten. Er ist Koch, ein völlig harmloser Koch ...«

»Die meisten Köche sind sehr gefährlich, wenn man erst mal gekostet hat, was sie verbrechen und uns als Speisen vorsetzen«, säuselte der Grauhaarige und wanderte weiter an die Theke.

Francesco grinste. »Bei dem hast du aber keinen besonderen Eindruck mit meinem Beruf geschunden. Vielleicht solltest du doch was anderes versuchen. Hattest du nicht vor der ... Änderung meines Berufes etwas Besseres anzubieten?«

»Darüber will ich kein Wort verlieren!«, sagte Joan streng.

Francesco seufzte. Irgendwie brachte ihn die Neugierde, was sie in ihm vermutete, noch um.

Die anschließende Party fand in einem albtraumhaft kalt und modern eingerichteten Westend-Haus statt, und bevor Francesco fragen konnte, ob irgendwelche Bekannten hier wären, stürzte Joan sich mit einem Begeisterungsschrei auf eine blasshäutige junge Frau mit brandroten bis zur Hüfte reichenden Haaren.

»Amanda! Wie kommst du von Brooklyn nach London?«

»Vermutlich auf die gleiche Art wie du ... per Jet.«

»Ich hatte keine Ahnung, dass du in London bist. Nur zu Besuch oder für länger?«

»Ich wohne hier ... und war kurzzeitig verheiratet ... Und wie bist du an diesen gefährlich aussehenden Mann neben dir gekommen?«

»Francesco? Nein, nein, er ist nicht gefährlich, überhaupt nicht ... Er ist ein ganz einfacher, ganz harmloser Koch!«

Amanda starrte verständnislos abwechselnd Joan und Francesco an.

»Ein Koch!« Joan suchte nach Worten. »Hohe weiße Mütze, weiße Schürze. Nein, jetzt trägt er sie natürlich nicht, aber sonst trägst du sie doch, Darling, nicht wahr? Ein Mann, der mit diesen langen Löffeln so lange in Töpfen herumrührt, bis Essen herauskommt. Eben ein Koch! Mein Gott, Francesco, sag doch auch etwas, wenn du schon einen so komplizierten Beruf hast, dass ihn die Leute nicht begreifen.«

»Ich habe schon begriffen ...«, murmelte Amanda verwirrt.

Francesco legte Joan den Arm um die Schultern. »Deine Freundin hat begriffen, Honey. Wie könnte es bei deiner präzisen Berufsbeschreibung auch anders sein?«

Sie seufzte. »Na schön, wenigstens etwas! Erzähl doch mehr von dir, Amanda ... Was treibst du so? Welche Pläne hast du?«

»Pläne? Ich würde zu gern der weibliche Teil eines Milliardärspaares sein. Leider bin ich ein Single, der durch seinen enorm extravaganten Lebensstil extravagante Schulden hat, die langsam publik werden.« Amanda warf Francesco einen feurigen Blick zu. »Vielleicht haben Sie ein Rezept gegen meine Misere ... irgendeinen Coup, der mich auf einen Schlag zur reichen Frau macht?«

»Nein!«, schrie Joan auf. »Er ist nur ein Koch, nichts weiter! Ein harmloser Koch!«

Danach kam Amanda an diesem Abend nicht mehr dazu, mit Francesco auch nur ein Wort zu wechseln. Joan schirmte ihn vor ihr genauso scharf ab wie vor allen, die mit ihm länger sprechen wollten.

In ihre Suite zurückgekehrt und schon geduscht und ausgezogen, wartete Francesco, bis er Joans ungeteilte Aufmerksamkeit hatte. »Vielleicht hätte es weniger verdächtig gewirkt, wenn du nicht jedem, der es gar nicht wissen wollte, erzählt hättest, dass ich ein Koch bin. Ein harmloser, einfacher Koch.«

»Verlass dich darauf, ich habe es richtig gemacht.« Joan schmiegte sich an ihn. »Liebe mich!«

Eine Aufforderung, der er nicht widerstehen konnte und die bis auf Weiteres seine Nachforschungen nach seinem ›wahren‹ Beruf auf Eis legten.

Hinterher räkelte Joan sich wohlig. »Erfolg, Vergnügen und Liebe strengen gewaltig an.«

»Nach diesen sagenhaften gesellschaftlichen Ereignissen hat das Letztere nochmal so viel Spaß gemacht.« Francescos Finger spielten mit ihrem Haar. »Vor allem die Erinnerung an diese unmoralischen Dinge ...« Er wartete, ob sie anbiss. »Du weißt schon, als Amanda meine Hilfe wollte ...« Er seufzte, als Joan schwieg. »Ich meine, du solltest ganz offen deine Meinung aussprechen ...«

Sie beugte sich zu ihm und drückte ihm einen Kuss auf die Brust. »Darling, ich möchte über deine dunkle Vergangenheit kein Wort mehr verlieren. Konzentrieren wir uns ganz auf die harmlose Idee ›Koch‹.«

»Wie du meinst, mein Engel.« Aber er knirschte hörbar mit den Zähnen.

Drei Tage später stieß Joan beim Durchsehen der Post während des Frühstücks einen Schrei aus. Francesco, der schon längst seine eigene Suite im *SAVOY* aufgegeben und ganz in Joans Suite eingezogen war, ließ seine Toastscheibe fallen.

»Eine Einladung ins Clarence House«, flüsterte Joan andächtig und hielt die goldgeprägte Karte wie eine Reliquie in den Fingern. »Bestell bitte sofort eine Flasche Champagner.«

»Zur Feier der Einladung?«, fragte Francesco.

Joan gefiel sich in Schweigen, bis der Champagner gebracht wurde und sie mit Francesco anstieß. »Auf unsere offizielle Verlobung!«

»Wir ... Wieso ... Offiziell?«

»Ich kann doch nicht mit einem Mann, den ich irgendwann heiraten werde, bei der Queen Mother im Clarence House aufkreuzen. Ich bitte dich! Wir werden uns heute Abend nach der Theatervorstellung im Kreise der Kollegen offiziell verloben. Widerspruch zwecklos!«

Francesco zuckte mit den Schultern. »Also trinken wir auf unsere Verlobung. Vermutlich willst du einen Verlobungsring?«

»Ich hätte sicher nichts dagegen einzuwenden.«

»Aber als Koch kann ich dir nur einen schlichten billigen Goldreif kaufen ...«

»Och ... es kann ruhig etwas Teureres sein. Schließlich befördere ich dich zum Meisterkoch.«

»Um mich gesellschaftlich noch besser abzusichern?«, fragte er neckend.

»Genau. Eine Verlobung wirkt legaler, ein Meisterkoch respektabler. Vergiss schließlich nicht, bei wem wir eingeladen sind. Da können wir dich nicht präsentieren, als ...«

»Als ...«

»Wollten wir diesen Punkt nicht vergessen?«, fragte Joan streng.

»Ich eigentlich nicht …«, murmelte er, aber das überhörte sie.

Joan setzte sich natürlich durch. Abends auf der Bühne gab es nach der Vorstellung eine kurze, aber herzliche Verlobungsfeier, ihr Verlobungsring trug einen funkelnden Solitär, um den sie alle beneideten, vor allem ihre Zweitbesetzung, beim Lunch im Clarence House konnte Joan ihren ›legal‹ wirkenden Verlobten vorstellen, und allen, die es gar nicht hören wollten, erklärte sie, der Mann, bei dem sie das große Glück gefunden hatte, wäre ein berühmter Meisterkoch.

Nur Francesco erreichte nicht sein Ziel. Er wusste nach wie vor nicht, was für einen schrecklichen Beruf er ausgeübt haben sollte. Und schrecklich musste er sein, wenn Joan so verbissen an seinem neuen Image arbeitete.

8

»Das Nightclub-Engagement war ja befristet.« Joan betrachtete sich seufzend im Spiegel, während sie letzte Hand an ihr Make-up legte. »Und eigentlich habe ich von Anfang an nicht mit einer langen Laufzeit der Comedy-Revue gerechnet …«

»Aber jetzt tut es dir doch leid, dass alles zu Ende ist.« Francesco räkelte sich nebenan im Wohnraum auf dem Sofa und hatte den Fernseher angestellt. »Was soll's! Wenigstens können wir in die Staaten zurück.« Er blickte auf, als Joan aus dem Bad trat. »Du siehst zauberhaft aus.«

»Danke. Wirst du dich auch nicht langweilen, so allein?«

»Ich habe ja den Fernseher. Geh du nur zu dem Lunch und grüße Amanda von mir. Ich bleibe hier. Wenn sich zwei alte Freundinnen über ihr Leben auslassen, stört ein Dritter nur. Und wenn sie über ihre Freunde reden und sich in intimsten Details ergehen …«

»Wenn schon, dann Verlobter, aber ich werde bestimmt nicht über dich reden, dazu bin ich viel zu eifersüchtig.«

Sie sah Francescos zufriedenes Lächeln, als sie die Suite verließ. Das nächste Lächeln kam von ihrer Freundin Amanda, die sie bereits im Restaurant des *SAVOY* erwartete.

»Dann ist es also so weit? Ihr kehrt in die Staaten zurück, du und dein Francesco? Dieser sagenhafte Mann ...«

»In zwei Tagen. Die Londoner Episode gehört bald der Vergangenheit an. Hätten wir uns schon früher wiedergesehen, hätten wir uns ausführlicher über alles unterhalten können, Amanda ... ausgenommen über Francesco. Von mir erfährst du keine intimen Details!«

»Wer sagt, dass ich intime Details erfahren will?«

»Dein lüsterner Blick und ... und jemand, der es wissen muss. Wollen wir bestellen?«

Eine volle Stunde später hatten Joan und Amanda alle Bekannten sowie einen guten Teil der Speisekarte durch. Amanda seufzte wohlig. »Es gibt doch nichts Schöneres als Klatsch und Tratsch mit einer guten Freundin. Höchstens noch einen Mann wie deinen Francesco.«

»Fängst du schon wieder an, Amanda? Keine Intimitäten!«

»Ich will doch gar keine wissen.«

»Auch wenn du dich noch so von hinten heranschleichst, erfährst du nicht, dass er das Beste ist, was mir je passiert ist.«

»Joan, ich schwöre dir, ich will gar nicht ...«

»Ich plaudere nie Bettgeschichten aus. Dazu bin ich zu diskret. Außer dir würde ich auch niemandem erzählen, wie ich aus Francesco einen anständigen Menschen gemacht habe.«

»Du meinst, er hat vor dir so viele Affären gehabt und ...«

»Bist du schon wieder in Gedanken im Bett? Amanda, das ist bei dir ja schon pathologisch! Ich spreche von seinem Beruf! Ich habe einen *Koch* aus ihm gemacht.«

»Du?«

»Du brauchst gar nicht so amüsiert zu lächeln. Ich habe ihn erst den Klauen entrissen.«

»Klauen? Wessen Klauen ... den Klauen einer Frau?«

»Bist du wirklich so eingleisig, dass du nicht mehr von dieser Sex-Schiene herunterkommst? Den Klauen der Mafia!«

»Ma ... Ma ... fia ...?«, stammelte Amanda.

»Pst, leise! Er war eines der großen Tiere der New Yorker Mafia. Bis ich ihn vor das Ultimatum gestellt habe, Ehe mit mir und anständiger Beruf, oder weiterhin Mafia und Blut und Zementblöcke ...«

»Und er hat die Ehe mit dir gewählt?«

»Ja, und du brauchst gar nicht so zu grinsen. Francesco war vor kurzem erst in Italien, um die Verbindungen zum Mutterland seiner Organisation aufzufrischen. – Amanda, würdest du bitte aufhören zu lachen? Die Leute sehen schon her.«

»Wenn du dir schon mal etwas echt Komisches ausdenkst, darf man doch wohl auch lachen«

»Was heißt ausgedacht? Ich bin ihm auf die Schliche gekommen! Er hat es vor mir sehr gut verborgen ... Würdest du jetzt bitte endlich aufhören zu wiehern?«

Amanda musterte Joan schlagartig mit wachsender Besorgnis. »Entschuldige, Joan ... Du hast zwar nur zwei Gläser Weißwein getrunken, aber bist du womöglich sturzbetrunken? Anders lässt sich dieser Mafia-Käse wohl kaum erklären.«

»Also, erlaube! Du brauchst nicht persönlich und beleidigend zu werden, nur weil ich dir keine Intimgeheimnisse verrate!«

»Und du brauchst nicht zu schreien, Kleines! Es klingt zwar unglaublich und albern, aber bist du womöglich mit Francesco Rusconi verlobt, ohne zu wissen, wer er wirklich ist?«

»Natürlich weiß ich es!« Joan dämpfte die Stimme. »Ein ehemaliger Mafiapate ... oder Camorra oder Cosa Dingsda ... so genau weiß ich's nicht!«

»Quatsch! Dein Francesco *ist* Koch, stieg mit etwas mehr als zwanzig Jahren zu einem der Meisterköche des New Yorker *WALDORF HOTELS* auf, und seit etwa sechs Jahren ist er ›nur noch‹ Autor und Herausgeber von Haute Cuisine Fachbüchern mit internationaler Millionenauflage, was ihn letztendlich mit seinen fünfunddreißig Jahren zu einem steinreichen Mann gemacht hat. Zufrieden?«

»Amanda, seit wann nimmst du Drogen?«

»Wenn du mir nicht glaubst, kauf seine Kochbücher!«

»Dieser Verbrecher! Dieser Kriminelle!«

»Aber Joan, er ist eben *kein* Verbrecher und *kein* Krimineller!«

»Das ist ja gerade das Verbrecherische und Kriminelle!« Joan schnellte von ihrem Sitz hoch. »Entschuldige mich! Ich habe mit diesem ›Koch‹ ein Hühnchen zu rupfen und ihm die Suppe zu versalzen ... und hör sofort auf zu grinsen, wenn du meine Freundin bleiben willst!«

Francesco fiel fast von der Couch, auf der er ein Mittagsschläfchen hielt, als Joan furiengleich in die Suite raste. »Wie war das Essen, Darling?«, fragte er verschlafen.

»Essen! An etwas anderes kannst du ja nicht denken, du ... Koch!«

»Stimmt etwas nicht, Honey?«

Sie stemmte die Arme in die Hüften. »Das kann man wohl sagen! Francesco, du hast mich die ganze Zeit belogen und betrogen und mich mit der falschen Tatsache in Sicherheit gewiegt, du wärst ein bedeutendes Mitglied der internationalen Mafia! Du hast gelogen, du Kochlöffelschwinger!«

»Ich ... ich habe ... was? Wie kommst du auf Mafia, o Madonna!«

»Unterlass diese italienischen Ausrufe! Damit streust du mir keinen Sand mehr in die Augen. Ich habe dich entlarvt. Du bist nicht bei der Mafia, und du warst nie bei der Mafia.«

»Das habe ich auch nie behauptet, Honey.«

»Hast du nicht?« Sie schluckte, und er stand auf.

»Joan, bis zu diesem Moment habe ich mir den Kopf zerbrochen, was du wohl in mir gesehen hast. Von mir ist nie ein Wort über die Mafia geredet worden. Ich habe dir nie Lügen aufgetischt.«

»Aber ... vielleicht hast du es gedacht?«

»Ich habe weder etwas in dieser Richtung gesagt, noch gedacht.«

Joan nagte an ihrer Unterlippe, bis ein scharfer Schmerz sie warnte, dass sie genug genagt hatte. »Dann hast du mir eben Lügen durch Verschweigen aufgetischt. Hast du eine Ahnung, wie bitter enttäuscht ich bin, mich in einen der Unwahrheit verfallenen Menschen verliebt zu haben?«

»Entschuldige, aber du wolltest einen Verlobten und Ehemann mit einem harmlosen Beruf. Und du bekommst einen Koch. Ich bin einer!«

»Es geht nicht darum, was du bist, sondern was du davor warst. Und jetzt muss ich mich erholen, damit ich heute Abend für meinen Auftritt bei der Wohltätigkeitsgala von dem Schock genesen bin, mich *nicht* in einen internationalen Verbrecher verliebt zu haben ...«

Ein paar Stunden später warf Joan nach unruhigem Nachmittagsschlaf Francesco anklagende Blicke im Spiegel zu, während sie sich beide für die Gala anzogen.

»Albträume hatte ich ... wobei der schlimmste war, in einen krankhaft verlogenen Koch verliebt zu sein. Dagegen waren alle vorherigen Träume von Mord und Totschlag harmlos.«

»Und ich bin in eine haltlosen Fantasien verfallene Frau verliebt! Woher soll ich denn jetzt wissen, ob du nicht nur von meinem vermeintlich kriminellen Hintergrund fasziniert warst?«, konterte Francesco.

»Ach nein, Francesco, willst du mir jetzt die Schuld daran geben, dass du keinen kriminellen Hintergrund hast?« Joan wartete auf Widerspruch, der jedoch nicht kam, sodass sie sich darauf beschränkte, sich in eine atemberaubende Gala-Schönheit zu verwandeln: Rubinohrclipse, kein Geschenk des Kochs, sondern selbst bei Bulgari erstanden; rubinrote, mit Kristallen bestickte Pumps, schwachsinnig teuer und unbequem, aber todschick; rostrote Dior-Samtrobe, die tiefe Korsage hauteng anliegend, der bodenlange Rock üppig und an eine Krinoline erinnernd, und als i-Tüpfelchen eine lange rostrote breite Seidenstola, mit Zobel verbrämt ...

Und das alles keineswegs nur erstanden, um wohltätigerweise ein Liedchen zu trällern, sondern um einen faszinierenden Mafioso zu bezaubern!

So zerplatzten Frauenträume ...

Joan schniefte, warf sich stinkwütend die Stola um die nackten Schultern und ignorierte damenhaft blasiert den Begleiter an ihrer Seite. Sie ignorierte ihn auch noch, als sie auf der Gala eintrafen, wo das absolute Chaos herrschte, da alle Künstlerauftritte länger als vorgesehen dauerten. Um Mitternacht sollte Joan auftreten, aber es wurde halb eins, es wurde eins, und ihr Auftritt befand sich immer noch in weiter Ferne.

»Honey!« Francesco überzog seine Stimmbänder förmlich mit Samt. »Bilde ich mir nach dem zweiundzwanzigsten vergeblichen Versuch zu einem Gespräch mit dir nur ein, dass du mich schneidest?«

»Schneiden ... auch so ein *Koch*-Ausdruck! Du kommst von deinem Metier wohl gar nicht los«, erwiderte sie kühl.

»Wäre es dir lieber, ich würde in Mafia-Ausdrücken schwelgen ... wie zum Beispiel Vendetta, Schweigegelübde, Bandenkrieg, Mordauftrag ...«

»Du kennst dich ja verdächtig gut mit diesen kriminellen Ausdrücken aus. Bist du etwa doch ... ganz heimlich ...«

»Honey, ich bin, wer und was ich bin – Francesco Rusconi, gelernter Koch, zum Meisterkoch aufgestiegen, Autor der Haute Cuisine!«

»Und wenn du mir noch so viele französische Wörter an den Kopf wirst, kannst du die Tatsache nicht verschleiern, dass du nichts anderes machst als kochen.«

»Du solltest deine Stimme schonen, Joan-Honey, und ich koche nicht mehr, sondern schreibe darüber, wie man kocht.«

»Na bitte! Du kochst nicht einmal selbst, sondern schreibst nur, wie andere Leute arbeiten sollen. Was ist das denn für ein Beruf? Und ich soll meine Stimme schonen, wenn ich mit dir streiten muss!«

»Musst du, mein Engel?«, fragte Francesco neckend.

»Was soll ich sonst mit dir machen?«

Es wurde zwei. Es wurde halb drei. Um drei Uhr nachts war Joan von dem bis dahin schwungvoll am Laufen gehaltenen Streit so heiser, dass sie ihren Auftritt absagen musste, als sie endlich an der Reihe gewesen wäre. Den Gästen fiel es nicht weiter auf, waren sie ohnedies schon vor lauter Wohltätigkeit so erschöpft, dass sie kaum noch die Augen offenhalten konnten. Und auch Joans Wut auf Francesco hatte etwas an Spannkraft verloren.

Bei der anschließenden Party, zu der sich alle Beteiligten doch noch tapfer schleppten, tauchte jedoch ein altbekanntes Problem auf, wenn auch unter anderen Vorzeichen.

»Lieber Himmel ...« Joan musterte die Partygäste aus schmalen Augen. »Wie soll ich dich denn nun vorstellen? Ich weiß gar nichts mehr. Alles deine Schuld ... Und seufze nicht so nachsichtig genervt!«

Francesco hob die Schultern. »Wie wäre es, wenn du es wie bisher versuchst ... Koch!«

»Unmöglich! Das klingt so ... unbedeutend!«

»Bis gestern nicht!«

»Natürlich nicht! Bis gestern warst du ja auch Mafioso und der ›Koch‹ nur Tarnung!«

»Wie wäre es mit ›Meisterkoch‹?«

»Ein Elektrikermeister ist auch ein Elektriker. Das bringt nichts.«

»Meister der Haute Cuisine?«

»Francesco, ein für allemal – verschone mich mit diesen fremdländischen Bezeichnungen. Das ist nichts anderes als eine vielsprachige Augenwischerei.« Joan hakte sich bei ihm unter und steuerte entschlossen den braven Schirmherrn der Wohltätigkeitsgala mitsamt Gemahlin an, hörte sich dankbar lächelnd ein unverbindliches Kompliment über ihre

Comedy-Revue an und deutete anschließend auf Francesco. »Darf ich Ihnen meinen Verlobten vorstellen, Francesco Rusconi.«

Die Gastgeberin horchte auf. »Mr. Rusconi? Sind Sie nicht der Meisterkoch ...«

»Alles nur Tarnung«, fuhr Joan dazwischen. »Francesco ist Mafiaboss, eine Größe in der New Yorker ›Familie‹, wenn Sie verstehen, was ich meine ...«

»Mafia?«, hauchte die Schirmherrengemahlin, und der Schirmherr blickte verstört.

»Aber ja, Mafia ... Sie wissen schon, Bandenkrieg, Schweigegelübde ... was noch, Francesco? Maschinenpistolen und Bazookas ... Ihr verwendet doch auch Bazookas, Francesco? – Francesco? Ach, haben Sie eine Ahnung, wohin mein Verlobter verschwunden ist? Er ist manchmal so schüchtern, wenn es um seinen Beruf geht.« Und Joan machte sich auf die Suche nach ihrem abhanden gekommenen Verlobten.

Am nächsten Morgen schlug Joan die Augen auf und fühlte neben sich die Wärme und hörte den Atem eines Verräters. »Damit du es weißt ...« Kühle strömte in ihre Stimme ein. »Mit einem Mann, der zu feige ist, zu seinem Beruf zu stehen, spreche ich nicht.«

Bis zum Frühstück hielt sie durch. Dann zerbröckelte ihr Widerstand ein wenig. »Ich würde allerdings deine Entschuldigung akzeptieren.« Sie starrte über den Frühstückstisch in Francescos sanft lächelndes Gesicht. »Oder einen Heiratsantrag. Vorher jedenfalls will ich nie mehr mit dir sprechen.«

Und Francesco schwieg.

Erst beim Kofferpacken für den nächsten Tag räusperte er sich. »Ich wüsste nicht, wofür ich mich entschuldigen sollte. Und einen Heiratsantrag habe ich dir nicht nur schon gemacht, sondern du hast ihn auch angenommen.«

»Also, das ist ja die Höhe!«, fuhr Joan auf. »Gib mir bitte diesen Koffer dort. Danke! Du hast bereits eingestanden, dass du mich durch Nichtinformation über deinen Beruf getäuscht hast. Du hast mich anschließend im Stich gelassen, als es darum ging, deinen Beruf ›Koch‹ zu beschreiben. Und bei der Beschreibung deines Berufes ›Mafiaboss‹ hast du dich sogar aus dem Staub gemacht.«

»Das haben nun mal Mafiagrößen an sich ... dass sie sich aus dem Staub machen, meine ich ...«

»Siehst du, das war so eine typische Bemerkung, mit der du mich auf eine falsche Fährte gelockt hast.«

Er holte tief Luft. »Joan, ich habe eben zum ersten Mal und scherzhaft ...«

»Mit so etwas Ernstem scherzt man nicht. Außerdem blieb mir ja gar nichts anderes übrig, als in dir einen Mafioso zu sehen.«

»Honey, es gibt ein paar Tausend harmlose Berufe, darunter Koch.«

»Sicher, sicher. Aber welcher Koch hat schon eine Jacht?«

»Ein Meisterkoch ...«

»Welcher Meisterkoch hat schon eine eigene Halbinsel?«

»Einer, der Haute-Cuisine-Bücher schreibt und verlegt!«

»Welcher Haute-Cuisine-Kochbuch-Millionenbestseller-Autor-Verleger hat denn ein Schießeisen im Handschuhfach? – Aha, jetzt schweigst du! In deinem Handschuhfach dürfte allenfalls ein Kochlöffel liegen oder ein Handrührgerät!«

»Meisterköche machen Teig mit den Händen und nicht mit diesen Mistgeräten!«

»Francesco, du kannst noch so protestieren, Tatsache bleibt eines: Welcher normale Mensch liest schon einen so dicken Schinken wie ›Der Pate‹, wenn nicht ein Mafioso?«

»Ich brauche mich wohl kaum dafür zu entschuldigen, dass ich ein Buch gelesen habe. Ich habe dich jedenfalls nie belogen.«

»Alles an dir war falsch und gelogen. Deine Liebesschwüre und Heiratsabsichten waren dann wohl auch gelogen. Und darum spreche ich nicht mehr mit dir.«

»*Das* nennst du *nicht* mit mir sprechen?« Francesco war fassungslos.

»Natürlich spreche ich nicht mehr mit dir, aber das ist noch lange kein Grund, mir keinen Heiratsantrag zu machen!«

»Ich habe dir bereits einen gemacht. Wie oft muss ich das noch wiederholen, Joan?«

»Diesen ersten Antrag hast du mir unter gänzlich falschen Voraussetzungen gemacht. Du bist doch jetzt ein völlig anderer. Als Mafioso mit dem Tarnberuf Koch warst du bereit, mich zu lieben und zu heiraten. Woher soll ich wissen, ob du mich auch lieben und heiraten willst als Koch mit dem Tarnberuf Mafioso?«

Er schüttelte genervt den Kopf. »Das ist doch albern und unsachlich!«

»Albern ist es, wenn man Koch ist, aber aussieht wie ein überproportional mit Erotik ausgestatteter Luxus-Mafioso! Wenn man Koch ist, läuft man gefälligst mit mehlverschmierten Händen herum ...«

»Auf dem Flug von New York nach San Francisco?« Francesco gestattete sich ein Grinsen.

»... und mit einer weißen Kochmütze! Wo ist bei dir eine Mütze? Du trägst ja nicht einmal einen Hut!«

»Typisch Frau ... unsachlich!«

»Du wiederholst dich! Außerdem genieße ich es, unsachlich zu sein. Das ist das Vorrecht von uns Frauen. Basta!«

Er grinste und wippte auf den Fußspitzen. »Sind Fremdworte nicht Augenwischerei?«

»Bei dir, Francesco Rusconi, ja! Bei mir, Joan Miles, sind sie Zeichen einer universellen, polyglotten Persönlichkeit.«

»Tatsache ist«, setzte Francesco an, doch in diesem Moment knallte Joan den Deckel ihres Koffers zu, ohne vorher ihren Finger herauszuziehen. Es knackte, Joan schrie auf, Francesco starrte auf ihre schlaff herunterhängende Hand und streckte die Arme aus.

Joan schrie noch lauter. »Fass mich nicht an! Au ... o Gott ...«

»Lass dir doch helfen!«, flehte er ehrlich erschrocken.

»Niemand kann mir helfen! Gebrochen ...«

»Die Hand?«

»Nein ...«

»Der Finger?«

»Der Nagel, das siehst du doch!« Joan starrte verzweifelt auf die gezackte Bruchkante. »Was soll ich denn jetzt machen?«

»Glattfeilen«, schlug er erleichtert vor.

»Mein Gott, bist du gefühlskalt! So kann nur ein Mann sprechen, der nichts von Nägeln weiß. – Nein, fass mich nicht an!«

Doch Francesco kümmerte sich nicht um Joans Protest, legte die Arme um sie und führte sie zum Bett, setzte sie darauf, holte die Nagelfeile, drückte sie Joan in die Hand. Dann schob er sich hinter sie auf das Bett und legte seine Hände sacht um ihre Taille. »Du feilst jetzt deinen Nagel glatt.« Sein Atem strich über Joans Wange. »Und ich tröste dich.«

Joan schniefte kurz. »Du bist gar kein Macho. Nur ein sehr gefühlvoller Mann kann einer Frau in einem solchen Moment beistehen ... Moment, was machst du da?«

»Ich tröste dich, Darling ... konzentrier du dich auf deinen Nagel ...« Seine Hände lagen inzwischen sanft auf ihren Brüsten.

»Francesco, das ... das ist ein seltsamer Trost!«

»Aber es ist ein Trost. Außerdem müssen wir uns nach dem Streit auch noch versöhnen.«

»Das ist der merkwürdigste Trost, den man sich überhaupt vorstellen kann!« Joan ließ die Nagelfeile fallen.

»Bist du denn noch traurig über den abgebrochenen Nagel?« Francesco hielt seine mittlerweile unter ihre Bluse vorgedrungenen Finger keinen Moment still.

»Den Nagel habe ich schon vergessen ...«

»Dann habe ich dich erfolgreich getröstet.« Er zog Joan zu sich auf das Bett und rollte sich über sie. »Und das hier fällt bereits unter Versöhnung.«

»Eigentlich sollte ich dir noch böse sein«, murmelte Joan.

»Warum?«

»Weiß ich nicht genau … Du lenkst mich so ab … Außerdem, wie soll ich dir böse sein, wenn du dich gerade mit mir versöhnst?«

»Endlich denkst sogar du logisch, Frau …«

Tief in ihrem Innersten wusste Joan, dass sie Francesco auch das übel nehmen sollte, schaffte es jedoch nicht, weil er all ihre Gedanken erfolgreich auslöschte und dafür sorgte, dass sie bis zum nächsten Morgen auch ausgelöscht blieben.

Am nächsten Morgen fuhren sie mit einem Taxi gemeinsam durch das verregnete London zum Flughafen.

Der Fahrer betrachtete Joan im Rückspiegel. »Sind Sie jemand, den ich kennen sollte? Irgendeine Berühmtheit?«

»Nein, niemand!«

Francesco beugte sich zu ihrem Ohr. »Warum hast du ihm nicht gesagt, wer und was du bist?«

»Ich habe so meine eigenen frustrierenden Erfahrungen mit Londoner Taxifahrern gesammelt. Darling, glaub mir. Genau wie mit Flughäfen.«

Francescos Miene verriet Unverständnis, und hellte sich auch nicht auf, als die Angestellte am Schalter der Airline Joan mit einem abweisenden Blick musterte.

»Tut mir leid, Miss Miles, aber ich habe keinen Platz für Sie reserviert.«

Joan lächelte eisig. »Würde ich nicht Miles, sondern Smith oder Abergussy heißen, hätten Sie einen Platz für mich?«

»Jede Menge zur Auswahl.«

»Wie wäre es, Miss, wenn Sie einmal unter *Joan* nachsehen?«

»Das ist doch Ihr Vorname … tatsächlich! Joan, Miles! Flug nach New York. Wieso stehen Sie mit Ihrem Vornamen in unserem Computer?«

»Ja, so bin ich eben!« Joan entriss der Angestellten ihre Bordkarte und fegte hinter dem unangefochten passierenden Francesco durch den Torbogen des Metalldetektors.

»Miss!« Die Stimme klang höflich, hart und misstrauisch. »Sie haben gepiepst!«

»Ich piepse immer auf Flughäfen!«

»Sie haben etwas Metallisches an sich!«

»Und wenn Sie eine Stunde lang suchen, werden Sie an mir nichts Metallisches finden!«, erklärte Joan eisig.

Sie suchten eine halbe Stunde, ehe Joan an Bord gehen durfte.

»Immer trifft es mich!« Sie warf Francesco einen Seitenblick zu. »Wieso haben sie deine Reservierung nicht falsch gebucht? Wieso hast du nicht gepiept?«

»Keine Ahnung.« Francesco überließ ihr den Fensterplatz und setzte sich neben sie.

»Und wieso habe ich mich eigentlich mit dir versöhnt, wobei du aber deine Heiratsabsichten nicht erneuert hast?«

Francesco beschränkte sich darauf, bis nach dem Start harmlos charmant zu lächeln.

Joan ließ ihren Gurt aufspringen, sobald die Leuchtschrift erlosch, und drehte sich energisch zu Francesco um. »Was ist denn nun mit dieser ganzen Heiratsgeschichte?«

»Was sollte schon sein?«, fragte er scheinheilig.

Die Stewardess kam mit ihrem Wagen. »Orangensaft? Kaffee? Tee?«

»Nein, Heiraten. Francesco ...«

»Pardon, aber ich habe nur Getränke«, entschuldigte sich die Stewardess.

Joan schüttelte den Kopf. »Sie will ich ja auch nicht heiraten, Miss! Francesco?«

»Ich nehme Orangensaft, danke.«

»Ich habe dich nicht gefragt, was du nimmst, Francesco!«

»Ich habe den Orangensaft auch nicht bei dir bestellt!«

Die Stewardess reichte Francesco einen Becher und beeilte sich, ihre Tour fortzusetzen.

»Was ist mit der Heirat, Francesco?«, bohrte Joan weiter.

»Ach, das meinst du ... Ich halte an diesem Plan fest.«

»Das ist mir zu allgemein gehalten. Ich bin ein gebranntes Kind.«

»Wieso? Habe ich dir schon einmal die Ehe versprochen und das dann nicht gehalten?« Er war ganz Erstaunen und gekränkte Unschuld.

»Das nicht, aber du hast dich auf anderem Gebiet als ein ganz anderer Mensch entpuppt. Du hast etwas Unzuverlässiges an dir.«

Francesco hüllte sich in Schweigen.

»Ich möchte gern einen genaueren Heiratstermin aus deinem Mund vernehmen«, drängte Joan.

Francesco blieb in Schweigen gehüllt. Charmant, aber unbeirrbar.

»Du könntest zumindest den Monat nennen, wenn schon nicht den Tag. Ich komme dir ja entgegen.«

Francesco aber ließ partout keine diesbezügliche Festlegung aus sich herausquetschen.

Die Maschine hatte den offenen Atlantik erreicht, als es in den Lautsprechern knackte. »Hier spricht Flugkapitän Elton Powers! Ladies und Gentlemen ...«

Joan tastete nach Francescos Hand, ihren Blick auf einen der Lautsprecher gerichtet. »Ob ein Jumbopilot Ehen schließen darf?«

Ihr lautes Nachdenken ließ Francesco ebenfalls nur schweigen. Und Joan beschloss, für den Rest des Fluges sauer zu sein, was ihr um so leichter fiel, als sie es wirklich war. Von ganzem Herzen und aus tiefstem Inneren.

In New York angekommen, reihten sich die Passagiere vor den Schaltern der Passkontrolle auf, einer nach dem anderen von strengen Beamtenblicken gemustert.

Joan zupfte Francesco am Ärmel. »Darling ... wenn du nicht sofort einen Hochzeitstermin nennst, schwärze ich dich bei der Passkontrolle als kochenden Mafioso an ...«

Er lächelte – und schwieg!

Dumpf brütend schob Joan sich durch die Passkontrolle, Francesco an ihrer Seite. »Man glaubt es nicht – dieser Mann ist nicht nur kriminell, sondern lässt sich nicht mal erpressen ...« Unter den misstrauischen Blicken des Passbeamten stellte sie ihr Gemurmel ein. Francesco schwieg weiterhin. Und Joan reihte sich, innerlich siedend, in die Schlange an der Zollkontrolle ein. Francesco blieb stummer als eine Statue.

Die strengen Blicke des Zollbeamten fielen auf ihre Koffer, und Joan fällte eine Entscheidung. Sofort nach der Kontrolle wollte sie ihre Koffer nehmen und weglaufen und ...

»Joan, Honey!« Francescos laute Stimme setzte in dem Moment ein, in dem der Zollbeamte seinen Koffer ergriff. »Wir heiraten in genau einem Monat!«

»Nein!« Bei Joans Aufschrei erstarben alle Aktivitäten in der Zollabfertigung. »Ich glaube es nicht! Meinst du den Zöllner oder mich?«

Francesco breitete die Arme aus. »Glaub es ruhig, mein Singvogel! Heute in einem Monat wirst du Mrs. Rusconi.«

Zollbeamte, bereits abgefertigte Passagiere und andere Einreisende bildeten einen Kreis, während Joan mit einem glücklichen Jubelschrei Francesco um den Hals fiel und von ihm einmal herumgeschwenkt wurde. »Einen ganzen Atlantikflug hat er gebraucht, um sich zu diesem Entschluss durchzuringen!« Joan schüttelte Hände von Mitreisenden, die sich ihr entgegenstreckten, nahm die Glückwünsche der Zollbeamten entgegen und fiel zweien von ihnen sogar um den Hals. Jemand drückte ihr sogar einen Blumenstrauß in die Hand. Und unter dem Applaus aller Umstehenden wurden Joan und Francesco bei der Zollkontrolle durchgewinkt.

Mit der selig an seiner Seite seufzenden Joan atmete Francesco im Taxi tief auf. »Gut ... Es hat ja doch geklappt, sie mit dem Hochzeitstermin abzulenken von all den in London gekauften Anzügen.«

Joan rang nach Luft. »Soll das heißen, du hast dich nur auf einen Termin festgelegt, um den Zoll zu betrügen?«

Francesco zog grinsend ihre Hand an seinen Mund. »Gibt es einen besseren Grund, sich freiwillig in die eheliche Gefangenschaft zu begeben?«

ENDE

Der Mann,
der Sara zähmte

1

Ein Dutzend Augenpaare war auf die spärlich erleuchtete Probebühne gerichtet, auf der eine ganz in Schwarz gehüllte Frau stand und mit leise singender Stimme immer wieder »Ognat ... Ognat ... Ognat ...«, sagte.

»Das wird nichts«, murmelte der Inspizient. »Das ist der größte Mist, den ich je gesehen habe.«

»Ognat ... Ognat ... Ognat ...«

»Sie selbst ist ja gut«, wisperte die Garderobiere. »Nur dieses moderne Stück ist Quatsch.«

Die schwarz gekleidete Frau auf der Bühne unterbrach sich, stemmte die Hände in die schmale Taille und richtete den Blick ihrer schimmernden grauen Augen zornig in die Kulisse. »Ruhe! Wie soll ich sonst arbeiten! Ognat ...«

»Tut mir leid, ich meinte ja nur ...« Inspizient Fowler schüttelte den Kopf. »Ich habe ja schon viele Stücke betreut, die Sie herausgebracht haben, Miss Burrows, aber so etwas ...«

Die Schwarzgekleidete wirbelte zu ihrem Inspizienten herum. »Mr. Fowler, in meinem Theater bestimme immer noch ich, was gespielt wird, und OGNAT ist *das* Stück der Saison! Achten Sie lieber darauf, dass die Probe ungehindert weiterläuft und die anderen ihren Auftritt nicht verpassen.« Sie konzentrierte sich auf die Stelle, die sie nun schon seit zwanzig Minuten probte, und verfiel erneut in den hypnotisierenden Singsang.

Eine der Nebendarstellerinnen schob sich unsicher an den Inspizienten heran. »Bin ich jetzt dran?«, hauchte sie, und während der Inspizient ratlos in dem unverständlichen Textbuch nach der richtigen Stelle suchte, murmelte die Garderobiere: »Das wird ein Reinfall.« Der Inspizient nickte, aus ganzem Herzen zustimmend, und die Nebendarstellerin bezog das Kopfnicken auf sich, betrat die Probebühne, und als der Inspizient sie zurückhalten wollte, hatte sie sich schon an Sara Burrows herangepirscht, die völlig in ihren Sprechgesang vertieft war, und stieß einen markerschütternden Schrei aus.

Sara Burrows fuhr entsetzt aus ihrer Versunkenheit hoch und wirbelte, nach Luft ringend, herum. »Mary ... sind Sie wahnsinnig?«, keuchte Sara. »Wollen Sie mich umbringen? Der Schrei kommt doch erst im dritten Akt, in der vierten Szene!«

»Tut mir leid, Miss Burrows, ich dachte ...« Mary Robertson zuckte hilflos mit den Schultern. »Aber wer soll sich in diesem Stück auskennen? Es hat keine Handlung, keinen Text, keinen ... keinen ... keinen was auch immer!«

Sara warf ihrem Inspizienten einen scharfen Blick zu. »Mr. Fowler, darf ich vielleicht fragen, wozu Sie die Probe überwachen, wenn Sie einen solchen falschen Auftritt nicht verhindern?«, fragte sie mit der unnachgiebigen Härte, mit der sie sich zur Chefin eines eigenen Broadway-Theaters hochgearbeitet hatte. »Die Premiere ist in vierzehn Tagen, und wir kommen mit den Proben einfach nicht voran.«

»Wie soll ich denn einen falschen Auftritt verhindern, wenn man in diesem verdammten Textbuch nie die richtige Stelle findet?« Der Inspizient hielt das Buch anklagend hoch. »Dieses verdammte ›Ognat‹ sagen Sie in jedem Akt und in jeder Szene ...«

»Ja, aber mit einer völlig anderen Betonung.« Sara, gleichzeitig Hauptdarstellerin und Regisseurin ihrer Stücke, schlug einen sanfteren Ton an. »Suzy Wainscott ist eine wunderbare, begabte junge Autorin, und dieses Stück wird ein durchschlagender Erfolg.«

»So Gott will ...« Ihre Garderobiere Dorothy schickte einen ergebenen Blick himmelwärts, auch wenn dieser Blick nur den Schnürboden des *BURROWS' THEATRE* erreichte. »Und ich glaub', der will nicht!«

»Alte Schwarzseherin!« Sara Burrows breitete die Arme aus und versuchte, Zuversicht und Schwung zu verströmen, um ihre Truppe mitzureißen. »Kommt alle auf die Bühne! Wir proben die nächste Szene, dieses fantastische Gemeinschaftserlebnis auf der Bühne, dieses wunderbare Miteinander all unserer Kräfte, dieses ...« Ihre Stimme wurde leiser und leiser, während die übrigen Darsteller zögernd die Probebühne betraten, Aufstellung nahmen, die Plätze tauschten, sich suchend umsahen.

»Ist das die Szene, in der ich auf dem Boden herumkriechen muss?«, fragte Isaac Bangs, neben Sara Burrows Hauptdarsteller in allen bisher von ihr verfassten Stücken.

»Ich glaube, ich halte den großen Monolog, in dem ich immer nur drei Worte sage«, warf die Nebendarstellerin Carol Blaney ein.

»Der kommt erst im nächsten Akt«, fuhr Sara dazwischen. »Das ist die Szene, in der wir uns alle an den Händen halten.«

»Das ist alles?« Hudson Bridges, einer der Nebendarsteller, blätterte verzweifelt in seinem Text. »Auf welcher Seite steht das denn?«

»Entspann dich«, sagte Isaac Bangs. »Wir brauchen nichts zu sagen. Wir sehen nur glücklich drein.«

»Traurig!«, schrie Sara. »Wir alle sehen traurig drein!«

»Das Stück ist ein großer Mist«, murmelte die Garderobiere und handelte sich einen scharfen Blick ihrer Chefin ein.

Der Inspizient stellte sich schützend vor die Garderobiere. »Außer Ihnen hat es keiner haben wollen, Miss Burrows.«

Sara hörte die warnende innere Stimme, die ungefähr die gleichen Töne anschlug wie ihr Inspizient und ihre Garderobiere, aber – erfolgsgewohnt mit ihren eigenen selbst geschriebenen Stücken – hatte sie sich nun einmal unsterblich in dieses hypermoderne Theaterstück von Suzy Wainscott verliebt. Sara ignorierte deshalb die innere Stimme. Irgendwann würden schon ihre Mitstreiter auf der Bühne des *BURROWS' THEATRE* – und auch ihre warnende innere Stimme – die tiefe Schönheit dieses Stücks erkennen. »Mittagspause!«, verkündete Sara. »Stärkt euch, weil wir hinterher weiter proben, bis wir neue Maßstäbe in der Theaterwelt setzen ...«

»Neue Maßstäbe an Misserfolgen«, sagte irgendwo im Ensemble eine Stimme, aber da Sara nicht feststellen konnte, wer gesprochen hatte, tat sie, als habe sie nichts gehört. Dieses kleingläubige Fußvolk! »Leyla hat schon gegessen«, meldete Dorothy, die als Garderobiere und Zofe seit Jahren für Sara arbeitete. »Die Gouvernante ist mit ihr spazieren gegangen.«

Sara ließ sich im Speiseraum ihrer aus fünf Räumen bestehenden Garderobe auf einen Stuhl sinken und stieß einen tiefen Seufzer aus. »Da sehen Sie, Dorothy, welche Opfer die Kunst von mir verlangt! Ich habe nicht einmal genug Zeit für mein Töchterchen. Das Theater verzehrt mich!«

Dorothy knallte ein Tablett mit Essen, das sie in der angrenzenden kleinen Küche vorbereitet hatte, unzeremoniell auf den Tisch. »Verzehren Sie lieber Ihr Essen, Miss Burrows, sonst erleben Sie nicht mehr Ihren zweiunddreißigsten Geburtstag, weil Sie sich zu Tode gehungert und gearbeitet haben.« Sie sah zufrieden zu, wie ihre Chefin zu essen begann. »Übrigens wartet ein Reporter von der *NEW YORK TIMES*. Wollen Sie hinterher mit ihm sprechen?«

Saras graue Augen leuchteten begeistert auf. »Die *TIMES* will über das neue Stück berichten?«

Dorothy schüttelte den Kopf. »Er hat mich nach Leylas Vater ausgefragt ...«

»Schicken Sie ihn zum Teufel! Sagen Sie ihm, ich hätte meiner Tochter ganz bewusst den Vater erspart. Ich werde ihr auch alle Presseberichte über ihn ersparen! Wenn der Mann etwas über ›Ognat‹ von Suzy Wainscott hören will, kann er sich wieder bei mir melden!«

Die Garderobiere gab die Worte an den Reporter weiter, der sich daraufhin nicht wieder meldete. Am Nachmittag schleppten sich die Proben des neuen Stücks zäh dahin, am Abend lief die Vorstellung des noch auf dem Spielplan stehenden Stücks großartig, erfolgreich und schwungvoll wie immer, und das Gleiche wiederholte sich Tag für Tag, begleitet von dem skeptischen Kopfschütteln der Mitspieler und den verzweifelten Seufzern des Inspizienten und des technischen Personals, und als endlich doch die Aufführung stand und der Premierenabend anbrach, sah man auf allen Gesichtern ein und dasselbe Erstaunen: Ein Wunder ist geschehen!

Sara saß im Schminkraum ihrer Garderobe, bereits für ihren ersten Auftritt zurechtgemacht. Auch wenn die einzigen Lebewesen, die sie in dieser Situation in ihrer Nähe duldete, ihr vierjähriges Töchterchen und Dorothy waren und die Garderobe gegen das übrige Theater perfekt abgeschirmt war, drang doch die summende und surrende Aufregung des Premierenabends bis zu Sara vor. So oft Dorothy die Tür öffnete, hörte sie das Stimmengewirr der anderen Darsteller, spürte die Hektik vor dem Hochgehen des Vorhangs, und sogar Leylas schwarze Kulleraugen wirkten größer als sonst.

»Wünsch mir Glück, Kleines«, flüsterte Sara, beugte sich zu Leyla hinunter, strich ihr über die schwarzen Haare und drückte ihr einen Kuss auf die Stirn, und Leyla schlang die Arme um den Hals ihrer Mutter und drückte sie fest an sich. »Jetzt kann nichts mehr schiefgehen ...«

Sara warf einen letzten Blick in den Spiegel, betrachtete ihren schwarzen Umhang und ihr blass geschminktes Gesicht, von schulterlangen, aschblonden Haaren mit angedeuteter Innenrolle umrahmt, holte tief Luft und sammelte ihre ganze innere Energie. Äußerlich gefasst, innerlich jedoch angespannt und bebend, verließ sie die Garderobe, ging durch die Korridore, scheinbar unberührt von dem hektischen Chaos, und trat auf der Bühne an den noch geschlossenen Vorhang heran.

Inspizient Fowler kaute nervös auf seiner Unterlippe. »Wenn das nur gut geht, wenn das nur gut geht«, murmelte er und deutete mit einem Kopfnicken auf Sara, die durch das Guckloch im Vorhang die hereinströmenden Besucher beobachtete. »Sie hat sich zu viel vorgenommen. Diesmal hat sie sich überschätzt.«

»Sie ist großartig«, versicherte Dorothy. »Sie schafft es.«

Der Inspizient bedachte die Zofe mit einem mitleidigen Blick. »Sie imitiert in allem Sarah Bernhardt ...«

Dorothy verdrehte schwärmerisch die Augen. »Sie *ist* die wiedergeborene Sarah Bernhardt – allerdings auf zwei Beinen!«

Sara hörte die Stimmen hinter sich, ohne darauf zu reagieren. Ihr Blick glitt über die Sitzreihen und Ränge, die sich allmählich füllten, wanderte über die Besucher, als wollte sie die Leute jetzt schon in ihren Bann schlagen und nicht erst, wenn sich der Vorhang gehoben hatte. Ein wenig in Saras Bann standen die Zuschauer ja auch schon, waren sie doch im Foyer an lebensgroßen Fotos von Sara Burrows vorbeigekommen. Und jetzt spiegelte sich das Licht der Lüster in der elfenbeinfarbenen Holztäfelung, und die gelbe Samt- und Brokatbespannung der Wände trug ein Übriges zur festlichen Stimmung des Premierenabends bei.

»Noch fünf Minuten«, verkündete Inspizient Fowler und scheuchte die Mitwirkenden auf ihre Plätze.

Sara wandte sich langsam vom Vorhang ab. Von der Theaterchefin, die neugierig auf das Premierenpublikum gewesen war, verwandelte sie sich in die Schauspielerin, die sich innerlich auf die erste Szene vorbereitete und sich ganz in das Stück versenkte, das mit ihr stand und fiel und dessen Erfolg ihr jetzt wichtiger war als alles andere auf der Welt.

»Noch zwei Minuten!« Der Inspizient stand hinter seinem Pult, warf einen letzten prüfenden Blick in die Runde und machte sich bereit, das Zeichen zum Heben des Vorhangs zu geben.

Etwas außer Atem betrat Joffrey Lesser den Zuschauerraum und zeigte einem jungen Platzanweiser seine Karte. Der junge Mann, Typ arbeitsloser Schauspieler oder Tänzer, wie es sie in New York zu Hunderten oder sogar Tausenden gab, warf einen Blick auf die Karte und eilte den Mittelgang hinunter. Joffrey folgte ihm und bedauerte ein wenig, dass er keine Zeit gehabt hatte, die exzellenten Fotos der Chefin des *BURROWS' THEATRE* im Foyer zu bewundern. Auch für die nostalgisch anmutende Eleganz des Zuschauerraums hatte er nur einen flüchtigen Blick, nickte dankend und schob sich auf seinen Platz in der zehnten Reihe, dritter Sitz rechts vom Mittelgang.

»Lesser!« Der grauhaarige Mann auf dem nächsten Sitz blickte überrascht hoch. »Joffrey Lesser! Wir haben uns eine Ewigkeit nicht gesehen.«

Joffrey setzte sich. »Hallo, Berny! Ich denke, Sie sind als politischer Korrespondent in Fernost.«

»Ich habe genug von der Welt gesehen, Joffrey. Es wird Zeit, dass ich sesshaft werde. Ich arbeite jetzt in der Redaktion der *TIMES*. Und was machen Sie?«

Joffrey wollte seinem Bekannten einen kurzen Überblick über seine gegenwärtige schriftstellerische Tätigkeit geben, doch die Lichter im Zuschauerraum wurden bereits gedämpft. »Gehen wir doch hinterher auf einen Drink zu *RUBY'S*«, schlug er deshalb vor, und Berny beschränkte sich auf ein Nicken.

Die Lichter erloschen, der Vorhang hob sich mit einem surrenden Geräusch und gab den Blick auf die Bühne frei. Von einem tiefblauen Hintergrund hob sich eine schwarz gekleidete Gestalt ab, das Gesicht blass geschminkt und kalkweiß angestrahlt. Sara Burrows, Joffreys Grund für seine Anwesenheit bei dieser Premiere. Und sicherlich auch der Grund für die Anwesenheit aller anderen Besucher. Joffrey bezweifelte zumindest, dass irgendjemand gekommen war, um das Stück von dieser Suzy Wainscott zu sehen, da noch niemand etwas von Miss Wainscott gehört hatte. Nicht einmal die Kulturredaktion der *NEW YORK TIMES* hatte Joffrey auf seine Anfrage hin eine Auskunft geben können, und für ihn als bekannten Schriftsteller hätten sich die Kollegen von der Zeitung schon entsprechend bemüht.

»O je«, murmelte Berny nach ein paar Minuten, und Joffrey fürchtete, dass sein Urteil über die Vorstellung auch so ausfallen würde, sollte sie weiter so laufen wie bisher.

Er hatte schon zwei Aufführungen im *BURROWS' THEATRE* mit Sara Burrows gesehen, und jedes Mal war er von der Hauptdarstellerin fasziniert gewesen. Aber heute ... nichts. Keine Faszination, gar nichts. Joffrey brauchte sich nicht im Zuschauerraum umzusehen, um zu spüren, dass auch das Publikum nicht mitging. Niemand wusste etwas mit den konfusen Sätzen der Darsteller anzufangen, mit ihren verworrenen Handlungen, unerwarteten Schreien oder ihrem Stöhnen.

Als sich der Vorhang zur Pause senkte, ertönte dünner Höflichkeitsapplaus, und das Licht der Lüster beleuchtete ernüchterte und enttäuschte Gesichter.

Berny wandte sich hoffnungsvoll an Joffrey. »Was halten Sie davon, wenn wir jetzt gleich zu *RUBY'S* auf den vereinbarten Drink fahren? Sparen wir uns den Rest dieses Unglücks.«

Joffrey reckte seine sportliche Gestalt und schüttelte den Kopf. »Ich halte bis zum Ende durch.« Sein Lächeln fiel etwas bemüht aus. »Wer weiß, vielleicht wartet nach der Pause eine Theatersensation auf uns.«

Sein Bekannter schüttelte den Kopf. »Wie Sie meinen. Wenn Sie masochistisch veranlagt sind, bleiben Sie hier, und lassen Sie sich noch eine Stunde lang die Ohren volljammern oder vollstöhnen! Ich fahre schon zu *RUBY'S* voraus und warte an der Bar auf Sie.«

»In Ordnung.« Joffrey runzelte die Stirn. »Sie wissen nicht zufällig, was dieses ›Ognat‹ bedeutet?«

Berny drückte ihm sein Programmheft in die Hand. »Hier, mein junger Freund. Steht alles auf Seite zwei. Ognat ist ›Tango‹ verkehrt herum gelesen, und das steht als Symbol für alles, was auf dieser Welt verkehrt gelaufen ist – von der Inquisition bis zum Regenwald unserer Tage. Viel Vergnügen, und lassen Sie mich nicht vergeblich bei *RUBY'S* warten!«

Schon bald nach Beginn des nächsten Aktes bereute Joffrey seine Entscheidung zu bleiben. Das Stück schleppte sich genauso weiter wie vor der Pause, und es war geradezu peinlich, mitzuerleben, wie die Schauspieler, allen voran Sara Burrows, auf der Bühne ›starben‹. Das Interessanteste am letzten Akt war jedenfalls, zu beobachten, wie ein Theaterkritiker nach dem anderen aufstand und das Theater verließ.

»Niemand braucht atemlos auf das Erscheinen der Zeitungen zu warten«, berichtete Joffrey hinterher an der Bar von *RUBY'S*. »Wie die Kritiken ausfallen werden, kann sich jeder an den Fingern abzählen.«

»So schlimm?«, fragte Berny mit schleppender Zunge. Er hatte offenbar die Nachwirkungen des Stückes schon mit einigen Drinks hinuntergespült.

»Noch schlimmer. Etwa sieben Zuschauer haben den frenetischen Schlussapplaus geliefert. Eine Sitzung beim Zahnarzt wäre dagegen das reinste Vergnügen gewesen.« Und dann bestellte Joffrey sich den nächsten Drink, um zu Berny etwas aufzuholen und um den Nachgeschmack dieser Premiere hinunterzuspülen.

»Ich habe es gleich gesagt!« Inspizient Fowler warf am dritten Abend hinter der Bühne einen verzweifelten Blick in die Runde und drückte auf die Taste der Sprechanlage für die Garderoben. »Noch fünf Minuten!«, meldete er und unterbrach die Verbindung wieder. »Heute steht Miss Burrows nicht mehr am Vorhang.« Er winkte einen Bühnenarbeiter zu sich, der gerade einen Blick durch das Guckloch geworfen hatte. »Sind überhaupt noch Zuschauer da?« Der Arbeiter verdrehte die Augen und ging wortlos weiter.

In ihrer Garderobe warf Sara einen ergebenen Blick zu dem Lautsprecher, aus dem die Ansage von Inspizient Fowler gedrungen war. »Dann wollen wir mal auf die Bühne stürmen und das restliche Publikum begeistern ...«

»So schlimm wird es schon nicht sein.« Dorothy putzte übereifrig noch einmal über Saras schwarzen Umhang für die erste Szene. »Die Kritiken nach der Premiere haben immerhin von ›interessanten Ansätzen‹ gesprochen.«

»Und von einer totalen Verwirrung der Zuschauer und Öde auf der Bühne.« Sara schob die Hände ihrer Zofe weg. »Lassen Sie das! Wenn ich den Kritikern glauben darf, wären Flecken und Fusseln auf meinem Kostüm das einzig Interessante an meinem Auftritt.«

»Mom?«, meldete sich Leyla mit hoher, dünner Stimme. »Was ist ein Reinfall?«

Sara starrte ihre Tochter einen Moment lang verblüfft an. Dorothy verdrehte schon entsetzt die Augen, und die Gouvernante wurde blass und sah drein, als wolle sie im nächsten Moment in Ohnmacht fallen.

Sara warf den Kopf in den Nacken und lachte laut und befreit auf, ehe sie sich an den Schminktisch zu der Kleinen setzte. »Wenn man seine ganzen Hoffnungen auf ein Theaterstück gesetzt hat und niemand es sehen will, das ist ein Reinfall.«

»Also, von mir hat sie den Ausdruck nicht«, flüsterte die Gouvernante mit spitzen Lippen.

Sara würdigte sie nicht einmal eines Blickes, sondern strich Leyla über die weichen schwarzen Haare. »Wenn man immer umjubelt wird und jetzt die Zuschauer nur müde klatschen, um einen nicht ganz zu enttäuschen, das ist ein Reinfall.«

»Ich habe das Wort auch nicht in ihrer Gegenwart ausgesprochen«, beteuerte Dorothy.

»Aber gedacht haben Sie es.« Sara ließ sich von ihrem Pflichtgefühl und nicht von ihrem inneren Schwung auf die Bühne treiben. Die Zuschauer hatten für die Vorstellung bezahlt, und sie sollten diese Vorstellung zu sehen bekommen. »Wer das bewusste Wort ausgesprochen hat, ist letztlich unwichtig«, sagte sie zu der neben ihr herlaufenden Zofe. »Gedacht hat es jeder, ich auch. Und Leyla soll beizeiten lernen, dass nicht alles gelingt, was ihre berühmte Mom anfasst.« Sie nickte dem Inspizienten zu und begab sich auf ihren Platz. »Obwohl es ein ungerechtfertigter Reinfall ist«, murmelte sie, während sie das Surren des aufgehenden Vorhangs hörte. »Das Stück hat was ... irgendwas ... aber was?«

Die auf die Bühne gerichteten Scheinwerfer blendeten und löschten die Sicht auf den Zuschauerraum aus, aber allein schon am Klang ihrer Stimme erkannte Sara, dass sich da unten nur wenige Leute aufhielten.

»Sie ist ein gutes Zirkuspferd«, stellte Isaac Bangs, der Hauptdarsteller, in den Kulissen fest. »Ganz gleich, was kommt, sie spult ihre Vorstellung herunter.«

Seine Mitstreiterin Carol Blaney klopfte ihm auf die Schulter. »Spar dir deine Ansprache zu Ehren von Miss Burrows, Isaac. Du bist gleich dran, und vergiss nicht deinen Text.«

Isaac Bangs nickte, wollte vorpreschen und wandte sich kreidebleich an Carol. »Was ... was muss ich denn jetzt überhaupt sagen?«, flüsterte er.

»Du gehst hinaus, schreist ›Verräter, du grüne Sonne!‹ und gehst wieder ab«, flüsterte Carol.

»Nein, er muss ›Grüner Verräter!‹ rufen«, wisperte Hudson Bridges, einer der Nebendarsteller, und Isaac Bangs stürmte auf die Bühne, schrie: »Verräterische grüne Sonne!«, und verschwand wieder in der Kulisse.

»Ich hätte es wissen müssen«, murmelte Sara in sich hinein. »Es konnte nicht gut gehen ...« Sie machte tapfer weiter, obwohl der traurige Höflichkeitsapplaus zur Pause schlimmer als ein vernichtendes Urteil war.

Isaac Bangs sah seiner Chefin voller Unbehagen entgegen, als sie in der Pause auf ihn zukam. »Ich ... war nicht gut?«, fragte er zögernd.

»Sie waren hervorragend, Isaac.« Sara lächelte eisig. »Nur haben Sie leider Ihr Stichwort verpasst und sind fast eine volle Minute zu spät auf die Bühne gekommen ...«

»Mir ist mein Text nicht eingefallen«, gestand Isaac reuig.

»Kein Wunder, mein Lieber, kein Wunder.« Saras kühles Lächeln verstärkte sich. »Sie hätten einen stummen Auftritt gehabt, aber Ihre grüne Sonne war auch recht beeindruckend, vor allem, wo sie doch verräterisch war ...«

Sara winkte ab, als er nach einer Erklärung oder Entschuldigung suchte. Sie wollte ihren vorhin gefassten Entschluss bereits verkünden, überlegte es sich aber dann doch anders. Vermutlich hätte sie keinen ihrer Darsteller mehr auf die Bühne schicken können, wenn sie jetzt schon mit der Sprache herausgerückt wäre.

»Wie viele Leute haben wir denn angelockt?«, fragte sie den Inspizienten, als sie nach der Pause auf die Bühne ging.

James Fowler wand sich, als wäre es seine persönliche Schuld. »Das Theater ist nur zu einem Drittel gefüllt, Miss Burrows. Und jetzt nach der Pause …«

»Ich weiß, ich weiß!«, wehrte sie ab. »Viele Zuschauer sind gegangen, weil sie die Spannung dieser mitreißenden Aufführung nicht länger ertragen haben.« Sie machte eine matte Handbewegung. »Dann ziehen Sie den Vorhang zu dem letzten Akt dieses Trauerspiels hoch, mein Bester!«

Eine kurze Zählung der Zuschauer an einer Stelle, an der es auf der Bühne fast dunkel war, ergab siebenunddreißig Personen, von denen allerdings noch einer abzuzählen war, ein junger Platzanweiser, der sich in die vollständig leere vorletzte Reihe gesetzt hatte und zu schlafen schien, statt sich wenigstens das Stück anzusehen.

Das Ergebnis dieser deprimierenden Zählung sowie der mehr als dürftige Applaus am Ende erleichterten Sara hinterher den entscheidenden Schritt.

»Unser Stück kann sich nicht halten, Leute!«, verkündete sie, nachdem sie die Gemeinschaftsgarderobe betreten hatte. »Schade! Die Zeit ist noch nicht reif für ein Werk wie ›Ognat‹.«

Von allen Seiten kam erleichtertes Stöhnen, dem Sara mit strengem Blick begegnete. Gerald Barnstable, einer ihrer Nebendarsteller, meldete sich zu Wort. »Keiner von uns wollte das Stück spielen, Miss Burrows! Von Anfang an nicht!«

Sara nickte verständnisvoll. »Aber inzwischen haben Sie erkannt, wie gut dieses Stück ist, und jetzt tut es Ihnen leid, dass wir aufhören müssen, ich weiß! Also ab morgen Abend spielen wir wieder unser altes Stück. Morgen um zehn Uhr Probe!«

Gerald wollte schon – wahrheitsliebend und jung, wie er war – das Missverständnis seiner Chefin aufklären, aber die warf ihm im Vorbeigehen ein »Ganz anständige Leistung im Stück, Gerald, wirklich, ganz anständig …«, zu und lockte damit ein Lächeln auf sein Gesicht. Wahrheitsliebend hin und her, wer war er, um ein Lob seiner Prinzipalin nicht höher zu bewerten!

»Wo ist Leyla?«, lautete Saras erste Frage, als sie ihre Garderobe betrat. »Hier oder auf Long Island?«

Dorothy sah sie mit großen Augen an. »Sie haben nichts davon gesagt, dass sie in die Villa gebracht werden soll. Die Gouvernante hat sie ins Schlafzimmer gebracht … in Ihren Ruheraum, meine ich«, verbesserte sich die Zofe.

Sara nickte. »Gut, das verhindert, dass ich jetzt einen Schreikrampf bekomme.« Sie ließ sich vor dem Schminkspiegel in den Sessel sinken und schloss ermattet die Augen. »Ich darf gar nicht an die Kosten für diese Produktion denken!«

»Dann tun Sie es nicht.« Dorothy begann mit dem Abschminken.

»Ich habe ›Ognat‹ abgesetzt«, murmelte Sara, den Kommentar ihrer Zofe überhörend. »Das Publikum ist noch nicht reif, aber ich bin jetzt reif für einen Konkurs! Diese gescheiterte Produktion bringt mich an den Bettelstab!«

Dorothy beendete das Abschminken und wandte sich Saras Haaren zu. »*Diesen* Bettelstab würde ich auch gern besitzen«, sagte sie lachend. »Eine Villa auf Long Island, herrlich eingerichtet, ein eigenes Theater, dessen Name beliebt ist, und Sie werden ebenfalls geliebt. Und zwar von allen!«

»Vor allem von meinen Gläubigern, die keine Lust mehr haben, mir noch eine weitere Pleite-Vorstellung zu bezahlen. Sie lieben mich, sobald ich wieder mein altes Stück spiele, das keine künstlerische Herausforderung darstellt, dafür aber Geld einbringen wird. Geld, mit dem ich meine Schulden bezahlen kann. Ist das nicht eine himmelschreiende Ungerechtigkeit, Dorothy?«

»Wo ist die Ungerechtigkeit, wenn Sie nur Ihre Schulden zurückzahlen müssen? Und was stört Sie an Ihrem alten Stück? Alle haben es geliebt.«

Sara wickelte sich eine Strähne ihres aschblonden Haars um die Finger. »Wenn Sie nicht begreifen, welcher Schicksalsschlag mich getroffen hat, können Sie auch nicht begreifen, was für ein künstlerischer Rückschritt es ist, auf ein altes Stück zurückgreifen und damit viel Geld verdienen zu müssen.«

Dorothy seufzte. »Ja, vor allem das Geldverdienen ist sicher eine sehr schlimme Geschichte«, murmelte sie und tat, als habe sie den bohrenden Blick ihrer Chefin nicht bemerkt.

2

Die Proben für das vor ›Ognat‹ gespielte und jetzt wiederaufgeführte Stück liefen glatt. Sämtliche Darsteller konnten sich an ihren Text erinnern und befolgten alle Regieanweisungen, und Sara unterbrach nur an ein paar Stellen, um kleine Verbesserungen anzubringen.

»Ich habe durch die künstlerische Erfahrung mit ›Ognat‹ dazugelernt«, verkündete sie.

»Was für ein Glück, dass wir nicht aufgrund dieser Erfahrung in unserem alten Stück schreien, stöhnen oder grunzen müssen«, murmelte Isaac Bangs, und die anderen grinsten.

Hätte ein anderer diese Bemerkung gemacht, hätte er von Sara einen Verweis erhalten. Isaac aber genoss eine gewisse Sonderstellung, sodass Sara es bei einem Stirnrunzeln beließ.

Zehn Minuten vor Beginn der Abendvorstellung kam der Inspizient mit sorgenvoll gefurchter Stirn zu Sara, die in ihrem Salon auf einem mit gelben Satin bezogenen Kanapee ruhte. »Das Theater ist ... nicht gerade gut besucht«, meldete er stockend. »Was sollen wir bloß machen?«

Sara blickte unter halb gesenkten Lidern zu ihm auf. »Nun, James, da wir kaum die Zuschauer ins Theater prügeln können, werden wir eben vor nicht gerade gut besuchtem Haus spielen. Wie viel ist ›nicht gerade gut besucht‹?«

»Knapp halb besetzt ...«

Achselzuckend ließ sie sich in die Kissen zurücksinken. »Ich sehe schon die Geier Kreise über mir ziehen«, murmelte sie düster. »Und wenn es so weitergeht, bekommen sie bald meinen Kadaver zum Fraß.«

Im Hinausgehen wandte James Fowler sich an die Zofe. »War das aus einem ihrer Stücke?«, flüsterte er. »Es hat sich so angehört.«

Dorothy winkte ab. »Das waren finstere Worte aus dem Stegreif … Hört sich nur so an wie aus ihren Stücken, weil sie die ja auch selbst schreibt. Das gibt sich schon wieder.«

Die Truppe spielte perfekt wie immer, dem Publikum gefiel die Vorstellung, und sogar trotz des halb besetzten Hauses klang der Applaus erfreulich kräftig.

»Musik in meinen Ohren«, raunte Sara während der Schlussvorhänge dem neben ihr stehenden Isaac zu. »Jetzt wünsche ich mir nur noch anstelle des Kammerkonzert-Beifalls einen wie ein ganzes Symphonieorchester, dann stimmt die Rechnung.«

»Und immer mit Ihnen als Dirigentin …« Isaac verbeugte sich zusammen mit dem Star des Abends, und das Publikum jubelte.

»Was denn sonst?«, erwiderte Sara, und ehrliches Erstaunen schwang in ihrer Stimme mit.

Zum Frühstück am nächsten Morgen erschien eine ausgeruhte, ausgeglichene Sara, begrüßte Leyla mit einem Kuss, setzte sich an den Tisch im Speiseraum und griff nach der Kaffeetasse und den bereitliegenden Zeitungen. »Jetzt kannst du mich fragen, was ein Erfolg ist, mein Engel.« Sie schenkte ihrem Töchterchen ein warmes Lächeln und warf der bescheiden im Hintergrund wartenden Gouvernante einen kurzen strafenden Blick zu. »Solche Wörter kann die Kleine auch ruhig lernen, nicht nur ›Reinfall‹ …«

»Das war ich nicht«, murmelte die Gouvernante protestierend, doch Sara hatte sich schon wieder Leyla zugewandt.

»Bei einem Erfolg klatschen die Leute, springen von den Sitzen auf und jubeln einem zu. Bei einem Erfolg jubeln sie über eine ganz bestimmte Szene, weniger wegen des Inhalts, sondern weil ich diese Szene gespielt habe.« Sie begann, die Zeitungen auf den bereits passend aufgeschlagenen Seiten zu überfliegen. »Bei einem Erfolg spenden die Kritiker Lob und ... Diese heimtückischen Verräter!«

Dorothy schenkte ihrer Chefin Kaffee nach und spähte ihr dabei über die Schulter. »Das ist doch die *TIMES*. Was wollen Sie denn, Miss Burrows? Der Kritiker der *TIMES* erwähnt mit höchstem Lob, dass Sie wieder Ihr hervorragendes altes Stück spielen.

Und er schreibt, dass jeder in New York, der es noch nicht gesehen hat, in die Vorstellung gehen sollte.«

»Allerdings!« Sara tippte mit ihrem langen Fingernagel auf den Artikel. »Er schreibt aber auch ›... in die Vorstellung gehen sollte, um sich davon zu überzeugen, dass Sara Burrows tatsächlich noch eine Schauspielerin ist und im *BURROWS' THEATRE* wirkliche Theaterstücke aufgeführt werden und nicht nur ein solcher Jammer wie ›Ognat‹, mit dem Sara Burrows neue Maßstäbe in der Geschichte des Broadways gesetzt hat, wenn auch negative.‹ Das ist ein Dolchstoß!« Sara wandte ihren Blick schmerzlich zu dem über dem Esstisch hängenden Lüster. »Wir ziehen uns vor diesen üblen Kritikern nach Long Island zurück.«

»Wie Sie wünschen, Miss Burrows.« Dorothy verließ das Speisezimmer und trommelte ein paar Hilfskräfte des Theaters zusammen, die ihr beim Packen helfen sollten. »Sie muss ihre wunde Seele pflegen, und wir haben die Arbeit«, schimpfte sie dabei leise vor sich hin.

»Was regen Sie sich auf?«, fragte die Gouvernante, die Leylas Sachen zusammensuchte. »Sie haben doch gewusst, dass Miss Burrows nur für die letzten Tage vor der Premiere nach Manhattan gezogen ist.«

»Sicher habe ich es gewusst.« Dorothy begann, die Unmengen Kleider – alle in Weiß, Schwarz oder Schwarz-Weiß gehalten – einzupacken. »Trotzdem bleibt sich die Arbeit gleich ...«

Während ihre Angestellten noch mit dem Umzug beschäftigt waren, traf Sara bereits mit ihrem schwarz-weißen Rolls-Royce in ihrem Haus auf Long Island ein. Das Personal hatte sich vor dem Portal aufgestellt, um Sara wie eine heimkehrende Fürstin zu empfangen, und Sara schritt lächelnd die Front ab und ihrer bereits auf sie wartenden Sekretärin entgegen.

»Sie sorgen dafür, dass ich absolut nicht gestört werde, Beth«, trug sie ihrer Sekretärin nach der Begrüßung auf. »Es sei denn, es lohnt sich ...«

»Oprah Winfrey hat wegen eines Interviews angerufen«, berichtete Beth.

»Lohnt sich nicht«, wehrte Sara ab. »Sie will sich immer nur selbst in den Vordergrund spielen.«

»Dick Cavett und Johnny Carson ...«

Sara schüttelte den Kopf. »Ich bin zu verletzt, um Talkshows durchzustehen. Sagen Sie allen, ich hätte mich vor den wüsten Beurteilungen dieser ignoranten Kritiker zurückgezogen.«

»Barbara Walters möchte hier im Haus ein Fernsehinterview mit Ihnen ...«

»Jederzeit«, entschied Sara blitzartig, und schon wenige Tage später wanderte sie mit der prominenten Interviewerin durch ihr Anwesen und zeigte ihr die Gartenanlagen, den romantischen Innenhof und die Räume mit den riesigen Kaminen.

Auf die Frage: »Haben Sie nach diesem Reinfall daran gedacht, sich mit einunddreißig Jahren auf diesem herrlichen Besitz zur Ruhe zu setzen?«, antwortete Sara mit einem schmerzlichen, aber ungebrochenen Lächeln: »Ich gebe nie auf, und dass Kritik und Publikum dieses moderne Stück nicht verstanden haben, war bestimmt nicht meine Schuld.«

Eine knappe Woche später – das *BURROWS' THEATRE* war mittlerweile wieder jeden Abend ausverkauft – konnte Sara ihr Interview im Fernsehen verfolgen, vor dem Kamin ihres Fernsehzimmers auf den weichen Teppich hingegossen, in einen schwarzen Hausmantel gehüllt. Und wieder ein paar Tage später musste sie, in ihrem Fernsehzimmer vor dem Kamin auf dem Teppich und in einen weißen Hausmantel gehüllt, sich ein Interview von Suzy Wainscott ansehen, in dem die Autorin von ›Ognat‹ alles andere als freundliche Worte für Sara fand.

»Mein Stück ...« Suzy Wainscott, eine blasse sechsundzwanzigjährige Rothaarige mit leicht schräg stehenden grünen Katzenaugen, starrte beschwörend in die Kamera. »Mein Stück hätte den Broadway revolutionieren können, wenn es nur in die richtigen Hände gekommen wäre.«

»Das ist doch ...« Sara richtete sich vom Teppich auf und blickte ungläubig auf den Bildschirm.

»Leider wurde mein Stück von Sara Burrows völlig verfälscht«, fuhr die Wainscott mit einem ätzenden Unterton in der Stimme fort. »Miss Burrows hätte bei ihren selbst geschriebenen Stücken bleiben sollen, anstatt sich an ein so tief schürfendes Werk zu wagen ...«

Saras Hand schnellte vor und drückte auf den Klingelknopf, der den Butler rief. »Bringen Sie mir einen doppelten Whisky, Harman«, verlangte sie von dem Eintretenden. »Und geben Sie Miss Wainscott eine doppelte Dosis Rattengift für diesen Dolchstoß!«

»Miss Burrows?« Der Butler hob lediglich fragend eine Augenbraue.

Sara sank seufzend auf den Teppich zurück. »Geben Sie mir den Whisky. Das Rattengift vergessen wir – vorerst.«

Joffrey Lesser stieg direkt vor *RUBY'S* aus dem Taxi, ignorierte auf dem kurzen Weg zur Bar zwei Angebote von Dealern und eines von einem Schlepper, der angeblich die besten käuflichen Wonnen von New York vermitteln konnte, ganz gleich, was der Kunde wünschte, und betrat die Bar.

Ruby Long, vierzig, eine ehemalige Stripperin, rothaarig und sexy, stand hinter der Theke und warf Joffrey einen prüfenden Blick zu, ehe sie sich entspannte und ihm lächelnd zuwinkte. Mit eiserner Hand hatte Ruby ihre Bar auf der 42nd Street sauber gehalten und zu einem Geheimtipp für alle gemacht, die mit dem Schreiben zu tun hatten. Joffrey sah auf Anhieb sieben oder acht bekannte Gesichter von Autoren, Journalisten und Verlagsleuten. Er grüßte in die Runde und entschied sich für Bernys Tisch.

»Hi«, begrüßte er seinen älteren Bekannten, legte sein gefaltetes Exemplar der *NEW YORK TIMES* auf den Tisch und deutete auf die drei Gläser, die leer vor Berny standen. »Haben Sie ein Alkoholproblem, oder ertränken Sie noch immer die Nachwirkungen von dieser Premiere bei Sara Burrows?«

Berny schob die Gläser achtlos beiseite. »An diesem schauderhaften Stück liegt es bestimmt nicht«, antwortete er mit schwerer Zunge. »Vergessen Sie nicht, ich bin schon in der Pause geflohen, Sie sind geblieben. Wenn schon, dann müssen Sie bleibende Schäden davongetragen haben.«

Joffrey runzelte die Stirn, stellte jedoch keine Fragen mehr, als Berny keine Erklärungen für seinen Alkoholkonsum abgab.

»Apropos Sara Burrows und dieses Stück ...« Berny grinste verschwommen. »Haben Sie ihr Interview mit Barbara Walters gesehen?«

Joffrey schüttelte den Kopf. »Ich habe in meinem Apartment eigentlich nur einen Fernseher, um die Nachrichten zu sehen oder auf *MTV* Musik zu hören. Was war mit dem Interview?«

»Die Diva glaubt auch nachträglich noch an das Stück.« Berny tippte auf Joffreys Zeitung. »Ein paar Tage später hat die Autorin ein böses Fernsehinterview gegeben und die Burrows in Grund und Boden gestampft, und heute steht ein Interview mit der Wainscott in der *TIMES*. Das müssen Sie lesen.«

Joffrey holte sich von Ruby einen Drink, und Berny hatte ihm in der Zwischenzeit die richtige Seite aufgeschlagen. Während Berny sich seinen nächsten Drink einverleibte, überflog Joffrey den von Suzy Wainscott geschriebenen Artikel, in dem diese behauptete, Sara Burrows sei einfach künstlerisch mit ihrem Stück nicht fertig geworden, und überhaupt plane sie als nächstes nicht ein neues Stück, sondern eine Biografie dieser allseits überschätzten Schauspielerin.

»Na?« Bernys Grinsen war in der Zwischenzeit noch schiefer und verschwommener geworden. »Habe ich zu viel versprochen? Ist das ein Luder?«

Joffrey faltete die Zeitung zusammen und konnte eine gewisse Bewunderung für dieses Autorinnenbiest nicht ganz unterdrücken. »Es gehört schon viel Frechheit dazu, einen Misserfolg dadurch in einen Erfolg umzumünzen, indem man eine jetzt schon todsicher erfolgreiche Biografie über das Opfer des eigenen Misserfolgs schreibt.«

Berny nickte. »Wenn sie so weitermacht, wird sie noch unsere erste Präsidentin.«

Joffrey deutete auf die leeren Gläser. »Und wenn Sie so weitermachen, landen Sie in der Klinik einer ehemaligen Präsidentengattin!«

Aber das hörte Berny nicht mehr, weil er schon wieder an die Bar gegangen war, um sich noch einen Drink zu holen.

»Südamerika?«, fragte die Sekretärin mit einem Anflug von Panik in der Stimme und starrte über den antiken Schreibtisch in Sara Burrows' Bibliothek hinweg auf ihre Arbeitgeberin. »Sie wollen tatsächlich wieder eine Südamerikatournee machen?«

»Ich will«, bestätigte Sara. »Bereiten Sie alles vor, damit wir sofort nach dem Absetzen des laufenden Stücks aufbrechen können.«

Beth schöpfte noch einmal einen Funken Hoffnung. »Vielleicht ein kurzes Gastspiel in Rio de Janeiro oder Bogotá? Eine Woche? Ein Einpersonenstück?«

Sara überschlug im Geist die finanziellen Einbußen aus ihrer Pleiteproduktion von ›Ognat‹ und blieb bei ihrer ursprünglichen Entscheidung. »Eine mehrwöchige Tournee durch sämtliche südamerikanischen Staaten mit der ganzen Truppe. Worauf warten Sie noch? Fangen Sie an! Sie haben bestimmt so einiges zu erledigen.«

»So einiges ...« Beth stemmte sich seufzend hoch und fragte sich, warum sie nicht auf der Stelle kündigte, kannte sie doch Saras Südamerikatourneen zur Genüge. Sie waren ein altbewährtes Mittel, zu dem Sara stets griff, wenn in der Kasse Ebbe herrschte. Und wie diese Tourneen verliefen ... Beth verließ schaudernd den Raum.

Sara lehnte sich hinter ihrem Schreibtisch zurück, nachdem ihre Sekretärin gegangen war, schloss die Augen und erinnerte sich an ihre Tourneen, die sie jedes Mal im Triumphzug durch Südamerika geführt hatten. Jubelnde Massen, Anhänger, die sie auf den Schultern getragen hatten ... Wo gab es das sonst noch? Und vor allem klingelnde Kassen, die das schmerzliche Loch, das ›Ognat‹ gerissen hatte, wieder auffüllten.

Sie öffnete die Augen und fuhr mit den Fingern über die Textbücher der Stücke, die sie schon für Südamerika herausgesucht hatte. Es gab viel Arbeit, ehe alles soweit war, und es galt auch noch, eine andere Rechnung zu begleichen ...

Saras Finger wanderten weiter zu dem Interview, das sie aus der *TIMES* ausgeschnitten hatte. Suzy Wainscott, dieses hinterhältige Miststück ...

»Du wirst mich noch kennenlernen«, flüsterte Sara, und in einer zornigen Aufwallung zerknüllte sie das Interview und warf es in den Papierkorb.

Abends war ihr nichts mehr von ihrem Zorn anzumerken, als sie, in ein bodenlanges weißes Abendkleid gehüllt, zu Leyla ins Zimmer kam, um ihr gute Nacht zu sagen.

»Du hast jetzt eine Party?«, fragte Leyla. »Was für eine Party?«

»Eine Party ist eine Gelegenheit, um dieses zweihunderttausend Dollar teure Kleid auszuführen, das man nicht kaufen würde, wenn es keine Partys gäbe.«

Leyla musterte ihre hübsche Mama. »Sind alle Kleider so teuer?«

»Nein, mein Engel, nur dieses!« Sara strich sich über die atemberaubend schlichte Seidenrobe, an der außer einer hochkarätigen Brillantnadel nichts Ideenreiches zu entdecken war. »Dafür gab's die Brosche aber kostenlos dazu. Du siehst, ein Gelegenheitskauf!« Sara hauchte ihrem Liebling einen Kuss auf die Stirn. »Merke dir gut diese Ausrede für die Zeit, wenn du selbst groß bist und zu viele Dollars für etwas ausgegeben hast, das du unbedingt haben wolltest!«

Minuten später präsentierte sich eine atemberaubende Sara Burrows ihren ungefähr einhundert Gästen, jene Sara Burrows, über die faszinierte Reporter so viel Wunderbares als auch Schlimmes berichteten, weil man ihr einfach alles zutraute. Und eine begeisterte Leserschaft verschlang dies alles, sowohl das Wunderbare wie auch das Schlimme – und glaubte alles, eben weil man Sara alles zutraute.

Charmant nach allen Seiten lächelnd, hier ein »Hallo, schön, dass Sie gekommen sind!«, und dort ein »Wie nett, Sie wiederzusehen!« verstreuend, wanderte Sara zwischen ihren Gästen durch, von denen sichtlich jeder in dem Glanz badete, der auf ihn oder sie abfiel.

Nach einer halben Stunde hatte Sara all ihre Gäste auf diese Weise einmal durch und zog sich für einen Moment in die Ecke zurück, in der sich ihre Sekretärin stets unauffällig aufhielt, um notfalls für irgendwelche Dienste zur Verfügung zu stehen. »Sagen Sie, Beth, habe ich wirklich so viele Leute eingeladen?« Sara sah sich kopfschüttelnd um. »Ich kenne nicht einmal zehn Prozent … oder habe ich die restlichen neunzig Prozent wieder vergessen?«

»Ich habe auf Ihre üblichen Gästelisten zurückgegriffen.« Beth wollte Champagner in das Glas ihrer Chefin gießen. »Sie haben gar nichts getrunken, Miss Burrows.«

»Ich trinke nie auf meinen Partys.« Sara hob amüsiert eine Augenbraue. »Fällt Ihnen das nach all den Jahren bei mir erst heute auf? Würde ich mit jedem Gast anstoßen und auch wirklich trinken, könnten Sie mich nach zwanzig Minuten sternhagelvoll in mein Schlafzimmer schleppen.«

Beth lag es schon auf der Zunge, zu sagen, dass Miss Burrows sich höchst selten auf Partys mit ihr unterhielt und sie daher nie Gelegenheit gehabt hatte, diese Gewohnheit ihrer Chefin festzustellen, verzichtete jedoch darauf, um Saras gute Laune nicht zu zerstören. Miss Burrows wirkte ungewöhnlich fröhlich und so aufgedreht, als hätte sie bei dieser Party noch etwas ganz Besonderes vor.

Tatsächlich ließ Sara ihren Blick forschend über die Gästeschar streichen. »Beth, ich brauche jemanden, der entweder selbst ausgezeichnet schreibt oder einen hervorragenden Autor kennt. An wen könnte ich mich da wenden?«

»Wollen Sie Ihr nächstes Stück denn nicht wieder selbst schreiben?«, fragte Beth.

»Ich suche keinen Stückeschreiber, sondern einen Buchautor.« Sara wedelte ungeduldig mit der Hand, nippte an ihrem leeren Champagnerglas und nickte ihrer Sekretärin zu. »Na los, kommen Sie schon! Wer käme in Frage?«

Beth zog die Unterlippe zwischen die Zähne und betrachtete die Gäste. »Douglas Johnson ... nein, der schreibt nur für Zeitungen. Regine Silver?«

»Auf keinen Fall!«, wehrte Sara ab. »Die habe ich eingeladen, damit sie in ihrer Kolumne erwähnt, dass es mir sichtlich blendend geht und mich der Misserfolg nicht deprimiert. Die darf ich auf keinen Fall ins Vertrauen ziehen.«

»Philip W. Derer, Buchverleger ... Sie laden ihn immer wieder ein, aber eigentlich kann er Sie nicht ausstehen. Spricht bei anderen Leuten schlecht über Sie!«

Sara prostete Mr. Derer lächelnd über den Raum hinweg zu. »Ich liebe Gäste, die mich eigentlich nicht ausstehen können, aber ich brauche jemanden, der mir einen wirklichen Starautor empfehlen kann.«

»Berny Rosner.« Beth deutete unauffällig auf einen grauhaarigen Mann, der sich von Regine Silver einen Drink geben ließ und ihn in einem Zug hinunterkippte, während die Kolumnistin ebenso eifrig wie ergebnislos auf ihn einredete. »Ein Journalist, soeben aus Asien zurück. Gute Verbindungen zu Schriftstellern und ...«

»Mr. Rosner ... Berny!« Sara achtete nicht weiter auf ihre Sekretärin, sondern rauschte auf den Verdutzten zu und hakte sich bei ihm unter. »Sie entschuldigen uns, Liebste?«, flötete sie der enttäuschten Regine Silver zu und zog Berny Rosner mit sich an die Bar. »Wie war Asien?« Sie wartete geduldig, während Berny einen Drink bestellte, und hielt seine Hand fest, als er nach dem Glas greifen wollte. »Sie sind mein Mann, Berny!« Außer dem unnachgiebigen Griff an seinem Handgelenk bekam er von Sara ein bezauberndes Lächeln. »Bei Ihren ausgezeichneten Beziehungen zu Schriftstellern können Sie mir bestimmt einen Starautor nennen, womöglich einen, der sehr viel von mir hält.«

Bernys Grinsen fiel etwas verschwommen aus, aber er sagte laut und vernehmlich: »Joffrey Lesser!«

Sara winkte ihre Sekretärin zu sich. »Joffrey Lesser. Lassen Sie sich von Berny alles Wissenswerte sagen. Das ist der Mann, den ich suche.«

Beth zückte ihr Notizbuch, und Sara hörte Berny »Noch einen Drink!«, murmeln, während sie sich wieder ihren anderen Gästen zuwandte, ein zufriedenes Lächeln auf dem Gesicht, hatte sie doch soeben zu dem Gegenschlag gegen Suzy Wainscott ausgeholt, dieses kleine heimtückische Autorinnenbiest. Jetzt konnte Sara die Party doppelt genießen.

3

Joffrey Lesser betrat *RUBY'S* und entdeckte seinen Freund sofort an der Theke. Er nahm sich kaum Zeit, Ruby zuzunicken, schob sich neben Berny auf einen freien Hocker und hielt das Glas fest, das sein Freund an die Lippen führen wollte.

»He, was soll das?«, protestierte Berny Rosner, drehte sich um und lächelte, als er seinen Thekennachbarn erkannte. »Hi, Joffrey! Was tut sich so in deiner Welt, mein Junge?«

»Das möchte ich gern von dir wissen.« Joffrey gab zwar das Glas frei, schüttelte jedoch den Kopf, als Berny es auf einen Zug leerte. »Hat dir schon mal jemand gesagt, dass du zu viel trinkst?«

Berny grinste. »Sag das nicht so laut. Leute wie unsere Ruby leben davon.« Er griff über die Bar und wollte Ruby

Longs Arm tätscheln, bekam von der rothaarigen Barbesitzerin jedoch einen kräftigen Schlag auf die Finger.

Joffrey zog einen Brief aus seiner Jacke. »Wieso erhalte ich von Sara Burrows ein Schreiben, in dem sie mich zu sich nach Long Island einlädt, weil ein gewisser Berny Rosner mich wärmstens empfohlen hat?«

Berny starrte auf den Brief, den Joffrey vor seiner Nase schwenkte. »Hey, Mann, Berny Rosner … das bin ja ich!«

Joffrey zog ihm den Brief weg und ließ ihn wieder in seiner Jackentasche verschwinden. »Richtig, das bist du, und jetzt möchte ich wissen, wieso und vor allem, wozu du mich empfohlen hast.«

Berny runzelte angestrengt die Stirn. »Also … ich war vor ein paar Tagen auf einer Party bei der Burrows. Übrigens, ein sagenhaftes Haus. Und ich glaube, ich sollte ihr jemanden empfehlen. Und dann hat mich jemand ganz genau nach dir ausgefragt … aber …« Er zuckte hilflos mit den Schultern. »Fahr doch einfach zu der Lady hin. Dann wirst du schon hören, was sie von dir will. Spendierst du mir einen Drink?«

Joffrey winkte ab. »Ich will nicht mit daran schuld sein, wenn du dich zu Tode säufst.« Er winkte Ruby Long zu und war schon halb zur Tür hinaus, als Berny seinen Namen rief. Joffrey blickte über die Schulter zurück.

»Mach dir keine falschen Hoffnungen, Joffrey!« Berny grinste anzüglich. »Die Burrows hat mich bestimmt nicht gefragt, ob ich ihr einen guten Liebhaber empfehlen kann …«

Joffrey musste sich noch bis zum nächsten Tag, einem Freitag, gedulden. Am späten Vormittag war er mit seinem Wagen unterwegs nach Long Island und rätselte immer noch während der Fahrt, was Sara Burrows von ihm wollte. Als Bühnenautor konnte sie ihn kaum anwerben wollen, weil er noch nie für die Bühne geschrieben hatte und sie bekanntlich ihre Stücke selbst verfasste.

Bernys Bemerkung wegen des Liebhabers fiel Joffrey ein. Lächelnd bog er in die Zufahrt zu dem Besitz der Theaterchefin und berühmten Schauspielerin ein. Hätte es sich nicht ausgerechnet um Sara Burrows gehandelt, der Joffrey so etwas nicht zutraute, so hätte es ihn bei Berny nicht überrascht, von diesem als Liebhaber vermittelt zu werden. Bernys manchmal recht derbe Scherze waren in Kollegenkreisen bekannt und gefürchtet.

Ein Wächter am Tor ließ sich Joffreys Namen nennen und hielt Rückfrage im Haus, ehe er öffnete, und ein Butler empfing Joffrey vor der Freitreppe und führte ihn um das Haus herum auf eine im warmen Schein der Septembersonne liegende Terrasse. »Mr. Lesser«, kündigte der Butler an und zog sich diskret zurück.

Joffrey schob die Hände in die Hosentaschen und betrachtete die moderne junge Frau in schwarzer Hose und weißem Pulli, ohne Schminke und ohne Schmuck, die neben einem kleinen dunkelhaarigen Mädchen auf der Terrasse kauerte und angestrengt einen Bauklotz auf einen bereits einen Meter hohen Turm aus anderen Bauklötzen setzte. Der Turm fiel um, das Mädchen quietschte vor Vergnügen, und die junge Frau strich sich lachend die aschblonden Haare aus der Stirn und blickte mit leuchtenden Augen zu Joffrey hoch. Sie war eindeutig Sara Burrows, und doch hatte Joffrey in diesem Moment Mühe, in ihr die berühmte Diva zu erkennen, die er schon so oft auf der Bühne bewundert hatte.

»Geh jetzt zu Louise«, sagte Sara Burrows zu der Kleinen und schickte sie zu einer in schlichtes Grau gekleideten Frau, offenbar der Gouvernante, ehe sie Joffrey die Hand entgegenstreckte. »Ich bin Sara Burrows, Mr. Lesser ... Joffrey, wenn es Ihnen recht ist.«

»Ich kenne Sie von der Bühne, Miss Burrows.« Er ergriff ihre Hand und registrierte den behutsamen und doch festen Druck. »Zuletzt von der Premiere von ›Ognat‹.«

»Ach ja?« Sie hob eine Augenbraue und lächelte spöttisch. »Sind Sie in der Pause gegangen, oder gehörten Sie zu den vier Personen, die am Ende noch geklatscht haben?«

»Ich gehörte dazu – und es waren sieben Personen.« Joffrey setzte sich nach einer auffordernden Geste ihr gegenüber in einen Korbsessel und stimmte zu, als sie ihm Kaffee anbot. »Berny Rosner hat mich empfohlen?«, fragte er endlich nach ein paar ebenso höflichen wie wahrheitsgemäß bewundernden Worten über den herrlichen Besitz. »Wofür hat er mich empfohlen?« Nach dem interessierten Blick, mit dem Sara ihn vorhin vom Scheitel bis zur Sohle betrachtet hatte, war er gar nicht mehr so sicher, dass die beiden nicht doch über eine Stelle als Liebhaber gesprochen hatten.

Sara ließ sich mit der Antwort Zeit. Sie genoss das seltene Gefühl, sich in der Nähe eines attraktiven Mannes ihres Alters gleichzeitig wohl, entspannt und angeregt zu fühlen. Wohl und entspannt – dafür sorgte Joffrey Lessers unkomplizierte, offene Art, die nichts aufdringlich Neugieriges an sich hatte. Das Anregende stammte von seinem Aussehen, gemischt mit seiner Ausstrahlung. Sie hatte sich einen Starautor anders vorgestellt, intellektueller vielleicht. Joffrey war ein maskuliner Typ, breit in den Schultern, schmal in den Hüften, mit einer sportlichen Figur und sagenhaft dunkelblauen Augen ... Ein kleiner Seufzer kam über Saras Lippen. Wie lange war es schon her, dass sie sich eine ebenso amüsante wie befriedigende Affäre hatte leisten können! Die Arbeit, der Stress, das Theater ...

»Miss Burrows?«, drängte Joffrey.

Sara griff nach ihrer Kaffeetasse und konzentrierte sich während eines Schlucks von dem heißen, belebenden Getränk auf den eigentlichen Grund dieses Gesprächs. »Sie sind neunundzwanzig, wohnen allein in einem Apartment in Manhattan, haben einen Ruf als ausgezeichneter Schriftsteller und können auch wirklich gut schreiben. Junggeselle, ungebunden ...«

Lieber Himmel! schoss es Joffrey durch den Kopf. Ich drehe Berny den Hals um! Was hat mir der Mistkerl da bloß eingebrockt? Nicht, dass Joffrey sich dagegen gewehrt hätte, der Liebhaber einer so attraktiven Frau zu werden, aber doch nicht unter solchen Umständen.

»Mit einem Wort, Joffrey«, Sara beugte sich ein Stück über den Tisch und versuchte, seine sagenhaften dunkelblauen Augen auszuloten. »Sind Sie frei, tun und lassen zu können, was Sie wollen?«

»Ja.« Joffrey lächelte unverbindlich.

»Sehr gut.« Sara lehnte sich aufatmend zurück. »Eine völlig bedeutungslose Theaterautorin, eine gewisse Suzy Wainscott ...«

»Autorin von ›Ognat‹«, warf Joffrey ein. »Hat sie nicht ein ziemlich böses Interview über Sie in der *TIMES* ...«

»Danke, ich weiß Bescheid!«, fuhr Sara dazwischen. »Sie will eine uninteressante, falsche und verlogene Biografie über mich herausbringen ...«

»Und damit absahnen.« Joffrey grinste über ihren Temperamentsausbruch. Wer sagte da, graue Augen wären kühl und langweilig! Himmel, wie diese Augen funkelten und blitzten!

»Und absahnen, richtig!« Sara hatte das deutliche Gefühl, dass dieser Joffrey Lesser ihre Gedanken und Gefühle ziemlich gut durchschaute. Sie zwang sich dazu, sich etwas besser zu kontrollieren und gegen den forschenden Blick seiner verwirrenden Augen abzuschirmen. »Ich möchte nun selbst eine Biografie in Auftrag geben, selbstredend eine absolut wahrheitsgetreue im Gegensatz zu der zu erwartenden Klatsch- und Lügenstory dieser Theaterautorin.«

Vor Überraschung vergaß Joffrey, seine an die Lippen geführte Kaffeetasse zu leeren. »Sie haben an mich gedacht?«

»Berny Rosner hat Sie bestens empfohlen.« Sie betrachtete seine Lippen und wartete darauf, dass er trank. Sara mochte schöne Lippen, und dieser Mann hatte sehr schöne Lippen. Er trank, und Sara fand ihr Urteil bestätigt. Sehr, sehr schöne Lippen, die sich fest und doch sanft an die Tasse schmiegten. »Trauen Sie sich eine Biografie zu? Ich übernehme natürlich Ihr Honorar und liefere Ihnen alles Material, das Sie benötigen.«

»Ich würde nicht nur Material von Ihnen benötigen.« Joffrey staunte, wie schnell er sich mit dem Gedanken einer Biografie anfreunden konnte, obwohl er noch nie eine geschrieben hatte. »Ich müsste mich auch aus anderen Quellen informieren, um ein objektives Bild von Ihnen zu erhalten.«

»Von einer Persönlichkeit wie mir gibt es kein objektives Bild.« Saras Ton klang plötzlich sehr von oben herab, und ihre Augen nahmen Gletscherkälte an. »Es gibt nur ein wahres und ein falsches Bild, und das wahre Bild kann ich Ihnen liefern – mit all seinen faszinierenden Facetten.«

Joffrey griff nach den Keksen, die der Butler auf den Tisch gestellt hatte, und biss kräftig in einen hinein. »Und das war eben eine solche Facette«, sagte er kauend und breit lächelnd. »Die Diva voller Allüren.« Einen Moment lang dachte er, sie würde ihn hinauswerfen, aber in der nächsten Sekunde war das zornige Blitzen aus ihren Augen wieder verschwunden.

»Nehmen Sie mein Angebot an?« Bescheidener konnte keine Stimme klingen. »Ich wüsste nicht, an wen ich mich sonst wenden sollte.«

»Eine künstlerische Herausforderung«, murmelte Joffrey, putzte sich einen Krümel von der Lippe und empfand plötzlich Saras Blick auf seinem Finger wie eine Berührung. Sachlich bleiben, mahnte er sich. »Sie bezahlen mein Honorar, und ich werde an den Rechten beteiligt, sowohl an den Buch- als auch Taschenbuchrechten sowie an Film und Fernsehen.«

»Hoffentlich reizt Sie die künstlerische Herausforderung mehr als das Geld, Joffrey. Nennen Sie mich übrigens Sara, wenn wir uns einig sind.«

»Ohne Geld läuft nichts, das wissen Sie selbst am besten ... Sara.« Er streckte ihr lächelnd die Hand entgegen. »Einverstanden?«

Sie legte ihre schmale Hand in seine breite, aber schön geformte Hand mit den langen schlanken Fingern. »Sie werden viel Zeit mit mir verbringen müssen, um mich kennenzulernen und alles über mich zu erfahren, Joffrey.«

»Ich werde sehr gern so viel Zeit wie möglich in Ihrer Nähe verbringen, Sara.« Joffrey sah in ihre Augen. Bei seiner Ankunft hatte er eine unkomplizierte junge Mutter mit ihrer Tochter beobachtet, jetzt sah er eine verhalten lockende Frau, die im nächsten Moment mit einem geschäftsmäßig kühlen Lächeln wieder auf Distanz ging.

»Bleiben Sie über das Wochenende hier«, lud sie ihn ein. »Begleiten Sie mich zu den Vorstellungen. Fahren Sie mit mir zu Proben. Folgen Sie mir auf Schritt und Tritt.«

»Auf jedem Schritt und jedem Tritt?«, fragte Joffrey und suchte krampfhaft in seinem Gedächtnis, ob er etwas von einem Ehemann, Verlobten oder Freund in Sara Burrows' Leben gehört hatte.

»Auf fast jedem Schritt und Tritt.« Sie stand auf und beendete das Gespräch. »Und um die erste Information zu liefern – ich bin gegenwärtig völlig ungebunden. Ich war auch nie verheiratet.«

»Ihre Tochter ...«

»Leyla? Vier Jahre alt, bewusst unehelich.«

»Bewusst? Was heißt das? Und wieso?«

»Ich wollte ein Kind, hatte bis dahin allerdings keinen Mann kennengelernt, den ich diesem Kind als Vater zumuten wollte.« Sara drückte auf einen Klingelknopf. »Sie nehmen meine Einladung an?« Und als Joffrey nickte, wandte sie sich an den Butler. »Mr. Lesser bekommt das blaue Zimmer. Er bleibt zum Wochenende.«

»Ich hole nur ein paar Sachen aus meinem Apartment.«

Joffrey hatte auf der Fahrt nach Manhattan und wieder zurück Zeit genug, um über diese nicht nur schöne, sondern auch faszinierend zwiespältige Frau nachzudenken: mal Diva, mal Kind, mal warmherzig, mal biestig, bescheiden und voller Allüren – und dabei ahnte er alle diese Eigenschaften bisher nur. Wie aufregend musste es sein, Sara Burrows wirklich kennenzulernen, die zahllosen Schichten freizulegen ...

Nach dem Wochenende auf Long Island, den Mahlzeiten mit Sara und Leyla, den Vorstellungen abends in ihrem Theater, einem langen Strandspaziergang und einem Nachmittag vor dem flackernden Kamin wusste Joffrey mit Sicherheit eines. Er hatte gerade erst begonnen, eine oder zwei Schichten von Sara Burrows zu erforschen!

Eine Woche verbrachte Joffrey damit, in Bibliotheken und Zeitungsredaktionen Fakten für die Biografie zu sammeln. In dieser Zeit traf er sich kein einziges Mal mit Sara, und als sie ihn in seinem Apartment anrief und sich für den folgenden Tag zum Lunch im *SARDI'S* mit ihm verabredete, stellte er erstaunt fest, dass sie ihm bereits gefehlt hatte.

»Ich habe zwei Ihrer Romane gelesen.« Sara lächelte zufrieden über sein überraschtes Gesicht, als sie ihn bei der Vorspeise mit dieser Nachricht überfiel. »Sie haben mir gut gefallen, auch wenn ich einiges anders geschrieben hätte. ›Zeit der Herbstblumen‹ und ›Graffity‹. Nicht schlecht.«

Während des ganzen Lunches diskutierten sie, wieso Joffrey so und nicht anders geschrieben hatte und was Sara anders gemacht hätte, und erst beim Dessert erinnerte sie sich an den eigentlichen Grund ihrer Einladung.

»Vielleicht haben Sie schon von meiner geplanten Südamerikatournee gehört, Joffrey. Um den ganzen Menschen Sara kennenzulernen, sollten Sie mich begleiten. Was sagen Sie dazu?«

Sie wartete gespannt auf seine Entscheidung. Erstens gefiel ihr Joffrey Lesser sehr, und zweitens hielt sie es für nötig, ihren Biografen keinen Moment aus den Augen zu lassen. Nicht auszudenken, falls er in ihrer Abwesenheit womöglich irgendwelches natürlich falsches Material sammelte, das nichts in ihrer Biografie zu suchen hatte!

»Einverstanden!«, entschied Joffrey spontan und hatte das Gefühl, dass Saras Lächeln echter Freude entsprang und nicht nur gespielter – obwohl sie zweifelsohne eine begnadete Schauspielerin war. »Sofern Sie die Kosten übernehmen, versteht sich«, fügte er lächelnd hinzu.

»Ich werde sie unter Geschäftskosten verbuchen und von der Steuer absetzen, Joffrey.«

Ihre Augen verlachten ihn und schienen ihn gleichzeitig heimlich zu streicheln, und Joffrey konnte diese Augen nicht vergessen, bis er ihnen ein paar Tage später nach einer Theatervorstellung wieder sehr nahe kam.

»Die Tournee beginnt in einer Woche, Joffrey, und ich gebe morgen Abend eine kleine Abschiedsparty. Sie kommen auch?« Sara war müde von der Vorstellung und rechnete so fest mit seinem Erscheinen, dass sie sich schon abwandte, um zu ihrem Wagen zu gehen.

»Und wenn ich keine Zeit habe?«, hörte sie Joffrey hinter sich sagen und drehte sich rasch um. Einen Moment lang ließ sie ihn ihren Gesichtsausdruck studieren, der perfekt tiefe Enttäuschung widerspiegelte, erhielt von ihm das gewünschte »In Ordnung, ich komme!«, schenkte ihm ein Lächeln und bestieg ihren Wagen. Na bitte – warum nicht gleich so!

Nach diesem enttäuschten Gesicht hätte Joffrey fast alles für Sara Burrows getan, und ob ihre Gefühle nun echt oder gespielt waren – ihm wurde plötzlich ziemlich deutlich, dass diese Frau Einfluss auf ihn bekam, schon allein dadurch, dass sie ihn nicht gleichgültig ließ.

Berny Rosner war begeistert, als Joffrey ihn zum Mitkommen zu Saras Abschiedsparty aufforderte. »Aber nur, wenn du nicht so viel trinkst!«, mahnte Joffrey auf der Fahrt nach Long Island. »Es ist nur eine kleine Party, und wir wollen doch nicht unangenehm auffallen ...«

Eine halbe Stunde später grinste Berny unverschämt. »Eine *kleine* Abschiedsparty, ja?«, fragte er angesichts der mindestens fünfhundert Gäste, die sich im Haus, auf der Terrasse und im angrenzenden Park drängelten. »Und da ist sie ja ...« Er deutete aufgeregt auf Sara, die in einem hochgeschlossenen, langärmeligen schwarzen Kleid zwischen ihren Gästen einherschwebte, einen hüfthohen Schlitz auf der linken Seite, sodass bei jedem Schritt ein atemberaubender Blick auf ihr linkes Bein frei wurde. »Das sind ihre Schuhe von ...«

»Wer sieht auf die Schuhe?«, murmelte Joffrey, von seiner rein körperlichen Reaktion auf Saras Anblick mehr als überrascht. Normalerweise brauchte es bei ihm wesentlich mehr als nur den Anblick eines bestrumpften Frauenbeines, um Verlangen zu empfinden.

»... Schuhe von Dior, ihre berühmten Fünfzigtausend-Dollar-Diamant-Pumps«, vollendete Berny seinen Satz, und Joffrey blickte nun doch auf die Schuhe, zierliche Pumps, deren Gleißen und Funkeln ihn fast genauso blendete wie Saras Gesamterscheinung. Und nachdem sie auf ihn zugeschwebt war und ihn mit einem Wangenkuss begrüßt hatte, fühlte er während der ganzen Party die Berührung ihrer Lippen auf seiner Wange, obwohl Sara sich inzwischen fast ausschließlich anderen Gästen widmete.

»Möchten Sie die Gästeliste für die Biografie?« Beth, die Sekretärin, drückte Joffrey noch vor einer Antwort die Liste in die Hand. »Sämtliche Tourneekollegen sind hier und eine Menge wichtiger Leute.«

Joffrey ließ die Liste in seinem Smoking verschwinden. »Sie kommen auf die Tournee mit, Beth?«

»Ja, ach ja ...« Das Lächeln der Sekretärin fiel tapfer aus, ihr Blick gequält.

»Und Leyla?«

»Bleibt bei der Gouvernante hier im Haus.«

Warum interessierte er sich für das Kind? fragte Joffrey sich. Es ging hier doch nur um Saras Biografie, um ein Kennenlernen auf beruflicher Ebene, sonst nichts. Er stürzte sich in das Partygewühl, fand Berny erst nach einer Stunde ziemlich betrunken wieder, versuchte, an Sara heranzukommen, schaffte es aber nicht und hoffte, dass diese *kleine* Abschiedsparty nicht symptomatisch für die bevorstehende Tournee war.

4

Der Himmel über New Jersey war grau und verhangen. Der Pier im Hafen von New Jersey war ebenso grau. Grau war auch die Hafenbrühe, auf der das Schiff schwamm, bei dessen Anblick Joffrey erst einmal seine Vorstellungen von der Tournee nach Südamerika über den Haufen werfen musste.

»Ich ... ich hatte gedacht, wir fahren mit einem Schiff nach Rio«, sagte er verdutzt zu James Fowler. Joffrey hatte den Inspizienten während seiner häufigen Besuche im *BURROWS' THEATRE* hinter der Bühne gut kennengelernt und war froh, in dem vor ihm herrschenden Chaos einen Ansprechpartner gefunden zu haben.

»Das ist ein Schiff«, antwortete James Fowler unbeeindruckt. Er lehnte mit verschränkten Armen an einer mannshohen Holzkiste und betrachtete mit stoischer Miene den Frachter.

»Als Miss Burrows davon sprach, dass wir mit einem Schiff fahren, dachte ich an ein großes Schiff«, wandte Joffrey verunsichert ein.

»Das ist ein großes Schiff«, versicherte der Inspizient.

»Ich dachte an bequeme Kabinen auf der ›Norway‹ oder so ...« Joffrey musterte den Frachter, der zwar entschieden größer als eines der Rundfahrtenschiffe war, die um Manhattan herum verkehrten, aber dennoch kaum seinen Erwartungen entsprach.

Der Inspizient schüttelte geradezu missbilligend den Kopf. »Wie sollte Miss Burrows denn die ›Norway‹ oder einen ähnlichen Pott chartern? Dieses Schiff hat genau die richtige Größe.«

»Chartern ... das ganze Schiff?« Plötzlich erschien Joffrey der Kahn beachtlich groß, wenn man bedachte, dass er nur von Sara Burrows und ihrer Truppe in Beschlag belegt werden sollte. »Aber warum chartert sie ein ganzes Schiff? Das wird doch nicht annähernd voll.«

»Abwarten.« James Fowler stieß sich von der Kiste ab und ging einem heranrollenden Truck entgegen, den er an den Liegeplatz des Frachters winkte.

Kopfschüttelnd sah Joffrey sich in dem Gewimmel nach einem anderen Ansprechpartner um und entdeckte unter den weitgehend unbekannten Gesichtern endlich die Sekretärin Beth, die mit einem Klemmbrett an jener Stelle stand, an der gerade Kisten verschiedenster Größe mit einem Kran an Bord gehievt wurden.

»Ausgezeichnet, das hätten wir auch«, murmelte Beth soeben und hakte einen Posten auf ihrer Liste ab, als eine monströse Kiste im Bauch des Schiffes verschwunden war, groß genug, um ein normales Wohnzimmer in seinem hölzernen Innenleben zu verbergen. »Hi, Mr. Lesser! Die Palette mit den Koffern!«, rief sie an Bord hinauf und deutete auf eine Holzplattform, auf der Joffrey mühelos sein Apartment hätte unterbringen können. Sie war vollgestellt mit Koffern.

»Das Gepäck der Teilnehmer?«, fragte er mit einem Blick auf die Koffer, die alle gleich aussahen, von ihrer unterschiedlichen Größe abgesehen. »Wie halten die Leute denn ihr Gepäck auseinander?«

Auf dem Gesicht der Sekretärin erschien ein nachsichtiges Lächeln. »Das sind die Koffer von Miss Burrows. Zweihundert Stück ... Sie können gern nachzählen, wenn Sie wollen.«

»Sie nehmen mich auf den Arm!« Er schätzte die Kofferzahl ab und kam zu dem Schluss, dass zweihundert tatsächlich stimmte. »Wozu braucht eine einzelne Person so viel Gepäck?«

Beth strich den nächsten Posten auf ihrer Liste aus. »Nun, alles Dinge für die dringendsten Bedürfnisse des täglichen Lebens, wie zum Beispiel vierhundert Paar Schuhe ...«

»Sie nehmen mich auf den ...« Joffrey verstummte. Soeben wurden von dem zuletzt eingetroffenen Lastwagen neben Holzkisten auch zahlreiche normale Koffer verschiedenster Größe, Farbe und Machart abgeladen, ganz offenbar das Gepäck der restlichen Tourneemannschaft.

»Sie können Ihr Gepäck dazustellen!« Beth deutete auf Joffreys zwei Koffer und die Taschen.

»Auch, wenn ich nicht vierhundert Paar Schuhe habe? Nicht einmal vier?« Kopfschüttelnd lud er sein Gepäck ab und kehrte zu der Sekretärin zurück. »Und was ist in diesen riesigen Kisten? Finanziert Miss Burrows die Miete des Schiffes, indem sie Fracht mitnimmt?«

Er wollte schon Saras Geschäftstüchtigkeit bewundern, als Beth abwinkte. »Da drin sind die Bühnengarderobe und die Kulissen verstaut.« Es zuckte verdächtig um ihre Mundwinkel. »Meinen Sie denn, die Darsteller wollen in Südamerika nackt auftreten?«

Sein Blick schätzte flüchtig den Inhalt der Kisten auf dem Pier sowie an Deck des Frachters ab. »Damit könnte man die Met ein Jahr lang versorgen.«

Beth gab den Hafenarbeitern ein Zeichen, was sie jetzt aufladen sollten. »Ja, ja.« Sie seufzte schicksalsergeben. »Wer nie mit Sara Burrows verreist ist, weiß nicht, was es heißt, mit mehr als einem Handköfferchen unterwegs zu sein ...«

Wie auf ein Stichwort hin erschien die Angesprochene. Ihr schwarz-weißer Rolls-Royce hielt auf dem Pier, und Sara entstieg ihm in einem Ensemble, das einem Matrosenanzug nachempfunden war, schwarz mit weißen Borten.

»Nimmt sie den Wagen vielleicht auch mit?«, fragte Joffrey, erhielt von Beth jedoch keine Antwort, weil die Sekretärin sich nunmehr mit den Schauerleuten darüber stritt, wo eine ganz bestimmte Kiste an Bord abgestellt werden sollte. Joffrey erhielt trotzdem eine Antwort, weil der Rolls-Royce wendete und den Pier verließ.

Sara, einen Schminkkoffer in der Linken, kam direkt auf Joffrey zu. »Wie schön, dass Sie schon da sind! Ich freue mich auf unsere gemeinsame Reise, mein Lieber. Wie sehr ich doch diese einfachen, nur auf das Nötigste beschränkten Tourneen liebe!«

Joffrey deutete auf den Frachter. »Das Schiff sieht jetzt schon wie eine überquellende riesige Einkaufstüte aus. Wo sollen wir denn noch schlafen? Im Laderaum auf den Kisten?«

Sara lachte, als habe er einen Witz gemacht. »Wir werden einander bestimmt gut kennenlernen. Als mein Biograf werden Sie mich durch die Tage unserer Reise ständig begleiten.«

Joffrey gestattete sich ein kleines Lächeln. »Das haben Sie bei unserem ersten Weekend auch gesagt, und dann haben Sie sich dauernd von mir zurückgezogen, oder ich habe Sie bei Ihrem hektischen Tempo fast nie rechtzeitig aufgespürt, um Sie zu begleiten.« Er bot ihr den Arm, um mit ihr gemeinsam das Schiff zu betreten. »Wenigstens können Sie mir während der Fahrt auf diesem Kahn nicht weglaufen.«

»Das hatte ich ohnedies nicht vor ...« Saras Stimme schien intensiver über seine Haut zu streicheln als der kühle Wind, der vom Meer kam.

Sara verschwand mit Joffrey an der Hand im Inneren des Schiffes, und Minuten später verstand er, wieso sie vorhin seine Frage nach Schlafmöglichkeiten mit einem Lachen beantwortet hatte. Die Inneneinrichtung des Schiffes wirkte zwar alt, aber auch elegant und wohnlich! Viel Holztäfelung und Messing sorgten für eine behagliche Atmosphäre, und nach einem kurzen Blick in Saras Suite kam Joffrey seine Kabine zwar klein vor, aber auf jeden Fall besser, als er zuvor befürchtet hatte. Viel besser.

»Nun, sind Sie zufrieden?« Sara lehnte in der offenen Tür seiner Kabine, und ihr Blick beschäftigte sich keineswegs mit der Inneneinrichtung, sondern wanderte an seiner Gestalt auf und ab ... auf und ab ... verweilte hier ... verweilte da ...

Joffrey nickte. »Die Fahrt wird bestimmt interessant.« Verdammt, wenn sie ihn noch lange so betrachtete, konnte sie sehr bald erkennen, wie gut ihm das gefiel!

»Ich bin sicher, dass diese Fahrt äußerst interessant wird.« Mit einem Lächeln, das die Temperatur in der Kabine scheinbar ansteigen ließ, zog Sara sich zurück, und Joffrey stieß den angehaltenen Atem aus. Die Seite der aufreizenden, wenn auch zurückhaltenden Verführerin, hatte er an Sara bisher noch nicht so deutlich kennengelernt. Falls sie die Absicht hatte, ihrem Biografen mehr von dieser Seite zu zeigen, war es nur eine Frage der Zeit, bis zwischen ihnen mehr als nur ein paar Funken knisterten ...

Sara zog sich in ihre Schiffssuite zurück, um das Auspacken eines Teils ihres Gepäcks zu überwachen und dabei an ihren Biografen zu denken. Wie schön, dass sie sich während der Fahrt um nichts zu kümmern brauchte! Die Stücke, die sie auf der Tournee spielen wollten, saßen bei ihrer gesamten Bühnenmannschaft und konnten von allen im Schlaf gespielt werden. Also hatte sie Zeit, viel Zeit. Und sie erkannte einen aufregenden Mann, wenn sie einen sah. Nicht umsonst hatte Sara ihm die Kabine neben ihrer Suite zuweisen lassen. Es konnte gar nicht schaden, wenn Joffrey in der Nähe war, falls sich tatsächlich da etwas anbahnte …

Die ersten Tage nutzte Joffrey, um die ganze Mannschaft genauer kennenzulernen, als das in der New Yorker Hektik im *BURROWS' THEATRE* möglich gewesen war. Er lernte den trockenen Humor der Sekretärin Beth schätzen und bekam mehrere Beispiele der treuen Ergebenheit der Zofe Dorothy für ihre Chefin mit.

Inspizient James Fowler weihte Joffrey während einer Pokerrunde in ein Theatergeheimnis ein. »Die Schauspieler, der Regisseur, der Stückeschreiber und die Chefin – sie glauben alle, dass sie den Theaterbetrieb im Griff haben.« Fowler schüttelte den Kopf. »Es ist immer der Inspizient.« Er deutete stolz auf seine Brust. »Wer als Inspizient hinter der Bühne so viele Theaterproduktionen erlebt hat wie ich, der sieht auf den ersten Blick, ob ein Stück ein Erfolg wird oder nicht. Bei diesem modernen Quatsch habe ich gleich gesagt, dass es ein Reinfall wird – aber auf mich hört ja keiner.«

»Ich werde Sie in meinem Buch erwähnen«, versprach Joffrey und bekam zum Dank eine Menge Insider-Informationen.

Fowler blieb bei allen Erzählungen freundlich und kollegial und berichtete Amüsantes, ohne zu verletzen.

»Hätte ich ein Theater, würde ich Sie auch als Inspizient einstellen«, versicherte Joffrey zuletzt. »Sie sind der ideale Mann für diesen Posten. Sie lassen jeden leben und machen, wie er will.«

»Warum auch nicht?« Fowler sah ihn erstaunt an. »Solange einer dem anderen nicht schadet, ist es mir egal. Ob Miss Burrows mal wieder ihre Launen austobt oder der *Degen* auf Kriegspfad ist, von mir ...«

»Der *Degen*?«, unterbrach Joffrey ihn verblüfft.

Fowler lächelte. »So nennen wir unseren Hauptdarsteller, Isaac Bangs, weil er wie ein persischer Prinz aussieht und schlank wie ein Degen ist. Und auch so spitz ... Na, Sie werden es schon noch sehen.«

Joffrey behielt den Spitznamen *Degen* im Gedächtnis, wusste mit den anderen Andeutungen aber nichts anzufangen und widmete sich den übrigen Leuten an Bord, mit Vorliebe Sara.

Gegessen wurde in der ehemaligen Mannschaftsmesse, die zum Speisesaal umgebaut worden war. Nur Sara blieb in ihrer Suite, auch zu den Mahlzeiten. Erst als das Schiff wärmere Gefilde erreichte und die Sonne auf das Deck knallte, erschien die Diva in einem Bikini, und Joffrey konnte ein breites Grinsen nicht unterdrücken. Sara war ihrem Kleidergeschmack treu geblieben – das Oberteil weiß, das Unterteil schwarz.

»Ich wette, Sie haben auch einen Bikini mit einem schwarzen Oberteil und einem weißen Unterteil, Sara.«

Bei dem Klang seiner Stimme blieb Sara auf dem Sonnendeck stehen und wandte sich Joffrey zu. »Ehrlich gesagt, ich habe einen schwarzen und einen weißen Bikini miteinander kombiniert.« Ihre Augen blieben hinter ihrer Sonnenbrille verborgen, während sie ihren Blick eingehend über Joffrey wandern ließ. Er war nicht nur ein blendend aussehender, er war auch ein sehr begehrenswerter Mann. Seine Figur war noch sportlicher, als durch die Kleidung hindurch zu erahnen war, kraftvoll, muskulös und doch sehnig schlank. Seine Schultern waren noch breiter, seine Hüften noch schmaler, und die gebräunte Haut schimmerte in der Sonne unter dem dünnen Film eines Sonnenöls. Saras Blick streichelte seine langen kräftigen Beine, an denen feine goldblonde Härchen leuchteten, und richteten sich unter dem Schutz der Sonnenbrille auf seine weiße Badehose. Was für ein Mann … unübersehbar …

Joffrey genoss diese Musterung. Sara mochte zwar eine sehr dunkle Sonnenbrille auf der Nase haben, und sie mochte eine fantastische Schauspielerin sein, aber er spürte instinktiv ihr rein weibliches Interesse an ihm, genau wie sie sein rein männliches Interesse an ihr erkennen musste. Es machte Joffrey Spaß, sich zu recken und zu strecken. »Legen Sie sich neben Ihren Biografen, und erzählen Sie ihm aus Ihrem Leben.« Er klopfte auf die Matte neben sich. »Dafür bin ich schließlich an Bord.«

Sara breitete ihr Badetuch neben ihm aus und streckte sich aus. »Wie wäre es, wenn Sie mir etwas über sich erzählen?« Sie stützte den Kopf in die Hand. Nur eine kleine Bewegung, und sie hätte Joffrey berühren können. An Deck verbot es sich, aber vielleicht später in ihrer Kabine … Seine breite Brust befand sich in Saras Augenhöhe, und sie nahm die Sonnenbrille ab und blickte Joffrey in die dunkelblauen Augen, die Himmel und Meer wie große Saphire einzufangen schienen. »Das ist vermutlich noch viel interessanter als mein Leben.«

Joffrey setzte schon zu einer Antwort an, als eine Stimme neben ihm »Hallo, was für ein Traumwetter!«, sagte. Zuerst fing er Saras finsteres Stirnrunzeln auf, ehe er den Kopf wandte.

Der *Degen*. Isaac Bangs stand in einem wallenden, als Sonnenschutz dienenden weißen Umhang neben ihnen und ähnelte mit seinen schwarzen Haaren und den schwarzen Glutaugen tatsächlich einem persischen Prinzen, und als ein Windstoß den Umhang hochfegte, konnte Joffrey sich davon überzeugen, dass auch die weitere Beschreibung des Inspizienten zutraf. Alles an Bangs war schlank und schmal wie ein Degen.

»Was wollen Sie?« Saras Stimme klang ungewöhnlich unfreundlich.

»Nichts.« Bangs störte sich nicht an ihrem Ton, sondern blieb stehen und blickte lächelnd auf Joffrey hinunter.

»Sie nehmen uns die Sonne«, sagte Sara missmutig.

Joffrey grinste. »So schlank, wie er ist, wirft er doch gar keinen Schatten.«

Bangs richtete seinen Blick auf Joffreys blaue Augen. »Sie werfen bestimmt sehr viel Schatten mit Ihren breiten Schultern, Joffrey. Ich würde auf jeden Fall ganz in Ihrem Schatten verschwinden, wenn Sie sich über mich beugten ... wogegen ich übrigens nichts einzuwenden hätte.«

»Hauen Sie ab«, sagte Sara leise, aber so scharf, dass Bangs gehorchte, nicht ohne Joffrey noch einmal zuzulächeln. »Er nennt Sie Joffrey?«, fragte sie dann allzu beiläufig.

»Wir sprechen uns alle mit dem Vornamen an, Sara.« Joffreys Lächeln verstärkte sich. »Eifersüchtig, dass sich ein Interessent für meine breiten Schultern gefunden hat?«

»Eifersüchtig? Ich?« Sara hob den Kopf und ärgerte sich über sein selbstsicheres Lachen. »Wie kommen Sie auf die Idee?«

Er lachte leise. »Dann würde es Sie also nicht stören, wenn ich über den *Degen* Schatten werfe?« Er richtete sich auf und beugte sich halb über Sara. »So, zum Beispiel?«

Sie starrte aus schmal zusammengezogenen Augen zu ihm auf. »Sie nehmen mir die Sonne weg, Joffrey.«

Er ließ seinen Blick ungeniert über die schönen Züge ihres Gesichts wandern und verharrte an ihren leicht geöffneten Lippen. »Es ist auch ohne Sonne heiß genug«, murmelte er, und ehe Sara begriff, was er plante, beugte er sich herunter und küsste diese Lippen, die ihm so verlockend entgegenschimmerten.

Es war ein fester, fordernder Kuss, und wenn Joffrey auch nur spielerisch Saras Lippen mit den seinen öffnete und ihren Mund verschloss, so fühlte sie sich ihm doch restlos ausgeliefert, und wenn er ihren Mund jetzt mit einem Vorstoß seiner Zunge hätte erobern wollen, so hätte sie sich nicht wehren können – weniger wegen seiner überlegenen Kraft, als wegen des plötzlichen Schwindens ihrer Kraft. Sara hob hilflos die Hand und legte sie auf Joffreys Schulter, fühlte seine heiße, glatte Haut unter ihren Fingern und dazu die Härte seines Körpers, den sie keinen Zentimeter von sich schieben konnte – und im nächsten Moment fiel ihr die Sonne wieder blendend ins Gesicht, und Joffrey streckte sich auf seiner Matte seufzend aus. Dieser ... dieser ... Sara sah ihm ins Gesicht, und ihr aufflackernder Zorn schmolz unter seinem sanften Lächeln.

»Sie werden während der Fahrt noch genug Gelegenheit haben, mich kennenzulernen ... für die Biografie«, murmelte sie und erwiderte sein Lächeln. »Sie sollen ständigen Einblick in meine bescheidene Seele und mein einfaches Innenleben bekommen.«

Joffrey lachte leise und dachte, dass dieses schlaue Biest ihre momentane Schwäche bei seinem Kuss durch die Rolle der bescheidenen Künstlerin überspielte und er hoffte, dass seine fast schmerzhafte Erektion verschwand, bevor er sich auf dem nicht eingeölten Rücken einen Sonnenbrand holte ...

Sara hielt ihr Versprechen, zeigte sich ab sofort häufig an Deck und in den Aufenthaltsräumen, ging mit Joffrey an Deck spazieren, erzählte, plauderte, ließ sich von seinen früheren Reisen berichten und diskutierte mit ihm über seine Romane. Und zu den Mahlzeiten lud sie ihn ein. In ihre Suite. Ihn und stets noch ein paar andere Mitglieder der Belegschaft. Wenn er gedacht hatte, er könne sie mit einem einzigen Kuss und dem Anblick seines eingeölten Körpers erobern, sollte er sich getäuscht haben. So leicht wollte Sara es ihm nicht machen.

An Deck herrschten mittlerweile tropische Temperaturen, und wer sich überhaupt aus seiner Kabine wagte, trug leichte Sommerkleidung. Sara wäre am liebsten in ihrer Suite – mit Klimaanlage – geblieben, aber sie hatte an diesem Tag Joffrey erst einmal gesehen. Und das war entschieden zu wenig! Sie fand ihn an der Reling lehnend vor, und nicht nur ihr erschien sein Anblick in einer knappen weißen Leinenshorts unwiderstehlich. Der *Degen* hielt sich an Joffreys Seite, redete eifrig auf ihn ein und unterbrach sich erst, als Sara in ihrem weißen luftigen Sonnentop näherkam.

»Vielleicht sollten Sie die Zeit nutzen und Ihre Rolle für die Tournee auffrischen, Mr. Bangs.« Sara vermied absichtlich seinen Vornamen und legte in ihre Stimme jene Kälte, die ihr Ensemble normalerweise fürchtete.

»Ich kann meine Rollen perfekt, Miss Burrows«, erwiderte ihr Hauptdarsteller gereizt. »Ich habe mich gerade ausgezeichnet mit Joffrey unterhalten, und wir haben viele Gemeinsamkeiten festgestellt. Nicht wahr, Joffrey?«

»Sehr viele gemeinsame Interessen«, bestätigte Joffrey, während seine dunkelblauen Augen mit einem spöttischen Funkeln auf Sara gerichtet waren, deren eisige Miene nun doch den *Degen* vertrieb.

»Sehr viele gemeinsame Interessen?«, wiederholte Sara und ärgerte sich maßlos über ihre eigene Dummheit, angesichts der Anspielung eifersüchtig zu werden. Sie fühlte doch, dass Joffrey sich nicht die Spur für Bangs interessierte, und doch … »Sollten Sie sich nicht lieber mit meiner Biografie beschäftigen? Sie sind nicht auf einer Vergnügungsreise.«

»Obwohl mir die Reise sehr viel Vergnügen bereitet.« Joffrey lächelte ihr zu, unbeeindruckt von ihrem allmählich hochbrodelnden Temperament, und als sie sich scharf abwandte und in ihre Suite eilte, folgte ihr sein Lachen.

An diesem Abend hatte Sara erneut zum Dinner geladen – Joffrey, Isaac Bangs, ihre Nebendarstellerin Carol Blaney und Gerald und Mary, zwei Kleindarsteller, dazu noch James Fowler. Die mitreisenden Stewards servierten zum Essen einen leichten Wein, und die allgemein gelöste Stimmung bekam erst einen Dämpfer, als Sara ihrer Neigung nachgab, bei dem Dinner Anekdoten und Witze zu erzählen. Joffrey konnte ehrlich lachen, waren für ihn die Geschichten doch neu. Die anderen lachten zwar hauptsächlich aus Höflichkeit, weil sie fast alle schon kannten, wie Joffrey von Fowler erfuhr, aber sie machten es so gut, dass Saras Stimmung immer weiter stieg.

Nur Isaac Bangs erregte erneut ihr Missfallen. Nicht nur, dass er Joffrey während des Essens lächelnde Blicke zuwarf und ihm auch ein paar Mal zuprostete. Bei dem schon bekannten Witzen besaß Isaac außerdem die Frechheit, lange vor der Pointe loszulachen, etwas, das Sara hasste, wie ihr unschwer anzusehen war.

»Sehen Sie es doch von der positiven Seite«, meinte Joffrey, während die anderen nach dem Dinner allmählich aufbrachen. »Bangs hat sich wirklich über Ihre Storys amüsiert. Ein dankbareres Publikum kann man sich kaum wünschen.«

»Ich hasse Publikum, das schon im vorhinein weiß, was ich tun oder sagen werde.« Sara warf ihm einen gereizten Blick zu. »Gute Nacht!«

»Gute Nacht«, sagte Joffrey, allerdings nicht zu ihr, sondern zu dem als letzten gehenden Inspizienten und schloss hinter ihm die Tür.

»Ich sagte gute Nacht.« Sara war nicht in der Stimmung für eine Unterhaltung.

Joffrey nickte und kam langsam näher. »Ich habe tatsächlich die Absicht, mir eine gute Nacht zu machen.« Lächelnd streckte er ihr die Hand entgegen.

Saras Augen blitzten auf. Nun gut, sie hatte sich diesen aufregenden Mann nicht nur als Biograf, sondern eventuell auch als Liebhaber ausgesucht, aber sie wollte bestimmen, wann es so weit war. »Ihre Kabine ist nebenan, Joffrey.«

Er legte unbeeindruckt die Hand auf ihre nackte Schulter und betrachtete den Ansatz ihrer festen Brüste in dem weißen Korsagenkleid. »Sicher, aber warum sollten wir nach nebenan gehen, wenn es in deiner Suite viel bequemer ist?«

»Joffrey, nehmen Sie sofort Ihre Hand von meiner Schulter!« Sara hielt sich starr aufrecht, damit er nicht merkte, welche Impulse von seiner Hand durch ihren Körper strömten.

»Bitte sehr.« Er zog die Finger weg und legte stattdessen beide Hände seitlich an ihre Brüste. Seine Daumen strichen sachte über den Stoff auf ihren Brustwarzen. »Ist es so besser?« Um seine Mundwinkel zuckte es verdächtig.

»Nehmen Sie sofort Ihre Hände …«

Er nahm seine Hände nicht weg, sondern beugte sich zu ihr, bis seine Lippen fast die ihren berührten, aber er küsste sie nicht. »Du schickst mich wirklich weg?«, murmelte er, und sein Atem wehte über ihr Gesicht. »Wenn du das tust, gehe ich schnurstracks zu Bangs. Der wird mein Angebot schon zu schätzen wissen …«

»Joffrey, du bist verrückt!« Sie lachte atemlos und stöhnte gleichzeitig auf, als sich seine Hände fester um ihre Brüste schmiegten, und seine Lippen erstickten ihre Worte. Seine Zunge erfüllte ihren Mund, und Sara schloss die Augen und umschlang Joffrey mit ihren Armen, ganz in seinem Kuss vergehend und mit jeder Sekunde mehr verlangend.

»Gut!«, flüsterte Joffrey, ohne den Kontakt zu ihren Lippen zu unterbrechen.

»Schüchtern bist du wirklich nicht«, sagte Sara leise und fuhr mit der Zungenspitze über die Umrisse seines Mundes.

»Nie gewesen!«

Sara presste ihren Körper an Joffrey und lachte unterdrückt auf. »Ein ganzer Kerl, wie?«

»Was ich dir sogleich beweisen werde«, antwortete Joffrey, fing ihr Ohrläppchen mit den Lippen ein und knabberte sacht daran. Seine Hände schlüpften unter die Korsage, holten Saras Brüste heraus und streichelten die warme, glatte Haut, fanden die empfindsamen Spitzen und spielten daran.

»Joffrey, ja … ja …« Alle Zurückhaltung vergessend, drehte Sara den Kopf so, dass sie seine Lippen einfangen konnte, und berührte gleichzeitig seine Erregung. Bei seinem aus tiefster Brust kommenden Stöhnen stieß Sara ein zufriedenes Lachen aus.

Doch Joffrey überließ ihr nicht die Führung. Seine Hand glitt an ihren Nacken und hielt ihren Kopf fest, während er sie mit seinen Lippen und seiner Zunge liebte und ihr mit einem Kuss, wie ihn ihr noch kein Mann gegeben hatte, den Atem raubte, tief und leidenschaftlich und doch voller Rücksicht und Sanftheit. Seine andere Hand strich an Saras Bein hinunter, wanderte wieder hoch und zog das Kleid mit, und ehe Sara seinen direkten Angriff ahnte, fühlte sie bereits seine Finger über ihren Bauch streichen, in ihren Slip gleiten, das Dreieck aschblonder Haare berühren – und dort tatenlos verharren.

Während der Geschmack von Joffreys Kuss Saras Sinne erfüllte, trieb die Vorstellung seiner schönen, langen und schlanken Finger ihr Verlangen höher und höher, aber anstatt ihr Erfüllung zu schenken, löste Joffrey seine Lippen von den ihren, und als sie benommen die Augen aufschlug, blickte sie in sein von Verlangen, aber auch von Zärtlichkeit erfülltes Gesicht.

»Ich will dich lieben«, flüsterte Joffrey, und in seinen dunkelblauen Augen leuchtete ein Feuer, das einen in ihr schlummernden Funken zu einer hellen Flamme anwachsen ließ.

Ihre Augen weiteten sich, als sie erkannte, dass sie sich in diesen Mann verliebt hatte, ihn nicht nur von Anfang an begehrenswert gefunden, sondern auch als Mensch ersehnt hatte. Zum ersten Mal in ihrem Leben war es nicht nur eine Liebelei. Es war eine so starke Verbindung von Liebe und Verlangen, dass es Sara plötzlich vor Angst die Kehle zuschnürte, weil sie sich wie eine Auster fühlte, die sich schutzlos geöffnet hatte und nun diesem Mann wehrlos ausgeliefert war.

Tu mir nicht weh! wollte sie bitten, brachte jedoch keinen Ton über die Lippen.

Joffrey senkte den Blick in ihre Augen, und er brauchte keine Worte, um darin wie in einem aufgeschlagenen Buch lesen zu können. Behutsam berührten seine Lippen ihren bebend geöffneten Mund, und während er den nächsten Kuss ganz behutsam begann, berührten seine Fingerspitzen Saras Weiblichkeit, liebkosten, erforschten.

Er war so sanft, so rücksichtsvoll und ließ ihr so viel Zeit, dass Sara ihre gefühlsmäßige Schutzlosigkeit vergaß und unter seinem Kuss und seinen Berührungen dahinschmolz. Eine neue Leidenschaft wuchs in ihr, diesmal gepaart mit Liebe und Vertrauen, und als Joffrey ihr das Kleid abstreifte und sie auf die breite Couch sinken ließ, streckte Sara ihm die Arme entgegen. Sie wollte nicht von ihm getrennt sein, wollte ihn entkleiden, ansehen, berühren, spüren …

Er streifte seine Kleider ab. »Sara, Liebste …«, murmelte er, als er sich auf sie sinken ließ und ihre Hände über seinen Körper strichen, und sie kam ihm entgegen, bot sich ihm an und stöhnte seinen Namen, als Joffrey sie mit einem kraftvollen Stoß eroberte.

Sara fühlte, wie ihre aufgestaute Sehnsucht sie zu überwältigen drohte, wie sie mit ihm, mit seinen leidenschaftlichen Bewegungen mithalten wollte. Und sie spürte, wie er sich zurückhielt. Er bebte vor Anstrengung, und sie wollte ihm Befreiung bieten, ungeachtet ihrer eigenen Gefühle. Sie streichelte seinen Rücken, trieb ihn an, flüsterte unzusammenhängende Worte, nur damit er sich nicht länger beherrschte, und als Joffrey sich spannte und nach Luft rang, wurde auch Sara auf einmal von einer glühenden Sonne geblendet, von einer überraschenden Explosion mitgerissen, und als sie ihre Umgebung wieder wahrnahm, fühlte sie, dass zwischen ihnen etwas entstanden war, das sie bisher vermisst hatte – ein Band, das nicht nach der Befriedigung abriss, sondern Sara unter jedem sanften, trägen Kuss Joffreys, unter jedem Streicheln seiner Hände wohlig erschauern ließ und die Vorfreude auf jede weitere Berührung steigerte.

»Das war jämmerlich …«, murmelte Joffrey nach einer Weile und hob leise lachend den Kopf.

»Es war wundervoll«, flüsterte Sara und strich ihm die feuchten Haare aus dem Gesicht.

»Es war sagenhaft …« Er drückte einen Kuss auf ihren Hals. »Es war traumhaft …« Seine Lippen pressten sich auf das Tal zwischen ihren Brüsten. »Gigantisch …« Seine Lippen umschlossen die linke Brustspitze. »Einfach toll …

Aber rein vom Technischen her wäre es bestenfalls bei einem Schüler der Highschool vertretbar, der seine Angebetete zum ersten Mal auf den Rücksitzen von Vaters Wagen liebt.«

Sara sah für einen Moment sein lächelndes Gesicht, ehe sein Kopf sich zwischen ihre Beine senkte. »Joffrey, du bist wunderbar«, murmelte sie und zuckte unter seinem intimen Kuss zusammen.

»Jetzt kommt nach dem Schüler der Highschool ein wirklich wunderbarer Liebhaber ...« Sein Atem berührte sie einen Moment, bevor seine Lippen und seine Zunge ein Werk begannen, das dann doch nur der Auftakt einer von Liebe und Lust erfüllten Nacht war, von Umarmungen, die sich bis zum Morgengrauen hinzogen und vom Wohnzimmer ins Schlafzimmer führten und dort auf zerwühlten Laken mit den ersten Sonnenstrahlen endeten.

Joffrey rollte matt auf die Seite und legte einen Arm um Sara, und Sara drückte sich an ihn und lehnte ihren Kopf an seine Brust.

»Noch tiefere Einblicke kann ich meinem Biografen nun wirklich nicht mehr bieten«, murmelte sie, und Joffreys lautloses Lachen ging in die regelmäßigen Atemzüge eines ermatteten Tiefschlafs über ...

Als Sara und Joffrey sich am nächsten Tag zum ersten Mal an Deck zeigten, wussten alle anderen bereits, was sich in dieser Nacht abgespielt hatte. Die Blicke, die ihnen von allen Seiten zuflogen, sprachen eine deutliche Sprache.

»Du brauchst gar nicht so zufrieden und stolz zu grinsen«, raunte Sara bei ihrem Deckspaziergang Joffrey zu.

»Ich grinse nicht, ich lächle.« Er lachte ihr ins Gesicht. »Außerdem solltest du dich im Spiegel betrachten, bevor du so etwas sagst. Du siehst drein wie die sprichwörtliche Katze, die den Kanarienvogel erwischt oder den Sahnetopf leergeschleckt hat.«

Sie beugte sich zu ihm. »Wenn ich an letzte Nacht denke, fühle ich mich auch so ...«

Er hielt ihrem Blick stand, und in seinen Augen glomm ein Funke auf, den Sara bereits an ihm kannte. »Wenn du mich so ansiehst, bekomme ich eine Erektion ...« Er fasste sie am Arm und führte sie in ihre Suite, und Sara fühlte bei dieser ungenierten Zurschaustellung seines Verlangens nach ihr prickelnde Erregung durch ihre Adern fließen ...

»So lasse ich mir eine Seereise gefallen.« Noch am selben Abend traf Sara diese Feststellung im Wohnraum ihrer Suite, nachdem die Leidenschaft des Tages in eine sanfte Zärtlichkeit übergegangen war. Sie und Joffrey lagen vor dem imitierten Kamin auf dem weichen Teppich, und Sara erzählte mit leiser Stimme aus ihrem Privatleben, was ihr gerade einfiel. Irgendwann stockte sie plötzlich und betrachtete Joffrey skeptisch. »Ich erzähle zwar dir das alles, damit du mich besser kennenlernst, aber du kannst es auch für meine Biografie verwenden. Du sollst es sogar verwenden.«

Er nickte ihr aufmunternd zu. »Weiter! Du warst gerade dabei, wie du dich auf der Highschool in die Schlafsäle der Jungen eingeschlichen hast ...«

»Willst du dir keine Notizen machen?« Sie blickte sich suchend um. »Oder hast du hier irgendwo einen Diktiergerät aufgestellt?«

Er tippte sich gegen die Stirn. »Ich habe ein fabelhaftes Gedächtnis. Mach weiter.«

Sie erzählte, bis sie müde wurden, und Joffrey trug sie in ihr Bett, schob sich zu ihr unter die Decke und wollte schlafen.

»Wenn du ein so gutes Gedächtnis hast, dann hast du dir auch sicher alles gemerkt, was ich dir schon in New York und bisher auf dieser Reise erzählt habe?« Sara rüttelte ihn an der Schulter, als er nur seufzte.

»Mmmm«, brummte er und reckte sich.

»Dann hast du dir das irgendwann auch aufgeschrieben?« Sie nagte an der Unterlippe. »Hast du denn schon mit der Biografie angefangen? Gibt es so etwas wie eine Rohfassung der bisherigen Kapitel?«

Wieder musste sie Joffrey durch Rütteln aus dem einsetzenden Schlaf schrecken. »Mmmmmm ...« Leichter Unwille mischte sich in sein bestätigendes Brummen.

»Ich möchte gleich morgen früh alles lesen, was du bisher über mich geschrieben hast!« Sie rüttelte ihn erneut, doch diesmal entlockte sie ihm nicht einmal mehr ein Brummen.

Joffrey küsste sie am nächsten Morgen wach und bewies ihr, dass er sich während der Nachtstunden in jeder Hinsicht erholt hatte, aber als er hinterher noch auf zärtliche Worte wartete, fing er einen energischen Blick Saras auf.

»Ich will die bisher geschriebenen Seiten meiner Biografie sehen«, verlangte sie. »Du hast mir gestern vor dem Einschlafen versprochen, dass du sie mir zeigst.« Sie hob warnend die Hand, als Joffrey heftig den Kopf schüttelte. »Streite es nicht ab. Du hast zwar schon fast geschlafen, aber du hast es mir versprochen.«

»Schwindlerin!« Er lächelte ihr selbstsicher ins Gesicht. »Das habe ich dir nie versprochen, weil das überhaupt nicht in Frage kommt. Du siehst erst das fertige Buch.«

»Ausgeschlossen!« Sara jagte hinter ihm aus dem Bett hoch. »Ich bin deine Auftraggeberin! Ich will die Biografie sehen!«

»Erst, wenn sie fertig ist.« Joffrey verschwand in ihrem Bad, und als sie gleich darauf die Dusche rauschen hörte, stürmte Sara wutentbrannt hinein.

»Raus aus meiner Kabine!« Sie riss den Duschvorhang beiseite. »Raus, und komm mit dem Manuskript wieder!«

Joffrey deutete grinsend an sich hinunter. »Raus? So, wie ich bin? Das gibt ein Fest für die gesamte Mannschaft.«

Sie ließ ihn in Ruhe fertig duschen, und als er zum Frühstück immer noch ohne sein Manuskript erschien, versuchte sie es mit Schmeicheln. Beim Mittagessen bot sie ihm an, eventuelle Fehler zu korrigieren. Beim Tee am Nachmittag wollte sie wissen, was er denn schon alles geschrieben und ob er auch nichts vergessen hatte.

»Die Biografie wird absolut vollständig sein.« Joffrey nickte Sara beruhigend zu. »Du selbst könntest sie nicht genauer schreiben.«

Beim Dinner probierte Sara düstere Drohungen aus, es werde ihm bitter leid tun, wenn er ihr die bisher geschriebenen Seiten nicht zeigte ... Joffrey lächelte nur milde.

Am nächsten Vormittag bestand Sara darauf, dass er sich allein an Deck sonnte. Sie würde nachkommen. Zwanzig Minuten später ertappte er sie dabei, wie sie vergeblich versuchte, seine Kabinentür zu öffnen. Er ließ wortlos den Kabinenschlüssel von seinem Zeigefinger baumeln, und Sara fegte wütend an ihm vorbei. »Du kommst nicht mehr in mein Bett!«, zischte sie ihm dabei zu.

»Wir müssen uns nicht unbedingt im Bett lieben!«, rief Joffrey ihr lachend nach. »Das haben wir doch schon ausprobiert.«

Sie probierten es am späten Abend wieder aus, und Joffreys Konzentration wurde nur dadurch gestört, dass er aus seiner benachbarten Kabine Geräusche zu hören glaubte.

»Da ist ganz bestimmt niemand!« Sara machte ein so betont harmloses Gesicht, dass es mehr als verdächtig wirkte. »Komm, liebe mich noch einmal. Unter der Dusche!«

Joffrey ließ sie unter die Dusche schlüpfen, schlüpfte seinerseits in einen Bademantel, störte sich nicht daran, dass der Mantel Sara gehörte und ihn nur sehr mangelhaft verhüllte, und fand in seiner Kabine einen Mann vor. Nicht den *Degen*! Auch keinen anderen an ihm interessierten Mitarbeiter der Truppe, sondern einen der Bühnenarbeiter.

Joffrey betrachtete die Kabinentür, in der sein Schlüssel steckte, den der Bühnenarbeiter offenbar aus seinen in Saras Wohnzimmer liegenden Sachen geklaut hatte. Danach betrachtete er den in seinen Papieren herumwühlenden Bühnenarbeiter, der ihn jetzt anstarrte, zwischen Betroffenheit und Angst schwankend, und wandte sich stumm an die in einem anderen Bademantel hereinstürmende Sara.

»Sieh mich nicht so an!« Wütend zurrte sie den Gürtel ihres Bademantels zu. »Ich bin im Recht! Schließlich sind es Kapitel *meines* Lebens, die ich lesen will!«

Daraufhin gab Joffrey dem Bühnenarbeiter eine so gewaltige Ohrfeige, dass dieser im Beisein von Sara von Stund an ewige Loyalität schwor – Joffrey gegenüber ...

5

»Ist er nicht wunderbar, der Zuckerhut?« Zofe Dorothy seufzte verzückt und starrte auf das Wahrzeichen von Rio.

»Südamerika, ich komme!«, rief Sara, an der Reling stehend, und breitete die Arme ähnlich wie die Christusstatue auf dem Zuckerhut aus.

»Man kann diesen Schwarz-Weiß-Tick ja auch übertreiben«, übertönte Isaac Bangs das aufgeregte Stimmengewirr an Deck.

»Was für eine Stadt! Was für eine Stadt!«, schwärmte Inspizient Fowler.

»Das soll wohl eine Matrosenjacke sein«, murmelte Isaac mit Blick auf Saras Outfit.

»Ich werde Furore in Südamerika machen!« Sara hielt ihren Hut gegen eine steife Brise fest, die das Meer ringsum aufpeitschte.

»In diesem Aufzug bestimmt.« Isaac Bangs lachte knapp auf. »Dieses Röckchen gehört aber nicht zur Matrosenuniform ...«

Joffrey löste endlich den Blick von der Silhouette der weltberühmten Stadt, um Saras Aufzug zu betrachten. Weiß war der Grundton von Hut, Jacke und Kleid, schwarz das Hutband, die Schleife an der Krempe, ebenso die Revers, Borten, Knöpfe, Stulpen und Verschlussklappen an den vier großen aufgesetzten Taschen. Und das Kleidchen ... mini und aus durchsichtigem weißen Tüll, ein krasser Gegensatz zu der streng wirkenden, auf Taille geschnittenen Jacke.

»Mehr als auffällig«, lästerte Isaac Bangs.

Joffrey lächelte den *Degen* anzüglich an. »Stände hier an der Reling ein junger Matrose in diesem Aufzug, würden Sie sich garantiert nicht beklagen.« Daraufhin presste Bangs die Lippen aufeinander, fühlte sich offenbar ertappt und schwieg verbissen.

Sara achtete kaum darauf, was die Männer untereinander sprachen. Sie tastete nach Joffreys Hand, von der Erregung der bevorstehenden Mammuttournee gepackt, von den Herausforderungen, die ihr ein ganzer Kontinent bot. »Es muss klappen«, flüsterte sie. »Es wird klappen!«

Joffrey sah sie erstaunt an, als ihre in einem weißen Handschuh steckenden Finger beinahe schmerzhaft zudrückten. Er deutete ihr angespanntes Lächeln richtig. »Du wirst es schaffen«, raunte er ihr zu und hauchte einen Kuss auf ihre Wange.

»Natürlich, was denn sonst!« Sara entzog ihm ruckartig die Hand und warf sich in die Positur der Diva, die sie für alle öffentlichen Auftritte parat hatte. »Ich schaffe immer alles!«

Joffrey beugte sich zu ihrem Ohr. »Bis auf hypermoderne Theaterstücke, die nichts taugen und die auch keiner sehen will.« Er lächelte harmlos bei ihrem mörderischen Blick. »Als Biograf muss ich ehrlich sein und auf alles hinweisen ...«

»Weise du lieber in meiner Biografie darauf hin, wie ich jetzt gleich von Bord stürmen und die jubelnden Menschenmassen in meinen Bann schlagen werde!«

Das Schiff machte an der Mole fest, und auf dem Pier drängten sich tatsächlich zahlreiche Menschen ... allerdings alles Uniformierte, die sehr offiziell und gar nicht wie Fans wirkten. Eine Gangway wurde an das Schiff herangerollt, und die Truppe der Uniformierten stürmte der von Bord gehenden Sara Burrows entgegen und verhinderte ihren ersten großen Auftritt auf südamerikanischem Boden.

»Zollkontrolle!«

Das war vorerst das einzige verständliche Wort. Alles Weitere spielte sich in den nächsten Minuten des Zolls in einem absolut unverständlichen Portugiesisch ab, und zwar in Form von Kommandos, mit denen sich die Uniformierten überall auf dem Schiff verteilten. Den für alle verständlichen Teil steuerte Sara in Form von Fragen, Anklagen und Verwünschungen bei, bis sich der Chef der Zöllnergruppe persönlich um sie kümmerte.

»Sie müssen die gesamte Handelsware auf diesem Schiff deklarieren und verzollen.« Seine strenge Miene täuschte nicht darüber hinweg, dass sich seine Augen mit dem durchsichtigen Teil des Kleides unterhalb der Jacke beschäftigten, und Joffrey verspürte einen Stich der Eifersucht.

»Mein guter Mann!« Sara lächelte den Zöllner huldvoll an. »Brasilianischer Zoll oder nicht, aber auch Sie müssten in der Lage sein, zu erkennen, dass wir eine Theatergruppe sind und unsere Requisiten und Kulissen und unser bescheidenes persönliches Gepäck mit uns führen.«

Der Zolloffizier lockerte seine strenge Miene durch den Hauch eines Lächelns auf. »Die unzähligen Koffer in Ihrer Suite nennen Sie bescheiden?«

»Sie sollten mich sehen, wenn ich mit großem Gepäck verreise.« Sara gab sein Lächeln hundertfach zurück. »Ich bin Sara Burrows aus New York. *Die* Sara Burrows. Mir gehört ein Theater am Broadway.«

Der Offizier machte erneut eine strenge Miene. »Dann werden Sie die Handelsware auf diesem Schiff als Theaterrequisiten deklarieren und verzollen?«

Saras Lächeln war dazu angetan, Steine schmelzen zu lassen. »Was Sie als Handelsware bezeichnen, ist unser Handwerkszeug als Schauspieler. Wir sind eine Theatergruppe.« Und als der Offizier sich nunmehr darauf beschränkte, offiziell streng dreinzusehen und inoffiziell das atemberaubende Minikleid zu betrachten, streckte Sara den Arm aus, als hielte sie etwas in der flachen Hand. »Sein oder Nichtsein, das ist hier die Frage!«, deklamierte sie und bohrte ihren verführerischsten Blick in die dunklen Augen des Zolloffiziers. »›Hamlet‹.«

»Hamlet war ein Mann, ein dänischer Prinz«, wandte der Offizier skeptisch ein. »Sie sind eine Frau ... offensichtlich ...«

»Schon die große Sarah Bernhardt, meine Fast-Namensvetterin, hat den Hamlet gespielt, natürlich als Mann verkleidet.«

»Frauen als Männer verkleidet ... albern.« Der *Degen* rümpfte abfällig die Nase. »Ich würde sofort den Unterschied merken.«

Sara wandte sich ihrem Hauptdarsteller kurz zu. »Halten Sie die Klappe, oder ich werfe Sie über Bord ... unverzollt.« Ihr schönstes Lächeln galt wieder dem Zolloffizier. »Sind Sie jetzt davon überzeugt, dass wir eine Theatertruppe sind?«

Der Offizier holte tief Luft, seufzte schwer und verlangend, gab Saras Lächeln zurück und drückte einen Stempel auf ein großes, sehr offiziell aussehendes Formular. Dann salutierte er und ging an der Spitze seiner ganzen Truppe von Bord.

»Zeig mal.« Joffrey streckte die Hand nach dem Formular aus. »Was steht da drauf?«

»Ist doch egal.« Sara ließ das Blatt in einer ihrer Jackentaschen verschwinden. »Hauptsache, wir dürfen unverzollt ausladen.«

Wie auf ein Stichwort hin stürmte nun eine nicht uniformierte Gruppe von kräftigen Männern das Schiff. »Entweder sind das Räuber oder Hafenarbeiter.« Joffrey sah zu, wie sie alles packten, was nicht niet- und nagelfest war, und von Bord schleppten.

Hinter einer Absperrung im Zollhafen entdeckte Sara eine Gruppe winkender Menschen. »Ich muss mich endlich meinen Anhängern zeigen.« Sie wollte die an Land führende Gangway betreten, doch Inspizient Fowler riss sie im letzten Moment zurück, sonst wäre sie von einem riesenhaften Hafenarbeiter mit einem Schrankkoffer auf dem Rücken umgerannt worden.

»Allein das Ausladen der Koffer unserer verehrten Chefin wird Stunden dauern.« Isaac Bangs gefiel sich in seiner negativen Stimmung. »Auch darin äfft sie die Bernhardt nach ... die echte!«

Joffrey wandte sich an die sich vergebens nach ihren Fans sehnende Sara. »Willst du wirklich mit so viel Ballast durch einen ganzen Kontinent reisen? Und wohin?«

Ihr Lächeln fiel kühl aus. »Teils per Zug, teils per Flugzeug. Nach Peru, Uruguay, Chile, Panama und Argentinien. Hast du dir das mit deinem fabelhaften Gedächtnis gemerkt, du geheimnisvoll tuender Biograf?«

Joffrey lächelte unbeeindruckt zurück. »Teils per Zug, teils per Flugzeug. Nach Peru, Uruguay, Chile, Panama und Argentinien. Hast du dir das mit deinem fabelhaften Gedächtnis gemerkt, du geheimnisvoll tuender Biograf?«

Sara applaudierte ihm und sprang zur Seite, als ein Kulissenteil neben ihr auf die Deckplanken knallte. Ihr Aufschrei ging in dem Rasseln einer Kranwinde unter, mit der andere Kulissen aus dem Bauch des Schiffes gehievt wurden, diesmal ohne auf das Schiff zurückzustürzen.

Die Zollbeamten sahen mit wachsendem Staunen zu, was alles von dem Schiff an Land gebracht und auf Lastwagen verladen wurde, und als Sara endlich elegant und ätherisch schön ihren jubelnden Fans entgegenschwebte und huldvoll die Ovationen entgegennahm, waren die Zöllner allein schon vom Zählen der Gepäckstücke erschöpft.

»Miss Burrows! Miss Burrows!« Inspizient Fowler fing Sara ab, als sie soeben in eine schwarze Limousine steigen wollte. »Ist die Ankerwinde versehentlich abgeladen worden, oder gehört sie zu unseren Requisiten?«

Sara kramte kurz in ihrem Gedächtnis und winkte lässig ab. »Kann mich nicht mehr erinnern ... nehmen Sie sie auf jeden Fall mit.«

Die Türen der Limousine schlugen zu, und Joffrey fand sich inmitten des tobenden Chaos auf dem Pier allein gelassen und vergessen.

Seufzend quetschte er sich zu den Nebendarstellern in einen ebenso engen wie stickigen Wagen und bekam einen Vorgeschmack auf seine weitere Rolle bei dieser Tournee. Er war ein passiver Beobachter, der stets von einem Mahlstrom mitgerissen wurde, gegen den er sich nicht aus eigener Kraft stemmen konnte. Und dieser Mahlstrom bestand aus einer Mischung von Triumphen und Pannen, von Höhepunkten und Pleiten. Es gab nur einen Fixpunkt in diesem Aufruhr, und das war nachts Saras Bett – oder seines, wenn Joffrey zufällig einmal ein breiteres Bett erwischt hatte. Sobald sich hinter ihnen beiden die Tür schloss und der Schlüssel herumgedreht wurde, gab es wieder Liebe, Leidenschaft und Lust bis zur Erschöpfung für sie.

»Rio war wunderbar!«, schwärmte Sara auf dem Flug nach Peru. »Freundliche Menschen, jubelnde Theaterbesucher.«

»Ihr habt in den falschen Dekorationen gespielt, weil die richtigen schon vorausgeschickt worden waren.« Joffrey versuchte, den versäumten Schlaf nachzuholen.

»Sicher, sicher, aber niemand hat es bemerkt.« Sara blickte sich in der Maschine um. »Wo ist eigentlich Carol? Carol Blaney?«

Die Nebendarstellerin fand sich auch bei genauester Durchsuchung der Maschine nicht. Zwar tauchte sie in Lima mit der nächsten Maschine auf – sie war in Rio schlicht im Hotel vergessen worden –, aber dafür vermissten die Bühnenarbeiter ihr eigenes Gepäck, und Sara musste die Genehmigung erteilen, dass die Leute in Lima neue Sachen kaufen konnten. Natürlich auf Saras Kosten.

»Wie kann man in dieser dünnen Luft überhaupt spielen?«, ächzte Isaac Bangs nach der zweiten Vorstellung in Lima und ließ sich von James Fowler die knapp gewordene Luft zufächeln. »Die Stadt liegt viel zu hoch für eine normale Theatertruppe aus New York! Hier dürfte man nur Himalajakletterer als Schauspieler einsetzen.«

»Stellen Sie sich nicht so an!« Sara packte den Erschöpften am Arm. »Verbeugen Sie sich lieber zusammen mit mir! Unser Publikum wartet!«

Isaac hob das vom Schweiß der Erschöpfung bedeckte Gesicht. »Der wievielte Vorhang ist das denn?«

»Nummer zweiundsiebzig.« Fowler machte einen Strich auf einem Zettel und deutete zur Bühne. »Die Leute rufen nach Ihnen, Miss Burrows.«

Sara streifte den erschöpften Isaac mit einem nachsichtigen Blick. »Stimmt, sie rufen nach *mir*. Bleiben Sie also ruhig hinter der Bühne!« Sie breitete die Arme aus, schwebte unter erneut aufbrandendem Jubel auf die Bühne, sank zu einer tiefen Verbeugung in sich zusammen, und das Publikum raste. Blumensträuße flogen auf die Bühne. Leute pfiffen und trampelten.

Joffrey schüttelte lächelnd den Kopf, als Sara in die Kulisse zurückkehrte. »Sei bloß vorsichtig, sonst begraben sie dich unter einem Berg von Blumen.« Er beugte sich zu ihrem Ohr. »Ich brauche dich noch sehr dringend.«

Saras Gesicht war gerötet, ihre Augen funkelten erregt. »Was kann es Schöneres geben als den Jubel meines Publikums?« Sie stürmte erneut auf die Bühne, und beim hundertsten Vorhang hörte Inspizient Fowler zu zählen auf.

In dieser Nacht erinnerte Joffrey sich an Saras Ausspruch, während er sie liebte. »Ist das hier nicht schöner als der Jubel deines Publikums?«, flüsterte er ihr ins Ohr und senkte sich besonders langsam und tief in sie.

Ihre Fingernägel gruben sich in seine Schultern. »Es ... es ist ... wunderbar ... Aber ... aber dieser Jubel, der Applaus ... herrlich!«

Er versuchte, nicht in seinem männlichen Stolz gekränkt zu sein, und steigerte das Tempo seiner Bewegungen. »Und das ... ist das nicht schöner?«

Ihr Atem ging schneller, flacher. Ihre Lider senkten sich, und ihre Lippen bebten. »Der Applaus ist ... wie ein Rausch. Er reißt mich mit ... hebt mich hoch ...«

»*Ich* berausche dich.« Er schob seine Hände unter ihr Becken. »*Ich* reiße dich mit!« Zwischen ihren Körpern glühte eine verzehrende Hitze, die ihm allmählich die Besinnung raubte.

»Joffrey!« Saras Welt explodierte, löste sich in Lava auf, und sekundenlang schenkte Joffrey ihr ein Gefühl, das sie auch bei hundert Vorhängen nicht erlebte.

Einige Tage später waren die Höhenflüge allerdings vorbei. Gerald Barnstable, ein Kleindarsteller, war und blieb verschwunden, und die ratlose Truppe wusste nicht einmal, in welchem Staat sie ihn verloren hatte. Ein Bühnenarbeiter konnte sich nur an eine Schwarzhaarige erinnern, von der Gerald geschwärmt hatte und die er nicht mehr verlassen wollte.

»Kann mir jemand erklären, warum wir diesmal nicht geflogen sind?« Joffrey blickte sich in dem rasselnden, ratternden und rumpelnden Eisenbahnwaggon mit den blanken Holzbänken um. »Und wer ist bloß auf diesen Zug verfallen?«

Missmutige Gesichter starrten ihn an, und sie wurden immer missmutiger, je länger die Fahrt ohne Getränke und Verpflegung dauerte.

»Wer ist denn für die Reiseplanung zuständig?« Joffrey wiederholte die Frage bei ein paar Leuten, die seiner Meinung nach zuständig sein könnten, und erhielt nur ablehnende und geradezu feindselige Blicke.

Endlich hatte er sich zu Sara vorgekämpft, die einen Platz in dem einzigen gepolsterten Abteil des Zuges ergattert hatte. »Stör mich nicht!« Ihr abwehrender Blick hätte jeden anderen vertrieben, nicht jedoch Joffrey, der sich ihr ungeniert gegenübersetzte. »Ich muss Rollen studieren.«

»Und inzwischen gehen alle deine Begleiter zugrunde, weil sie zu Tode gerüttelt werden. Gab es denn keine andere Verkehrsverbindung nach Chile?«

»Du solltest dich lieber um meine Biografie kümmern. Das ist deine Aufgabe, nicht die Transportmöglichkeiten auf dem südamerikanischen Kontinent.« Saras hoheitsvoller Blick konnte Joffrey jedoch nicht von seinem Platz vertreiben.

Er verbeugte sich nur spöttisch. »Majestät!«

Sara ließ das Skript sinken, in das sie sich erneut vertieft hatte, und warf ihm einen dolchartigen Blick zu. »Und was, bitte schön, soll das heißen?«

Er zuckte lässig mit den Schultern. »Wenn du dich wie eine tiefste Ehrerbietung verlangende, biografieauftraggebende Monarchin aufführst …«

»Hoffentlich schreibst du die Biografie nicht so verquast, wie du sprichst.« Sie zeigte zur Tür. »Morgen Mittag sind wir am Ziel! Vorher will ich dich nicht mehr sehen. Ich ringe um Leistung. Ich bin in erster Linie Künstlerin, ebenso in zweiter und dritter Linie ...«

»Und heute Nacht?« Er hob eine Augenbraue und lächelte sinnlich.

»Auch heute Nacht bin ich Künstlerin ...«

Er schüttelte den Kopf und sah sich in dem sich rüttelnden und wackelnden Abteil um. »Wir sollten die Gelegenheit nicht verpassen, Honey. Wir brauchen nur aufeinander zu liegen. Alles andere besorgt der Zug mit seiner Ruckelei. Die perfekte Liebesmaschine.«

Um Saras Mundwinkel zuckte es verdächtig, aber es kam nachts trotzdem zu keinen Intimitäten. Zwar hatte sich die ganze Truppe bei einem Halt in einem winzigen Dorf mit Verpflegung versorgt, aber es war heiß und stickig in dem voll besetzten Wagen, es gab keine Waschgelegenheiten, und nachdem Zofe Dorothy das erste Insekt in einem der Abteile entdeckt hatte, war ohnedies jeder Gedanke an Lust verpufft.

Endlich in Santiago angekommen, zog Sara sich in ihre Hotelsuite zurück, telefonierte mit Leyla, was sie von jeder Station der Tournee aus getan hatte, und sank anschließend in ihre Badewanne, bis sie glaubte, sich in dem warmen, duftenden Wasser aufzulösen.

Wenige Stunden später auf der Bühne eines Freiluftstadions wandte Sara sich genervt an ihre Mitspieler. »Und wozu habe ich mich überhaupt gewaschen?« Sie blickte anklagend an ihrem blutrot verfärbten, ehemals weißen Bühnengewand hinunter und wich in letzter Sekunde einer weiteren heransausenden überreifen Tomate aus, während neben ihr Isaac Bangs weniger Glück hatte und unter einem Tomatenhagel zu Boden ging. »Fowler!«

Der Inspizient eilte Sara zu Hilfe, auf dem ketchupartigen Tomatenbrei auf dem Bühnenboden mehr gleitend als gehend, und führte sie in die Kulisse. »Stellen Sie fest, was hier eigentlich los ist!«, fauchte Sara.

Fowler warf Joffrey einen hilfesuchenden Blick zu, doch der zuckte mit den Schultern und überließ es dem Inspizienten, Sara die Wahrheit beizubringen. Fowler schluckte schwer und zuckte zusammen, als im Publikum ein Pfeifkonzert losging. »Ein kleiner Irrtum ... eine Verwechslung ... die Leute hier haben eine Popsängerin erwartet und nicht jemanden, der sie mit Sardou-Stücken wie ›Fédora‹, ›Théodora‹, ›La Tosca‹ und ›Cléopâtre‹ erfreuen will ...«

Sara schloss die Augen und atmete mit bebenden Nasenflügeln tief ein. »Kunstbanausen!«, flüsterte sie vor Zorn geschüttelt. »Die Bernhardt haben sie in diesen Stücken gefeiert!«

»Gewiss, aber vor fast hundert Jahren, und Sie sind nicht ...«

Sara schleuderte Fowler einen Schlangenblick zu, raffte ihr beflecktes Kleid und stürmte auf die Bühne. »Und wenn ich auch nicht die Bernhardt bin, so trete ich trotzdem auf!«, schrie sie den tobenden Massen entgegen – und stand die Vorstellung bis zum Ende durch, ohne dass das Publikum sich so weit beruhigt hätte, dass man den Text hätte verstehen können. Was jedoch nichts an Joffreys Eindruck änderte, dass sich das jugendliche Randale-Publikum dennoch fabelhaft amüsiert hatte ...

Am Ende verbeugte Sara sich tief, hob eine ganz gebliebene Tomate vom Boden auf, biss kräftig hinein und wankte, zu Tode erschöpft, in die Kulisse, wo sich ihr Blick auf Joffrey richtete. »Vergiss ja nicht, diesen Vorfall in deiner verdammten geheimen Biografie zu erwähnen, hörst du?« Sie stützte sich schwer auf seinen Arm. »Und wenn du nicht verhinderst, dass mir während der restlichen Tournee irgendein Tomatengericht vorgesetzt wirst, sind wir geschiedene Leute ...«

In dieser Nacht blieb Joffrey zwar auch bei Sara, hielt sie jedoch nur in den Armen und streichelte sie, bis sie die schlimmste Erschöpfung und Enttäuschung überwunden hatte und endlich einschlafen konnte.

»Wie siehst du mich eigentlich?« Sara fixierte Joffrey auf dem Flug nach Panama mit einem auf den Grund seiner Seele dringenden Blick.

»Sehr gut!« Joffrey nahm dankend einen Drink von der Stewardess entgegen. »Ich sitze genau neben dir. Der Ausblick auf dich ist hervorragend.«

Sara winkte ungeduldig ab. »Du hast mich im Lauf der Tournee kennengelernt. Was denkst du über mich?«

Seine blauen Augen funkelten amüsiert. »Du willst doch nur herauskriegen, was ich schreiben werde.«

Sie schüttelte indigniert den Kopf. »Ich habe dich nicht gefragt, was du über mich schreiben wirst. Ich habe dich klar und deutlich gefragt, was du von mir denkst.«

Er stärkte sich zuerst mit seinem Drink. »Als Biograf bin ich über so viel Stoff begeistert ...«

»Und als Mann?« Ihre Augen zogen sich prüfend zusammen.

»Als Mann ... bin ich von dir fasziniert, aber nicht immer begeistert ...«

»Und was heißt das?« Ihre Stimme kühlte merklich ab. »Hast du dich etwa von dunkelhaarigen und glutäugigen südamerikanischen Schönheiten bezirzen lassen?«

»Ich meine dieses Wechselbad an Stimmungen, das du ...«

»Interessiert dich vielleicht die Stewardess, die dir gerade den Drink gebracht hat?«

Joffrey winkte ab. »Ich spreche nicht als Mann, sondern ...«

»Du hast sie sehr aufreizend angesehen.« Sara ballte die schlanken Hände zu Fäusten. »Es wäre nicht nötig gewesen, eine Stewardess dermaßen anzustrahlen.«

»Deine Eifersucht ist einer der Punkte ...«

Sara lachte eine Spur zu fröhlich auf. »Ich und eifersüchtig? Ich bitte dich, Joffrey! Ich kenne dieses Wort nicht einmal!«

»Dann hast du auch keinen Grund, dich darüber zu beklagen, weil ich die Stewardess angesehen habe.«

»Aha!« Sie richtete sich empört auf. »Du gibst also zu, dass du sie absolut ungebührlich angestarrt hast?«

Joffreys Seufzer ging in einer Lautsprecherdurchsage des Captains unter. »Ich gebe überhaupt nichts zu.«

»Du besitzt tatsächlich die Frechheit, nach wie vor alles abzustreiten?« Sara umkrampfte ihre Armstützen. »Vor meinen Augen fällst du mit Blicken förmlich über die Stewardess her, und dann streitest du es auch noch ab?«

»Du kannst rasend eifersüchtig sein.« Er zählte an den Fingern mit. »Du kannst auf launenhafte Diva machen ...«

»Nie!«

»Ich habe dich oft genug dabei beobachtet.«

»Nie!«

»Du kannst Leute herumscheuchen, bis sie zusammenbrechen, und dann machst du doch alle Anordnungen wieder rückgängig. Ganz Diva!«

»Nie!«

»Sobald Presse in der Nähe ist, verwandelst du dich in eine Superdiva und ...«

»Frei erfunden!« Sara wandte ihm den Rücken zu und starrte aus dem Fenster. »Ich will nie mehr mit dir auch nur ein Wort sprechen.«

Joffrey beugte sich zu ihr. »In Ordnung! Ich werde dich heute Nacht ohne ein Wort lieben!«

Sie schob ihn von sich. »Zum Sprechen und zu allem anderen hast du ja jetzt deine Stewardess. Viel Vergnügen!«

»Na gut, wie du meinst.« Joffrey lehnte sich entspannt zurück und schnallte sich für die bevorstehende Landung in Panama City an. Er blickte stumm lächelnd geradeaus, während er aus den Augenwinkeln sah, wie Sara ihn immer wieder zweifelnd betrachtete, nicht sicher, ob er sein Benehmen nun ernst meinte oder nicht. Aber sie fragte bis zur Landung nichts mehr, und er schwieg eisern.

Auf dem Flughafen von Panama City hatten sich mehr Reporter eingefunden als an jeder anderen Station zuvor, und in der Ankunftshalle fand eine improvisierte Pressekonferenz statt.

Sara sah Fotoapparate und Fernsehkameras auf sich gerichtet, lächelte huldvoll und lehnte die Pressekonferenz rundweg ab in der Gewissheit, man werde sie so lange bitten, bis sie sich doch zu ein paar Worten herbeiließ.

Man bat sie, und Sara ließ sich erweichen, betrachtete dann jedoch den harten Stuhl vor der Reihe von Mikrofonen, deutete auf die in scheußlichem Orange gehaltene Sitzschale aus Plastik und weigerte sich zu sprechen. Die Jagd nach einer anderen Sitzgelegenheit begann. Nicht, dass es Sara wirklich etwas ausgemacht hätte, auf einem orangefarbenen Plastikstuhl zu sitzen, aber sie wusste, was man von ihr erwartete – eine launenhafte Diva, die es verstand, die Leute herumzuscheuchen und ... Launenhafte Diva! Sara blickte auf, direkt in Joffreys amüsierte Augen. Ein kurzes verstehendes Lächeln flog zwischen ihnen hin und her, und dann erklärte Sara sich mangels einer anderen Sitzgelegenheit bereit, mit der orangefarbenen Sitzschale vorliebzunehmen – sofern man ihr ein Kissen besorgte.

Das Kissen kam, und sie gab huldvoll ihre Pressekonferenz ...

»Behaupte bloß nicht, du hättest es gleich gesagt«, raunte sie Joffrey hinterher zu.

Er behauptete es nicht, aber sein breites Lächeln sprach für sich.

Immerhin schien Sara danach äußerst milde gestimmt. Auf der ganzen bisherigen Tournee hatte Joffrey noch keine so anschmiegsame und sanfte Sara in den Armen gehalten. Die Seite der verliebten Frau wollte er jedoch nicht in der Biografie schildern. Sie war zu persönlich und zu kostbar, um einer breiten Öffentlichkeit gezeigt zu werden. Joffrey genoss es aber, mit Sara durch die Stadt zu wandern, Eis zu essen, Tauben zu füttern, im Park im Schatten eines Baumes ein Picknick zu machen und mit Sara über ihre Tarnung zu lachen – eine große Sonnenbrille, einen breitkrempigen Strohhut und einen bunten Poncho, wobei sie allerdings darauf bestand, diesen Poncho über ihrem schwarz-weißen Kleid zu tragen, um ihrem Stil nicht ganz untreu zu werden. Immerhin wurde sie von niemandem erkannt, und die verliebten Stunden mit Joffrey in der Öffentlichkeit blieben ungestört.

Genau bis zu dem Zeitpunkt, als sie ins Foyer ihres Hotels zurückkehrten und sich ein knautschnasiger Journalist an Sara heranpirschte. »Miss Burrows, wie fühlen Sie sich auf der vorletzten Station Ihrer Tournee?«

Sara seufzte. »Erschöpft ... aber auch glücklich! Was gibt es Schöneres, als seine bescheidene Kunst in die Welt zu tragen?«

Joffrey lächelte mild. Das war der Part ›zartes Wesen, alles der Kunst opfernd‹ ...

Der Journalist drängte näher. »Und was sollte der Humbug mit dem orangefarbenen Stuhl, der Ihnen nicht zusagte?«

Saras Augenbrauen hoben sich erstaunt. »Humbug? Das war kein Humbug, sondern eine Zumutung! Orange steht mir nicht!«

Joffrey griente. Das war der Part ›verwöhnte Diva mit dem Recht, Allüren zu haben‹ ...

»Sie sollten auf dem Stuhl sitzen, nicht ihn tragen!«, hakte der Journalist nach.

Sara schob den Lästigen mit dem ausgestreckten Zeigefinger beiseite. »Junger Mann, ich bin ein völlig normaler Mensch, aber so normal, dass ich mich freiwillig auf eine derartige Scheußlichkeit setze, bin ich auch wieder nicht!«

Der Journalist ignorierte den gebieterischen Zeigefinger. »Und warum, bitte sehr, imitieren Sie immer Sarah Bernhardt?«

Das ›dt‹ von ›Bernhardt‹ war kaum über die Journalistenlippen gedrungen, als ein kräftiger Stoß die Journalistenbrust traf und Sara empört zu den Aufzügen eilte.

Joffrey fand sie wenig später in ihrer Suite am Telefon vor – und ihn vollständig ignorierend, als wäre er noch unwichtiger als das Zimmermädchen, das gerade einen Rosenstrauß von irgendeinem Verehrer in einer Vase hereinbrachte.

»... auf keinen Fall!« Saras Stimme hatte den klaren, kalten, scharfen Klang der eiskalten, harten Geschäftsfrau angenommen. »Vorkasse, sonst gibt es keine Vorstellung! Die Garantiesumme ist in meinen Händen, bevor auch nur ein Mitglied meiner Truppe seinen Fuß auf die Bühne setzt!«

Joffrey beobachtete fasziniert das Glitzern in Saras Augen, während er verfolgte, wie Sara ihrem Gesprächspartner das Messer an die Kehle setzte.

Nachdem sie alles erreicht hatte, was sie wollte, und der Hörer mit einem Knall auf dem Apparat gelandet war, wandte Sara sich zu Joffrey um und betrachtete ihn mit einem abwesenden Blick. »Ich muss das heutige Stück noch einmal durcharbeiten«, murmelte sie. »Es ist noch nicht perfekt ...«

Er verstand, erhob sich und verließ wortlos die Suite, ohne Sara den Hinauswurf übel zu nehmen, kannte er mittlerweile doch auch diese Seite an ihr, die der ehrlich um Leistung ringenden Künstlerin, die in ihrer Kompromisslosigkeit nur noch eine Stunde vor der Abendvorstellung von der rücksichtslosen Regisseurin übertroffen wurde, die ihre Leute um sich versammelt hatte und ihnen kleine, aber in ihren Augen wichtige Änderungen diktierte.

Joffrey sah sich die Gesichter der Schauspieler genau an. Waren sie am Beginn der Regiebesprechung und der kurzen Probe noch verärgert gewesen, so sah er am Ende nur zustimmende und sogar begeisterte Mienen.

Isaac Bangs ließ sich ihm gegenüber sogar zu einem Kommentar hinreißen. »Manchmal könnte ich dieser genialen, entsetzlichen Frau den Hals umdrehen ... aber am Ende behält sie doch immer wieder recht. Sie hat das Stück um mindestens zehn Prozent verbessert, und das will etwas heißen, hat sie es doch vorher schon hundertprozentig gemacht.«

Joffrey nickte lächelnd. »Sie ist eben einzigartig.« Er versuchte, noch einmal vor der Vorstellung mit Sara zu sprechen, schaffte es jedoch nicht.

»Miss Burrows will auf keinen Fall gestört werden.« Dorothy schmetterte Joffrey vor der Garderobe des Stars mit einer solchen Kälte ab, dass er stutzig wurde, aber Saras nachfolgender Triumph bei der Vorstellung lenkte ihn so weit ab, dass er nicht mehr an das Benehmen der Zofe dachte, die in letzter Zeit immer feindseliger ihm gegenüber geworden war. Eifersucht, tippte Joffrey, weil er mehr mit ihrer Chefin zusammen war als sie.

»Noch eine Station, dann können wir nach Hause.« Sara schmiegte sich in dieser Nacht besonders schutzsuchend an Joffrey und seufzte sehnsüchtig. »Ich wünschte, wir könnten Buenos Aires ausfallen lassen.«

»Willst du so dringend nach New York zurück?«, fragte er zwischen zwei Küssen.

»Ich habe vor allem Angst vor den Argentiniern«, gestand sie und erschauerte nicht nur, weil er sie streichelte. »Sie kennen kein Mittelmaß. Entweder heben sie einen in den Himmel, oder sie zerreißen einen in kleine Stücke ...«

»Das tut das Publikum in anderen Ländern auch.«

»Aber die Argentinier drehen einen durch den Fleischwolf und braten einen in siedendem Öl«, vollendete sie. »Ich habe Angst, Joffrey ... aber wehe, du schreibst das in meiner Biografie!«

Er vertrieb ihre Angst in dieser Nacht, indem er sie noch einmal liebte, und am nächsten Tag war Saras Furcht wie weggeblasen.

Sie schien es plötzlich nicht erwarten zu können, nach Buenos Aires zu kommen, gab sich zuversichtlich nach der Landung und leutselig auf der von allen Seiten bejubelten Fahrt vom Flughafen in die Stadt.

»Als wäre ein Staatsgast angekommen«, murmelte Joffrey.

»Sie *ist* ein Staatsgast!«, fauchte Dorothy ihn an, die neben ihm im Wagen saß. »Auch wenn die Regierung sie aus unerfindlichen Gründen nicht persönlich begrüßt, ist sie Gast des ganzen Volkes.«

»Schon gut, schon gut, ich habe ja nichts gesagt ...« Joffrey nahm sich vor, in Zukunft in Dorothys Nähe etwas vorsichtiger mit seinen Äußerungen zu sein.

In den Stunden bis zur ersten Vorstellung zeichnete sich bereits ab, dass an diesem Tag Argentinien nur ein Thema hatte ... Der Fernseher im Hotel zeigte immer wieder Aufnahmen von Saras Fahrt in die Stadt und von einer anschließenden Pressekonferenz im Hotel, und Joffreys Spanischkenntnisse reichten aus, um zu verstehen, dass Sara pausenlos als ›Göttliche‹ und ›Bühnengöttin aller Menschen mit Kultur und Bildung‹ tituliert wurde.

»Die Leute lieben sie.« Inspizient Fowler warf abends einen nüchternen Blick durch das Guckloch im Vorhang in den Zuschauerraum des größten Theaters, das Joffrey jemals gesehen hatte, in Rot und Gold und sehr viel Plüsch und dazu eine Zuschauerschar, die pausenlos »Sara! Sara! Sara!«, schrie.

»Sie haben vermutlich soeben die Untertreibung des Jahrhunderts von sich gegeben.« Joffrey blickte Sara entgegen, die mit einem gelösten Gesichtsausdruck und völlig ohne Angst aus dem Korridor von den Garderoben kam, gefolgt von einer stolz strahlenden Dorothy.

Sara trat auf die Bühne, der Vorhang hob sich ... und nach zehn Minuten raste das Publikum noch immer, ohne dass Sara bisher etwas anderes getan hätte, als still dazustehen und den Menschen zuzulächeln.

Die anschließende Vorstellung gestaltete sich schwierig, da die Darsteller auf Bergen von Blumen herumtrampelten und schlimmer ins Stolpern und Rutschen gerieten als während der Tomatenschlacht, aber wen kümmerte das angesichts der hysterischen Begeisterung, die Sara unter ihren Bewunderern mit ihrer künstlerischen Leistung auslöste!

Joffrey versuchte, sich nach der Vorstellung zu ihr in die Garderobe vorzukämpfen, kam aber nicht durch, sondern wurde beinahe von den Leibwächtern eines hohen Politikers zusammengeschlagen, der Sara gerade vor den Fotografen in ihrer Garderobe abküsste.

Der Spuk erlebte einen Höhepunkt, als eine tobende Menge von Fans das Theater stürmte und Sara aus ihrer

Garderobe zerrte, auf die Schultern hob und durch die Stadt trug, in einigem Abstand von dem zum hilflosen Zuschauer verdammten Joffrey gefolgt.

Erst nach Stunden ins Hotel zurückgekehrt, kam Joffrey endlich dazu, dass er Sara mit einem Wangenkuss gratulieren konnte, während Dorothy im Bad einige der unzähligen abgegebenen Blumensträuße auf passende Länge für die Vase zurechtstutzte.

»Das muss in die Biografie!« Saras Wangen glühten, und ihre Augen leuchteten wie im Fieber. »Jedes Detail. Hast du gehört, Joffrey?«

Er nickte. »Sicher, sicher, was denn sonst? Aber wenn ich schon diesen einmaligen Triumph beschreibe, sollte ich auch deine Angst vor Argentinien erwähnen.«

»Angst?« Sara sah ihn mit großen, ungläubigen Augen an. »Wann hätte ich jemals Angst gehabt?«

Er schüttelte lächelnd den Kopf. »Ich mache das schon richtig, verlass dich auf mich. Deine Angst vorher macht dich nur noch menschlicher und liebenswerter und …«

»Miss Burrows hat nie Angst, Sie Verräter!« Dorothy stürmte, das Blumenmesser schwingend, aus dem Bad.

»Dorothy!« Saras scharfer Zuruf stoppte die rächende Zofe.

»Er … er hat …« Das Messer in der einen Hand, deutete Dorothy mit der anderen anklagend auf Joffrey. »Er hat Ihren Mut, Ihr Können, Ihre Erfolge angezweifelt!«

Sara nahm ihr das Messer aus der Hand und schickte Dorothy aus der Suite. »Auch wenn er ein Verräter ist, so weit wollen wir nun doch nicht gehen.« Sie schloss hinter der Zofe die Tür und atmete tief auf. »Die Gute … stets ehrlich und ohne alle Schmeicheleien!«

Joffrey stieß den angehaltenen Atem aus. »Es wird Zeit, dass wir in das nüchterne New York zurückkehren. Ich glaube, das wird allen Beteiligten guttun.«

Sara glitt auf seinen Schoß und strich ihm die Haare aus der Stirn. »Und es wird Zeit, dass du mir endlich die Biografie zeigst.« Als er darauf allerdings nicht reagierte, beschränkte sie sich vorerst darauf, die Nacht der Triumphe mit ihrer ganz persönlichen Feier zu beenden.

6

Es war derselbe Pier in New Jersey, an dem sie vor Wochen das Schiff für die Tournee bestiegen hatten – oder der Pier ließ sich zumindest von dem ihres Aufbruchs nicht unterscheiden. Und doch sah jetzt alles anders aus als vor Wochen.

Joffrey stand an der Reling und blickte auf ein Meer von Blumen hinunter, dazu auf mindestens vierhundert Leute oder mehr, die offenbar alle auf das Schiff warteten.

»Kennst du diese Menschen?« Joffrey wandte sich an die neben ihm stehende Sara. Flüchtig ließ er seinen Blick über ihr schwarzes Wollkleid mit den weißen Borten gleiten. Nur ihr weißer Hut und die weiße Stoffrose an der linken Kleidseite erinnerten noch an die überwiegend hellen Kleider, die sie im heißen Südamerika getragen hatte.

»Ehrlich gesagt, luftig sommerlich hast du mir besser gefallen.« Joffrey lächelte und zog seine Jacke enger gegen den kalten Spätherbstwind zusammen. »Da gab's mehr zu sehen …«

»Vor wenigen Tagen bist du auch noch anders herumgelaufen.« Sara deutete mit einem Kopfnicken auf die Leute auf dem Pier. »Ob ich sie kenne? Natürlich. Jeder Einzelne von ihnen ist mir ans Herz gewachsen.«

»So viele gute persönliche Bekannte?« Joffrey runzelte die Stirn, erhielt jedoch von Sara keine Antwort mehr, weil sie begonnen hatte, den Wartenden zuzuwinken und Kusshände zu werfen.

»Sie meint, dass das alles Fans sind oder Abordnungen von Sara Burrows-Fanclubs oder offizielle Vertreter der Stadt, die sie begrüßen.« Dorothy sah Joffrey beim Sprechen nicht an. Sie hatte sich zwar für ihre Messerattacke in Buenos Aires am nächsten Tag bei ihm entschuldigt, aber ihr Verhältnis war gespannt geblieben. »Miss Burrows betrachtet alle ihre Fans als gute Freunde und fühlt sich ihnen persönlich verbunden.«

»Das sollte ich mal machen ...« Joffrey stellte sich vor, er würde von begeisterten Leserinnen seiner Bücher umschwärmt und verehrt. Saras Reaktion hätte bei ihrer Eifersucht vermutlich die Kurzschlusshandlung ihrer Zofe in Buenos Aires bei Weitem in den Schatten gestellt.

Er konnte jedoch nicht länger seinen Fantasien nachhängen. Das Schiff machte fest, und während eine ähnlich grimmig dreinblickende Truppe Zöllner an Bord ging, begann eine Musikkapelle auf dem Pier eine schmetternde Hymne zu spielen. Reporter richteten ihre Kameras auf Sara, die ihnen von der Reling aus zuwinkte und ein Bein leicht vorstellte, damit der vorne hochgezogene Saum ihres schmal geschnittenen Kleides auch wirklich elegant zur Geltung kam. Ein ganz in Schwarz gekleideter Mann versuchte, eine Begrüßungsansprache zu halten, wurde jedoch von der Musikkapelle übertönt, und die Zöllner, nicht durch Saras Charme betört, verteilten sich überall auf dem Schiff und begannen mit einer peinlich genauen Durchsuchung.

»Sie werden kein Glück haben.« Beth, die Sekretärin lehnte sich neben Joffrey an die Reling und deutete auf die Zöllner. »Wir bringen nur zurück, was wir auch ausgeführt haben.«

»Beth!« Joffrey starrte die Sekretärin verdutzt an. »Wo kommen sie eigentlich her? Waren Sie überhaupt mit auf der Tournee? Ich habe Sie gar nicht bemerkt.«

»Ich bin Ihnen allen die meiste Zeit als Quartiermacherin vorausgereist.« Die Sekretärin lächelte weise. »Und in der Zeit, in der ich bei der Tourneetruppe war, habe ich mich so unsichtbar wie nur möglich gemacht.«

»Was Ihnen gelungen ist ...«

Sie nickte. »Es ist die einzige Möglichkeit, eine solche Sara Burrows-Gewalttour lebend zu überstehen. Ich weiß, wovon ich spreche. Es war nicht meine erste Tournee.«

Nicht zum ersten Mal wurde Joffrey zum tatenlosen Zusehen verurteilt. In seiner Rolle als Liebhaber störte ihn das ein wenig, und es verletzte auch seinen Stolz, dass Sara ihn nicht an ihre Seite holte. Als Biograf dagegen zog er sich nicht ungern auf den Beobachtungsposten im Hintergrund zurück. Er notierte im Geist, welche Vertreter der Stadt New York den heimkehrenden Star begrüßten. Er sah Kollegen von New Yorker Zeitungen und erspähte sogar Berny Rosner, kam aber in dem Gewirr aus Offiziellen, Reportern, Fans und Blumengebinden nicht an Berny heran.

Die Musikkapelle verstummte endlich gnädig, und der Schwarzgekleidete konnte seine Begrüßungsansprache herunterspulen, ohne dass Joffrey imstande war, festzustellen, wer der Redner war.

Danach trat Sara an ein improvisiertes Rednerpult auf dem Pier und wandte sich an ihre »lieben Freunde«, zu denen sie zurückkam, »als wären Sie alle meine Familie!«

»Geschickt, sehr geschickt«, murmelte Joffrey, und die neben ihm stehende Dorothy zischte »Pst!« und warf ihm einen Blick zu, als habe sie große Lust, sich wieder ein Messer zu besorgen.

»Auf meiner Tournee, die mich schmerzlich weit von meiner Heimatstadt weggeführt hat …« Sara legte eine kleine Pause ein, damit jeder den auf ihrem Gesicht widergespiegelten Schmerz sehen konnte. »Auf dieser Tournee habe ich mir ausgiebig Gedanken über die nächste Zukunft gemacht. Es erübrigt sich jetzt, Einzelheiten meiner triumphalen Reise zu schildern.« Ihr Blick fand Joffrey, ihre Hand deutete in einem zierlichen Bogen auf ihn. »Die Tournee wird eines der letzten Kapitel der Biografie bilden, die Joffrey Lesser, der bekannte Autor, über mich verfasst und die in absehbarer Zeit erscheinen wird als Gegengewicht zu einem unbedeutenden Klatschbericht, der von … von …« Sie tat sehr überzeugend, als würde sie sich den Kopf zerbrechen. »Tut mir leid. Mir fällt der Name dieser Autorin im Moment nicht ein. Lesen Sie jedenfalls den detaillierten Tourneebericht in Mr. Lessers Buch.«

Joffrey nickte lächelnd in die Gesichter, die sich ihm zugewandt hatten, sah durchweg interessierte und freundliche Blicke auf sich gerichtet und fing sogar ein Lächeln von Dorothy auf.

»Ich selbst werde mich auch wieder als Autorin betätigen!« Saras Stimme trug mühelos über den Pier und erreichte vor allem die Ohren der anwesenden Reporter. »Ich werde ein neues Stück schreiben und demnächst in meinem Theater herausbringen. Das hat den unzweifelhaften Vorteil, dass ich die Autorin gut kenne und mit ihr keine bösen Überraschungen erleben kann.«

Die Anspielung auf Suzy Wainscott, die gescheiterte Autorin von ›Ognat‹, sowie Verfasserin der nicht von Sara autorisierten Biografie, wurde mit allgemeinem Gelächter quittiert, und Sara schritt durch ein Spalier applaudierender Bewunderer zu einer wartenden Limousine, zu der sie auch Joffrey winkte.

»Ich hoffe, du beschreibst meine Tournee auch wirklich ausführlich in einem Kapitel.« Sara lächelte aus dem Fenster und winkte, während sie mit dem neben ihr sitzenden Joffrey sprach. »Und zwar hoffe ich es in deinem Interesse.«

Er lachte leise und legte die Hand auf ihren Arm. »Eine Drohung?«

»Nein, eine Hoffnung, wie ich schon sagte.« Sara ließ sich in den Sitz sinken, sobald sie das Hafengebiet hinter sich hatten. »Soll ich dich vor deinem Apartment absetzen, oder willst du mit mir nach Long Island fahren?«

»Du wirst sicher erst einmal Wiedersehen mit Leyla feiern und ungestört bleiben wollen. Wenn du mich auf der Zweiundvierzigsten absetzen kannst …«

Sie warf ihm einen verhalten spöttischen Blick zu. »Habe ich dir während der Reise so wenig genügt, dass du dich sofort nach deiner Rückkehr in die Straße der käuflichen Genüsse stürzen musst?«

»Lass mich vor *RUBY'S* aussteigen.« Er schob seine Hand in die ihre und massierte mit kräftigem Daumendruck ihre Handfläche. »Soll ich dich heute Abend besuchen? Unsere Kabinen liegen jetzt nicht mehr Tür an Tür. Wir wohnen auch nicht mehr in diesen praktischen Hotelzimmern mit Verbindungstüren …«

»Ich öffne dir heute Abend meine Tür.« Sara beugte sich zu ihm und verabschiedete sich mit einem Kuss, ehe er vor *RUBY'S* ausstieg.

In der Bar schien sich nichts verändert zu haben. Ruby Long kam hinter der Theke hervor und begrüßte Joffrey mit einer Umarmung und einem laut schmatzenden Wangenkuss, und Berny Rosner war auch schon da und hing auf einem Barhocker, vor sich ein halb volles Glas.

»Ach, mein hübscher braun gebrannter Kleiner«, säuselte Ruby in übertrieben gespieltem Verlangen. »Hätte ich auch nur die geringste Chance, würde ich auf der Stelle versuchen, dich dieser Theatergöttin auszuspannen!«

Joffrey schob sie lachend von sich. »Kann man denn überhaupt nichts geheim halten?«

»Bestimmt nicht, wenn man mit einer der Berühmtheiten dieser Stadt anbändelt.« Ruby kehrte hinter ihre Theke zurück. »Mich hättest du beglücken müssen mit deinem männlichen Charme. Darüber hätte bestimmt keine Zeitung berichtet. Aber Sara Burrows ...«

Berny sah Joffrey anzüglich grinsend entgegen. »Scheint so, als hätte ich dich der Lady doch als Liebhaber empfohlen. Dabei kenne ich deine diesbezüglichen Qualitäten gar nicht.«

Joffrey setzte sich neben ihn auf einen freien Barhocker. »Manchmal geht mir dein Alkoholkonsum ganz schön auf die Nerven, Berny, aber dann wieder gibt es Gelegenheiten, bei denen ich mir wünsche, du wärst schon vier oder fünf Gläser weiter. Heute ist eine solche Gelegenheit.« Joffrey machte Ruby ein Zeichen. »Gib ihm noch einen Drink. Er ist ein friedlicher Betrunkener. Und vor allem ein stiller ...«

Berny klopfte ihm freundschaftlich auf die Schulter. »Was wird denn in der Biografie der Lady stehen? Nur Schmeichelhaftes?«

»Kauf das Buch, dann wirst du es wissen.« Joffrey hob sein Glas.

»Damit du auch noch an mir verdienst? Kommt nicht in Frage. Ich habe dich vermittelt. Ich bekomme gefälligst ein Freiexemplar.«

»Meinetwegen auch das.« Joffrey sah sich in der vertrauten Umgebung der Bar um, sah bekannte Gesichter und fühlte sich heimisch ... aber nicht mehr so heimisch wie vor dieser Tournee. Seine Gedanken schweiften immer wieder zu einem Haus auf Long Island ab, zu einer Frau, die sicher nur wenige so genau kennengelernt hatten wie er, zu einem schwarzhaarigen kleinen Mädchen, das jetzt bestimmt schon begeistert seiner Mom entgegengelaufen war und sie begrüßt hatte ... Die Szene fiel ihm ein, die er auf Saras Terrasse beobachtet hatte: Sara mit ihrer Tochter und Bausteinen und ...

»Er hört uns überhaupt nicht zu.« Bernys spöttische Stimme drang in Joffreys Bewusstsein. »Das ist ein schlechtes Zeichen, Ruby, findest du nicht?«

Die Barbesitzerin schüttelte den Kopf. »Wo mögen seine Gedanken jetzt bloß sein?«

»Bei meiner Arbeit.« Joffrey schlug einen energischen Ton an, um die beiden von ihren Spekulationen abzubringen. Und so ganz falsch war das ja auch gar nicht. Sara Burrows gehörte schließlich zu seiner Arbeit, da er ihr Biograf war. »Noch ein Kapitel, und ich bin fertig.«

»Hast du schon einen Verlag?« Berny wurde bereits stiller und zurückhaltender, offenbar eine Auswirkung der Drinks. »Die Wainscott kommt in den nächsten Tagen mit der Burrows-Biografie auf den Markt. Sie hat während eurer Abwesenheit die Werbetrommel ganz gewaltig gerührt. Ihr werdet euch anstrengen müssen, wenn ihr sie überholen wollt.«

»Ich will eine gute Biografie abliefern, sonst nichts. Und einen Verlag haben wir auch schon. Während der Tournee hat es Angebote geregnet.«

»Dann kann ja nichts mehr schiefgehen.« Berny versuchte, ein verschwörerisches Gesicht zu machen, was ihm aber wegen der nicht mehr richtig gehorchenden Gesichtsmuskeln nicht gelingen wollte. »Was wird das denn für ein Stück, das deine Theatergöttin schreibt? Verrate mir ein paar Insider-Informationen.«

»Erstens würde ich dir keine Insider-Informationen verraten. Und zweitens habe ich wirklich keine Ahnung, was Sara schreiben wird.« Joffrey behielt diese Frage jedoch in seinem Gedächtnis, weil sie auch ihn interessierte und er sie Sara stellen wollte.

Abends nach Joffreys Ankunft in der Long-Island-Villa war jedoch vorerst keine Frage nach irgendwelchen Plänen möglich. Leyla war noch auf und begrüßte Joffrey zu seiner Verblüffung und Freude so stürmisch, als sei er ein heiß geliebter Onkel.

»Leyla scheint mich zu mögen.« Die Kleine war inzwischen von der Gouvernante ins Bett gebracht worden, und Joffrey und Sara machten einen Strandspaziergang, wobei sie gegen den kalten, vom Long Island Sound hereinblasenden Wind die Augen zusammenkneifen mussten.

»Sie ist eben eine genauso gute Menschenkennerin wie ihre Mama und besitzt denselben guten Geschmack in Bezug auf Männer!« Sara lehnte im Gehen den Kopf an Joffreys Schulter. »Ich fand dich schließlich auch auf Anhieb unwiderstehlich.«

Er legte den Arm um ihre Taille. »Ich brauche noch ein paar abschließende Informationen für deine Biografie. Du schreibst wieder ein Stück für dein Theater? Was für eines?«

»Oh, ich mache mir derzeit Notizen für eine flockig lockere Komödie. So was geht immer gut, und ich kann den Erfolg gebrauchen.«

»Nach dieser ruhmvollen Tournee jagst du sofort wieder dem Erfolg nach?« Die Erkenntnis entlockte ihm ein mitleidiges Kopfschütteln. »Kommst du nie zur Ruhe?«

»Ruhe? Was ist das? Die Tournee ist vorbei und hat gutes Geld eingebracht, aber deshalb kann ich mich doch nicht auf meinen Lorbeeren ausruhen! Die Zukunft ruft, neue Herausforderungen, neuer Beifall, neuer Spaß ...« Sara stockte, blickte Joffrey an, und ein mutwilliges Funkeln trat in ihre Augen. »Es wird ein grandioses neues Stück, aber mehr kann ich dir leider nicht verraten!«

»Aber ich brauche noch Stoff für das letzte Kapitel!«, drängte Joffrey.

»Du bekommst, was immer du brauchst, wenn du mich im Gegenzug die Biografie lesen lässt, ehe sie an den Verlag geht. Abgemacht?«

Sie streckte ihm die Hand entgegen, die er jedoch nur ergriff, um einen Kuss auf die Innenseite zu drücken. »Nein«, erwiderte Joffrey dann unerschütterlich, und so bekam er in dieser Nacht keine Informationen, sondern nur eine leidenschaftliche Umarmung. Sara konnte gar nicht genug von ihm bekommen, konnte gar nicht aufhören, ihn zu berühren und zu streicheln und an sich zu drücken. Und in den letzten Momenten ihrer Vereinigung kam sie ihm entgegen und presste ihn an sich, als hinge ihr Leben davon ab.

Es war eine unvergessliche Nacht, doch als Joffrey am Vormittag nach Manhattan zurückfuhr, war er zwar von einer wohlig befriedigten Schlaffheit erfüllt, hatte jedoch nichts mehr erfahren, was er für sein Buch hätte verwenden können.

Aber auch so hatte er genügend Stoff, um in die Tasten seiner Schreibmaschine zu hämmern und Seite um Seite zu produzieren, bis die Rohfassung der Biografie stand.

Sara ihrerseits rührte keine Schreibmaschine an. Wenn Joffrey in einer Nacht nicht bei ihr war, saß sie nach der Vorstellung – sie hatte ihr letztes Erfolgsstück wieder auf den Spielplan des *BURROWS' THEATRE* gesetzt – noch stundenlang in ihrem Bett und machte sich handschriftliche Notizen zu ihrem neuen Stück. Und wenn Joffrey die Nacht bei ihr verbrachte, schrieb sie am nächsten Vormittag, nachdem er nach Manhattan zurückgekehrt war.

Beth bekam sehr viel zu tun. Wie schon bei ihren früheren Stücken, nahm Sara Szene um Szene in Angriff. Beth saß dann in dem riesigen Living-room, den Sara für sich zur Bühne umfunktionierte. Sie stellte jeweils alle Personen dar, ließ sie agieren und sprechen. Die einzelnen Personen flirteten und stritten miteinander, und Beth hatte manchmal die größte Mühe, sie voneinander zu unterscheiden, wenn Sara nicht jeweils ihre Namen nannte.

Später überflog Sara die Aufzeichnungen, brachte noch ein paar Verbesserungen und Korrekturen an und nickte zufrieden.

»Es geht gut voran. Das Stück beginnt zu leben.«

»Es ist Ihre beste Komödie bisher.« Beth tippte auf die Kopie des Manuskriptes. »Das Stück wird ein Hit.«

»Verschreien Sie es nicht!«, rief Sara erschrocken und klopfte sofort auf Holz.

In die Zufriedenheit über die erfolgreich voranschreitende Arbeit mischte sich ein Wermutstropfen in Form eines Exemplars der soeben erschienen Biografie, die Suzy Wainscott verfasst hatte.

Sara bekam das Buch beim Frühstück im Bett, während sie gerade – mangels Joffrey, der die Nacht in seinem Apartment verbracht hatte – eine TV-Talkshow verfolgte. Beth legte ihr die Wainscott-Biografie auf die Bettdecke und zog sich auffallend rasch zurück.

Mit finster gerunzelter Stirn musterte Sara das Buch, und wie aufs Stichwort kündigte der Talkmaster als nächsten Gast Suzy Wainscott an, »deren aufsehenerregende Biografie von Sara Burrows' heute in die Läden kommt und schon jetzt auf dem zweiten Platz der Bestseller-Liste steht!«

»Nimm dich in Acht, du Biest!« Saras finsterer Blick bohrte sich in das blasse Autorinnengesicht, das gleich darauf auf dem Bildschirm erschien. »Ich kann nur für dich hoffen, dass du dich sehr, sehr zurückgehalten hast.«

Suzy Wainscott lächelte direkt in Saras Schlafzimmer hinein. »Ich habe mit meinem Buch der wohl am meisten überschätzten Schauspielerin, der vermutlich unbedeutendsten Stückeschreiberin und der überflüssigsten Theaterbesitzerin am Broadway die Maske vom Gesicht gerissen. Es war mir ein Herzensbedürfnis, für ein Stück Ehrlichkeit in dieser wundervollen Welt des Theaters zu sorgen.«

Sara stieß eine Wutschrei aus, schaltete den Fernseher per Fernsteuerung ab und begann zu lesen …

Joffrey betrat am frühen Nachmittag das Haus auf Long Island, und Butler Harman meldete sofort: »Miss Burrows befindet sich noch in ihrem Schlafzimmer … im Bett.«

»Ist sie krank?«, fragte Joffrey betroffen.

»Sie liest die Wainscott-Biografie.« Beth tauchte neben dem Butler auf, die Miene vom Kummer gezeichnet. »Seit heute Morgen …«, sie unterbrach sich kurz, als von oben ein Wutschrei durch das Haus gellte. »Vermutlich wieder eine besonders gemeine Stelle im Text …« Der nächste Wutschrei ertönte direkt von der obersten Stufe, und Beth blickte zu ihrer Chefin hoch. »Sie scheint fertig zu sein …«

»Die Schlange!« Sara holte aus, und ein Buch segelte durch die Luft und landete vor Joffreys Füßen. »Das wird sie mir büßen!«

Joffrey brauchte sich nicht zu bücken, um zu wissen, dass es die Wainscott-Biografie war. Und als Sara die Treppe im wehenden Nachtgewand herunterstürmte, brauchte er kein Hellseher mehr zu sein, um außerdem zu wissen, dass er noch einmal reichlich Stoff für seine Biografie bekommen würde.

»Dieses Luder!« Sara stürmte an Joffrey vorbei, als wäre er gar nicht vorhanden. »Diese Bestie!«

Alarm zeichnete sich auf den Zügen des Butlers ab, als Sara die Tür zum Speisezimmer aufstieß. »Wollen sie nicht lieber in den Garten …« Er eilte hinter ihr her, dicht gefolgt von Joffrey und der Sekretärin.

»Erschlagen werde ich sie!« Saras sich überschlagender Stimme folgte ein Klirren, dieses wiederum gefolgt von einem Aufschrei des Butlers. »Massakrieren werde ich diese Schlange!«

»Nein, nicht!«, heulte der Butler auf, und Joffrey sah von der Tür aus, wie Sara zwei Tassen quer durch den Raum schleuderte. »Das ist das antike Service!«

Die Tassen zerschellten an der gegenüberliegenden Wand, und Beth fiel ihrer Herrin kurzerhand in den Arm, während der Butler blitzartig den verglasten Schrank mit den Resten des rüde dezimierten Services verschloss und sich schützend davor aufbaute. Beth schüttelte den Kopf. »Sie haben bei der Versteigerung 650 000 Dollar bezahlt, Miss Burrows!«

Sara übersah geflissentlich den Schrank mit dem normalen Geschirr, den der Butler zu ihrer Bedienung aufriss, fegte an Joffrey vorbei, wobei sie ihn erneut nicht wahrnahm, und raste die Treppe wieder hinauf.

Die Sekretärin betrachtete kopfschüttelnd die Vitrine. »Vielleicht hat sie ja Glück, und das restliche Service ist jetzt sogar noch kostbarer, weil weniger Teile existieren ...«

Der Butler betupfte seine Stirn mit einem blütenweißen Taschentuch. »Beim letzten Mal war es eine Ming-Vase für 370 000 Dollar ... und davor eine Fabergé-Uhr!« Er fächelte sich Luft zu. »Beides war nicht versichert ...«

Joffrey spähte die Treppe hinauf. »Und was kommt jetzt Ihrer Erfahrung nach, Beth?«

Die Sekretärin zuckte mit den Schultern. »Keine Ahnung, aber was immer es ist, halten Sie sich bereit.«

»Den Wagen!« Nach Saras Schrei aus dem oberen Stockwerk folgte eine Weile Stille, und als sie abermals die Treppe – ganz in Schwarz gekleidet – hinunterstürmte, fuhr soeben der Rolls vor. »Ach, Joffrey, du bist auch hier?« Sara tippte ihm im Vorbeilaufen gegen den Arm, wobei sie in der Linken etwas zusammen mit einem Mantel hielt, das er nicht genau erkennen konnte, das aber wie ein Stock aussah. »Willst du mich begleiten? Hast du auch diese Talkshow gesehen, in der diese Wainscott aufgetreten ist?«

Joffrey kletterte hinter ihr in den Wagen, den sie sofort nach Manhattan dirigierte. »Die Wainscott-Biografie ...«

»Erinnere mich nicht daran. Ich will nie mehr etwas von diesem Machwerk wissen! Kein Wort mehr!«

Joffrey schwieg und hätte während der Fahrt nach Manhattan auch kein einziges Wort mehr anbringen können, schimpfte doch Sara pausenlos über Suzy Wainscott und ihre Biografie, und wenn Joffrey nicht ebenfalls heute das Buch gelesen hätte, hätte er angenommen, die Wainscott habe Seite für Seite Gift, Galle, Schwefelsäure und Unrat über Sara ausgekippt. Da in der Wainscott-Biografie allerdings tatsächlich genug Unverschämtheiten, bösartiger Klatsch und erfundene Albernheiten standen, verzichtete er auf Widerspruch.

Der Rolls quälte sich bereits durch den Verkehr in Downtown, als Sara einmal Luft holen musste, und Joffrey fragte hastig: »Wohin fahren wir eigentlich?«

»*CLUB 21!*«

Als er keine weitere Erklärung erhielt, stellte er eine zweite Frage. »Und was machen wir da?« Die Antwort entfiel ebenfalls, diesmal, weil sie genau vor dem Klub hielten. Sara war schneller aus dem Wagen, als ein Angestellter des Klubs den Schlag aufreißen konnte, fegte durch die von einem diensteifrigen Pförtner aufgerissene Tür und stürzte sich auf ihr Opfer.

Joffrey erkannte zu spät, was hier vor sich ging. Er erinnerte sich auch zu spät daran, dass die Wainscott in der Talkshow von einem Pressemeeting im *CLUB 21* gesprochen hatte.

Sara platzte mitten in das Meeting und hatte ihr Opfer am Kragen, ehe die Unglückliche begriff, wie ihr geschah.

Vor den ungläubigen Augen von etwa drei Dutzend Medienvertretern rang Sara kurz mit ihrem Opfer, entschied den Kampf dank ihrer Wut für sich, legte sich Suzy Wainscott trotz aller Gegenwehr übers Knie und versohlte ihr das Hinterteil mit dem mitgebrachten Gegenstand – einer Reitpeitsche.

Die Wainscott schrie und strampelte, Sara versohlte, und bis sich die ersten Journalisten von ihrer Überraschung erholten und Sara in den Arm fielen, hatte Suzy bereits die ihr zugedachte Strafe erhalten.

Sara ließ die jammernde Gegnerin achtlos zu Boden rutschen, stand auf und zeigte die Peitsche den Presseleuten. »Nur für den Fall, dass es jemanden interessiert ... es ist eine echte Hermes-Reitpeitsche. Direkt aus Paris ...«

Joffrey schloss sich der wieder hinaus stürmenden Sara an und schlüpfte zu ihr in den Wagen, wobei er aufatmete, weil er es geschafft hatte, bei ihr zu bleiben, war er doch gar nicht sicher, ob sie ihn in ihrem Rachedurst nicht schon wieder völlig übersehen hätte.

7

Joffrey genoss den letzten Bissen seines Desserts und fing Saras Blick auf. Die Flammen der Kerzen auf dem elegant gedeckten Tisch spiegelten sich in ihren Augen, und ihr Lächeln war so entrückt, als wären sie völlig allein und nicht im selben Raum mit den übrigen Gästen des *SARDI'S*.

»Hast du mich noch nie essen sehen?« Er beugte sich vor und ließ seinen Blick über ihr schönes Gesicht gleiten.

»Ich sehe dir gern beim Essen zu. Ich mag es, wie du isst. Genießerisch. Intensiv. Sehr, sehr sinnlich ... wie alles, was du machst.«

Der Kellner brachte den bestellten Mokka, ohne dass Sara oder Joffrey sich dadurch stören ließen.

»Und ich mag es, wie die Flammen deine Augen leuchten lassen«, murmelte Sara versonnen. »Wie Saphire. Ich möchte durch diese Augen blicken und deine Gedanken lesen können.«

Joffrey hob eine Augenbraue. »Kannst du das nicht? Ich hätte eigentlich angenommen, wir sind einander schon so vertraut, dass dir das keine Schwierigkeiten mehr macht.«

Sie winkte lässig ab. »Deine normalen Gedanken liegen vor mir wie ein aufgeschlagenes Buch.«

»Und meine abnormalen Gedanken?« Er hatte Mühe, nicht breit zu grinsen, hatte das Wort ›Buch‹ doch bei ihm die Vermutung ausgelöst, worauf ihre Worte hinausliefen.

»Du hast keine *abnormalen* Gedanken ... hoffe ich wenigstens.« Saras Lächeln wurde noch sanfter und verführerischer. »Aber ich kann natürlich nicht alles erkennen ... zum Beispiel, was du machst, wenn du nicht mit mir zusammen bist.«

»Ich sehne mich nach dir.« Trotz seiner Anstrengungen zuckte es um seine Mundwinkel.

»Oder was du arbeitest, wenn du in deinem Apartment bist.« Ein kleiner sehnsüchtiger Seufzer drang über ihre Lippen. »Du arbeitest doch in deinem Apartment? Oder hast du ein eigenes Studio, in dem du deine Bücher verfasst?«

»Nein, nein, ich arbeite zu Hause.« Joffrey lehnte sich zurück und führte seine Mokkatasse an die Lippen. »Und woran ich im Moment arbeite, weißt du. Das ist kein Geheimnis.«

Sara akzeptierte mit einem kleinen echten Seufzer, dass er die vertrauliche Stimmung gebrochen hatte, und stärkte sich ihrerseits an ihrem Mokka. »Meinst du vielleicht meine Biografie?«

»Was sonst?« Obwohl er es nicht wollte, breitete sich auf seinem Gesicht ein sattes Grinsen aus. »Ich schreibe die Endfassung.«

»Und wann bekomme ich das Manuskript zu lesen?« Den aufkeimenden Ärger unterdrückend, ging Sara nun direkt auf ihr Ziel zu. »Du wirst es doch nicht genauso machen wollen wie meine ärgste Feindin, diese Wainscott, und mir erst das fertige Buch zeigen!«

Joffrey setzte angesichts des drohenden Funkens in Saras grauen Augen eine nachgiebige Miene auf. »Aber nein, natürlich nicht! Denkst du denn, ich stelle mich auf eine Stufe mit deiner ärgsten Feindin?«

»Das hätte ich auch nie von dir angenommen, Joffrey. Du würdest so etwas nie machen.«

»Nein, nie.« Er leerte seine Tasse und entspannte sich. »Du erhältst von dem fertig gedruckten Buch ein Vorabexemplar.«

»Joffrey ...«

»Du wirst als allererste das fertige Buch in den Händen halten, noch bevor es irgendein Kritiker oder sonst jemand liest, geschweige denn die Käufer.«

»Joffrey!«

»Ja, Sara?«

»Ich will kein Vorabexemplar ...«

Er schüttelte verwundert den Kopf. »Ich hatte den Eindruck, du wolltest das Buch schon lesen, bevor es auf dem Markt ist.«

Ihre Augen schossen Pfeile ab. »Joffrey, ich möchte nicht erst das fertig gedruckte Buch sehen, in dem man keine Änderungen mehr anbringen kann. Ich will das Manuskript sehen, in dem man sehr wohl noch Änderungen vornehmen kann!«

»Sicher kann man das, aber habe ich dir nicht gesagt, bevor ich zu schreiben begann, dass niemand an meinen Manuskripten Änderungen durchführt? Nicht einmal die Verlage?«

»Nein, das hast du nicht gesagt!«

Er winkte beiläufig ab. »Jedenfalls ist es so, und daher würde ich dir nur die Spannung nehmen, wenn ich dir schon das Manuskript zeige. So ein fertiges Buch ist doch etwas ganz anderes. Viel schöner, viel ...«

»Joffrey!« An den Nebentischen wurden die Gespräche etwas leiser, und Sara dämpfte wieder ihre Stimme. »Ich verlange aber, das Manuskript zu sehen und zu ändern!«

»Tja, wenn das so ist ...« Er zuckte ausdrucksstark mit den Schultern. »Du kannst es natürlich verlangen, aber du bekommst trotzdem nur ein Vorabexemplar des fertigen Buches.«

Ihre Fingernägel führten einen schnellen, nervösen Trommelwirbel auf dem Tischtuch aus, lautlos zwar, aber ein unübersehbares Warnsignal. »Ich zahle das Honorar, und ich kann es auch jederzeit streichen!«

Er seufzte bekümmert. »Ich wiederhole mich ungern, weil das meinem Sprachempfinden als Autor widerstrebt, aber du bekommst ein Vorabexemplar des fertigen Buchs. Glaub mir, es gibt daran nichts zu ändern.«

»Wie willst du das beurteilen?« Sie beugte sich ruckartig vor. »Schließlich ist es *mein* Leben!«

»Aber es ist *mein* Buch, und daher kann ich es beurteilen. Erzähl mir doch lieber etwas von deinem neuen Theaterstück.«

»Joffrey, lenk nicht ab!«

»Es interessiert mich wirklich. Wie laufen die Arbeiten daran? Gut?«

Ihr zornig hochgerecktes Kinn deutete schon darauf hin, dass er nichts erfahren würde. »Du kannst zur Premiere kommen ... falls du im freien Verkauf eine Karte ergatterst.« Ihr Lächeln verbreitete Kälte. »Sofern du bis dahin nicht sogar Hausverbot erhalten hast!«

Joffrey genoss das Wortgefecht mindestens genauso wie das köstliche Dinner vorher, und er verbarg es nicht. »Solltest du dabei an die Biografie denken, Darling, so habe ich keine Angst. Du wirst sehr zufrieden sein. Ich habe mich stets und überall an die Wahrheit gehalten.«

»Wie erfreulich.« Von einer Sekunde auf die andere ersetzte sie ihre eisige Maske durch ein liebevolles sanftes Lächeln. »Dann hast du sicher nichts dagegen, wenn ich schon an ein paar Stellen in deinem Manuskript schmökere. Ich schätze wahrheitsgemäße Berichte über alles.«

Er schüttelte nur den Kopf und seufzte wohlig. »Dass ihr Theaterleute immer erst nach der Vorstellung essen könnt, ist gefährlich. Ich fühle mich so herrlich satt, und das so spät nachts.«

»Ich möchte dein Manuskript ...«

»Von so spätem Essen kann man katastrophal zunehmen.« Joffrey beugte sich ihr wieder so weit entgegen, dass er ihre Augen gerade noch vor sich erkennen konnte, ehe sie verschwammen. »Wir beide müssen heute Nacht die überschüssigen Kalorien abtrainieren ...«

Sara zog sich nicht zurück, aber ihr kurzes Auflachen schloss jede weitere Gemeinsamkeit in dieser Nacht aus. »Du kannst etwas abtrainieren, indem du in deinem Haus hundertmal die Treppe rauf und runter läufst. Das sollte genügend Kalorien verbrennen ... Darling!«

Sara fuhr also allein nach Hause, lag in ihrem Bett und ärgerte sich maßlos über Joffreys Weigerung, ihr sein Manuskript zu zeigen, und noch maßloser darüber, dass sie ihn so schmerzlich vermisste. Sie wusste, dass er sich ebenfalls nach ihr sehnte, aber das reichte nicht aus, um ihr Befriedigung zu verschaffen.

Joffrey lag tatsächlich in seinem Bett und vermisste Sara, aber ein Tauschhandel – Einsicht in sein Manuskript gegen körperliche Lust – kam nicht in Frage. Joffreys einziger Trost war, dass Sara unter dem Liebesentzug ebenfalls litt, doch dieser Trost reichte auch nicht aus, um ihn zu befriedigen.

Drei Tage lang wies Sara ihn ab. Drei Tage lang erklärte sie Joffrey am Telefon, sie habe keine Zeit für ihn, weil sie an ihrem Stück arbeiten müsse – was auch stimmte. Sie feilte an den fast fertigen Szenen und sorgte dafür, dass Beth sich die Finger wund schrieb. Allerdings hätte Sara nachts sehr wohl Zeit für Joffrey und seine Liebe gehabt.

Als sie nahe daran war, aufzugeben und ihn zu sich einzuladen, fiel ihr eine andere Möglichkeit ein, bei der sich das Angenehme mit dem Nützlichen verbinden ließ.

Joffrey saß gerade an seinem Schreibtisch und änderte eine Passage in seinem Manuskript über die Tournee, als das Telefon klingelte.

»Ich habe Sehnsucht nach dir«, erklärte Sara ohne Einleitung.

»Ich nach dir auch.« Er lehnte sich zurück, schloss die Augen und stellte sich vor, wie sie sich in seinen Armen anfühlte. Sein Körper reagierte mit einem pochenden Ziehen. »Ich brauche dich.«

»Und ich brauche dich.« Ihr Seufzer beinhaltete alle menschliche Sehnsucht. »Arbeit oder nicht, für die Liebe muss immer Zeit sein. Ich komme zu dir.«

»Du kommst ...«

»Ich kenne dein Apartment noch gar nicht, und ich dachte, dass wir uns auf diese Weise den weiten Weg nach Long Island sparen.«

»Den sparen wir uns auch, wenn wir uns in deiner Theatergarderobe treffen. Die Hälfte der Einwohner dieser Stadt wäre glücklich, eine solche Wohnung zu haben, aber wenn du willst … Ich erwarte dich also nach der Vorstellung bei mir.«

Sara kam in einem weichen weißen Strickanzug, darüber einen bodenlangen weißen flauschigen Mantel mit einer Kapuze, die sie sich tief in die Stirn gezogen hatte.

»Gegen die überall lauernden Fans.« Sie schlug lächelnd die Kapuze zurück, ehe sie das Apartment betrat. »Damit sie mich nicht auf Schritt und Tritt erkennen.«

»Du bist unvorsichtig.« Joffrey versetzte der Tür einen Stoß, dass sie ins Schloss fiel, und schlang die Arme um Sara. »Du bist deinem größten Fan direkt in die Arme gelaufen.«

»Dann hätte ich vielleicht die Kapuze aufbehalten sollen.« Sie wartete, bis er sich zu ihr beugte und sie küsste, und mit einer schnellen Bewegung schlug sie die Kapuze über ihre beiden Köpfe und seufzte tief auf, als Joffreys Kuss leidenschaftlicher wurde.

Seine Hände glitten unter den Mantel und wanderten über ihren Körper, der ihm schon so vertraut war und dessen Wiederentdeckung ihn so erregte, dass er die Beherrschung zu verlieren drohte.

»Noch nicht«, flüsterte Sara und entwand sich Joffreys Umarmung. »Zuerst möchte ich eine sachkundige Führung durch diese berühmte historische New Yorker Sehenswürdigkeit.«

Joffrey zuckte mit den Schultern. »Das Interessanteste an dem ganzen Apartment bin ich, und der interessanteste Ort, den du nicht vergessen darfst, ist mein Bett.« Er deutete auf eine Tür. »Hier entlang, wenn ich bitten darf.«

Sie ließ ihren Umhang langsam genug von ihren Schultern gleiten, damit Joffrey ihn auffangen und weghängen konnte, und verschränkte die Arme. »Joffrey Lesser, du behandelst mich gefälligst wie irgendeine Besucherin, die du noch nicht lange kennst und die zu dir gekommen ist, um sich deine Wohnung anzusehen.«

Er nickte. »Na gut, wenn du das so willst.« Mit einem Schritt war er bei ihr, schlang den linken Arm um sie, zog ihr mit dem rechten Arm die Beine unter dem Körper weg und wollte sie in sein Schlafzimmer tragen.

»Joffrey, lass mich sofort herunter! Ich habe gesagt ...«

Er stieß die Schlafzimmertür mit dem Fuß auf und trug Sara zu seinem Bett. »Ich habe gehört, was du gesagt hast.« Lächelnd ließ er sich mit ihr auf das Bett sinken und nagelte sie mit seinem Gewicht darauf fest. »Was meinst du, wie ich eine ganz normale Besucherin behandle, die ich noch nicht lange kenne, die mir aber so gut gefällt?«

Ihr empörter Blick fiel nicht sonderlich überzeugend aus. »Ach, du glaubst, jede Frau, die zu dir kommt, will sofort mit dir ins Bett?«

Er lachte ihr offen ins Gesicht. »Wenn sie mich noch nicht lange kennt, wie du sagst, mich aber kurz vor Mitternacht in meinem Apartment besucht – ja!«

Sara strampelte lachend unter ihm. »Lass mich sofort aufstehen! Lüstling! Ich will zuerst dein Apartment sehen! Und vielleicht bekomme ich auch einen Drink.«

Er erhob sich und streckte ihr die Hand entgegen, um ihr vom Bett aufzuhelfen. »Du kannst meinetwegen auch eine Kleinigkeit aus dem Kühlschrank essen. Ich bringe dir etwas ans Bett, und während du isst, fange ich schon an und ...«

Sie legte ihren Arm um seine Taille, lehnte den Kopf leise lachend an seine Schulter und gab sich so gelöst und entspannt, wie er sie schon lange nicht mehr erlebt hatte. Interessiert folgte sie ihm in die einzelnen Räume des Apartments, verharrte in seinem Arbeitszimmer besonders lange vor den Bücherregalen und las die Titel.

»Und wo verwahrst du die Magazine, die einem immer in neutralen braunen Umschlägen zugeschickt werden ... wegen der Nachbarn?«

»Ich brauche keine Magazine.« Joffreys Stimme ertönte direkt hinter ihr. »Ich selbst müsste in einem neutralen braunen Umschlag verschickt werden ... wegen der Nachbarn!«

Sara drehte sich bei dem veränderten Klang seiner Stimme rasch um und sog scharf den Atem ein. Joffrey hatte sich in

Windeseile sämtlicher Kleidungsstücke entledigt, umarmte sie, drückte sie an sich und sank mit ihr auf das Ledersofa neben seinem Schreibtisch.

Instinktiv klammerte Sara sich an ihm fest, spürte seinen kraftvollen warmen Körper, den Druck seiner drängenden Männlichkeit und erschauerte unter seinen fordernden Händen.

»Du willst etwas Historisches zu sehen bekommen?« Joffreys blaue Augen funkelten. »Du sollst etwas Historisches erleben!« Seine Hände befreiten sie von dem Oberteil des Strickanzugs, legten sich auf ihre Brüste. »Später werden sie an diesem Sofa eine Gedenktafel anbringen ...« Er ging mit ihr um, als wäre sie eine leichte Kleiderpuppe, die er einfach hochhob und von ihren Hüllen befreite. »Auf diesem Sofa liebte der berühmte Schriftsteller Joffrey Lesser ... das bin ich ...« Er sank über sie. »... liebte er den noch berühmteren Theaterstar Sara Burrows.«

Übergangslos glitt er in sie und hielt von da an keinen Moment mehr still, ließ Sara und sich keine Sekunde der Ruhe, sondern trieb sie beide stetig der Erfüllung entgegen, bis Sara ihre Fingernägel in Joffreys Rücken drückte und sich völlig aufgab und kaum wahrnahm, als er sich mit ihr im Ausklingen ihrer gemeinsamen Leidenschaft auf den dicken weichen Teppich vor dem Sofa rollen ließ.

Er streckte sich behaglich seufzend aus und dachte im Moment nur an Ruhe und Erholung, aber Sara wurde sehr schnell wieder aktiv und weckte erneut Joffreys Verlangen und kostete es bis zur Neige aus. Und als sie sich hinterher seufzend, stöhnend und lachend hochstemmten und ins Schlafzimmer wankten, freute Joffrey sich darauf, mit Sara in den Armen nunmehr eine Stunde stiller Zärtlichkeit zu erleben.

Er hatte jedoch kaum die Decke über sie beide gezogen, als Saras Hände über seinen Körper wanderten, berührten und streichelten, reizten und drückten, und nach einigen Minuten verzichtete Joffrey auf jede Ruhepause.

»Mein wunderbarer Geliebter ...« Saras Lippen strichen über seine Brust, ehe sie sich an ihn schmiegte und ihn behutsam zudeckte, und Joffrey hatte gerade noch die Kraft zu einem Lächeln. Dann atmete er bereits tief und gleichmäßig im Schlaf ... und Sara glitt nach einer angemessenen Frist unter der Decke hervor.

Joffrey tastete im Halbschlaf neben sich. Der Platz war leer, und das weckte ihn vollständig. Er wusste, dass er nur kurz geschlafen hatte, aber er fühlte sich wunderbar ausgeruht. Nur – wo war Sara? Er lächelte in sein Kopfkissen, das sie ihm offenbar fürsorglich untergeschoben hatte, als er in den Schlaf der Erschöpfung gefallen war. Vielleicht war sie durstig geworden und holte sich etwas aus der Küche. Oder ...

Joffrey hob den Kopf, als Geräusche zu ihm drangen, die er nicht mit der Küche in Verbindung brachte. Ein Klappern und Rascheln aus der Richtung seines Arbeitszimmers!

Auf Zehenspitzen schlich er zu der nur angelehnten Tür des Arbeitszimmers und gönnte sich eine Weile den Anblick der nur mit seinem Hausmantel bekleideten Sara, die verzweifelt in den Schubladen seines Schreibtisches wühlte.

»Suchst du etwas, Sara?« Joffrey stieß die Tür ganz auf, und Sara fuhr mit einem unterdrückten Aufschrei hoch.

»Ich ... ich ... wollte dich nicht stören ...« Sie starrte ihn an, als habe sie ihn noch vor zehn Sekunden in einem Abendanzug gesehen und hätte ihn noch nie nackt erblickt.

»Du hast mich nicht gestört«, versicherte er treuherzig.

»Gut, gut! Ich ... suchte einen Apfel!« Sie nickte, erleichtert über die gerade noch rechtzeitig eingefallene Ausrede.

»In meinem Schreibtisch?« Joffrey hob spöttisch eine Augenbraue, ging an seinen Schreibtisch und setzte sich auf den Drehstuhl.

Sara stand vor ihm, nervös und schuldbewusst und ärgerlich darüber, dass er sie überrascht hatte, und nagte an ihrer Unterlippe. Zuerst wich sie Joffreys amüsiertem Blick aus, doch nach ein paar Sekunden rang sie sich zu einem Entschluss durch, zu dem sie ein sanftes Lächeln aufsetzte.

»Joffrey, du interessierst dich für mein neues Theaterstück, nicht wahr?«

»Sehr sogar.« Er streckte ihr die Hand entgegen, die sie nach kurzem Zögern ergriff.

»Also schön.« Ihr Lächeln geriet zur puren Verführung. »Du darfst Einblick in mein Theaterstück nehmen, wenn ...«

»Fein!«

»... wenn ich dafür die Biografie zu sehen bekomme. Jetzt!«

»Nein!«

»Joffrey, Honey! Zeig' ich dir meins, zeigst du mir deins!« Ihre Lippen verströmten ein honigsüßes Lächeln.

»Einverstanden, aber das Spiel geht anders.« Joffrey zog an ihrer Hand und fing Sara ab, als sie gegen ihn fiel. Im nächsten Moment saß sie rittlings auf seinen Beinen, und er deutete an sich hinunter. »Ich zeig' dir meines ...« Er zog den Morgenmantel auseinander, ehe Sara ihn zuhalten konnte. »... und du zeigst mir deins!«

Sie fühlte Ärger über sein Manöver in sich aufsteigen, musste jedoch gleichzeitig über seine Unverschämtheit lachen, und ehe sie sich entscheiden konnte, ob sie nun ärgerlich werden oder lachend nachgeben sollte, war Joffrey bereits weitergegangen, und für eine Umkehr war es danach zu spät.

»Jetzt weißt du, wozu man diese Drehstühle an Schreibtischen auch benutzen kann«, murmelte Joffrey, als er sich mit Sara hochstemmte und sie wieder ins Schlafzimmer trug. »Stabil muss allerdings alles sein – auch der Stuhl.« Er ließ sie auf sein Bett gleiten und zog die Decke über sie, legte sich zu ihr und schloss seufzend die Augen, schlug sie allerdings nach ein paar Minuten wieder auf.

»Ach ja.« Er lächelte Sara nett an. »Solltest du wieder einen Apfel suchen, sag mir Bescheid. Ich hole dir einen.« Und damit sie nicht unbemerkt aus dem Bett stieg, legte er einen Arm um ihre Taille und schob sein Bein zwischen die ihren.

Sara lauschte auf Joffreys Atemzüge und verwünschte seinen Arm, der wie eine Eisenklammer um ihre Taille lag. Und sein Bein fühlte sich zwar gut an, lag jedoch schwer zwischen ihren Beinen und hielt sie unweigerlich fest. Sara bewegte sich probeweise, und sofort seufzte Joffrey im Schlaf. Keine Chance, unbemerkt zu entkommen! Also konzentrierte sie sich auf die angenehmen Empfindungen, die sein enger Klammergriff auslöste, und schließlich siegte ihre eigene Erschöpfung und ließ sie ihren gescheiterten Versuch vergessen, Einsicht in die Biografie zu nehmen – aber nur bis zum Erwachen am nächsten Morgen.

Joffrey wurde wach, als Sara sich energisch von ihm löste und aus dem Bett sprang. »Guten Morgen!«, rief er ihr nach. »Soll ich Frühstück machen?«

In der offenen Badezimmertür drehte sie sich kurz um. »Nein!«, fauchte sie und knallte die Tür zu, und Joffrey streckte sich noch einmal behaglich aus, schlief aber vorsichtshalber nicht wieder ein.

»Warum denn so eilig?«, fragte er die fertig Geduschte, als sie aus dem Bad stürmte. »Du kannst gern noch …«

»Ich habe ein Theater zu leiten und fange außerdem mit den Proben für mein neues Stück an.« Sara suchte ihre Kleidungsstücke zusammen. »Könntest du dich vielleicht umdrehen, während ich mich anziehe?«, fragte sie eingeschnappt und erntete nur herzliches Gelächter von Joffrey, der gar nicht daran dachte, ihrer Aufforderung zu folgen.

Sara wäre sich albern vorgekommen, mit ihren Kleidern aus dem Schlafzimmer zu gehen, ärgerte sich allerdings darüber, dass sie die Kleider in der Nacht überhaupt noch ins Schlafzimmer geholt hatte, ärgerte sich noch mehr über Joffrey und die Biografie und überhaupt über alles, rief Joffrey zuletzt nur ein knappes »Bis dann!« zu und rauschte aus dem Apartment.

Er tappte hinter ihr her an die Wohnungstür und überzeugte sich davon, dass sie auch wirklich gegangen war und ihn nicht mit dem Trick einer von innen zugeschlagenen Tür hereinlegen wollte. Dann überzeugte er sich davon, dass das

Manuskript der Biografie noch immer im Küchenschrank lag, in dem er es vor Saras Besuch in Vorahnung ihrer Absichten versteckt hatte, und fiel wieder in sein Bett, um seine ausgebrannten Batterien aufzuladen.

Sara baute ihren Frust bei den ersten Proben zu dem neuen Stück ab, und sie machte das so verbissen und voller Energie, dass alle hinter ihrem Rücken bald die Köpfe schüttelten.

Inspizient Fowler beugte sich zu Dorothy. »Sie will das neue Stück mit tigerhafter Bravour zum Erfolg führen.«

»Tiger?« Sara hatte das eine Wort ihres Inspizienten aufgeschnappt. »Ich brauche keinen Tiger, sondern einen schwarzen Panther! Haben Sie denn das Stück nicht gelesen?«

»Aber ja, natürlich!« Fowler schlug das Skript hastig an der richtigen Stelle auf. »Einen ausgestopften, nicht wahr?«

»Einen lebenden!« Sara störte sich nicht an dem allgemeinen Aufstöhnen.

»Ich mag keine Katzen«, verkündete der *Degen*.

»Ich habe von einem schwarzen Panther und nicht von einer Katze gesprochen«, fauchte Sara in einem Ton, der an einen solchen schwarzen Panther erinnerte. »James!« Sie richtete ihren Zeigefinger mahnend auf ihren Inspizienten und erspähte hinter einer Kulisse ihren Requisiteur, der erfolglos versucht hatte, sich zu verstecken. »Und Claude! Besorgen Sie mir diesen lebenden schwarzen Panther, sonst kommt es zu keiner Premiere!«

In einer Probenpause klopfte Inspizient Fowler beruhigend dem *Degen* auf die Schulter. »Keine Angst, eine solche Miezekatze finden wir garantiert nicht. Die Premiere wird ohne das Vieh stattfinden. Und stattfinden wird sie. Das lässt sich Miss Burrows nicht entgehen.«

Sara nutzte die Probenpause auf ihre Weise. Sie zitierte ihre Sekretärin zu sich in den Ruheraum ihrer Garderobensuite und diktierte ihr: »Memorandum an Mr. Lesser! Zu der in Arbeit befindlichen Biografie möchte ich dich darauf hinweisen, dass du vor allem meine endlose Geduld und meine Sanftmut hervorkehren musst. Bring am besten ein paar Beispiele aus dem ganz alltäglichen Probenbetrieb. Meine Bühnenkollegen werden dir alle bestätigen können, dass ich nie laut werde, wie du dich vermutlich auch bei deinen Besuchen hier im Theater überzeugen konntest.« Sie wartete, bis Beth das letzte Wort notiert hatte. »Das schicken Sie sofort in Reinschrift per Boten an Mr. Lesser.« Sie holte tief Luft. »Und helfen Sie gefälligst mit, diesen verdammten schwarzen Panther aufzutreiben!«, schrie sie der davoneilenden Sekretärin nach. »Dorothy, alles bleibt auf meinen schwachen Schultern liegen«, stöhnte sie. »Massieren Sie mir diese schwachen Schultern?«

Joffrey wurde durch das Klingeln des Boten geweckt, verwünschte zuerst die Störung, freute sich dann, als er den Brief von Sara sah, und verwünschte erneut die Störung, als er las, worum es ging. Er ließ sich wieder auf sein Bett fallen und erwachte erst irgendwann am Nachmittag.

Nach einer Dusche und einem starken Kaffee fühlte er sich fit genug, Saras Nachricht zu Ende zu lesen, und er legte sie gerade grinsend aus der Hand, als ein anderer Bote einen inzwischen von Sara verfassten Entwurf eines Schlusskapitels der Biografie – in Stichworten – brachte, in dem sie als die um künstlerische Perfektion Ringende dargestellt wurde, auf deren schwachen Schultern nicht nur der Betrieb ihres Theaters ruhte, sondern auch die Existenz zahlreicher Menschen lastete. Ebenfalls in Stichworten zählte sie die Schicksale dieser Menschen auf, und Joffrey konnte nicht anders, als zum Telefon zu greifen.

»Ich bin mitten in der Probe!« Saras Stimme klang atemlos, als Dorothy sie nach einer Weile an den Apparat holte. »Was gibt es?«

»Ich habe eine kurze Statistik der Schicksale deiner Mitarbeiter aufgrund deiner Angaben angefertigt.« Joffrey las von seinem Zettel ab: »Danach bezahlen gegenwärtig vierzehn Mitarbeiter komplizierte Operationen für arme Verwandte, unterstützen weitere siebzehn Mitarbeiter Kinder aus der Nachbarschaft und lassen sie sogar studieren, zahlen sieben Mitarbeiter noch für die Schäden an ihren abgebrannten Häusern, neunzehn für die Schäden an ihrem demolierten Auto ... Und allen diesen Leuten gibst du Arbeit und Brot in deinem Theater. Meinst du nicht, es wäre für all diese Leute wesentlich gesünder und billiger, anderswo zu arbeiten? Mitarbeiter deines Theaters werden offenbar überdurchschnittlich von Schicksalsschlägen heimgesucht.«

Sara knallte wortlos den Hörer auf den Apparat. »Stellen Sie keine Anrufe mehr von Mr. Lesser durch!«, fuhr sie ihre Zofe und ihre Sekretärin an.

Joffrey rief in der Pause des abendlichen Stücks an und erhielt von Dorothy die Auskunft, Miss Burrows wäre nicht zu sprechen. Er rief nach dem Schlussvorhang noch einmal an und bekam das Gleiche von Beth zu hören. Da legte er auf und fuhr zu *RUBY'S*. Wenn Sara ihm seine kleinen ironischen Spitzen übel nahm und erneut in Streik trat, hielt er das wieder eine ganze Weile durch. Die letzte Nacht war äußerst befriedigend gewesen.

»Hallo, mein Freund!« Berny Rosner winkte ihm von der Theke bei *RUBY'S* zu. »Schon gehört? Deine Freundin sucht einen schwarzen Panther, einen lebenden!«

Joffrey klopfte Berny mitfühlend auf die Schulter. »Du solltest tatsächlich endlich etwas gegen dein Alkoholproblem unternehmen.« Er nickte Ruby Long zu und bestellte einen Manhattan. »Das nimmt bei dir schon erschreckende Formen an.«

»Unsinn!« Berny zeigte auf sein Glas. »Das ist heute mein erstes. Ich schwöre!«

»Leiste nicht auch noch einen Meineid. Die Story mit dem schwarzen Panther stammt aus der Sarah-Bernhardt-Biografie von Cornelia Otis Skinner, und nur, weil Sara gerne Sarah imitiert, muss man doch nicht alles vermischen und ...«

Berny schnaubte empört. »Ich arbeite doch bei der *TIMES*, und ich habe einen Kollegen in der Anzeigenabteilung, der hat mir ...«

»Der hat dir offenbar ein Glas zu viel spendiert.« Erstaunt sah Joffrey seinem Freund nach, der sich beleidigt an einen der hinteren Tische in der Bar verzog und sich demonstrativ mit anderen Gästen unterhielt. Joffrey lenkte jedoch nicht ein, damit Berny erkannte, dass er sich nicht jeden Bären aufbinden ließ. Auch keinen Bären in Form eines schwarzen Panthers.

Sara hielt ihren Streik zwei volle Tage durch, ließ sich am Telefon verleugnen und reagierte auch nicht auf eine von Joffrey mit der Hand geschriebene Einladung, die er ihr per Boten zustellen ließ. Er hatte ihr nach ihrer Vorstellung eine Pizza in seinem Bett angeboten »samt Beilage in Form des Bewohners dieses Apartments«. Die Pizza kam rechtzeitig aus dem Restaurant an der Ecke. Wer nicht kam, war Sara, und Joffrey schlief in dieser Nacht nur ruhig und ohne quälende erotische Träume, weil er sich an der Pizza überfressen hatte.

Am folgenden Mittag – er hatte soeben den Entschluss gefasst, sich nicht mehr bei Sara zu melden, sondern darauf zu warten, dass sie zu ihm kam – stand sie vor seiner Tür. »Bist du Gedankenleserin?«, fragte er sie überrascht.

Sie ging nicht auf seine Frage ein, sondern streckte ihm die Hand entgegen. »Ich brauche dich. Nein, komm mit«, bat sie, als er eine einladende Geste in seine Wohnung machte.

Wie hätte er diese Einladung ausschlagen können! Er folgte ihr in den Rolls-Royce, wurde nach zehn Minuten jedoch stutzig. »Hier geht es aber nicht zu deinem Theater.« Und als sie den Kopf schüttelte, fügte er hinzu: »Hier geht es auch nicht nach Long Island. Wohin fahren wir?«

»Jersey City.«

Joffrey überdachte die Situation. Er hatte keinen Versöhnungskuss bekommen, nur einen Wangenkuss zur Begrüßung. Und auch jetzt während der Fahrt tastete Sara nicht einmal nach seiner Hand. Seine nächste Frage folgte zwangsläufig. »Was machen wir in Jersey City?«

»Wir kaufen einen schwarzen Panther.«

Es dauerte ein paar Sekunden, bis er zu verstehen glaubte. »Ach ja, natürlich!« Lachend verschränkte er die Arme. »Berny hat sich über mich geärgert und will es mir heimzahlen, und du hilfst ihm dabei. Natürlich, einen schwarzen Panther!«

»Einen lebenden!« Sara nickte entschieden. »Ich dachte mir, wenn du dich schon meinen verständlichen Wünschen bei der Biografie widersetzt, könntest du mir wenigstens dabei helfen.«

»Sag Berny einen schönen Gruß, und wenn er wieder zu viel trinkt ...«

»Ich kenne keinen Berny.«

»Berny Rosner, der mich als Biograf empfohlen hat ...«

»Das muss ein riesengroßer Dummkopf sein.« Sara wehrte jeden weiteren Einspruch ab. »Auf meine Anzeige in der *TIMES* hat sich ein reicher französischer Baron gemeldet, der seinen Privatzoo in Jersey City auflösen muss, und welch ein Glück, darin gibt es auch einen schwarzen Panther – angeblich ein sanftes Kätzchen. Ich will schließlich nicht, dass meine Mitarbeiter womöglich von einem wilden Tier angefallen werden, nachdem du sie schon wegen ihrer diversen Unglücksfälle verhöhnt hast.« Sie spähte aus den Augenwinkeln zu Joffrey hinüber und erwartete ein Anzeichen von schlechtem Gewissen, doch dieser unmögliche, indiskutable Kerl grinste nur vor sich hin! Wie hatte sie bloß auf seine Fähigkeiten im Bett hereinfallen können, die offenbar seine einzigen menschlichen Qualitäten waren! Qualitäten, die Sara ihm nicht einmal in ihrem eingeschnappten Zustand abstreiten konnte ...

Eine halbe Stunde später kamen Joffrey ernsthafte Zweifel, dass Berny sich mittels einer Komödie an ihm rächte, bei der Sara mitmachte. Dazu war der Privatzoo zu echt, den sie besuchten, und der durch seinen französischen Akzent kaum zu verstehende Besitzer ebenfalls. »Sehr hübsch.« Sara wurde immer nervöser, je länger der Rundgang zwischen Gnus und Nilpferden dauerte. »Wo ist denn nun das angeblich so sanfte Kätzchen?«

Der Mann mit dem unaussprechlich langen zungenbrecherischen Namen, den Joffrey sofort nach der Vorstellung vergessen hatte, verdrehte die Augen. »Miou ist tatsächlich ein sanftes Kätzchen, Madame! Er hat einen winzigen Fehler, das ist alles.«

»Er frisst Menschen«, warf Joffrey ein.

»Aber Monsieur!« Der Herr über den Privatzoo geleitete sie in ein kostbar eingerichtetes Haus. »Mious Fehler ist, dass er sich vor anderen Panthern fürchtet. Ansonsten ist er furchtlos wie Rambo, mit der Sanftheit eines Lammes und der Klugheit Ronald Reagans.«

»Auf dieses Wundertier bin ich gespannt.« Sara wollte Joffreys als Ersten ins Wohnzimmer schieben, in dem sie schon etwas Schwarzes entdeckt hatte, doch Joffrey ließ ihr den Vortritt. Sie klammerte sich an ihm fest. »Ich habe dich eigentlich nur mitgenommen, um durch dich das Kätzchen zu testen«, flüsterte sie ihm zu. »Also erfülle deine Pflicht!«

»Ich würde nie vor einer Dame einen Raum betreten«, flüsterte Joffrey zurück.

»Ich bin keine Dame!«, beteuerte Sara, fand sich aber schon in dem Raum wieder, in dem Miou beachtlich groß und beachtlich sanft auf einem Sofa lag, bei ihrem Eintreten den Kopf hob und nieste. Sara fuhr zurück und prallte gegen Joffrey.

»Ich schreibe in deine Biografie, dass du feige bist.« Er hielt sie lächelnd an den Schultern fest.

»Ich bin nicht feige!« Sara starrte vorsichtig auf den Panther und wütend auf Joffrey. »Dieses tückische und nicht vertrauenswürdige Vieh hat gefaucht. Aber ich werde dir meinen Mut beweisen. Was soll die Katze kosten, Monsieur?«

Sie wurde mit dem Besitzer schnell einig, schrieb ihm einen Scheck aus, ließ sich Anweisungen für die Haltung des extrem gehfaulen Panthers geben, der seine Tage und Nächte am liebsten auf Sofas verschlief, und drückte Joffrey zuletzt die Leine in die Hand. »Bring ihn in den Wagen … falls du nicht zu feige bist!«

»Ich bin aber feige.« Joffrey griff nur sehr zögernd nach der Leine, und während der Rückfahrt – Miou lag zu ihren Füßen im Rolls-Royce – verhielt er sich zuerst genau wie Sara extrem still, aber als er Miou endlich hinter den Ohren kraulte und der schwarze Panther daraufhin seinen Kopf an Joffreys Knie rieb, fasste er Vertrauen.

»Er wird in meinem Garderobenapartment leben«, entschied Sara nach der Ankunft im Theater und nachdem alle Mitarbeiter schreiend geflohen waren. »Und Leyla bleibt vorerst auf Long Island«, wies sie ihre Sekretärin an. »Ich habe vergessen, Monsieur zu fragen, wie Miou zu Kindern steht ...«

Joffrey blieb allein schon aus Interesse an Miou, und Sara nahm ihn kommentarlos wieder mit in ihr Bett, um das Versäumte nachzuholen. Und am nächsten Tag erlebte Joffrey zusammen mit der staunenden Mannschaft des *BURROWS' THEATRE*, dass Miou offenbar für die Bühne wie geschaffen war.

Bei der ersten und den folgenden Proben mit Panther bestand das Tier alles einwandfrei. Miou störte nicht den Probenablauf, und bei sehr lautstarken, wilden Stellen sowie bei Liebesszenen spielte sich stets das gleiche Ritual ab: Der Panther rülpste, seufzte, blickte milde verdutzt und schlief ein!

»Das Tier ist ein theatralisches Naturtalent«, stellte Inspizient Fowler fest, und sogar der *Degen* ließ sich dazu herbei, den Panther zu streicheln.

8

Joffrey genoss sein Frühstück in Saras Haus in mehrfacher Hinsicht. Es schmeckte nicht nur ausgezeichnet, sondern Leyla sorgte auch für eine entspannte Stimmung. Sara war sichtlich nervös aufgestanden, doch in Gegenwart ihrer Tochter war ihr nichts mehr davon anzumerken. Jetzt erinnerte sie Joffrey wieder stark an das erste persönliche

Kennenlernen auf der Terrasse, als sie mit Leyla gespielt hatte.

»Ich werde mir heute Vormittag eure Proben ansehen.« Joffrey hatte eine Pause in der munteren Unterhaltung zwischen Mutter und Tochter abgewartet. »Bin gespannt, wie ihr vorangekommen seid. Übrigens, wie macht sich ...« Er stockte bei dem warnenden Blick Saras. »... die neue Bühnendekoration?«, verbesserte er sich in letzter Sekunde.

»Sehr gut.« Saras Lächeln fiel kühl aus. »Ich weiß allerdings nicht, ob ich dich zusehen lassen soll. Ich habe dir ein paar Hinweise zu deinem Buch geschickt, von dir jedoch kein Echo gehört.«

»Du hast sehr wohl ein Echo gehört, und das lautete ›nein‹!« Joffrey verlor keinen Moment seine gute Laune. »Gibst du mir bitte die Erdnussbutter?«

Sara reichte sie ihm, ließ sich aber deutlich anmerken, dass sie am liebsten mit dem Glas nach ihm geworfen hätte.

Joffrey machte sich nicht die Mühe, sie darüber aufzuklären, dass gar keine Änderungen an seinem Manuskript mehr möglich gewesen wären. Die Druckmaschinen mit ihrer Biografie liefen schon auf Hochtouren, und sobald die ersten Exemplare fertig gebunden waren, würde Sara das versprochene Vorabexemplar erhalten. Aber bis dahin ...

»Gehen wir!«

Joffrey blickte zu der hochspringenden Sara auf. »Ich habe doch noch gar nicht fertig gegessen!«

Ihr Lächeln fiel wieder einmal kühl aus. »Du kannst selbstverständlich auch mit dem Zug nach Manhattan fahren, wenn dir das lieber ist.«

Er trank hastig seinen Kaffee, blinzelte Leyla noch einmal zu und lief, eine Scheibe Toast in der Hand, hinter Sara her. »Ich kenne dich zwar als rachsüchtig«, murmelte er, während er hinter ihr in den Wagen kletterte, »aber nicht als so kleinlich. Du lässt mich nicht zu Ende frühstücken, nur weil ich etwas abgelehnt habe!«

»Das hatte gar nichts mit deinem mangelnden Entgegenkommen zu tun.« Sarah hätte sich lieber auf die Zunge gebissen, als einzugestehen, dass er recht hatte und sie noch immer wegen seines Alleingangs bei der Biografie wütend war. »Ich habe dich weggelockt, weil du dich fast wegen Miou verplappert hättest. Was meinst du, wie ich Leyla von Manhattan fernhalten soll, wenn sie erfährt, dass ich einen schwarzen Panther in der Garderobe halte?«

»Tut mir leid, das hatte ich tatsächlich vergessen …«

»Ich habe dich und sämtliche Angestellte extra um Stillschweigen gebeten, damit es keine Probleme mit Leyla gibt.«

»Ich habe mich entschuldigt, und jetzt kann ich mich ohnedies nicht mehr verplappern, weil ich gar nicht mehr in Leylas Nähe bin. Zufrieden?«

Sara nickte notgedrungen, denn sonst hätte sie zugeben müssen, dass sie keineswegs zufrieden war. »Pass allerdings in Zukunft besser auf, was du sagst«, warf sie ihm gereizt hin.

»Meine Lippen sind versiegelt.« Joffrey legte den Zeigefinger auf den Mund. »Genau wie in allen anderen Dingen, die ich nicht ausplaudern möchte …«

Er hatte der Versuchung nicht widerstehen können, Sara ein wenig zu ärgern, und sie revanchierte sich durch eisiges Schweigen während der restlichen Fahrt und eine hastige Verabschiedung im Theater. Joffrey setzte sich in den Zuschauerraum und harrte der Dinge, die da kommen mussten.

Sie kamen in Gestalt von Sara in einem weißen Körpertrikot, in dem sie bei der Probe mehr Bewegungsfreiheit hatte, und dem schwarzen Panther, der sich prompt auf die Bretter legte, die die Welt bedeuteten, und einschlief. Joffrey verfolgte den ersten Probendurchlauf, fand die Komödie gut und unterhaltsam und verließ das Theater, ohne sich von Sara zu verabschieden, die auf der Bühne dermaßen in eine Regiebesprechung versunken war, dass sie seinen Aufbruch gar nicht mitbekam.

»Ist Mr. Lesser schon weg?«, fragte Sara erst eine Stunde später, als Beth ihr die soeben getippte verbesserte Fassung einer von Sara neu gestalteten Szene brachte.

»Mr. Lesser ist schon längst weg.« Beth warf einen Blick in ihr Notizbuch. »Dafür hat sich eine Miss Hollingworth angesagt. Sie möchte in der Mittagspause ein Interview mit Ihnen machen.«

Sara winkte seufzend ab. »Nicht schon wieder eine Reporterin, die ja doch nur ein Foto von Miou haben will!«

»Miss Hollingworth ist von *WOMEN'S FUTURE* …«

Sara löste ihre Aufmerksamkeit für einen Moment von der umgeschriebenen Szene. »Ist das nicht dieses moderne, aggressive Magazin, in dem sie auch Fotos von nackten Männern bringen?« Beth nickte, und Sara lächelte huldvoll. »Dann spreche ich mit dieser Miss Holly…«

»Hollingworth.«

Sara hatte den Namen schon längst wieder vergessen, als sie endlich die Mittagspause verkündete und ihre Garderobe betrat. Anstelle von Dorothy und Beth fand sie im Salon eine junge Frau vor, die beim Anblick des vorbeitrottenden Miou kreidebleich wurde und aufsprang, und Sara dachte: Die Reporterin! und blieb lächelnd an der Tür stehen.

»Keine Angst.« Sara blickte Miou nach. »Er zieht den Ruheraum mit seiner bequemen Couch vor. Setzen Sie sich wieder, und entspannen Sie sich.«

Die Reporterin in einem grauen Kostüm lächelte nervös. »Vielen Dank, Miss Burrows, aber würde es Ihnen etwas ausmachen, die Tür zu schließen? Ich bin mit Hunden aufgewachsen, und ich habe auch heute noch Hunde, aber Katzen aller Art machen mich unsicher.«

»Unsicherheit ist eine Eigenschaft, die ich bei einer Vertreterin Ihres Berufsstandes am wenigsten erwartet hätte.« Sara schloss die Tür und setzte sich zu ihrer Besucherin.

»Sie haben recht, Miss Burrows, unsicher dürfen wir nicht sein. Wir müssen die Lage einschätzen und zupacken …«

»Zupacken!« Sara stellte sich die Fotos aus *WOMEN'S FUTURE* vor. »Offen gestanden, Sie wirken auf den ersten Blick nicht so, als würden Sie richtig zupacken, wenn Sie einen knackigen Mann zwischen die Finger kriegen, aber an den anschaulichen Druckergebnissen sieht man, dass Sie es doch tun.«

»Ja, ich arbeite recht erfolgreich ...« Die Reporterin schien sich trotz der geschlossenen Tür in ihrer Haut nicht besonders wohl zu fühlen und betrachtete Sara sehr verhalten.

Um ein gutes Presseklima bemüht, griff Sara zu einem uralten Mittel, um die Reporterin aufzulockern – zur Schmeichelei. »So ganz verstehe ich Ihre Scheu vor meinem schwarzen Panther nicht. Ich habe bei Ihnen schon ganz andere ›schwarze Panther‹ gesehen ... zweibeinige, sicher, aber die hatten auch nur ihr eigenes Fell am Leib. Sagenhaft!«

Die grau Gekleidete runzelte verwirrt die Stirn.

Ein wenig begriffsstutzig, die Gute, urteilte Sara. »Wir können ganz offen miteinander reden, auch wenn ich nie über meine privaten Dinge spreche.«

»Gerade diese privaten Dinge führen mich aber zu Ihnen, Miss Burrows. Ich ...«

»Einen Moment! Das möchte ich klarstellen.« Sara hob warnend die Hand. »Meine Einstellung ist, dass jeder genießen soll, was er möchte. Das geht niemanden etwas an. Wenn Sie zum Beispiel auf diese schlanken, knabenhaften Typen stehen ... Sie wissen, was ich meine ... ist das Ihre Sache. Und wenn ich andere Vorlieben entwickle, ist das meine Sache. Das heißt aber noch lange nicht, dass wir uns nicht in aller Ruhe unterhalten könnten.«

Auf der Stirn der jungen Frau bildeten sich Schweißtropfen. »N-nein, d-das heißt es nicht ... oder doch ... oder nicht ...«

»Sehen Sie, ich bin ein offener Mensch, eine Frau unserer modernen Zeit, trotz meiner Liebe zum klassischen Theater.« Sara hasste Interviews, in denen ihr keine Fragen gestellt wurden, weil die Interviewerin Hemmungen hatte. »Nur weil ich klassisches Theater liebe, heißt das aber nicht, dass ich nicht auch modernes oder ultramodernes Theater ausprobiere. Ich habe zwar einen kleinen Rückschlag erlitten, aber ... Mit Männern ist das ebenso. Da bevorzugt man sein Leben lang einen ganz bestimmten Typ Mann, weil man weiß, was man da zu erwarten hat. Und man fährt immer gut damit. Dann kommt etwas aufregend Neues daher, und man zögert. Soll man oder soll man nicht? Was meinen Sie dazu?«

»Ich … ich weiß nicht … Ich habe strikte Regeln, nach denen ich mich in allen Lagen richte.«

Wie langweilig! lag es Sara schon auf der Zunge, doch sie schluckte die Bemerkung hinunter. »Dafür gibt es keine Regeln. Die moderne Frau, wie Ihr Haus sie darstellt, muss zupacken, auch wenn das Risiko eines Reinfalls besteht. Solange man mit einem Mann nicht mindestens eine ganze Nacht lang alle Höhen der Lust und Leidenschaft durchgekostet hat, weiß man gar nichts. Das Aussehen spielt keine Rolle, nicht einmal die Körperkraft tut es …«

»Körperkraft …«

Sara nickte und wandte sich unwillig zu der eintretenden Beth. »Ja, was ist denn?«

Beth lächelte der grau Gekleideten entschuldigend zu und beugte sich zu Sara. »Ich wollte nur sagen, dass Miss Hollingworth vorhin angerufen hat. Sie kann heute doch nicht kommen …«

Sara starrte auf die Tür, die sich wieder hinter ihrer Sekretärin geschlossen hatte, schluckte, wollte sprechen, brachte keinen Ton hervor, schluckte noch einmal. »Äh … ja … also, wo war ich stehen geblieben? Die … die …«

»Körperkraft«, flüsterte die grau Gekleidete, die ja wohl keine Reporterin einer progressiven Frauenzeitschrift mit nackten Männerfotos war.

»Richtig.« Sara starrte krampfhaft auf einen Punkt an der Wand. »Sie spielt keine Rolle … aber ich spiele eine Rolle, jeden Abend auf der Bühne. Ich bin nämlich Schauspielerin, müssen Sie wissen.«

»Ich weiß«, flüsterte die sichtlich rot gewordene junge Frau.

Verdammt, wer ist das? Wie heißt sie? dachte Sara. »Wie viel Sie doch schon über mich wissen, und ich weiß so wenig von Ihnen.« Sara runzelte Stirn. »Sie sind nicht zufällig die junge Dame, die ihren Namen ändern wollte?«

»Nein, nein, ich bin mit meinem Namen sehr zufrieden.« Die Wangen der mit ihrem Namen Zufriedenen leuchteten inzwischen knallig rot.

Sara knetete die Finger. »Aber war Ihnen Ihr Name denn nicht zu lang? Bei Unterschriften ... und so?«

»Wood? Nein, Wood ist nicht zu lang, und bei unserer Steuerbehörde kennt mich jeder als Miss Wood.«

»Jeder ...« Sara schluckte wieder. »Steuer? Steuer wie Finanzamt?«

»Ja, meine Kollegen von der Einkommensteuer, deren Entscheidungen ich stichprobenartig überprüfen muss und ...«

»Nein, wie nett, dass Sie ein so gutes Verhältnis mit Ihren Kollegen haben.« Sara sprang auf. Wann hatte je eine Burrows mit dem Finanzamt kooperiert? »Wenn Sie mich jetzt entschuldigen wollen! Mein Pantherchen wartet schon auf mich, und wenn ich ihm nicht ganz schnell Gesellschaft auf meiner bequemen Couch leiste, wird er sehr, sehr nervös. Das hat er bei Steuerfahndungen mit mir gemeinsam ...«

Miss Wood wurde ebenfalls sehr, sehr nervös. »Ja, dann ...«, hauchte sie. »Aber ich muss doch überprüfen, ob ...«

»Sollten Sie irgendwelche Fragen haben ...« Sara riss die Tür auf. »Beth, meine Sekretärin, wird sich um Sie kümmern.« Sie winkte die herbeieilende Sekretärin in den Salon. »Sie belügen bitte Miss Wood von der Steuerbehörde, während ich ...«

»Miss Hollingworth ist jetzt doch da«, meldete Beth. »Soll ich sie zu Ihnen in den Ruheraum schicken?«

Sara winkte erschöpft ab. »Ich sinke gleich neben Miou auf die Couch und bin für niemanden mehr ansprechbar. Tut mir leid für Miss Hollingworth. Sagen Sie ihr, die Steuerbehörde wäre schneller gewesen als sie ...«

Die Couch im Ruheraum war frei, weil Miou es vorgezogen hatte, sich auf einem Sessel so klein wie möglich zusammenzurollen, und während der Panther leise schnarchte, zog Sara das Telefon heran.

Die Telefonnummer von Caren Evans kannte sie auswendig, und kaum hatte sich ihre Freundin gemeldet, als Sara einen abgrundtiefen Seufzer ausstieß. »Du ahnst nicht, was mir passiert ist! – Woher weißt du, dass es eine Katastrophe gegeben hat? – Nein, Caren, das stimmt nicht! Ich rufe dich nicht immer nur an, wenn es Katastrophen ... – Nein, ich habe dich nie als Müllabladeplatz für meine Sorgen ...«

Sara blickte auf und winkte heftig ab, als ihre Zofe den Kopf zur Tür hereinstreckte. Dorothy zog sich wie der Wind zurück. Sie wäre nicht viele Jahre lang Sara Burrows' Zofe geblieben, hätte sie nicht stets den richtigen Zeitpunkt zum Rückzug erkannt.

»Jedenfalls ist mir etwas Haarsträubendes widerfahren!« Sara reckte sich auf der Couch und verlieh ihrer Stimme den angemessenen dramatischen Klang. »Ich habe offen über meine Meinung über Männer gesprochen und dabei die Dinge ziemlich deutlich beim Namen genannt. – Nein, nicht bei einem Mann ... bei einer Frau. – Caren, ich bitte dich! Solche Dinge hätte ich einem Mann gegenüber nur erwähnt, wenn ich ihn als Liebhaber haben wollte, aber da bin ich im Moment bestens versorgt. – Nein, du kennst ihn nicht persönlich ... hoffe ich wenigstens ... und ich werde dir keine Details über ihn erzählen. – Ja, es könnte ernst sein.«

Sie hörte eine Weile ihrer Freundin zu und kraulte Miou am Kopf, als dieser zu ihr kam und sich vor der Couch zusammenrollte.

»Stimmt, wir haben uns bisher immer über unsere Männer ausgetauscht, aber von Joffrey erfährst du nichts. Gar nichts ... – Ich weiß, ich bin gemein. Jedenfalls, ich denke, ich habe eine Reporterin von *WOMEN'S FUTURE* vor mir und werde deutlicher und deutlicher und spreche auch von diesen fantastischen schwarzen Panthern, die sie in ihrer Zeitschrift manchmal abbilden ... Übrigens, im Moment liegt ein schwarzer Panther neben meiner Couch auf dem Teppich ...

– Nein, ein echter schwarzer Panther. Ich betrüge Joffrey nicht ... – Nein, ich meine einen schwarzen Panther, ein Tier!

– Nein, nicht so ein Tier. Ich spreche von einer echt wilden Bestie ... – Caren, es ist eine Freude zu hören, wie du deine Fantasie schweifen lässt, aber ich wollte dir von dieser Frau erzählen, bei der ich so deutlich wurde, und zuletzt fand ich heraus, dass sie für die Steuer arbeitet. Kannst du dir das vorstellen? – Ja, sie hat meinen schwarzen Panther auch kurz gesehen, aber es handelt sich wirklich um ein Tier, um ...« Sie ließ den Hörer sinken und blickte zur Tür, zu der Beth ihren Kopf hereinsteckte und hektisch auf die Uhr deutete.

»Ich muss Schluss machen. Meine Proben laufen weiter. War nett, mit dir zu plaudern, Caren.« Sara legte auf und blickte seufzend in die gelben Augen des Panthers. »Sei froh, dass du nicht telefonieren kannst, Miou. Du hast keine Ahnung, was du dir ersparst!«

Sara stürzte sich schwungvoll in die nächste Runde ihrer Probenarbeit, und als sie ausgelaugt in ihre Garderobe zurückkam, fand sie auf ihrem Schminktisch ein rechteckiges, in Goldpapier eingeschlagenes Päckchen mit Karte vor.

IN LIEBE, JOFFREY.

»Wie süß«, murmelte Sara und löste die Schleife des Goldbandes, tippte zuerst auf einen süßlichen Inhalt in Form von Pralinen, zweifelte dann jedoch wegen des Gewichts, schlug das Papier auseinander und starrte auf ihr eigenes Gesicht, das ihr gleich in mehrfacher Weise von dem Schutzumschlag des Buches entgegensprang. In einer Montage zeigte der Umschlag ihr Gesicht lächelnd, ernst, streng, mild, sanft, zornig, lachend ...

SARA BURROWS – EINE FRAU

»Wahnsinnig origineller Titel.« Sara presste die Zähne aufeinander. Er hatte es tatsächlich getan. Dieser kleine schreibende Mistköter hatte wirklich hinter ihrem Rücken, für ihr Geld und ohne ihre Überprüfung ihre Biografie fertiggestellt und drucken lassen!

Sie holte schon aus, um das Vorabexemplar gegen die Wand zu schleudern, überlegte es sich aber dann doch anders. Lesen wollte sie es auf alle Fälle, und Sara hasste es, in Büchern mit geknickten Einbänden und Eselsohren zu lesen.

Sie legte das Buch beiseite und warf dem neben ihr stehenden Miou einen diamantharten Blick zu. »Wenn in diesem Buch auch nur die geringste Unverschämtheit steht, tausche ich dich gegen ein wirklich wildes Vieh ein«, murmelte sie. »Und dann sperre ich Joffrey mit deinem Nachfolger zusammen ein …«

Energisch zügelte sie ihre Fantasie. Vielleicht hatte Joffrey sich ja an die Wahrheit gehalten und nur Gutes über sie geschrieben. Er hatte noch eine Chance, ungeschoren davonzukommen.

In jeder freien Minute las Sara in ihrer Biografie, und da dank der intensiven Proben und der abendlichen Vorstellungen ihre freien Minuten knapp bemessen waren, brauchte sie zwei Tage, um an das Ende des Buches zu gelangen. Zwei Tage, in denen sie nichts von Joffrey sah und hörte. Und das war gut so – für ihn!

Hübsch eingepackt war das Buch ja angekommen, aber diese hübsche Verpackung konnte nichts an seiner Wirkung ändern …

»Beth!« Eiszapfen klirrten in Saras Stimme, als sie ihrer Sekretärin einen Auftrag erteilte. »Laden Sie für morgen Abend zum Dinner meine liebsten Freunde ein. Nach der Vorstellung. Long-Island-Haus. Kleines Dinner, zwanzig Personen.« Sie holte tief Luft und atmete ganz langsam aus. »Und vergessen Sie Mr. Lesser nicht …«, fügte sie sanft hinzu.

Unmittelbar vor dem so kurzfristig anberaumten Dinner las Sara die allerletzten Seiten des Buches, klappte es zu und rief »Nun denn!«, mit wilder Entschlossenheit und eiserner Unnachgiebigkeit in der Stimme.

Eine halbe Stunde schwankte sie, ob sie sich in Weiß – ihrer ganz persönlichen charakterlichen Makellosigkeit und Unschuld entsprechend – oder in Schwarz – ihrer Laune entsprechend – kleiden sollte. Da sich beide innere Strömungen ungefähr die Waage hielten, entschied sie sich für ein weißes Dinnerjackett über schwarzer Hose und schwarzer Hemdbluse, band eine weiße Fliege um und harrte der Dinge, die da kommen mussten.

Sara und ihre Dinnergäste hatten bereits an dem großen Esstisch im Speisezimmer Platz genommen, als Joffrey eintraf. Ein wenig außer Atem hastete er in den Raum. »Tut mir leid, eine Umleitung! Ich habe mich restlos verfahren.« Er ging lächelnd auf Sara zu, wollte sie mit einem Kuss begrüßen und sich auf den Platz neben ihr setzen, stockte jedoch irritiert.

»Es wird höchste Zeit, dass du kommst. Wir wollten schon anfangen.« Saras Stimme klang kühl, so kühl wie die Eisfigur mitten auf dem Tisch, einen Schwan darstellend und im Licht der Kerzen glitzernd. Außerdem drehte Sara den Kopf zur Seite, sodass Joffrey nicht einmal ihre Wange erreichen konnte, und der Ehrenplatz neben ihr war besetzt – von Leyla, die er erst jetzt entdeckte.

»Hallo, Kleines!« Im Vorbeigehen strich Joffrey dem Kind über die dunklen Locken und ging zu dem Platz Sara gegenüber, auf den diese mit der Förmlichkeit einer perfekt ausgebildeten Platzanweiserin bei einer Royal Performance deutete. Zwanzig Gäste-Augenpaare folgten ihm auf seinem Weg, alle mit der gleichen kühlen Distanziertheit.

»Das sind alles meine Freunde«, stellte Sara vor, ohne sich die Mühe zu machen, Namen zu nennen. »Meine wahren Freunde. Meine echten Freunde. Meine ehrlichen Freunde ...« Sie nickte dem Butler zu. »Harman, Sie können servieren.«

Joffrey lächelte in frostige Gesichter, denen auch das warme Kerzenlicht nichts von ihrer Eisigkeit nahm. »Long Island ist wunderbar, aber wenn man erst einmal auf diese Nebenstraßen umgeleitet wird ... ein Labyrinth ...«

Zwei Köpfe nickten, und Sara blickte an Joffrey vorbei. »Die Suppe ist der Köchin hervorragend gelungen, nicht wahr?« Sie erntete freudige Zustimmung von allen Seiten, Lächeln, Wärme und Lob. Nur Leyla löffelte unbeeindruckt ihre Suppe, still vor sich hinlächelnd und stolz, dass sie an dieser Party teilnehmen durfte.

Butler Harman und Hausmädchen Beverly brachten den Hauptgang und bezogen ihre Posten links und rechts der Anrichte, um jederzeit für Handreichungen zur Verfügung zu stehen.

»Fühlt Miou sich eigentlich nicht einsam so allein in dem Garderobenapartment?«, warf Joffrey ein, um die Stimmung etwas aufzulockern.

Saras Blick zuckte von ihrem Teller zu Joffrey. »Ich persönlich beneide Miou in diesem Moment! Er ist wenigstens allein, und wie das Sprichwort schon sagt: Besser allein als in schlechter Gesellschaft!«

Er schüttelte vorwurfsvoll den Kopf. »Aber Sara, ich dachte, das wären alles deine Freunde?« Er lächelte den Eisigen am Tisch zu, Männern und Frauen aller Altersstufen, die nur eines gemeinsam hatten – ein ergebenes Leuchten in den Augen, sobald sie ihre Blicke auf Sara richteten. »Wie kannst du bei so vielen lieben Freunden von schlechter Gesellschaft ...«

»Wie kannst du es wagen!« Sara knallte ihr Besteck auf den Teller, und Leyla wischte sich einen Soßenspritzer von der Nase und aß still lächelnd weiter. »Wie kannst du es wagen, Joffrey Lesser, in meinem Haus den Mund auch nur aufzutun, um nach Luft zu schnappen, geschweige denn, ein Wort auszusprechen!«

»Sehr einfach.« Joffrey lehnte sich entspannt zurück. »Du hast mich eingeladen ...«

»Ich habe dich herzitiert, nicht eingeladen! Das ist ein gewaltiger Unterschied! Ich habe dich herzitiert, um dir eine einzige Frage zu stellen! Wie kannst du es wagen?«

Joffrey versuchte es mit seinem sanftesten Lächeln. »Wie kann ich was wagen? Du musst deine Frage schon ein wenig genauer formulieren.«

Saras Hände lagen, zu Fäusten geballt, auf dem Tisch, und ihre schmal gewordenen Lippen bebten. »Wie kannst du es wagen, solche Passagen in meiner Biografie zu schreiben? Wer wagte es je, mich in die Nähe von Launenhaftigkeit zu stellen? Wo werde ich auch nur von Exaltiertheit gestreift?« Ihre Stimme kletterte eine Oktave höher. »Wann gab es je einen Beweis für meine im Buch behauptete Rechthaberei?« Sie rang nach Luft und richtete unter dem empörten Gemurmel ihrer versammelten Freunde ihren Blick unheildrohend auf Joffrey. »Was bildest du Aas dir überhaupt ein!«

Joffrey setzte zu einer Entgegnung an, wurde jedoch von einer Welle feindseligen Gemurmels überrollt, aus dem einzelne Worte und Sätze herausstachen.

»Was für ein Frevel ...«

»Ein Aas, das ist er! Ein Aas! Abscheulich!«

»Ich habe mich stets an die Wahrheit gehalten!«, rief Joffrey und erntete einen allgemeinen Aufschrei, nur nicht von Leyla, die ihren Teller bis zum letzten Bissen leerte. »Ich habe für alles Beweise gebracht.« Er wandte sich an Sara. »Du weißt, dass ich für dich ...«

»Du hast mich verraten!«, schluchzte Sara auf und fasste sich ans Herz. »Du hast mir einen Dolch in die Brust gestoßen ...«

»Dieser Mörder!«, kreischte eine dürre Rothaarige.

»... und du hast dieses Messer auch noch in meiner Brust herumgedreht!« Sara stöhnte.

»Mama, Durst«, warf Leyla ein, und Sara schenkte ihr etwas in den Kinderbecher ein und streichelte zärtlich über ihren Kopf.

»Mr. Lesser!« Ein breitschultriger Mann mit kurzen grauen Haaren sprang auf. »Ich fordere Sie hiermit zum Duell mit Pistolen. Sie haben Miss Burrows beleidigt und ...«

»Mama, noch Durst.« Leyla winkte mit ihrem Becher.

»Eine ehrliche Pistolenkugel wäre viel zu gut für diesen Verräter, General!« Sara drückte Leyla den erneut gefüllten Becher in die Hand und tätschelte ihr die Wange. »Trink schön, mein Schatz«, sagte sie lächelnd und blickte in die Runde, sah Joffrey an und brach in Tränen aus. »Er hat mich vor aller Welt entehrt, bloßgestellt und gedemütigt!«

»Ein Duell!«, keuchte der General blutdürstig.

»Mama, Durst.« Leyla hielt ihren Becher hin, bekam ihn gefüllt und grinste Joffrey an.

»Wenigstens ein normales Gesicht am Tisch«, murmelte Joffrey, blinzelte Leyla zu und betrachtete Sara sorgenvoll. »Ich habe dir von Anfang an gesagt, dass ich eine ehrliche Biografie schreibe!«, rief er, um den Lärm am Tisch zu überschreien.

Saras Tränen waren versiegt. Dafür kletterte ihre Stimme in Höhen, in denen Glas klirrte und Trommelfelle Schaden nahmen. »Du hast dich in mein Vertrauen und auch alles andere eingeschlichen! Du hast mich belogen! Betrogen!«

Die Rothaarige holte aus, und Joffrey klatschte ein feuchtes Veilchensträußchen von der Tischdekoration ins Gesicht.

»Du hinterhältige Bestie!«, rief Sara. »Mich wehrlose, schutzlose Frau hast du hintergangen!«

»Mama, trinken!«, piepste Leyla selig lächelnd, und während Sara sich mit rührender mütterlicher Fürsorge um ihre Kleine kümmerte, übernahmen ihre Freunde das Rachewerk.

Joffrey konnte gerade noch einen Kerzenleuchter – acht- oder neunarmig – abwehren und auch der großen Bratenplatte entgehen, die man nach ihm schleuderte, aber eine Fingerschale traf ihn am Kopf und ergoss ihren Inhalt auf seine Hemdbrust. Zwei Trinkgläser segelten links und rechts an seinem Kopf vorbei und zerschellten an der Wand. Messer und Gabeln ließen Joffrey unter dem Tisch vorübergehend Deckung suchen, während sich das Hausmädchen schluchzend neben dem Sideboard auf den Boden kauerte und Butler Harman, nie seine würdevolle Haltung verlierend, kurzerhand in den Schrank mit den Tischdecken sowie Servietten kletterte und die Tür schloss. Es gehörte sich schließlich für einen pflichtbewussten Butler nicht, den Raum zu verlassen.

Joffrey aber beschloss, sein Heil in der Flucht zu suchen. Es schien irgendwie nicht der richtige Zeitpunkt für eine Diskussion über die Freiheit der Literatur zu sein, und Saras hinter ihm hergeschmettertes »Fahr zur Hölle!«, untermauerte seine Vermutung.

Sara ließ sich nach der Flucht des Feiglings von ihren Freunden umringen und trösten und auf dem Weg in den Salon stützen, in dem der Mokka wartete.

»Wenn ich euch nicht hätte«, seufzte sie und sank in einen Sessel. »Ich wüsste nicht …« Ihr Blick fiel auf die fröhlich zur Tür hereinhüpfende und entrückt grinsende Leyla, die über den Teppich stolperte, einen fast formvollendeten Purzelbaum schlug und kichernd gegen den Gläserschrank rannte. »Harman!«, rief Sara strafend ihrem dezent eintretenden Butler entgegen. »Was haben Sie dem Kind zu trinken gegeben?«

»*Ich* habe dem Kind Apfelsaft zu trinken gegeben, Miss Burrows.« Harman deutete eine Verbeugung an. »*Sie* haben zum Weißwein gegriffen – übrigens ein sehr trockener Chablis …«

Sara warf einen ergebenen Blick auf das breit lächelnde Gesicht ihrer beschwipsten Tochter. »Dann hat wenigstens *ein* Mensch diesen Abend genossen …«

9

Joffrey wählte mit schwindender Geduld zum siebenten Mal die Nummer auf Long Island und bekam zum siebenten Mal die Sekretärin an den Apparat.

»Legen Sie nicht auf, Beth!«, rief er hastig. »Sagen Sie bitte Miss Burrows, dass ich sie unbedingt sprechen muss.«

»Mr. Lesser!« Beth' Stimme verriet ebenfalls schwindende Geduld. »Das habe ich Miss Burrows schon ausgerichtet. Glauben Sie mir, ich bin in der Bronx aufgewachsen, und ich bin sicher nicht zimperlich, was Kraftausdrücke angeht, aber ich möchte Miss Burrows' Worte nicht am Telefon wiederholen.«

Joffrey schüttelte den Kopf und musste gegen seinen Willen lächeln. »Na schön, dann gehen Sie jetzt zu Miss Burrows, und sagen Sie ihr bitte, dass ich ihr einen Weg zeigen kann, wie sie doch noch die gewünschten Änderungen in ihrer Biografie anbringen kann.«

Die Sekretärin legte den Hörer neben das Telefon, und zwei Minuten später drang Saras Stimme aus dem Apparat.

»Nimmst du also doch noch Vernunft an und gibst klein bei, Joffrey? Ich verlange …«

»Ich möchte mich mit dir versöhnen, Sara.« Joffrey achtete auf die richtige Mischung zwischen Entschlossenheit und Sanftheit. »Wir sollten nicht wegen der kleinen Meinungsverschiedenheit bei dem gestrigen Dinner böse miteinander sein.«

»Du wolltest mir sagen …«

»Sara, wir beide passen so hervorragend zusammen, dass wir einfach zusammenbleiben müssen!«

»… wie ich die Änderungen in der Biografie anbringen kann!«

Joffrey versuchte es mit etwas mehr Sanftheit. »Ich komme zu dir, und dann feiern wir wundervoll Versöhnung und …«

»Die Änderungen, Joffrey Lesser! Sonst interessiert mich nichts!«

Er wechselte zu Entschlossenheit über. »Ich habe mich bei der Biografie an alle Abmachungen gehalten und nur die Wahrheit über dich geschrieben. Ich möchte, dass wir …«

»Ich gebe dir genau zehn Sekunden Zeit, um mir die Möglichkeiten zu Änderungen zu erklären. Nach zehn Sekunden lege ich auf!«

»Gut, wenn du es unbedingt willst!« Er ballte enttäuscht die Faust. »Die Bücher sind alle bereits fertig gedruckt und müssen nur noch ausgeliefert werden. Du könntest die gesamte Produktion aufkaufen, aber dazu reicht vermutlich dein Geld nicht. Also müsstest du noch heute das Lagerhaus mit den Büchern niederbrennen, anschließend den Verlag aufkaufen und eine Neuauflage deiner Biografie drucken lassen, in der du dann alle deine Änderungswünsche ...«

»Idiot!« Der Hörer auf Saras Seite wurde auf das Telefon geschmettert.

Joffrey wählte erneut und rechnete damit, wieder die Stimme der Sekretärin zu hören. Zu seiner Überraschung meldete sich unverkennbar Sara mit »Hallo!« Er lächelte sein Telefon an. »Du hast gewusst, dass ich es noch einmal probiere?«

»Ich habe es befürchtet«, erwiderte Sara mit geradezu lebensbedrohender Eiseskälte. »Und da Beth sich von dir womöglich wieder einen Bären hätte aufbinden lassen, wollte ich deinen Anruf abfangen und dafür sorgen, dass du dich nie, nie, nie wieder bei mir meldest. Hast du das verstanden?«

»Nein!«

»Dann wiederhole ich es noch einmal ganz genau. Ich sagte ...«

»Sara, ich habe verstanden, was du gesagt hast, aber ich verstehe es nicht. Ich habe das Bild einer faszinierenden, facettenreichen Frau gezeichnet, die so menschlich ist, dass sie zahlreiche Vorzüge und ein paar Fehler hat ...«

»Ich habe keine Fehler!«, schrie sie dazwischen. »Was du Fehler nennst, sind in Wahrheit Vorzüge, die du nur nicht als solche erkannt hast und daher als Fehler einstufst!«

Joffrey schwieg sekundenlang verblüfft. »Eine nicht uninteressante Logik.« Er versuchte, seine Stimme nicht zu sarkastisch klingen zu lassen. »Ein Fehler ist ein Vorzug, den andere nicht als Vorzug erkannt haben und deshalb für einen Fehler halten. Habe ich das so richtig verstanden?«

»Im Prinzip, ja, aber lass gefälligst dieses satte Grinsen aus deiner Stimme weg!«

»Sara! Darling! Ich habe in deiner Biografie nichts Falsches geschrieben. Ich habe die Wahrheit geschrieben, die du nur nicht als Wahrheit erkannt hast und deshalb für falsch hältst.«

Nun schwieg Sara sekundenlang, und als sie sich wieder meldete, klang sie sehr verletzt. »Nun gut, ich wollte mich ehrlich mit dir versöhnen und habe es ganz lieb und mild versucht, aber du willst mich nicht verstehen.«

»Also, das ist doch ...«

»Wenn das deine Vorstellung einer auf Gegenseitigkeit beruhenden Zweierbeziehung ist, tut es mir leid.« Sara schniefte kurz, und dann kam wieder der Stahl unter der sanften Oberfläche zum Vorschein. »Eines weiß ich mit Sicherheit. Ein Mann, der mich so verkennt und mein wahres Ich nicht erkennt, kann mich nicht lieben!«

Es krachte gefährlich im Hörer, und Joffrey verzichtete auf weitere Versuche zur Versöhnung. Er kannte Sara gut genug, um zu wissen, wann es keinen Sinn hatte, sich um ihr Verständnis und ihr Nachgeben zu bemühen.

Was allerdings nicht hieß, dass Joffrey aufgab. Schließlich ahnte er jetzt schon den für ihn günstigsten Zeitpunkt, an dem Sara so mit den Nerven fertig sein würde, dass sie sich nicht gegen ihn sperren konnte, und das war die in zwei Tagen stattfindende Premiere ihres neuen Stücks. Wurde es ein Triumph, war sie garantiert zu glücklich, um ihn abzuweisen, und wurde es ein Reinfall, brauchte sie seine Schulter zum Ausweinen.

Um Joffreys Lippen spielte ein Lächeln der Vorfreude, als er die längst gekaufte Karte für die Premiere aus seiner Schreibtischschublade holte. »Aber ein Biest ist sie doch ...«, murmelte er und tippte mit dem Zeigefinger auf die Karte. »Ein ganz gewaltiges sogar!«

Unterdessen bedachte Sara ihre Sekretärin mit einem vernichtenden Blick. »Und Sie fallen auf jeden Unsinn herein, den Mr. Lesser Ihnen am Telefon erzählt, nicht wahr?«

»Ich habe Ihnen nur ausgerichtet, was er mir …«

»Sie stellen jedenfalls keinen Anruf von ihm mehr durch und berichten mir nicht einmal, ob er angerufen hat!« Damit rauschte Sara in ihr Arbeitszimmer, um die allerletzten Änderungen an ihrem neuen Stück vorzunehmen. Sie hatte nun wirklich genug Arbeit. Da konnte sie sich nicht auch noch mit diesem wahrheitsverfälschenden Schreiberling abgeben!

»Jemand hat angerufen«, meldete Beth pflichteifrig, als Sara nach Stunden aus ihrem Arbeitszimmer kam. »Und zwar …«

»Na also.« Sara lächelte maliziös. »Sie haben hoffentlich sofort aufgelegt!«

»Nein, Miss Burrows. Der Bürgermeister hat sich kurzfristig für die Premiere angesagt und gefragt, ob er noch Karten bekommen kann. Ich habe ihm versprochen, dass ich ihm Ihre persönliche Theaterloge überlasse. War das richtig?«

»Ja, das war richtig!« Sara biss die Zähne zusammen. »Aber noch viel richtiger wäre es gewesen, wenn Sie bei Joffrey Lesser den Hörer auf den Apparat geknallt hätten!«

Beth verzichtete darauf, ihre Chefin darauf hinzuweisen, dass Mr. Lesser dafür überhaupt erst hätte anrufen müssen. Sie hielt es für klüger, gar keinen Kommentar abzugeben, und bei dieser Einstellung blieb sie auch an den beiden restlichen Tagen bis zur Premiere, an denen Sara trotz aller Hektik bei jedem Zusammentreffen fragte, ob Mr. Lesser angerufen hätte. Erst in der letzten Stunde vor Hochgehen des Vorhangs schien sie Joffrey vergessen zu haben.

»Ist der Panther bereit?« Sara steigerte die ohnedies vorhandene Hektik, indem sie sich in letzter Minute noch einmal davon überzeugen wollte, dass alles in Ordnung war. »Wo ist dieser verdammte Panther?«, schrie sie zu der sich öffnenden Tür des Schminkraums hinaus.

»Er liegt zu Ihren Füßen, Miss Burrows«, erwiderte Dorothy seelenruhig, während Saras Visagistin den Tränen nahe war, weil der Star des Abends sich aus Nervosität schon wieder das Rouge von den Wangen gewischt hatte.

»Beth!« Sara winkte die Sekretärin, die nur einen Blick in den Schminkraum hatte werfen wollen, zu sich. »Ist Mr. Lesser im Theater?«

»Ich habe ihn nicht gesehen, Miss Burrows«, versicherte Beth.

»Ausgezeichnet.« Sara nickte heftig. »Er soll sich bloß nicht blicken lassen, sonst werfe ich ihn eigenhändig hinaus!«

»Bleiben Sie endlich still sitzen!«, jammerte die Visagistin. »Wenn Sie nicht eine Minute ruhig halten, gehen Sie mit indianischer Kriegsbemalung auf die Bühne und erschrecken die Leute zu Tode!«

»Apropos erschrecken!« Sara hob warnend den Zeigefinger. »Dass mir niemand heute Abend einen zweiten Panther ins Theater bringt! Miou hat vor nichts Angst außer vor Panthern!«

Dorothy und Beth wechselten einen Blick, der so viel besagte wie *Jetzt ist sie völlig verrückt geworden!*, und die Visagistin klatschte etwas Rouge auf Saras Wangen, verrieb es und verzichtete auf Feinheiten, für die Sara ihr keine Zeit ließ.

»Noch zehn Minuten!«, rief Inspizient Fowler über die Sprechanlage.

Sara stöhnte entsetzt, als ihr Blick auf den Panther fiel.

»Wo ist Mious güldene Kette? Mein Gott, soll ich das Vieh vielleicht auf die Bühne tragen?«

Dorothy fing die Aufspringende ab und drückte sie auf den Stuhl zurück. »Der Panther ist in der ersten Szene noch gar nicht dran.« Sie rasselte mit einer Kette. »Außerdem ist das keine *güldene*, sondern eine *goldene* Kette, und genau genommen ist es eine ganz normale Hundekette, mit Goldfarbe angestrichen.«

»Ich habe aber in das Textbuch *güldene* Kette geschrieben.« Sara warf ihr einen von Premierenangst geschädigten Blick zu, und Dorothy verzichtete darauf, noch weiter mit ihr um Spitzfindigkeiten zu streiten.

»Noch fünf Minuten!« Sara jagte von ihrem Stuhl hoch, tappte wie blind zur Tür hinaus und wankte zitternd und schlotternd den Korridor entlang, erreichte die Bühne, hörte das Stimmengewirr des Publikums jenseits des Vorhangs, atmete tief ein ... und wurde von einer Sekunde auf die andere ganz ruhig.

»Hals- und Beinbruch!«, wünschte Inspizient Fowler. »Vorhang auf!«

Mit dem Rauschen des hochgleitenden Vorhangs trat Sara auf die Bühne hinaus, überspielte den minutenlangen Auftrittsapplaus durch das Ordnen einiger Requisiten und fühlte von der ersten Sekunde an, dass sie ihr Publikum im Griff hatte.

Die ersten Szenen liefen großartig. Ganz gleich, was Sara auch tat oder sagte, die Leute lachten und klatschten, und als sie zum ersten Mal die Bühne verließ und Isaac Bangs seinen ersten Soloauftritt hatte, fühlte sie schon den Siegeslorbeer auf ihrem Haupt.

»Hier, Ihr Miou mit *güldener* Kette.« Die Zofe brachte ihr das friedlich gähnende Tier, und sie griff nach der Kette. »Toi, toi, toi!«, rief Dorothy und tätschelte Miou das Fell.

»Deine erste Premiere«, raunte Sara dem Panther zu. »Halt dich gerade und die Ohren steif. Denk daran, du musst gefährlich wirken!«

Miou schielte zu ihr hoch, gähnte und trottete neben ihr auf die Bühne, wo sein Erscheinen an Saras Seite einen donnernden Applaus nach einer kurzen Schrecksekunde auslöste.

Isaac Bangs wich Sara und ihrem vierbeinigen Begleiter zwar vorsichtshalber aus, aber das Publikum war begeistert und quittierte in der folgenden Szene jede Pointe mit doppeltem Applaus, bis ...

Sara fühlte, wie Miou plötzlich an ihrer Seite erstarrte. Geistesgegenwärtig sprach sie ihren Text weiter, schielte zu dem Panther hinunter und sah, wie er das Fell sträubte, die Ohren aufstellte und alles andere als schlafmützig in die Kulissen glotzte. Es war allerdings kein wilder Blick, den er in den rechten Kulissenbereich warf, sondern ein Blick blanken Entsetzens ...

Sara folgte Mious Blick, und als sie begriff, stockte ihr der Atem, und die sorgfältig einstudierten Worte verstummten in ihrem Mund. In der Dekoration stand ein Spiegel ... eine hübsche Dekorationsidee, die ihr erst an diesem Nachmittag gekommen war. Ein Spiegel, in den Miou nun blickte ... und blickte ... Und was sieht ein Panther, der in einen Spiegel blickt? Eben das – einen Panther, der Miou daran erinnerte, dass Miou sich vor nichts fürchtete außer ...

»Das bist du doch selbst, du blöde Katze!«, schrie Sara verzweifelt auf, als Miou einen Satz in die Luft mit allen vieren machte, doch es nützte nichts.

Der Panther vollführte einige Drehungen und wickelte dabei Sara mehrfach in die Kette ein, und ehe Sara begriff, wie ihr geschah, jagte ihr vierbeiniger Mitspieler von der Bühne und unter den Entsetzensschreien des Publikums durch den Mittelgang des Theaters, Sara mit sich zerrend.

»Du schwachsinniger Riesenkater!« Sara schrie, konnte sich nicht befreien, konnte sich auch nirgendwo festhalten, stolperte und taumelte und wankte den Mittelgang entlang, von dem hysterisch fauchenden Panther mitgeschleppt, und sie sah schon die hinteren Saaltüren auf sich zurasen, als sich eine einsame Gestalt dem davonjagenden Miou in den Weg stellte.

Joffrey war von seinem hinteren Theaterplatz aufgesprungen, griff zu, erwischte Miou am Halsband, hielt den verdutzten Panther eisern fest und redete besänftigend auf ihn ein.

»Joffrey, wo hast du bloß wieder die ganze Zeit gesteckt?«, fuhr Sara ihn an. »Warum hast du nicht angerufen? Wickle mich sofort aus dieser verdammten Kette, sonst ...«

Joffrey erfasste die Lage mit einem Blick, packte Sara und warf sich die wütend Aufschreiende über die Schulter, in die Kette gewickelt, wie sie war. Sara auf der Schulter, Miou am Halsband, so verließ er den Saal durch die nächste Tür, schwenkte im Foyer sofort zu dem Korridor, der hinter die Bühne führte, vorbei an einem entgeistert starrenden Platzanweiser und einem Popcorn-Verkäufer, der seine Ware kraftlos fallen ließ.

»Lass mich sofort runter! Augenblicklich!«, zeterte Sara. »Warum hast du mich nicht drinnen im Saal befreit?« Sie strampelte, bis Joffrey sie in ihrer Garderobe endlich von seiner Schulter gleiten ließ. »Du ruinierst meine Premiere! Das machst du Aas absichtlich, um mich für meinen Protest gegen deine Biografie zu bestrafen und ...«

»Unsinn!«, fiel er ihr energisch ins Wort und wickelte sie ebenso energisch aus der Kette. »Das habe ich getan, damit im Saal keine Panik ausbricht!« Miou, endlich von Sara befreit, flitzte unter die Couch und verkroch sich in der hintersten Ecke. »Nicht alle wissen, was für ein angstschlotterndes Kätzchen der Kleine ist!«

»Schnell, zurück auf die Bühne!« Inspizient Fowler stürmte herein, gefolgt von Dorothy, Beth und den anderen. »Die Leute toben vor Begeisterung! Weitermachen, los!«

Sara wirbelte zu ihm herum. »Aber vorher lassen Sie den verdammten Spiegel verschwinden! Und Sie ...« Sara deutete auf Dorothy. »Sie locken Miou unter der Couch hervor. Versprechen Sie ihm eine Maus! Und du da ...« Ihr Blick ruhte wohlgefällig auf Joffrey. »Da ich Miou verzeihen werde, dass er mir die Szene geschmissen hat, darfst du meine Großmut ausnutzen und mich um Verzeihung für deine erstunkene und erlogene Biografie bitten!«

Joffrey grinst frech. »Den Teufel werde ich tun!«

»Macho!« Sara schlang lächelnd die Arme um Joffrey, während Fowler weiterhin nach ihr schrie. »Ich verzeihe dir trotzdem, ob du willst oder nicht.«

»Soll das heißen, dass du gewillt bist, fortan dein Leben mit uns zu teilen?«

»Uns?«

»Miou und mir ...«

Sara hauchte Joffrey einen Kuss auf die Lippen. »Einverstanden, aber erst, nachdem ich diese verdammte Premiere in den größten Erfolg der Broadway-Geschichte verwandelt habe, der meinen Namen unsterblich machen wird! *SARA BURROWS!*«

»*SARA BURROWS-LESSER!*«, rief Joffrey ihr nach, aber das hörte sie schon nicht mehr, weil sie unter dem tosenden Beifall ihres Publikums wieder die Bühne betrat, die ihr Leben bedeutete, zumindest für ein paar unbeschreibliche Stunden an jedem Tag.

ENDE